天龍八部

五

【典藏本】

金庸作品集25

金庸

朗聲圖書 广州出版社

图书在版编目（CIP）数据

天龙八部：典藏本 / 金庸著. — 广州：广州出版社，2019.10（2020.2重印）
ISBN 978-7-5462-2979-9

Ⅰ. ①天… Ⅱ. ①金… Ⅲ. ①侠义小说—中国—当代 Ⅳ. ①I247.5

中国版本图书馆CIP数据核字（2019）第238973号

敬告读者

为了维护读者、著作权人和出版发行者的合法权益，本书采用了新型数码防伪技术。正版图书的定价标示处及外包装盒上均贴有完好的防伪标签。刮开涂层，可见到一组数码，您可以通过两种途径查验真伪。

1. 拨打全国免费电话4008301315，按语音提示从左到右依次输入相应数码并按#键结束。

2. 扫描防伪标上的二维码，按提示输入相应数码。

读者如发现盗版图书，可向当地“扫黄打非”办公室、新闻出版局、公安机关、市场监督管理局等部门举报，或直接与我们联系。

联系电话：020-34297719　13570022400

我们对举报盗版、盗印、销售盗版图书等侵权行为的有功人员将予以重奖。

广州市朗声图书有限公司

衬页印章／汉烙马印「灵丘骑马」：此印汉代用以烙于马身，以资识别。传世古印中的珍品。灵丘在山西省东北，距雁门关不远。萧峰、耶律洪基等自辽国南京（今北京）至雁门关，须经灵丘一带。灵丘自来为我国北方边防要地，赵武灵王墓葬处。

左图／宋人绘契丹人掳掠图：原图本为描绘东汉末年蔡文姬为匈奴人所掳，但画家所反映的，其实是宋代契丹人杀掠宋人的情景。左上角宋人被杀死在地，掳掠的官兵均作契丹装束，马匹披甲。

本书（香港版）五集封面，分别选用大理、契丹、吐蕃、西夏、宋五国画家所绘之图，代表本书的历史背景。

宋人绘契丹人掳掠图：本图与首页录自同一图卷。

持皮酒袋胡人（陶器）：

唐代彩陶，胡人表情生动，手持大皮酒袋。萧峰及燕云十八骑以皮酒袋盛酒，载于马上，为中亚及北方民族流行之风习，至今犹存。

灵州附近之烽火台：
宋时为西夏国所在地。
后世「宁夏」之名由此而来。

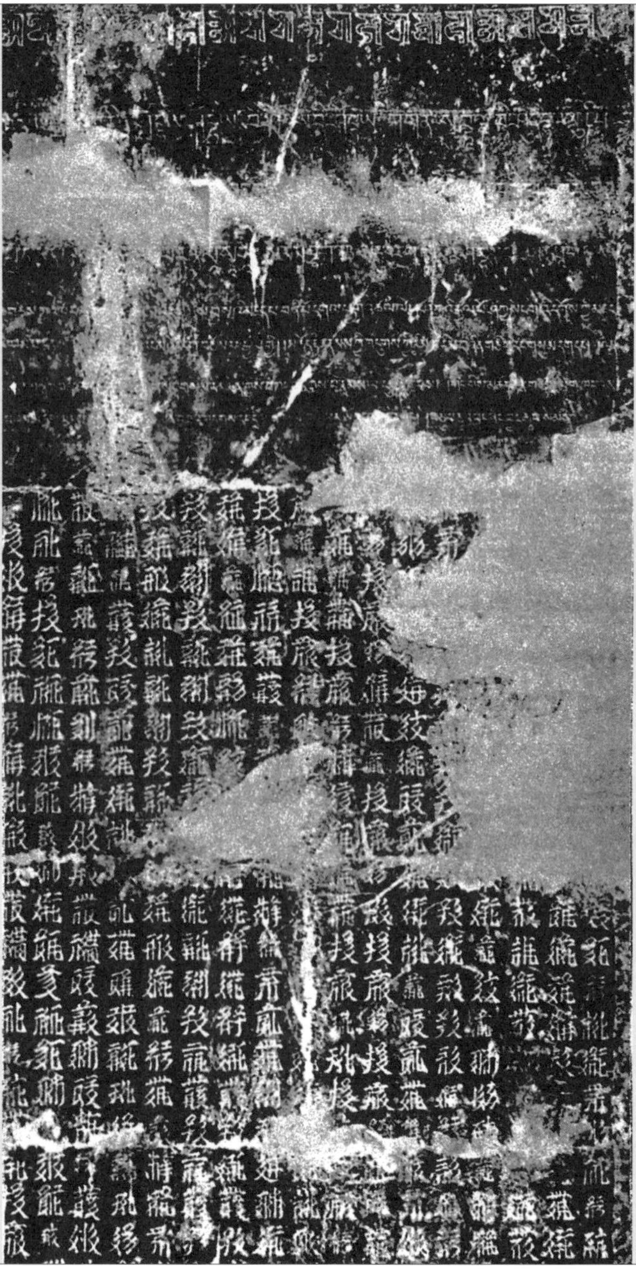

西夏文字之《陀罗尼经》：录自六体文字《陀罗尼经》石刻。

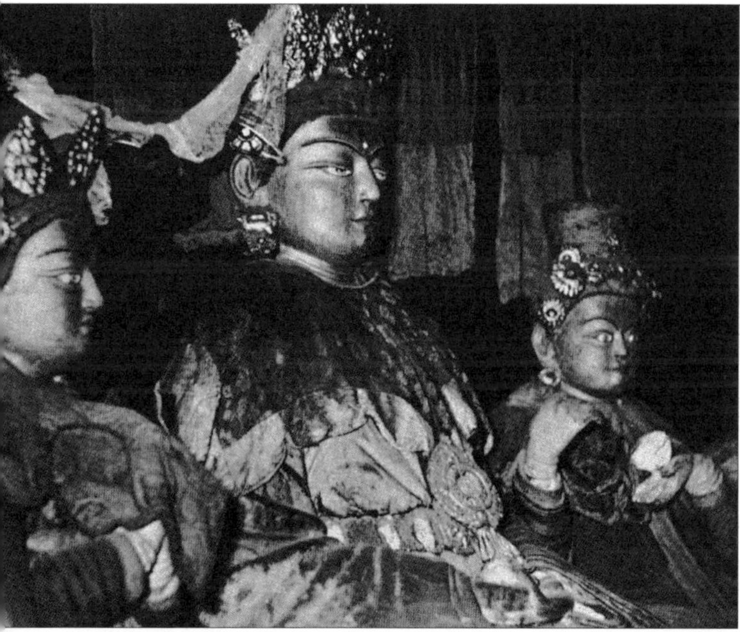

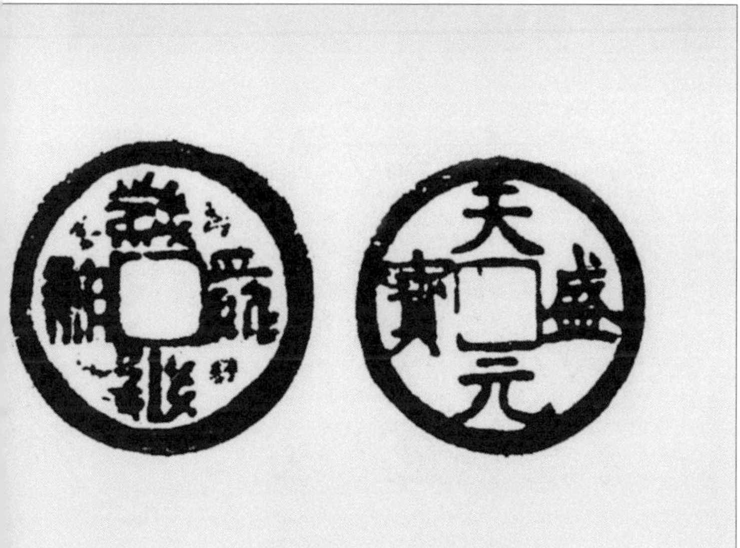

上图／吐蕃王弃宗弄赞：西藏寺庙中塑像，其右为其妻唐文成公主；其左为弄赞另一个妻子尼泊尔公主。中国与印度当时均以婚姻作为争取吐蕃的外交手段。

下图／西夏「大安宝钱」及「天盛元宝」铜钱：西夏大安十二年即宋哲宗元祐元年，此铜钱与虚竹及梦姑同时。天盛已为南宋高宗时，其时西夏汉化较深，故铜钱上铸汉字。

敦煌壁画「吐蕃王」：唐代壁画。图右僧人形相或与吐蕃国师鸠摩智相似。

吐蕃高僧图：绢画，图中高僧题为班禅二世。

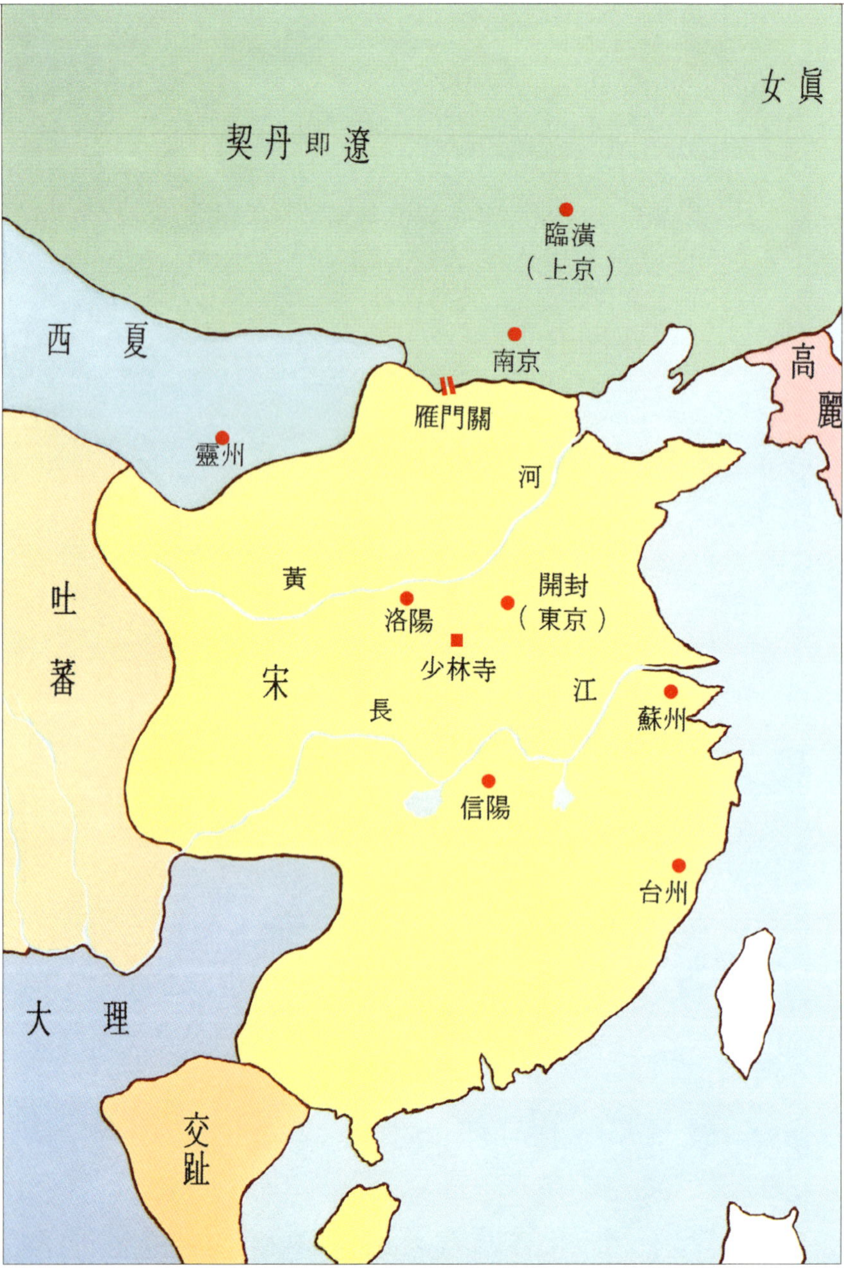

《天龙八部》时代五国分界图。

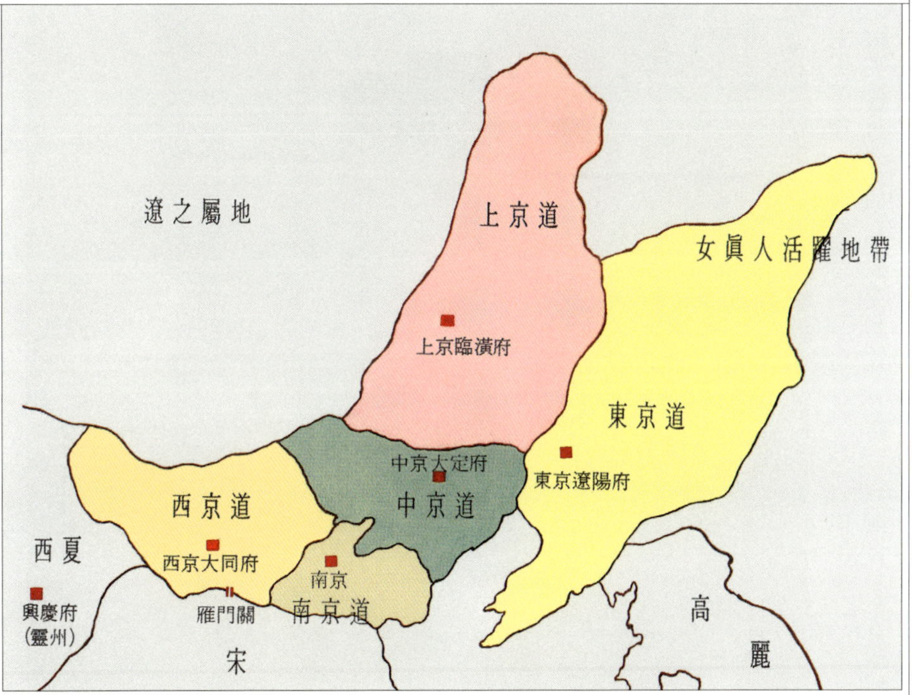

《天龙八部》时代宋辽边界图。

以上两图王司马先生为本书所绘。

宋太宗立像：宋太宗赵匡义，太祖之弟，继太祖即位。

宋太宗曾与契丹战，太宗亲临战阵，兵败，契丹射中其足，后箭创发而死。

宋神宗像：宋神宗赵顼，信用王安石而变法。哲宗时的太皇太后是神宗之母。

宋哲宗像：宋哲宗赵煦，神宗之子，徽宗之兄，太皇太后逝世后亲政，排斥贤良，复行新政。

以上三帝像均原藏故宫南薰殿。

宋英宗皇后像：高氏，小字「滔滔」。神宗生母，哲宗祖母。神宗逝，高氏遵神宗遗诏辅立幼主，被尊为太皇太后，垂帘听政。反对王安石变法，但亦具有十分优秀的执政才能。主政期间励精图治，政治清明，经济繁荣，百姓安康，后人誉为「女中尧舜」。

司马光像：
画家不详。

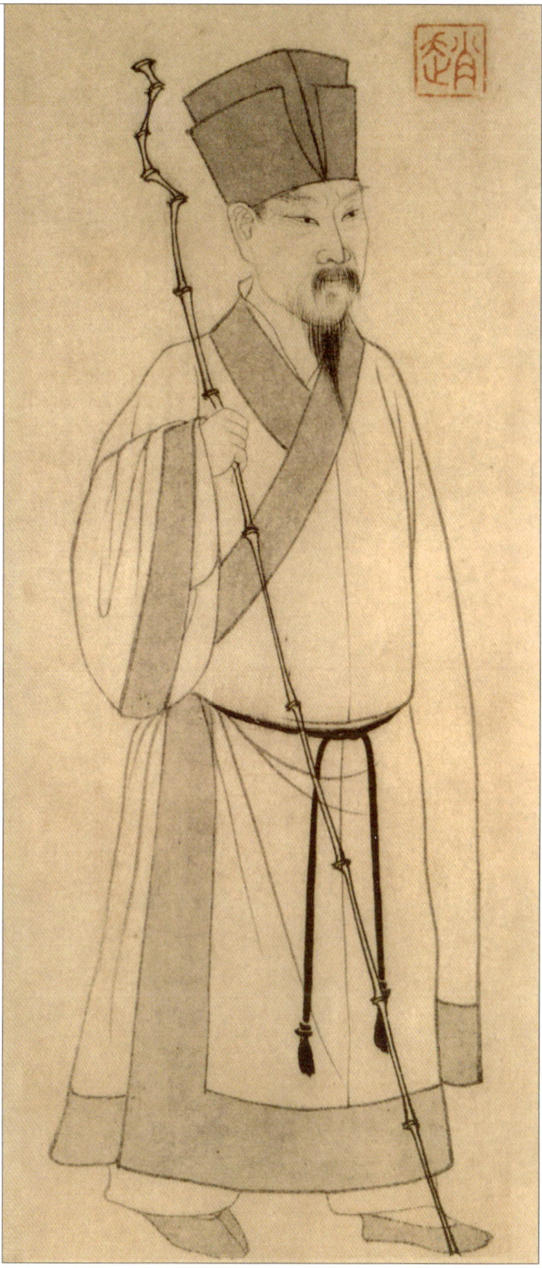

赵孟頫《苏轼像》。

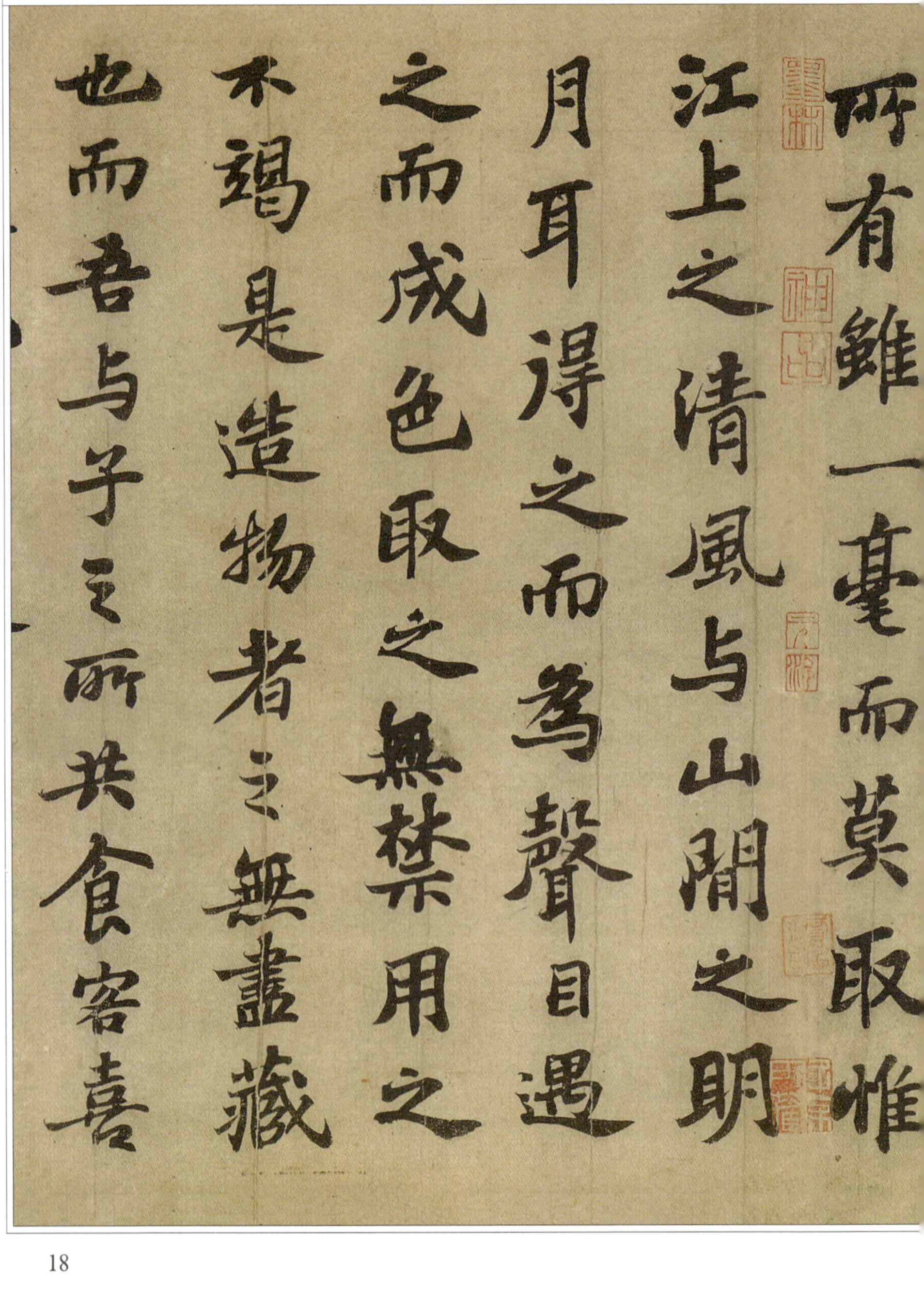
所有雖一毫而莫取惟
江上之清風与山間之明
月耳得之而為聲目遇
之而成色取之無禁用之
不竭是造物者之無盡藏
也而吾与子之所共食客喜

如彼而卒莫消長也蓋將
自其變者而觀之則天地
曾不能以一瞬自其不變
者而觀之則物与我皆無
盡也而又何羨乎且夫天地

苏轼自书《赤壁赋》（部分）。

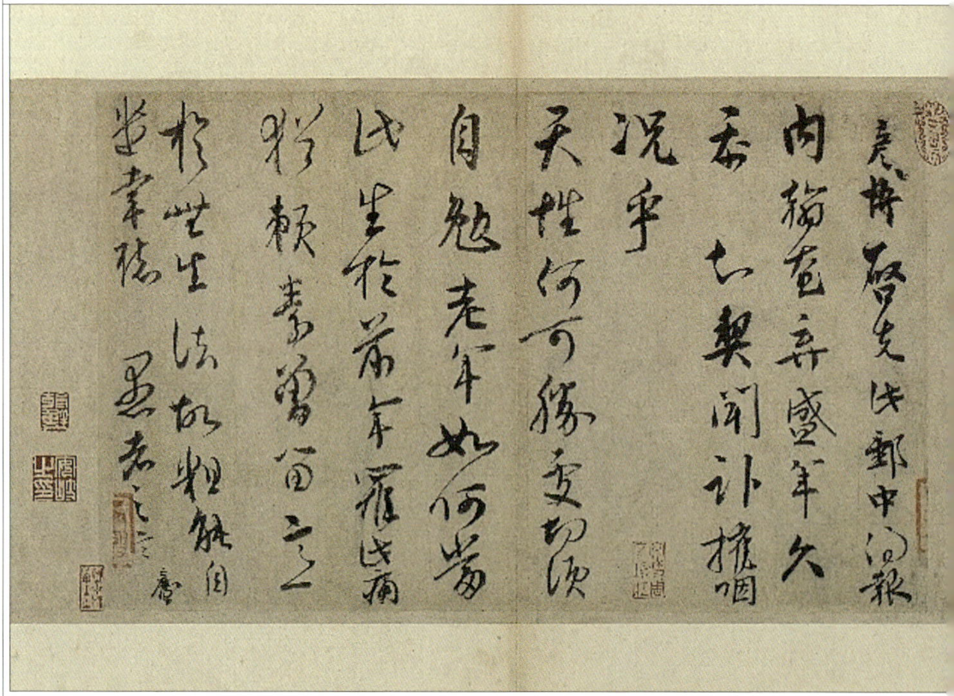

文彦博书「尺牍」：以上四幅画像、书法均藏台北故宫博物院。

宋人《白茶花图》。

周文矩《兜率宫内慈氏图》：图中的白衣观音形貌美丽慈和，身旁甘露瓶中插有杨枝，表示观音菩萨以杨枝蘸甘露遍洒人间，救苦救难。兜率宫是印度神话中天神所居之处。

目　录

（四十一至五十回回目调寄《水龙吟》。）

萧峰拔下皮袋塞子，将皮袋高举过顶，微微倾侧，一股白酒激泻而下，萧峰仰头而饮。

四十一

燕云十八飞骑　奔腾如虎风烟举

丁春秋杀害玄痛、玄难二僧，乃少林派大仇。少林群僧听说他到了少室山上，登时便鼓噪起来。玄生大呼：“今日须当人人奋勇，活捉丁老怪，为玄难、玄痛两位师兄报仇。”

玄慈朗声道：“远来是客，咱们先礼后兵。”群僧齐道：“是。”玄慈又道：“众位师兄，众位朋友，大家便出去瞧瞧星宿派和慕容氏的高招如何？”

群雄早已心痒难搔，正在等他这句话。辈份较低、性子较急的青年英豪一窝蜂的奔了出去。跟着四大恶人、各路好汉、大理国段氏、诸寺高僧，纷纷快步而出。但听得乒乓呛啷之声不绝，慧字辈的少林僧将师父、师伯叔的兵刃送了出来。

玄慧虚空四代少林僧各执兵刃，列队出寺。刚到山门门口，派在半山守望的僧人便奔来报讯：“星宿派徒众千余人，在半山亭中将慕容公子等团团围住，恶斗不休。”玄慈点了点头，走到石板路上向山下望去，但见黑压压的都是人头，只怕尚不止千余之数。

呼喝之声，随风飘上山来：“星宿老仙今日亲自督战，自然百战百胜！”“你们几个幺魔小丑，竟敢顽抗老仙，当真大胆之极！”“快快抛下兵刃，哀求星宿老仙饶命！”“星宿老仙驾临少室山，小指头儿一点，少林寺立即塌倒。”

新入星宿派的门人，未学本领，先学谄谀师父之术，千余人颂声盈耳，少室山上一片歌功颂德。少林寺建刹千载，历代群僧所念的“南无阿弥陀佛”之声，千年总和，说不定还不及此刻星宿派众门人对师父的颂声洋洋如沸。丁春秋捋着白须，眯起了双眼，薰薰然，飘飘然，有如饱醉醇酒。

玄生气运丹田，大声叫道：“结罗汉大阵！”五百名僧众应声道：“结罗汉大阵！”红衣闪动，灰影翻滚，五百名僧众东一簇、西一队，漫山遍野散了开来。

群雄久闻少林派罗汉大阵之名，但一百多年来，少林派从未在外人之前施展过，除了本寺僧人之外，谁也未克得见。这时但见群僧衣帽分色，或红或灰，或黄或黑；兵刃不同，或刀或剑，或杖或铲，人人奔跑如飞，顷刻间便将星宿派门人围在垓心。

星宿派人数远较少林僧为多，但大多数是新收的乌合之众，单独接战，多少也各自有点儿技艺。这等列阵合战的阵仗，却从来没经历过，不由得都慌了手脚，歌颂星宿老仙的声音也不免大大减弱，不少人默不作声，心中暗打改而歌颂“少林圣僧”的主意。

玄慈方丈说道：“星宿派丁先生驾临少室山，是与少林派为敌。各路英雄，便请作壁上观，且看少林寺抗击西来高人何如？”

河朔、江南、川陕、湖广各路英雄纷纷呼叫：“星宿老怪为害武林，大伙儿敌忾同仇，诛杀此獠！”各人抽出兵刃，欲与少林派并肩杀敌。

这时慕容复、邓百川等已杀伤了二十余名星宿派门人，眼见大援已到，当即跃开数丈，暂且罢手不斗。星宿派众门人中心栗六，也不上前进迫。

段誉东一窜，西一晃，冲入人丛，奔到了王语嫣身旁，说道：“王姑娘，待会倘若情势凶险，我再负你出去。”

王语嫣脸上一红，道：“我既没受伤，又不是给人点中穴道，我……我自己会走……”向慕容复瞧了一眼，说道：“我表哥武功高强，护我绰绰有余。段公子，你还是出去罢。”

段誉心中老大不是味儿，心想：“我有什么本领，怎及得上你表哥武功高强？”但说就此出去，却又如何舍得？讪讪的道：“这个……这个……啊，王姑娘，我爹爹也到了，便在外面。”他和王语嫣数度共经患难，长途同行，相处的时日不浅，但段誉从不向她提到自己的身份来历。在他心目中，王语嫣乃是天仙，自己是尘世俗人，自己本来就不以王子为荣，而在天仙眼中，王子和庶人又有什么分别？

王语嫣对段誉数度不顾性命的相救自己，内心也颇念其诚，意存感激，但对他这个人本身却从来不放在心上，只知他是个学会了一门巧妙步法的书呆子，有几手时灵时不灵的气功剑法，为了怕表哥多心，只盼他离得越远越好。这时忽听他说爹爹来了，微觉好奇，说道：“令尊是从大理来的么？你们父子俩有好久不见了，是不是？”

段誉喜道：“是啊！王姑娘，我带你见我爹爹好不好？我爹爹见了你一定很欢喜。”王语嫣脸上又一红，摇头道：“我不见。”段誉道：“为什么不见？”他见王语嫣不答，一心讨她欢喜：“王姑娘，我的把兄虚竹也在这里，他又做了和尚。还有，我的徒弟也来了，真是热闹得紧。”王语嫣知道他的徒弟便是“南海鳄神”，但他为什么会收了这天下第三恶人“凶神恶煞”为徒，却从来没问过他，想起南海鳄神的怪模怪样，嘴角边不禁露出笑意。段誉见引得她微笑，心中大喜，此刻虽身处星宿派的重围之中，但得王语嫣与之温言说笑，天大的事也都置之度外。

少林群僧布就罗汉大阵，左右翼卫，前后呼应。有几名星宿派门人向西方冲击，稍一交锋，便即纷纷负伤。丁春秋道："大家暂且别动。"朗声说道："玄慈方丈，你少林寺自称为中原武林首领，依我看来，实是不足一哂。"

众弟子群相应和："是啊，星宿老仙驾到，少林寺和尚一个个死无葬身之地。""天下武林，都是源出于我星宿一派，只有星宿派的武功，才是真正正统，此外尽是邪魔外道。""你们不学星宿派武功，终不免是牛鬼蛇神，自取灭亡。"突然有人放开喉咙，高声唱了起来："星宿老仙，德配天地，威震寰宇，古今无比！"千余人依声高唱，更有人取出锣鼓箫笛，或敲或吹，好不热闹。群雄大都没有见过星宿派的排场，无不骇然失笑。

金鼓丝竹声中，忽然山腰里传来群马奔驰之声。蹄声越来越响，不久四面黄布大旗从山崖边升起，四匹马奔上山来，骑者手中各执一旗，临风招展。四面黄旗上都写着五个大黑字："丐帮帮主庄"。四乘马在山崖边一立，骑者翻身下马，将四面黄旗插在崖上最高处。四人都是丐帮装束，背负布袋，手扶旗杆，不发一言。

群雄都道："丐帮帮主庄聚贤到了。"眼见这四面黄旗傲视江湖的声势，擎旗人矫捷剽悍的身手，比之星宿派的自吹自擂，显然更令人心生肃然之感。

黄旗刚竖起，一百数十匹马疾驰上山，乘者最先的是百余名六袋弟子，其后是三四十名七袋弟子、十余名八袋弟子。稍过片刻，是四名背负九袋的长老，一个个都默不作声的翻身下马，分列两旁。丐帮中人除了身有要事之外，从不乘马坐车，眼前这等排场，已与寻常江湖豪客无异。许多武林耆宿见了，都暗暗摇头。

但听得蹄声答答，两匹青骢健马并辔而来。左首马上是个身穿紫衫的少女，明艳文秀，一双眼珠子却黯然无光。阮星竹一见，脱口叫道："阿紫！"她忘了自己改穿男装，这一声叫，是本来的女子声音。

右首马上乘客身穿百结锦袍，脸上神色木然，俨如僵尸。群雄中见多识广之士一见，便知他戴了人皮面具，不欲以本来面目示人，均想："这人想来便是丐帮帮主庄聚贤了。他要和少林派争夺武林盟主，却又如何不显露真相？"有的猜想："看来此人是武林中的成名人物，庄聚贤只是个化名。他既能做到丐帮帮主，岂是名不见经传的泛泛之辈？"有的猜想："多半这一战他并无多大把握，倘若败于少林僧之手，便仍然遮脸而退，以免面目无光。"更有人猜想："莫非他便是丐帮的前任帮主乔峰？他重掌丐帮大权，便来和少林派及中原群雄为难？"虽然也有人从"庄聚贤"三字联想到了"聚贤庄"，但只由此而推想到乔峰，聚贤庄游氏兄弟已双双命丧乔峰之手，后来连庄子也给人放火烧成了白地，谁也料想不到，这个丐帮新帮主竟是聚贤庄当年的少庄主游坦之。

阿紫听到了母亲的呼叫，她此刻身有要事，不欲即和母亲相会，婆婆妈妈的述说别来之情，当下只作没听见，说道："贤哥，这里人多得很啊，我好像听到有人在大唱什么'星宿老仙，德配天地，威震寰宇，古今无比。'丁春秋这小子和他的虾兵蟹将，也都来了么？"游坦之道："不错，他门下人数着实不少。"阿紫拍手笑道："那好极了，倒省了我一番跋涉，不用千里迢迢的到星宿海去找他算帐。"这时步行的丐帮帮众络绎不绝的走上山来，都是五袋、四袋、三袋的弟子，列队站在游坦之和阿紫身后。

阿紫向身后一挥手，两名丐帮弟子各从怀内取出一团紫色物事，缚上木棍，迎风抖动，原来是两面紫绸大旗，在空中平平铺了开来，每面旗上都绣着六个殷红如血的大字："星宿派掌门段"。

这两面紫旗一展开，星宿派门人登时大乱，立时便有人大声呼叫："星宿派掌门乃是丁老仙，四海周知，哪里有什么姓段的来作掌门人了？""胡混冒充，好不要脸！""掌门人之位，难道是自封的么？""哪一个小妖怪自称是本派掌门，快站出来，老子不把你捣成肉酱才怪！”说这些话的，都是星宿派新入门的弟子，至于狮吼子、天狼子等旧人，自然都知道阿紫的来历，想起她背后有萧峰撑腰，都不禁暗生惧意。

一众僧侣和俗家英雄忽见多了个星宿派掌门人出来，既感骇异，也暗暗称快，均想这干邪魔窝里反，那是再好也没有了。

阿紫双手拍了三拍，朗声说道：“星宿派门下弟子听者：本派向来规矩，掌门人之位，有力者居之。本派之中，谁的武功最强，便是掌门。半年之前，丁春秋和我一战，给我打得一败涂地，跪在地下向我磕了十八个响头，拜我为师，将本派掌门人之位，双手恭恭敬敬的奉上。难道他没告知你们么？丁春秋，你忒也大胆妄为了，你是本派大弟子，该为众师弟的表率，怎可欺师灭祖，瞒骗一众师弟？”她语音清脆，一字一句说来，遍山皆闻。

众人一听，无不惊奇万分，瞧她只不过是个十六七岁的幼女，双目又盲了，怎能做什么掌门人？段正淳和阮星竹更相顾骇然。他们知道这个女儿出于丁春秋门下，刁钻古怪，顽劣无比，但武功却是平平，居然胆敢反徒为师，去捋丁春秋的虎须，这件事只怕难以收场。以大理国在少室山上的寥寥数人，实不足以与星宿派相抗，救她脱险。

丁春秋眼见在群雄毕集、众目睽睽之下，阿紫居然打出“星宿派掌门”的旗号来，是可忍孰不可忍？他胸中怒发如狂，脸上却仍笑嘻嘻地一派温厚慈和的模样，说道：“小阿紫，本派掌门人之位，唯有力者居之，这句话倒也不错。你觊觎掌门大位，想必是有些真实功夫了，那便过来接我三招如何？”

突然间眼前一花，身前三尺处已多了一人，正是游坦之。这一下来得大是出其不意，以丁春秋眼力之锐，竟也没瞧清楚他是如何来的，心惊之下，不由得退了一步。

他这一步跨中带纵，退出了五尺，却见游坦之仍在自己身前三尺之处，可知便在自己倒退这一步之时，对方同时踏上了一步，当然他是见到自己后退之后，这才迈步而前，后发齐至，不露形迹，此人武功之高，当真令人畏怖。丁春秋眼见他一张死沉沉的木黄脸皮，伸手可触，已来不及开口质问：“我是要和阿紫比武，干么要你来横加插手？”立即倒窜出去，一反手，抓住一名门人，便向他掷了过去。

游坦之应变奇速，立即倒跃丈许，也是反手一抓，抓到一名丐帮三袋弟子，运劲推出。那三袋弟子竟如是一件极大暗器，向丁春秋扑去，和那星宿派门人在半空中砰的一撞。旁人瞧了这般劲道，均想：“这两名弟子只怕要撞得筋断骨碎而死。”

哪知二人一撞之下，只听得嗤嗤声响，跟着各人鼻中闻到一股焦臭，直是中人欲呕，群雄有的闭气，有的后退，有的伸手掩鼻，有的立服解药，均知丁春秋和庄聚贤都是以阴毒内劲使在弟子身上。那两人一撞，便即软垂垂的摔在地下，动也不动，早已毙命。

丁春秋和游坦之一招相交，不分高下，心中都是暗自忌惮，同时退开数尺，跟着各自反手，又抓了一名弟子，向前掷出。那两名弟子又是在半空中一撞，发出焦臭，一齐毙命。

两人所使的均是星宿派的一门阴毒武功“腐尸毒”，抓住一个活人向敌人掷出，其实一抓之际，先已将该人抓死，手爪中所喂的剧毒渗入血液，使那人满身都是尸毒，敌人倘若出掌将那人掠开，势非沾到尸毒不可。就算以兵刃拨开，尸毒亦会沿兵刃沾上手掌。甚至闪身躲避，或是以劈空掌之类武功击打，亦难免受到毒气的侵袭。

游坦之那日和全冠清结伴同行，他心无城府，阅历又浅，不到一两天便给全冠清套出了真相。全冠清心想：“这人内力虽强劲无比，武功却平庸之极，终究无甚大用。”其后查知阿紫是星宿老怪丁春秋的门徒，灵机一动，便撺掇游坦之向阿紫习学星宿派武功，对着阿紫之面，却将游坦之的武功夸得地上少有，天下无双，要阿紫一一将所学武功试演出来，好让游坦之指点。

游坦之和阿紫年纪都轻，一个痴，一个盲，立时堕入计中。阿紫将本门武功一项项的演将出来，并详述修习之法。游坦之的“腐尸毒”功夫便由此学来。“腐尸毒”功夫的要旨，全在练成带有剧毒的深厚内力，能将人一抓而毙，尸身上随即沾毒，功夫本身却并无别般巧妙。这道理星宿派门人个个都懂，就是练不到如此内力而已。阿紫在南京城外捉些毒蛇毒虫来修练，连毒掌功夫也未练成，更不用说这“腐尸毒”了。

阿紫虽然玲珑剔透，但眼睛盲了，瞧不到游坦之脸上神情，而自己性命又确是这庄公子从丁春秋手下抢救出来的，再听全冠清巧舌如簧，为游坦之大肆吹嘘，凭她聪明绝顶，也决计猜不到这位“武功盖世的庄公子”，竟会来向自己偷学武艺。

阿紫每说一招，游坦之便依法试演，他身上既有冰蚕寒毒，又有易筋经的上乘内功，兼具正邪两家之所长，内力非同小可，同样的一招到了他手中，发出来时便断树裂石、威力无穷，阿紫听在耳中，只有钦佩无已的份儿。游坦之也传授她一些易筋经上的修习内功之法。阿紫照练之后，虽无多大进境，却也觉身轻体健，筋骨灵活，料想假以时日，必有神效。

其时游坦之早已明白，自己所以有此神功，与那本怪书上裸僧的图像大有关连，为了要在阿紫跟前逞能，每日里在无人之处勤练不辍。有一日，正自照着图中线路运功，突然间一阵劲风过去，那怪书飘了起来，飞出数丈之外。游坦之正倒转了身子，内息在数处经脉中急速游走，一抬头，但见那怪书已抓在一个中年僧人手中。游坦之大急，叫道：“是我的，快还我……”突然之间惊怒交集，内息登时岔了，就此动弹不得，眼见那和尚笑吟吟的转身而去，越是焦急，四肢百骸越是僵硬木直。

夺去这《易筋经》的，正是鸠摩智。他精通梵文，明慧妙悟，比之萧峰和阿朱瞠目不识、游坦之误打误撞方得湿书见图，自是不可同日而语了。

游坦之直过了六个时辰，穴道方解，呕出一大滩鲜血，便如大病了一场。好在他于书中图像已练了十之六七，习练已久，倒也尽数记得，此后继续修习，内功仍得与日俱增。

其后全冠清设法替游坦之除去头上铁罩，以人皮面具遮住他给热铁罩烫得稀烂的脸孔，然后携同他去参与洞庭湖君山丐帮大会。以游坦之如此深厚内力、怪异武功，丐帮中自无人可与相抗，轻而易举的便夺到了帮主之位。同时全冠清亦正式复归丐帮，升为九袋长老。游坦之虽然当上帮主，帮中事务全凭全冠清吩咐安排。全冠清眼见帮中不服游坦之的长老、弟子仍然不少，大是隐忧，总不能一个个都杀了，于是献议与少林派争夺中原武林盟主，使丐帮帮主庄聚贤成为天下武林第一人，凭此功绩威望，自可压服丐帮中心怀不平之人。

阿紫喜事好胜的性情，虽盲不改，全冠清这一献议，大投所好。游坦之本不想做什么武林盟主，但阿紫既力赞其事，他便也依从遵行。全冠清精心策划，缜密部署。邀请各路英雄好汉同时于六月十五聚集少林寺，便是他的杰作。

阿紫心想既有武功天下第一的庄聚贤撑腰，更何惧于区区星宿老怪，当即自封为“星宿派掌门人”，命人做起紫旗，到少室山来耀武扬威。

丐帮一行来到少室山上，眼见山头星宿派门人大集，这一着倒不在全冠清意料之中，便向游坦之进言，丁春秋一出口，立即上前动手，以免阿紫为难。

丁春秋眼见对方厉害，立时便使出最阴毒的“腐尸毒”功夫来。

这功夫每使一招，不免牺牲一个门人弟子，但对方不论闪避或是招架，都难免荼毒，任你多么高明的武功，只有施展绝顶轻功，逃离十丈之外，方能免害。但一动手便即逃之夭夭，这场架自然是打不成了。不料游坦之已从阿紫处学会了这门功夫，便牺牲丐帮弟子性命，抵御丁春秋的进袭。他二人掷出一名弟子，跟着又掷一名弟子。但听得砰砰砰响声不绝，片刻之间，双方已各掷了九名弟子，十八具尸体横卧地上，脸上均是一片乌青，神情可怖，惨不忍睹。

星宿派弟子人人惊惧，拼命躲缩，以防给师父抓到，口中歌颂之声仍是不断，只是声音发颤，哪里还有什么欢欣鼓舞之意？

丐帮弟子见帮主突然使这等阴毒武功，虽说是被迫而为，却也大感骇异，均想："本帮行事，素以仁义为先，帮主如何能在天下英雄之前，施展这等为人不齿的功夫，那岂不是和星宿派同流合污了么？"更有人想："倘若乔帮主仍是咱们帮主，必会循正道以抵挡星宿老怪的邪术。"

丁春秋反手想再抓第十人时，一抓抓了个空，回头一看，只见群弟子都已远远躲开，却听得呼的一声，游坦之的第十人却掷了过来。丁春秋又惊又怒，危急中飞身而起，跃入了门人群中。那丐帮弟子的尸体疾射而至，星宿派众弟子欲待逃窜，已然不及，七八人大呼"我的妈啊"声中，已给尸首撞中。这具尸首剧毒无比，这七八人脸上立时蒙上一片黑气，滚倒在地，抽搐了几下，便即毙命。

阿紫听了身旁全冠清述说情状，只乐得格格娇笑，叫道："丁春秋，庄帮主是我星宿派掌门人的护法，你打败了他，再来和你掌门人动手不迟。你是输了，还是赢了？"

丁春秋懊丧已极，适才这一仗，决不是自己在功夫上输了，从庄聚贤掷尸的方位劲力看来，他内力虽强，每一次所用手法却都一模一样，可见他只是从阿紫处学得一些本门的粗浅功夫，其中种种精奥变化，全然不知。这一仗是输在星宿派门人比丐帮弟子怕死，一个个远远逃开，不像丐帮弟子那样慷慨赴义，临危不避。他心念一转，计上心来，仰天大笑。

阿紫皱眉道："笑！亏你还笑得出？有什么好笑？"

丁春秋仍是笑声不绝，突然之间，呼呼呼风声大作，八九名星宿派门人被他以连珠手法抓住掷出，一个接着一个，迅速无伦的向游坦之飞去，便如发射连珠箭一般。

游坦之却不会使这一门"连珠腐尸毒"的功夫，只抓了三名丐帮帮众掷出，第四招便措手不及，紧急之际，一跃向上，冲天而起，这般避开了掷来的毒尸，却不必向后逃窜，可说并未输招。

丁春秋正是要他闪避，左手一招。阿紫一声惊呼，向丁春秋身前飞跃过去。

旁观众人一见，无不失色。"擒龙功"、"控鹤功"之类功夫如练到上乘境界，原能凌空取物，但最多不过隔着四五尺远近擒敌拿人，夺人兵刃。武术中所谓"隔山打牛"，原是形容高手的劈空掌、无形神拳能以虚劲伤人，但就算是绝顶高手，也决不能将内力运之于二丈之外。丁春秋其时与阿紫相距六七丈之距离，居然能一招手便将她拖下马来，擒将过去，武功之高，当真是匪夷所思。旁观群雄中着实不乏高手，自忖和丁春秋这一招相比，那是万万不及，骇异之余，尽皆钦服。

却不知丁春秋擒拿阿紫，所使的并非真实功夫，乃是靠了他"星宿三宝"之一的"柔丝索"。这柔丝索以星宿海旁的雪蚕之丝制成。那雪蚕野生于雪桑之上，形体远较冰蚕为小，也无毒性，吐出来的蚕丝却韧力大得异乎寻常，一根单丝便已不易拉断。只是这种雪蚕不会做茧，吐丝也极有限，乃是极难寻求之物。那日阿紫以一只透明渔网捉住褚万里，逼得他羞愤自尽，渔网之中便渗得有少量雪蚕丝。丁春秋这根柔丝索尽数以雪蚕丝绞成，微细透明，几非肉眼所能察见，他掷出九名门人之时，同时挥出了柔丝索。他掷出九具毒尸，一来逼开游坦之，二来是障眼之术，令人人眼光都去注视于他“连珠腐尸毒”上，柔丝索挥将出去，更是谁都难以发觉。

待得阿紫惊觉得柔丝缠到身上，已被丁春秋牵扯过去。虽说丁春秋有所凭借，但将这一根细若无物的柔丝挥之于六七丈外，在众高手全不知觉之下，一招手便将人擒到，这份功力自也非同凡俗。他左手抓住了阿紫背心，右手点了她穴道，柔丝索早已缩入了大袖之中。他掷尸、挥索、招手、擒人，一直在哈哈大笑，待将阿紫擒到手中，笑声仍未断绝。这大笑之声，也是引人分散目光的“障眼术”。

游坦之身在半空，已见阿紫被擒，惊惶之下向前急扑，六具毒尸已从足底飞过。他左足一着地，右掌猛力便向丁春秋击去。

丁春秋左手向前一探，便以阿紫的身子去接他这一招开碑裂石的掌力。游坦之此刻武功虽强，临敌应变的经验却是半点也无，眼见自己一掌便要将阿紫打得筋骨折断，立即便收回掌力。可是发掌时使了全力，急切间却哪里能收得回来？本来中等武功之人，也知只须将掌力偏在一旁，便伤不到阿紫，可是游坦之对阿紫敬爱太过，一见势头不对，只知收掌回力，不暇更思其他，将这股偌大掌力尽数收回，等如以此掌力当胸猛击自己。他一个踉跟，哇的一声，喷出一口鲜血。

若是内力稍弱之人，这一下便已要了他的性命，饶是他修习易筋经有成，这一掌究竟也不好受，正欲缓过一口气来，丁春秋哪容他有喘息的余裕，呼呼呼呼，连续拍出四掌。游坦之丹田中内息提不上来，只得挥掌拍出，连接了他四掌，接一掌，吐一口血，连接四掌，吐了四口黑血。丁春秋得理不让人，第五掌跟着拍出，要乘机制他死命。

只听得旁边数人齐声呼喝：“丁老怪休得行凶！”“住手！”“接我一招！”玄慈、观心、道清等高僧，以及各路英雄的侠义之士，都不忍这丐帮帮主如此死于丁春秋手下，呼喝声中，纷纷抢出相救。

不料丁春秋第五掌击出，游坦之回了一掌，丁春秋身形微晃，竟退开了一步。众高手一见，便知这一招是丁春秋吃了点小亏，当即止步，不再上前应援。原来游坦之吐出四口瘀血后，内息已畅，第五掌上已将冰蚕奇毒和易筋经内力一并运出。丁春秋以掌力硬拼，便不是敌手。若不是丁春秋占了先机，将游坦之击伤，令他内力大打折扣，则刚才双掌较量，丁春秋非连退五步不可。

丁春秋气息翻涌，心有不甘，运起十成功力，大喝一声，须发戟张，呼的一掌又向前推去。游坦之踏上一步，接了他这一掌，叫道："快放下段姑娘！"呼呼呼呼，连出四掌，每出一掌，便跨上一步。这五步一踏出，已与丁春秋面面相对，再一伸手，便能抢夺阿紫。

丁春秋掌力不敌，又见到他木然如僵尸的脸孔，心生惧意，微笑道："我又要使腐尸毒功夫了，你小心着！"说着左手提起阿紫身子，摆了几摆。

游坦之急呼："不，不！万……万万不可！"声音发颤，惊恐已达极点，知道丁春秋"腐尸毒"功夫一施，阿紫立时便变成了一具毒尸。

丁春秋听得他话声如此惶急，登时明白："原来你这小子给这臭花娘迷住了，哈哈，妙极，当真再好不过。"他擒获阿紫，本想当众将她处死，免得她来争星宿派掌门人之位，这时见了游坦之的情状，似可将阿紫作为人质，胁制这个武功高出于己的丐帮帮主庄聚贤，便道："你不想她死么？"

游坦之叫道："你……你……你快将她放下来，这个……危险之极……"丁春秋哈哈一笑，说道："我要杀她，不费吹灰之力，为什么要放她？她是本派叛徒，目无尊长，这种人不杀，却去杀谁？"游坦之道："这个……她是阿紫姑娘，你无论如何不能害她，你已射瞎了她一双眼睛，那个，求求你，快放她下来，我……重重有谢。”他语无伦次，显是对阿紫关心已极，却哪里还有半分丐帮帮主的风度？

丁春秋见他内力阴寒强劲，听他说话声音，在在与那铁头人十分相似，可是他明明头上并无铁罩，而且那铁头人又怎能是丐帮帮主？当下也无暇多想，说道：“要我饶她小命也不难，只是须得依我几件事。”

游坦之忙道：“依得，依得。便一百件、一千件也依你。”丁春秋听他这般说，心下更喜，点头道：“很好！第一件事，你立即拜我为师，从此成为星宿派弟子。”

游坦之毫不迟疑，立即双膝跪倒，说道：“师父在上，弟子……弟子庄聚贤磕头！”他想：“我本来就是你的弟子，早已磕过了头，再拜一次，又有何妨？”

他这一跪，群雄登时大哗。丐帮自诸长老以下，无不愤慨莫名，均想：“我帮是天下第一大帮，素以侠义自居，帮主却去拜邪名素著的星宿老怪为师。咱们万万不能再奉此人为帮主。”

猛听得锣鼓丝竹响起，星宿派门人大声欢呼，颂扬星宿老仙之声，响彻云霄，种种歌功颂德、肉麻不堪的言辞，直非常人所能想像，总之日月无星宿老仙之明，天地无星宿老仙之大，自盘古氏开天辟地以来，更无第二人能有星宿老仙的威德。周公、孔子、佛祖、老君，以及玉皇大帝、十殿阎王，无不甘拜下风。

当阿紫被丁春秋一擒获，段正淳和阮星竹便相顾失色，但自知本领不敌星宿老怪，决难从他手中救女儿脱险，及后见庄聚贤居然肯为女儿屈膝事敌，却也是大出意料之外。阮星竹既惊且喜，低声道：“你瞧人家多么情义深重！你……你……你哪及得上人家的万一。”

段誉斜目向王语嫣看了一眼，心想：“我对王姑娘一往情深，自忖已是至矣尽矣，蔑以加矣。但比之这位庄帮主，却又大大不如了。人家这才是情中圣贤！倘若王姑娘被星宿老怪擒去，我肯不肯当众向他下跪呢？”想到此处，突然间血脉贲张，但觉为了王语嫣，纵然万死亦所甘愿，区区在人前受辱之事，真是何足道哉，不由得脱口而出：“肯的，当然肯！”王语嫣奇道：“你肯什么？”段誉面上一红，嗫嚅道：“嗯，这个……”

游坦之磕了几个头站起，见丁春秋仍是抓着阿紫不放，阿紫脸上肌肉扭曲，大有苦痛之色，忙道：“师父，你老人家快放开了她！”丁春秋冷笑道：“这小丫头大胆妄为，哪有这么容易便饶了她？除非你将功赎罪，好好替我干几件事。”游坦之道：“是，是！师父要弟子立什么功劳？”丁春秋道：“你去向少林寺方丈玄慈挑战，将他杀了。”

游坦之迟疑道：“弟子和少林方丈无怨无仇，丐帮虽然要跟少林派争雄，却似乎不必杀人流血。”丁春秋面色一沉，怒道：“你违抗师命，可见拜我为师，全属虚假。”游坦之只求阿紫平安脱险，哪里还将什么江湖道义、是非公论放在心上，忙道：“是！不过少林派武功甚高，弟子尽力而为……师父，你……你说过的话可不能不算，不得加害阿紫姑娘。”丁春秋淡淡的道：“杀不杀玄慈，全在于你；杀不杀阿紫，权却在我。”

游坦之转过身来，大声道：“少林寺玄慈方丈，少林派是武林中各门派之首，丐帮是江湖上第一大帮，向来并峙中原，不相统属。今日咱们却要分个高下，胜者为武林盟主，败者服从武林盟主号令，不得有违。”眼光向群豪脸上扫去，又道：“天下各位英雄好汉，今日都聚集在少室山下，有哪一位不服，尽可向武林盟主挑战。”言下之意，竟如自己已是武林盟主一般。

丁春秋和游坦之的对答，声音虽不甚响，但内功深厚之人却早将一字一句都听在耳里。少林寺众高僧听丁春秋公然命这庄聚贤来杀玄慈方丈，无不大怒，但适才见到两人所显示的功力，这庄聚贤的功力既强且邪，玄慈在武功上是否能敌得住，已是难言，而各种毒功邪术更是不易抵挡。

玄慈雅不愿和他动手，但他公然在群雄之前向自己挑战，又势无退避之理，当下双掌合什，说道："丐帮数百年来，乃中原武林的侠义道，天下英雄，无不瞻仰。贵帮前任帮主汪剑通帮主，与敝派交情着实不浅。庄施主新任帮主，敝派得讯迟了，未及遣使道贺，不免有简慢之罪，谨此谢过。敝派僧俗弟子向来对贵帮极为尊敬，丐帮和少林派数百年的交情，从未伤了和气。却不知庄帮主何以今日忽兴问罪之师，还盼见告。天下英雄，俱在此间，是非曲直，自有公论。"

游坦之年轻识浅，不学无术，如何能和玄慈辩论？但他来少林寺之前，曾由全冠清教过一番言语，当即说道："我大宋南有辽国，西有西夏、吐蕃，北有大理，四夷虎视眈眈，这个……这个……"他将"北有辽国、南有大理"说错了方位，听众中有人不以为然，便发出咳嗽嗤笑之声。

游坦之知道不对，但已难挽回，不由得神态十分尴尬，幸好他戴着人皮面具，别人瞧不到他面色。他"嗯"了几声，继续说道："我大宋兵微将寡，国势脆弱，全赖我武林义士，江湖同道，大伙儿一同匡扶，这才能外抗强敌，内除奸人。"

群雄听他这几句话甚是有理，都道："不错，不错！"

游坦之精神一振，继续说道："只不过近年来外患日深，大伙儿肩头上的担子，也一天重似一天，本当齐心合力，共赴艰危才是。可是各门各派，各帮各会，却你争我斗，自己人跟自己人打架，总而言之，是大家不能够齐心。契丹人乔峰单枪匹马的来一闹，中原豪杰便打了个败仗，又听说西域星宿海的星宿老……星宿

老……星宿老……那个星宿老……嗯，他曾连杀少林派的两名高僧……这个……那个……”

全冠清本来教他说“西域星宿老怪曾到少林寺来连杀两名高僧，少林派束手无策”，游坦之原已将这些话背得十分纯熟，突然间话到口边，才觉得不对，连说了几个“星宿老”，却“老”不下去了。

群雄中有人叫道：“他是星宿老怪，你是星宿小妖！”人丛中哄笑大作。

星宿派门人齐声唱道：“星宿老仙，德配天地，威震寰宇，古今无比！”千余人齐声高唱，登时将群豪的笑声压了下去。

唱声甫歇，人丛中忽有一个嘶哑难听的声音大声唱道：“星宿老仙，德配天地，威震寰宇……”曲调和星宿派所唱一模一样。星宿派门人听到别派之中居然有人颂赞本派老仙，此事十分难得，那是远胜于本派弟子的自称自赞。群相大喜之下，锣鼓丝竹出力伴奏，不料第四句突然急转直下，只听他唱道：“……大放狗屁！”众门人相顾愕然之际，锣鼓丝竹半途不及收科，竟尔一直伴奏到底，将一句“大放狗屁”衬托得甚是悠扬动听。

群雄只笑得打跌，星宿派门人俱都破口大骂。王语嫣嫣然微笑，说道：“包三哥，你的嗓子好得紧啊！”包不同道：“献丑，献丑！”这四句歌正是包不同的杰作。

游坦之乘着众人扰攘之际，和全冠清低声商议了一阵，又朗声道：“我大宋国步艰危，江湖同道却又不能齐心合力，以致时受番邦欺压。因此丐帮主张立一位武林盟主，大伙儿听奉号令，有什么大事发生，便不致乱成一团了。玄慈方丈，你赞不赞成？”

玄慈缓缓的道：“庄帮主的话，倒也言之成理。但老衲有一事不解，却要请教。”游坦之道：“什么事？”玄慈道：“庄帮主已拜丁先生为师，算是星宿派门人了，是也不是？”游坦之道：“这个……这是我自己的事，与你无关。”玄慈道：“星宿派乃西域门派，非我大宋武林同道。我大宋立不立武林盟主，可与星宿派无涉。就算中原武林同道要推举一位盟主，以便统筹事功，阁下是星宿派门人，却也不便参与了。”

众英雄纷纷说道：“不错！”“少林方丈之言甚是。”“你是番邦门派的走狗奴才，怎可妄想做我中原武林的盟主？”

游坦之无言可答，向丁春秋望望，又向全冠清瞧瞧，盼望他们出言解围。

丁春秋咳嗽一声，说道：“少林方丈言之差矣！老夫乃山东曲阜人氏，生于圣人之邦，星宿派乃老夫一手创建，怎能说是西域番邦的门派？星宿派虽居处西域，那只不过是老夫暂时隐居之地。你说星宿派是番邦门派，那么孔夫子也是番邦人氏了，可笑啊可笑！说到西域番邦，少林武功源于天竺达摩祖师，连佛教也是西域番邦之物，我看少林派才是西域的门派呢！”此言一出，玄慈和群雄都感不易抗辩。

全冠清朗声道：“天下武功，源流难考。西域武功传于中土者有之，中土武功传于西域者亦有之。我帮庄帮主乃中土人氏，丐帮素为中原门派，他自然是中原武林的领袖人物。玄慈方丈，今日之事，当以武功强弱定胜负，不以言辞舌辩定输赢。丐帮与少林派到底谁强谁弱，只须你们两位首领出手较量，高下立判，否则便是说上半天，又有何益？倘若你有自知之明，不是敝帮庄帮主的敌手，那么只须甘拜下风，推戴我庄帮主为武林盟主，倒也不是非出手不可的。”这几句话，显然认定玄慈是明知不敌，胆怯推委。

玄慈向前走了几步，说道：“庄帮主，你既非要老衲出手不可，老衲若再顾念贵帮和敝派数百年的交情，坚不肯允，倒是对贵帮不敬了。”眼光向群雄缓缓掠过，朗声道：“天下英雄，今日人人亲眼目睹，我少林派决无与丐帮争雄斗胜之意，实是丐帮帮主步步见逼，老衲退无可退，避无可避。”

群雄纷纷说道：“不错，咱们都是见证，少林派并无丝毫理亏之处。”

游坦之只是挂念着阿紫的安危，一心要尽快杀了玄慈，好得向丁春秋交差，大声说道：“比武较量，强存弱亡，说不上谁理亏不理亏，快快上来动手罢！”

他幼年时好嬉不学，本质虽不纯良，终究是个质朴少年。他父亲死后，浪迹江湖，大受欺压屈辱，从无一个聪明正直之士好好对他教诲指点，近年来和阿紫日夕相处，所谓近朱者赤，近墨者黑，何况他一心一意的崇敬阿紫，一脉相承，是非善恶之际的分别，学到的都是星宿派那一套。星宿派武功没一件不是以阴狠毒辣取胜，再加上全冠清用心深刻，助他夺到丐帮帮主之位，教他所使的也尽是伤人不留余地的手段，日积月累的浸润下来，竟将一个系出中土侠士名门的弟子，变成了善恶不分、唯力是视的暴汉。

玄慈朗声道：“庄帮主的话，和丐帮数百年来的仁侠之名，可太不相称了。”

游坦之身形一晃，倏忽之间已欺近了丈余，说道：“要打便打，不打便退开了罢。”说话间又向丁春秋与阿紫瞧了一眼，心下甚是焦急不耐。

玄慈道：“好，老衲今日便来领教庄帮主降龙十八掌和打狗棒法的绝技，也好让天下英雄好汉，瞧瞧丐帮帮主数百年来的嫡传功夫。”

游坦之一怔，不由自主的退了两步。他虽接任丐帮帮主，但这降龙十八掌和打狗棒法两绝技，却是一招也不会。只是他曾听帮中长老们冷言冷语的说过，这两项绝技是丐帮的“镇帮神功”。降龙十八掌偶尔也有传与并非出任帮主之人，打狗棒法却必定传于丐帮帮主，数百年来，从无一个丐帮帮主不会这两项镇帮神功的。

玄慈说道："老衲当以本派大金刚掌接一接帮主的降龙十八掌，以降魔禅杖接一接帮主的打狗棒。唉，少林派和贵帮世代交好，这几种武功，向来切磋琢磨则有之，从来没有用以敌对过招，老衲不德，却是愧对丐帮历代帮主和少林派历代掌门了。"双掌一合，正是大金刚掌的起手式"礼敬如来"，脸上神色蔼然可亲，但僧衣的束带向左右笔直射出，足见这一招中蕴藏着极深的内力。

游坦之更不打话，左手凌空劈出，右掌跟着迅捷之极的劈出，左手掌力先发后至，右手掌力后发先至，两股力道交错而前，诡异之极，两人掌力在半途相逢，波的一声响，相互抵消，却听得嗤嗤两声，玄慈腰间束带的两端同时断截，分向左右飞出丈许。游坦之这两掌掌力所及范围甚广，攻向玄慈身子的劲力被"礼敬如来"的守势消解，但玄慈飘向身侧的束带却为他掌力震断。

少林派僧侣和群雄一见，登时纷纷呼喝："这是星宿派的邪门武功！""不是降龙十八掌！""不是丐帮功夫！"丐帮弟子之中竟也有人叫道："咱们和少林派比武，不能使邪派功夫！""帮主，你该使降龙十八掌才是！""使邪派功夫，没的丢了丐帮脸面。"

游坦之听得众人呼喝之声大作，不由得心下踌躇，第二招便使不出去。

星宿派门人却纷纷大叫："星宿派神功比丐帮降龙十八掌强得多，干么不使强的，反使差劲的？""庄师兄，再上！当然要用恩师星宿老仙传给你的神功，去宰了老和尚！""星宿神功，天下第一，战无不胜，攻无不克。降龙臭掌，狗屁不值！"

一片喧哗叫嚷之中，忽听得山下一个雄壮的声音说道："谁说星宿派武功胜过了丐帮的降龙十八掌？"

这声音也不如何响亮，但清清楚楚的传入了众人耳中，众人一愕之间，都住了口。

但听得蹄声如雷，十余乘马疾风般卷上山来。马上乘客一色都是玄色薄毡大氅，里面玄色布衣，但见人似虎，马如龙，人既矫捷，马亦雄骏，每一匹马都是高头长腿，通体黑毛，奔到近处，群雄眼前一亮，金光闪闪，却见每匹马的蹄铁竟然是黄金打就。来者一共是一十九骑，人数虽不甚多，气势之壮，却似有如千军万马一般，前面一十八骑奔到近处，拉马向两旁一分，最后一骑从中驰出。

丐帮帮众之中，大群人猛地里高声呼叫："乔帮主，乔帮主！"数百名帮众从人丛中疾奔出来，在那人马前躬身参见。

这人正是萧峰。他自被逐出丐帮之后，只道帮中弟子人人视他有如寇雠，万没料到敌我已分，竟然仍有这许多旧时兄弟如此热诚的过来参见，陡然间热血上涌，虎目含泪，翻身下马，抱拳还礼，说道："契丹人萧峰被逐出帮，与丐帮更无瓜葛。众位何得仍用旧日称呼？众位兄弟，别来俱都安好？"最后这句话中，旧情拳拳之意，竟是难以自已。

过来参见的大都是帮中的三袋、四袋弟子。一二袋弟子是低辈新进，平素少有机会和萧峰相见，五六袋以上弟子却严于夷夏之防，年长位尊，不如年青的热肠汉子那么说干便干，极少顾虑。这数百名弟子听他这么说，才省起行事太过冲动，这位"乔帮主"乃是大对头契丹人，帮中早已上下均知，何以一见他突然现身，爱戴之情油然而生，竟将这大事忘了？有些人当下低头退了回去，却仍有不少人道："乔……乔……你老人家好，自别之后，咱们无日不……不想念你老人家。"

那日阿紫突然外出不归，连续数日没有音讯，萧峰自是焦急万分，派出大批探子寻访。过了数月，终于得到回报，说她陷身丐帮，那个铁头人也与她在一起。

萧峰一听之下，甚是心惊，心想丐帮恨己切齿，这次将阿紫掳去，必是以她为质，向自己胁迫，须当立时将她救回。当下奏知辽帝，告假两月，将南院军政事务交由南院枢密使耶律莫哥代拆代行，径自南来。

萧峰这次重到中原，乃是有备而来，所选的“燕云十八骑”，个个是契丹族中顶尖儿的高手。他上次在聚贤庄中独战群雄，若非有一位大英雄突然现身相救，难免为人乱刀分尸，可见不论武功如何高强，真要以一敌百，终究不能，现下偕燕云十八骑俱来，每一人都能以一当十，再加胯下坐骑皆是千里良马，危急之际，倘若只求脱身，当非难事。

一行人来到河南，萧峰擒住一名丐帮低袋弟子询问，得知阿紫双目已盲，每日与新帮主形影不离，此刻已随同新帮主前赴少林寺。萧峰惊怒更增，心想阿紫双目为人弄瞎，则在丐帮中所遭种种惨酷的虐待拷打，自是可想而知，当即追向少林寺来，只盼中途遇上，径自劫夺，不必再和少林寺诸高僧会面。

来到少室山上，远远听到星宿派门人大吹，说什么星宿派武功远胜降龙十八掌，不禁怒气陡生。他虽已不是丐帮帮主，但那降龙十八掌乃恩师汪剑通所亲授，如何能容旁人肆意诬蔑？纵马上得山来，与丐帮三四袋群弟子厮见后，一瞥之间，见丁春秋手中抓住一个紫衣少女，身材婀娜，雪白的瓜子脸蛋，正是阿紫。但见她双目无光，瞳仁已毁，已然盲了。

萧峰心下又是痛惜，又是愤怒，当即大步迈出，左手一划，右手呼的一掌，便向丁春秋击去，正是降龙十八掌的一招“亢龙有悔”，他出掌之时，与丁春秋相距尚有十五六丈，但说到便到，力自掌生之际，两人相距已不过七八丈。

天下武术之中，任你掌力再强，也决无一掌可击到五丈以外的。丁春秋素闻“北乔峰，南慕容”的大名，对他决无半点小觑之心，然见他在十五六丈之外出掌，万料不到此掌是针对自己而发。殊不料萧峰一掌既出，身子已抢到离他三四丈处，又是一招“亢龙有悔”，后掌推前掌，双掌力道并在一起，排山倒海的压将过来。

只一瞬之间，丁春秋便觉气息窒滞，对方掌力竟如怒潮狂涌，势不可当，又如是一堵无形的高墙，向自己身前疾冲。他大惊之下，哪里还有余裕筹思对策，但知若是单掌出迎，势必臂断腕折，说不定全身筋骨尽碎，百忙中将阿紫向上急抛，双掌连划三个半圆护住身前，同时足尖着力，飘身后退。

萧峰跟着又是一招“亢龙有悔”，前招掌力未消，次招掌力又至。丁春秋不敢正面直攖其锋，右掌斜斜挥出，与萧峰掌力的偏势一触，但觉右臂酸麻，胸中气息登时沉浊，当即乘势纵出三丈之外，唯恐敌人又再追击，竖掌当胸，暗暗将毒气凝到掌上。萧峰轻伸猿臂，将从半空中堕下的阿紫接住，随手解开了她的穴道。

阿紫虽然目不能视物，被丁春秋制住后又口不能说话，于周遭变故却听得清清楚楚，身上穴道一解，立时喜道：“好姊夫，多亏你来救了我。”

萧峰心下一阵难过，柔声安慰：“阿紫，这些日子来可苦了你啦，都是姊夫累了你。”他只道丐帮首脑人物恨他极深，偏又奈何他不得，得知阿紫是他世上唯一的亲人，便到南京去掳了来，痛加折磨，却决计料想不到阿紫这一切全是自作自受。

萧峰来到山上之时，群雄立时耸动。那日聚贤庄一战，他孤身一人连毙数十名好手，当真是威震天下。中原群雄恨之切齿，却也是闻之落胆，这时见他突然又上少室山来，均想恶战又是势所难免。当日曾参与聚贤庄之会的，回思其时庄中大厅上血肉横飞的惨状，兀自心有余悸，不寒而栗。待见他仅以一招“亢龙有悔”，便将那不可一世的星宿老怪打得落荒而逃，心中更增惊惧，一时山上群雄面面相觑，肃然无语。

只有星宿派门人中还有十几人在那里大言不惭：“姓乔的，你身上中了我星宿派老仙的仙术，不出十天，全身化为脓血而亡！”“星宿老仙见你是后生小辈，先让你三招！”“星宿老仙是什么身份，怎屑与你动手？你如不悔悟，立即向星宿老仙跪倒求饶，日后势必死无葬身之地。”只是声音零零落落，绝无先前的嚣张气焰。

游坦之见到萧峰，心下害怕，待见他伸臂将阿紫搂在怀里，而阿紫满脸喜容，对他神情亲密，再也难以忍耐，纵身而前，说道：“你快……快放下阿紫姑娘！”萧峰将阿紫放在地下，问道：“阁下何人？”游坦之和他凛然生威的目光相对，气势立时怯了，嗫嚅道：“在下……在下是丐帮帮主……帮主庄……那个庄帮主。”

丐帮中有人叫道：“你已拜入星宿派门下，怎么还能是丐帮帮主？”

萧峰怒喝：“你干么弄瞎了阿紫姑娘的眼睛？”游坦之为他威势所慑，倒退两步，说道：“不……不是我……真的不是……”阿紫道：“姊夫，我的眼睛是丁春秋这老贼弄瞎的，你快挖了丁老贼的眼珠出来，给我报仇。”

萧峰一时难以明白其间真相，目光环扫，在人丛中见到了段正淳和阮星竹，胸中一酸，又是一喜，朗声道：“大理段王爷，令爱千金在此，你好好的管教罢！”携着阿紫的手，走到段正淳身前，轻轻将她一推。

阮星竹早已哭湿了衫袖，这时更加泪如雨下，扑上前来，搂住了阿紫，道：“乖孩子，你……你的眼睛怎么样了？”

段誉见到萧峰突然出现，大喜之下，便想上前厮见，只是萧峰掌击丁春秋、救回阿紫、会见游坦之，没丝毫空闲。待见阮星竹抱住了阿紫大哭，段誉不由得暗暗纳罕：“怎地乔大哥说这盲眼少女是我爹爹的令爱千金？”但他素知父亲到处留情，心念一转之际，便已猜到了其中关窍，快步而出，叫道：“大哥，别来可好？这可想煞小弟了。”

萧峰自和他在无锡酒楼中赌酒结拜，虽然相聚时短，却是倾盖如故，肝胆相照，意气相投，当即上前握住他双手，说道："兄弟，别来多事，一言难尽，差幸你我俱都安好。"

忽听得人丛中有人大叫："姓乔的，你杀了我兄长，血仇未曾得报，今日和你拼了。"跟着又有人喝道："这乔峰乃契丹胡虏，人人得而诛之，今日可再也不能容他活着走下少室山去。"但听得呼喝之声，响成一片，有的骂萧峰杀了他的儿子，有的骂他杀了父亲。

萧峰当日聚贤庄一战，杀伤着实不少。此时聚在少室山上的各路英雄中，不少人与死者或为亲人戚属，或为知交故友，虽对萧峰忌惮惧怕，但想到亲友血仇，忍不住向之叫骂。喝声一起，登时越来越响。众人眼见萧峰随行的不过一十八骑，他与丐帮及少林派均有仇怨，而适才数掌将丁春秋击得连连退避，更成为星宿派的大敌，动起手来，就算丐帮两不相助，各路英雄、少林僧侣，再加上星宿派门人，以数千人围攻萧峰一十九骑契丹人马，就算他真有通天的本领，那也决计难脱重围。声势一盛，各人胆气也便更加壮了。

群雄人多口杂，有些粗鲁之辈、急仇之人，不免口出污言，叫骂得甚是凶狠毒辣。数十人纷纷拔出兵刃，舞刀击剑，便欲一拥而上，将萧峰乱刀分尸。

萧峰一十九骑快马奔驰的来到中原，只盼忽施突袭，将阿紫救归南京，绝未料到竟有这许多对头聚集在一起。他自幼便在中原江湖行走，与各路英雄不是素识，便是相互闻名，知道这些人大都是侠义之辈，所以与自己结怨，一来因自己是契丹人，二来是有人从中挑拨，出于误会。聚贤庄之战实非心中所愿，今日若再大战一场，多所杀伤，徒增内疚，自己纵能全身而退，携来的"燕云十八骑"不免伤亡惨重，心下盘算："好在阿紫已经救出，交给了她父母，阿朱的心愿已了，我得急谋脱身，何必跟这些人多所纠缠？"

转头向段誉道："兄弟，此时局面恶劣，我兄弟难以多叙，你暂且退开，山高水长，后会有期。"他要段誉避在一旁，免得夺路下山之时，旁人出手误伤了他。

段誉眼见各路英雄数逾千人，个个要击杀义兄，不由得激起了侠义之心，大声道："大哥，做兄弟的和你结义之时，说什么来？咱俩有福同享，有难同当，不愿同年同月同日生，但愿同年同月同日死。今日大哥有难，兄弟焉能苟且偷生？"他以前每次遇到危难，都是施展凌波微步的巧妙步法，从人丛中奔逃出险，这时眼见情势凶险，胸口热血上涌，决意和萧峰同死，以全结义之情，这一次是说什么也不逃的了。

一众豪杰大都不识段誉是何许人，见他自称是萧峰的结义兄弟，决意与萧峰联手和众人对敌，这么一副文弱儒雅的模样，年纪又轻，自是谁也没将他放在心上，叫嚷得更加凶了。

萧峰道："兄弟，你的好意，哥哥甚是感谢。他们想要杀我，却也没这么容易。你快退开，否则我要分手护你，反而不便迎敌。"段誉道："你不用护我。他们和我无怨无仇，如何便来杀我？"萧峰脸露苦笑，心头感到一阵悲凉之意，心想："倘若无怨无仇便不加害，世间种种怨仇，却又从何而生？"

段正淳低声向范骅、华赫艮、巴天石诸人道："这位萧大侠于我有救命之恩，待会危急之际，咱们冲入人群，助他脱险。"范骅道："是！"向拔刃相向的数千豪杰瞧了几眼，说道："对方人多，不知主公有何妙策？"段正淳摇摇头，说道："大丈夫恩怨分明，尽力而为，以死相报。"大理众士齐声道："原当如此！"

这边姑苏燕子坞诸人也在轻声商议。公冶乾自在无锡与萧峰对掌赛酒之后，对他极是倾倒，力主出手相助。包不同和风波恶对萧峰也十分佩服，跃跃欲试的要上前助拳。慕容复却道："众位兄长，咱们以兴复为第一要务，岂可为了萧峰一人而得罪天下英雄？”邓百川道：“公子之言甚是。咱们该当如何？”

慕容复道：“收揽人心，以为己助。”突然间长啸而出，朗声说道：“萧兄，你是契丹英雄，视我中原豪杰有如无物，区区姑苏慕容复今日想领教阁下高招。在下死在萧兄掌下，也算是为中原豪杰尽了一分微力，虽死犹荣。”他这几句话其实是说给中原豪杰听的，这么一来，不论胜败，中原豪杰自将姑苏慕容氏视作了生死之交。

群豪虽有一拚之心，却谁也不敢首先上前挑战。人人均知，虽然战到后来终于必能将他击毙，但头上数十人却非死不可，这时忽见慕容复上场，不由得大是欣慰，精神为之一振。“北乔峰，南慕容”二人向来齐名，慕容复抢先出手，就算最后不敌，也已大杀对方凶焰，耗去他不少内力。霎时间喝采之声，响彻四野。

萧峰忽听慕容复挺身挑战，也不由得一惊，双手一合，抱拳相见，说道：“素闻公子英名，今日得见高贤，大慰平生。”

段誉急道：“慕容兄，这可是你的不是了。我大哥初次和你相见，素无嫌隙，你又何必乘人之危？何况大家冤枉你之时，我大哥曾为你分辩？”慕容复冷冷一笑，说道：“段兄要做抱打不平的英雄好汉，一并上来赐教便是。”他对段誉纠缠王语嫣，不耐已久，此刻乘机发作了出来。段誉道：“我有什么本领来赐教于你？只不过说句公道话罢了。”

丁春秋被萧峰数掌击退，大感面目无光，而自己的种种绝技并未得施，当下纵身而前，打个哈哈，说道：“姓萧的，老夫看你年轻，适才让你三招，这第四招却不能让了。”

游坦之上前说道：“姓庄的多谢你救了阿紫姑娘，可是杀父之仇，不共戴天。姓萧的，咱们今日便来作个了断。”

少林派玄生大师暗传号令：“罗汉大阵把守各处下山的要道。这恶徒害死了玄苦师兄，此次决不容他再生下少室山。”

萧峰见三大高手以鼎足之势围住了自己，而少林群僧东一簇，西一撮，看似杂乱无章，其实暗含极厉害的阵法，这情形比之当日聚贤庄之战又更凶险得多。忽听得几声马匹悲嘶之声，十九匹契丹骏马一匹匹翻身滚倒，口吐白沫，毙于地下。

十八名契丹武士连声呼叱，出刀出掌，刹那间将七八名星宿派门人砍倒击毙，另有数名星宿门人却逃了开去。原来丁春秋上前挑战，他的门人便分头下毒，算计了契丹人的坐骑，要萧峰不能倚仗骏马脚力冲出重围。

萧峰一瞥眼间，看到爱马在临死之时眼望自己，流露出恋主的凄凉之色，想到乘坐此马日久，千里南下，更是朝夕不离，不料却于此处丧于奸人之手，胸口热血上涌，激发了英雄肝胆，一声长啸，说道："慕容公子、庄帮主、丁老怪，你们便三位齐上，萧某何惧？"他恼恨星宿派手段阴毒，呼的一掌，向丁春秋猛击出去。

丁春秋领教过他掌力的厉害，双掌齐出，全力抵御。萧峰顺势一带，将己彼二人的掌力都引了开来，斜斜劈向慕容复。慕容复最擅长本领是"斗转星移"之技，将对方使来的招数转换方位，反施于对方，但萧峰一招挟着二人的掌力，力道太过雄浑，同时掌力急速回旋，实不知他击向何处，势在无法牵引，当即凝运内力，双掌推出，同时向后飘开了三丈。

萧峰身子微侧，避开慕容复的掌力，大喝一声，犹似半空响了个霹雳，右拳向游坦之击出。他身材魁伟，比游坦之足足高了一个头，这一拳打将出去，正对准了他面门。游坦之对他本存惧意，听到这一声大喝宛如雷震，更是心惊。萧峰这一拳来得好快，掌击丁春秋，斜劈慕容复，拳打游坦之，虽说有先后之分，但三招接连而施，快如电闪，游坦之待要招架，拳力已及面门，总算他勤练"易筋经"后，体内自然而然的生出反应，脑袋向后急仰，两个空心筋斗向后翻出，这才在间不容发之际避开了这千斤一击。

游坦之脸上一凉，只听得群雄“咦”的一声，但见一片片碎布如蝴蝶般四散飞开。游坦之蒙在脸上的面幕竟被萧峰这一拳击得粉碎。旁观众人见这丐帮帮主一张脸凹凹凸凸，一块红，一块黑，满是创伤疤痕，五官糜烂，丑陋可怖已极，无不骇然。

萧峰于三招之间，逼退了当世的三大高手，豪气勃发，大声道：“拿酒来！”一名契丹武士从死马背上解下一只大皮袋，快步走近，双手奉上。萧峰拔下皮袋塞子，将皮袋高举过顶，微微倾侧，一股白酒激泻而下。他仰起头来，骨嘟骨嘟的喝之不已。皮袋装满酒水，少说也有二十来斤，但萧峰一口气不停，将一袋白酒喝得涓滴无存。只见他肚子微微胀起，脸色却黑黝黝地一如平时，毫无酒意。群雄相顾失色之际，萧峰右手一挥，余下十七名契丹武士各持一只大皮袋，奔到身前。

萧峰向十八名武士说道：“众位兄弟，这位大理段公子，是我的结义兄弟。今日咱们陷身重围之中，寡不敌众，已然势难脱身。”他适才和慕容复等各较一招，虽然占了上风，却已试出这三大高手每一个都身负绝技，三人联手，自己便非其敌，何况此外虎视眈眈、环伺在侧的，又有千百名豪杰。他拉着段誉之手，说道：“兄弟，你我生死与共，不枉了结义一场，死也罢，活也罢，大家痛痛快快的喝他一场。”

段誉为他豪气所激，接过一只皮袋，说道：“不错，正要和大哥喝一场酒。”

少林群僧中突然走出一名灰衣僧人，朗声说道：“大哥，三弟，你们喝酒，怎么不来叫我？”正是虚竹。他在人丛之中，见到萧峰一上山来，登即英气逼人，群雄黯然无光，不由得大为心折；又见段誉顾念结义之情，甘与共死，当日自己在缥缈峰上与段誉结拜之时，曾将萧峰也结拜在内，大丈夫一言既出，生死不渝，想起与段誉大醉灵鹫宫的豪情胜概，登时将什么安危生死、清规戒律，一概置之脑后。

萧峰从未见过虚竹，忽听他称自己为“大哥”，不禁一呆。

段誉抢上去拉着虚竹的手，转身向萧峰道：“大哥，这也是我的结义哥哥。他出家时法名虚竹，还俗后叫虚竹子。咱二人结拜之时，将你也结拜在内了。二哥，快来拜见大哥。”虚竹当即上前，跪下磕头，说道：“大哥在上，小弟叩见。”

萧峰微微一笑，心想：“兄弟做事有点呆气，他和人结拜，竟将我也结拜在内。我死在顷刻，情势凶险无比，但这人不怕艰危，挺身而出，足见是个重义轻生的大丈夫、好汉子。萧峰和这种人相结为兄弟，却也不枉了。”当即跪倒，说道：“兄弟，萧某得能结交你这等英雄好汉，欢喜得紧。”两人相对拜了八拜，竟然在天下英雄之前，义结金兰。

萧峰不知虚竹身负绝顶武功，见他是少林寺中的一名低辈僧人，料想功夫有限，只是他既慷慨赴义，若教他避在一旁，反而小觑他了，提起一只皮袋，说道：“两位兄弟，这一十八位契丹武士对哥哥忠心耿耿，平素相处，有如手足，大家痛饮一场，放手大杀罢。”拔开袋上塞子，大饮一口，将皮袋递给虚竹。虚竹胸中热血如沸，哪管他什么佛家的五戒六戒、七戒八戒，提起皮袋便即喝了一口，交给段誉。段誉喝一口后，交了给一名契丹武士。众武士一齐举袋痛饮烈酒。

虚竹向萧峰道：“大哥，这星宿老怪害死了我后一派的师父、师兄，又害死我先一派少林派的太师叔玄难大师和玄痛大师。兄弟要报仇了！”萧峰心中一奇，道：“你……”第二个字还没说下去，虚竹双掌飘飘，已向丁春秋击了过去。

萧峰见他掌法精奇，内力浑厚，不由得又惊又喜，心道：“原来二弟武功如此了得，倒是万万意想不到。”喝道：“看拳！”

呼呼两拳，分向慕容复和游坦之击去。游坦之和慕容复分别出招抵挡。十八名契丹武士知道主公心意，在段誉身周一围，团团护卫。

虚竹使开“天山六阳掌”，盘旋飞舞，着着进迫。丁春秋那日潜入木屋，曾以“逍遥三笑散”对苏星河和虚竹暗下毒手，苏星河中毒毙命，虚竹却安然无恙，丁春秋早已对他深自忌惮，此刻便不敢使用毒功，深恐虚竹的毒功更在自己之上，那时害人不成，反受其害，当即也以本门掌法相接，心想：“这小贼秃解开珍珑棋局，竟然得了老贼的传授，成为我逍遥派的掌门人。老贼鬼计多端，别要暗中安排下对付我的毒计，千万不可大意。”

逍遥派武功讲究轻灵飘逸，闲雅清隽，丁春秋和虚竹这一交上手，但见一个童颜白发，宛如神仙，一个僧袖飘飘，泠若御风。两人都是一沾即走，当真便似一对花间蝴蝶，蹁跹不定，于这“逍遥”二字发挥到了淋漓尽致。旁观群雄于这逍遥派的武功大都从未见过，一个个看得心旷神怡，均想：“这二人招招凶险，攻向敌人要害，偏生姿式却如此优雅美观，直如舞蹈。这般举重若轻、潇洒如意的掌法，我可从来没见过，却不知哪一门功夫？叫什么名字？”

那边厢萧峰独斗慕容复、游坦之二人，最初十招颇占上风，但到十余招后，只觉游坦之每一拳击出、每一掌拍来，都是满含阴寒之气。萧峰以全力和慕容复相拼之际，游坦之再向他出招，不由得寒气袭体，大为难当。这时游坦之体内的冰蚕寒毒得到易筋经内功的培养，正邪为辅，火水相济，已成为天下一等一的厉害内功，再加上慕容复“斗转星移”之技奥妙莫测，萧峰此刻力战两大高手，比之当日在聚贤庄与数百名武林好汉对垒，凶险之势，实不遑多让。但他天生神武，处境越不利，体内潜在勇力越是发皇奋扬，将天下阳刚第一的“降龙十八掌”一掌掌发出，竟使慕容复和游坦之无法近身，而游坦之的冰蚕寒毒便也不致侵袭到他身上。但萧峰如此发掌，内力消耗着实不小，到后来掌力势非减弱不可。

游坦之看不透其中的诀窍，慕容复却心下雪亮，知道如此斗将下去，只须自己和这庄帮主能支持得半个时辰，此后便能稳占上风。但“北乔峰，南慕容”素来齐名，今日首次当众拼斗，自己却要丐帮帮主相助，纵然将萧峰打死，“南慕容”却也显然不及“北乔峰”了。慕容复心中盘算数转，寻思：“兴复事大，名望事小。我若能为天下英雄除去了这个中原武林的大害，则大宋豪杰之士，不论识与不识，自然对我怀恩感德，看来这武林盟主一席，便非我莫属了。那时候振臂一呼，大燕兴复可期。何况其时乔峰这厮已死，就算‘南慕容’不及‘北乔峰’，也不过往事一件罢了。”转念又想：“杀了乔峰之后，庄聚贤便成大敌，倘若武林盟主之位终于被他夺去，我反而要听奉他号令，却又大大的不妥。”是以发招出掌之际，暗暗留下几分内力，只是面子上似乎全力奋击，勇不顾身，但萧峰“降龙十八掌”的威力，却大半由游坦之受了去。慕容复身法精奇，旁人谁也瞧不出来。

转瞬之间，三人翻翻滚滚的已拆了百余招。萧峰连使巧劲，诱使游坦之上当。游坦之经验极浅，几次险些着了道儿，全仗慕容复从旁照料，及时化解，而对萧峰所击出刚猛无俦的掌力，游坦之却以深厚内功奋力承受。

段誉在十八名契丹武士围成的圈子之中，眼看二哥步步进逼，丝毫不落下风，大哥以一敌二，虽然神威凛凛，但见他每一掌都是打得狂风呼啸，飞沙走石，只怕难以持久，心想：“我口口声声说要和两位哥哥同赴患难，事到临头，却躲在人丛之中，受人保护，那算得什么义气？算得是什么同生共死？左右是个死，咱结义三兄弟中，我这老三可不能太不成话。我虽然全无武功，但以凌波微步去和慕容复纠缠一番，让大哥腾出手来先打退那个丑脸庄帮主，也是好的。”

他思念已定，闪身从十八名契丹武士的圈子中走了出来，朗声说道："慕容公子，你既和我大哥齐名，该当和我大哥一对一的比拼一番才是，怎么要人相助，方能苦苦撑持？就算勉强打个平手，岂不是已然贻羞天下？来来来，你有本事，便打我一拳试试。"说着身子一晃，抢到了慕容复身后，伸手往他后颈抓去。

慕容复见他来得奇快，反手拍的一掌，正击在他脸上。段誉右颊登时皮破血流，痛得眼泪也流了下来。他这凌波微步本来甚为神妙，施展之时，别人要击打他身子，确属难能，可是这一次他是出手去攻击旁人。这么毛手毛脚的一抓，焉能抓得到武功绝顶的姑苏慕容？被他一掌击来，段誉又不会闪避，立时皮开肉绽，苦不堪言。

但慕容复的手掌只和他面颊这么极快的一触，立觉自身内力向外急速奔泻，就此无影无踪，而手臂手掌也不由得一麻，登时大吃一惊："星宿派妖术流毒天下，这小子居然也学上了，倒须小心。"骂道："姓段的小子，你几时也投入星宿派门下了？"

段誉道："你说什……"一言未毕，冷不防慕容复飞起一脚，将他踢了个筋斗。慕容复没料得这下偷袭，竟如此容易得手，心中一喜，当即飞身而上，右足踩住了他胸口，喝道："你要死是要活？"段誉一侧头，见萧峰还在和庄聚贤恶斗，心想自己倘若出言挺撞，立时便给他杀了，他空出手来又去相助庄聚贤，大哥又即不妙，还是跟他拖延时刻的为是，便道："死有什么好？当然是活在世上做人，比较有些儿味道。"

慕容复听这小子在这当儿居然还敢说俏皮话，脸色一沉，喝道："你若要活，便……"他想叫段誉向自己磕一百个响头，当众折辱于他，但转念便想到这人步法巧妙，这次如放开了他，要再制住他可未必容易，随即转口道："……便叫我一百声'亲爷爷'！"段誉笑道："你又大不了我几岁，怎么能做我爷爷？好不害臊！"慕容复呼的一掌拍出，击在段誉脑袋右侧，登时泥尘纷飞，地下现出一坑，这一掌只要偏得数寸，段誉当场便脑浆迸裂。慕容复喝道："你叫是不叫？"

段誉侧过了头，避开地下溅起来的尘土，一瞥眼，看到远处王语嫣站在包不同和风波恶身边，双眼目不转睛的注视着自己，然而脸上却无半分关切焦虑之情，显然她心中所想的，只不过是："表哥会不会杀了段公子？"倘若表哥杀了段公子，王姑娘自然也不会有什么伤心难过。他一看到王语嫣的脸色，不由得万念俱灰，只觉还是即刻死于慕容复之手，免得受那相思的无穷折磨，便凄然道："你干么不叫我一百声'亲爷爷'？"

慕容复大怒，提起右掌，对准了段誉面门直击下去，倏见两条人影如箭般冲来。一个叫道："别伤我儿！"一个叫道："别伤我师父。"两人身形虽快，其势却已不及阻止他掌击段誉，但段正淳和南海鳄神都是武功极高之士，两股掌力一前一后的分击慕容复要害。

慕容复若不及时回救，虽能打死段誉，自己却非身受重伤不可。他立即收回右掌，挡向段正淳拍来的双掌，左掌在背后画个圆圈，化解南海鳄神的来势。三人掌力相激荡，各自心中一凛，均觉对方武功着实了得。段正淳急于解救爱子，右手食指一招"一阳指"点出，招数正大，内力雄浑。

王语嫣叫道："表哥小心，这是大理段氏一阳指，不可轻敌。"

南海鳄神哇哇大叫："你奶奶的，我这他妈的师父虽然不成话，总是我岳老二的师父。你打我师父，便如打我岳老二一般。我师父要是贪生怕死，叫了你一句亲爷爷，我岳老二今后还能做人么？见了你如何称呼？你岂不是比岳老二还大上三辈？我不成做了你的灰孙子？实在欺人太甚，今日跟你拼了。"一面叫骂，一面取出鳄嘴剪来，左一剪，右一剪，不断向慕容复剪去。他生平最怕的便是辈份排名低于别人，连"四大恶人"中老二、老三的名次，还要和叶二娘争个不休。今日段誉倘若叫了慕容复一声“亲爷爷”，南海鳄神这现成“灰孙子”可就做定了，那当真陷入了万劫不复的境地，宁可脑袋落地，灰孙子是万万不做的。

慕容复不知他叫嚷些什么，右足牢牢踏定了段誉，双手分敌二人。拆到十余招后，觉得南海鳄神虽有一件厉害兵刃，倒还容易抵敌，段正淳的一阳指却着实不能小觑了，是以正面和段正淳相对，凝神拆招，于南海鳄神的鳄嘴剪却只以余力化解，百忙中还得一两招，便将南海鳄神逼跃出数丈以外相避。段誉被他踏住了，出力挣扎，想爬起身来，却哪里能够？

段正淳见爱子受制，心想这慕容复脚下只须略一加力，儿子便会给他踩得呕血身亡，眼前情势利于速战，只有先将儿子救脱险境才是道理，当下将那一阳指使得虎虎生风，着着进迫。忽听得一个阴阳怪气的声音说道：“大理段氏一阳指讲究气象森严，雍容肃穆，于威猛之中不脱王者风度。似你这般死缠烂打，变成丐帮的没袋弟子了，还成什么一阳指？嘿嘿，嘿嘿，这不是给大理段氏丢人么？”段正淳听得说话的正是大对头段延庆，他这番话原本不错，但爱子有难，关心则乱，哪里还有余暇来顾及什么气象、什么风度？一阳指出手越来越重，这一来，变成狠辣有余，沉稳不足，倏然间一指点出，给慕容复就势一移一带，嗤的一声响，点中了南海鳄神的肩窝。

南海鳄神哇哇怪叫，骂道：“你奶……”呛啷一声，鳄嘴剪落地，剪身一半砸在他脚骨之上。他又痛又怒，便欲破口大骂，但转念一想：“他是师父的老子，我若骂他，不免乱了辈份，此人可杀不可骂，日后若有机缘，我悄悄将他脑袋瓜子剪去便是……”

便在此时，慕容复乘着段正淳误伤对手、心神微分之际，左手中指直进，快如闪电般点中了段正淳胸口的中庭穴。

这中庭穴在膻中穴之下一寸六分。膻中穴乃人身气海，百息之所会，最当冲要，一着敌指，立时气息闭塞。慕容复知道对方了得，百忙中但求一指着体，已无法顾及非点中膻中穴不可，但饶是如此，段正淳已感胸口一阵剧痛，内息难行。

王语嫣见表哥出指中敌，拍手喝采："表哥，好一招'夜叉探海'！"本来要点中对方膻中气海，才算是"夜叉探海"，但她对意中人自不免要宽打几分，他这一指虽差了一寸六分，却也马马虎虎的称之为"夜叉探海"了。

慕容复知道这一指并未点中对方要害，立即补上一招，右掌推出，直击段正淳胸口。段正淳一口气还没换过，无力抵挡，给慕容复一掌猛击，一口鲜血喷了出来。他爱子心切，不肯退开，急忙运气，慕容复第二招又已拍出。

段誉身处慕容复足底，突见父亲口中鲜血直喷，慕容复第二掌又将击出，心下大急，右手食指向他急指，叫道："你敢打我爹爹？"情急之下，内力自然而然从食指中涌出，正是"六脉神剑"中"商阳剑"的一招，嗤的一声响，慕容复一只衣袖已被无形剑切下，跟着剑气与慕容复的掌力一撞。慕容复只感手臂一阵酸麻，大吃一惊，急忙向后跃开。

段誉身得自由，一骨碌翻身站起，左手小指点出，一招"少泽剑"又向他刺去。慕容复忙展开左袖迎敌，嗤嗤两剑，左手袖子又已被剑气切去。邓百川叫道："公子小心，这是无形剑气，用兵刃罢！"拔剑出鞘，倒转剑柄，向慕容复掷去。

段誉听得王语嫣在慕容复打倒自己父亲之时大声喝采，心中气苦，内力源源涌出，一时少商、商阳、中冲、关冲、少冲、少泽六脉剑法纵横飞舞，使来得心应手，有如神助。

段誉这路剑法大开大阖，气派宏伟，每一剑刺出，都有石破天惊、风雨大至之势，慕容复一笔一钩，渐感难以抵挡。

四十二

老魔小丑　岂堪一击　胜之不武

慕容复接过邓百川掷来的长剑，精神一振，使出慕容氏家传剑法，招招连绵不绝，犹似行云流水一般，瞬息之间，全身便如罩在一道光幕之中。武林人士向来只闻姑苏慕容氏武功渊博，各家各派的功夫无所不知，殊不料剑法精妙如斯。

但慕容复每一招不论如何凌厉狠辣，总是递不到段誉身周一丈之内。只见段誉双手点点戳戳，便逼得慕容复纵高伏低，东闪西避。突然间拍的一声响，慕容复手中长剑为段誉的无形剑气所断，化为寸许的二三十截，飞上半空，斜阳映照，闪出点点白光。

慕容复猛吃一惊，却不慌乱，左掌急挥，将二三十截断剑化作暗器，以满天花雨手法向段誉激射过来。段誉大叫："啊哟！"手足无措，慌作一团，急忙伏地。数十枚断剑都从他头顶飞过，高手比武，竟出到形如"狗吃屎"的丢脸招数，实在难看已极。慕容复长剑虽被截断，但败中求胜，潇洒自如，反较段誉光采得多。

风波恶叫道："公子，接刀！"将手中单刀掷了过去。慕容复接刀在手，见段誉已爬起身来，笑道："段兄这招'恶狗吃屎'，是大理段氏的家传绝技么？"段誉一呆，道："不是！"右手小指一挥，一招"少冲剑"刺了过去。

慕容复舞刀抵御，但见他忽使"五虎断门刀"，忽使"八卦刀法”，不数招又使“六合刀”，顷刻之间，连使八九路刀法，每一路都能深中窍要，得其精义，旁观的使刀名家尽皆叹服。可是他刀法虽精，始终无法欺近段誉身旁。段誉一招“少冲剑”从左侧绕了过来，慕容复举刀一挡，当的一声，一柄利刃又被震断。

公冶乾手一抬，两根判官笔向慕容复飞去。慕容复抛下断刀，接过判官笔来，一出手，招招点穴招数，笔尖上嗤嗤有声，隐隐然也有一股内力发出。

段誉百余招拆将下来，畏惧之心渐去，记起伯父和天龙寺枯荣大师所传的内功心法，将那六脉神剑使得渐渐的圆转融通。忽听得萧峰说道：“三弟，你这六脉神剑尚未纯熟，六种剑法齐使，转换之时中间留有空隙，对方便能乘机趋避。你不妨只使一种剑法试试。”

段誉道：“是，多谢大哥指点！”侧眼一看，只见萧峰负手旁站，意态闲逸，庄聚贤却躺在地下，双足断折，大声呻吟。

原来萧峰少了慕容复一个强敌，和游坦之单打独斗，立时便大占上风，只是和他硬拼数掌，每一次双掌相接，都不禁机伶伶的打个冷战，感到寒气袭体，说不出的难受，当即呼呼呼猛击数掌，乘游坦之举掌全力相迎之际，倏地横扫一腿。游坦之所长者乃是冰蚕寒毒和易筋经内功，拳脚上功夫全是学自阿紫，那是稀松平常之极，但觉腿上一阵剧痛，喀喇一声，两只小腿胫骨同时折断，便即摔倒。萧峰朗声道：“丐帮向以仁侠为先，你身为一帮之主，岂可和星宿派的妖人同流合污？没的辱没了丐帮数百年来的侠义美名！”

游坦之所以得任丐帮帮主，全仗着过人的武功，见识气度，却均不足以服众，何况戴起面幕，神神秘秘，鬼鬼祟祟，一切事务全听阿紫和全冠清二人调度，众丐早已甚感不满。这日连续抓死本帮帮众，当众向丁春秋磕头，投入星宿派门下，众丐更不将他当帮主看待了。萧峰踢断他的双腿，众丐反而心中窃喜，竟无一个上来相助。全冠清等少数死党纵然有心趋前救援，但见到萧峰威风凛凛的神情，有谁敢上来送死？

萧峰打倒游坦之后，见虚竹和丁春秋相斗，颇居优势，段誉虽会六脉神剑，有时精巧，有时笨拙无比，许多取胜的机会都莫名其妙的放了过去，忍不住出声指点。

段誉侧头观看萧峰和游坦之二人，心神略分，六脉神剑中立时出现破绽。慕容复机灵无比，左手一挥，一枝判官笔势挟劲风，向段誉当胸射到，眼见便要穿胸而过。段誉见判官笔来势惊人，不由得慌了手脚，急叫："大哥，不好了！"

萧峰一招"见龙在田"，从旁拍击过去，判官笔为掌风所激，笔腰竟尔弯曲，从段誉脑后绕了个弯，向慕容复射了回去。

慕容复举起右手单笔，砸开射来的判官笔，当的一声，双笔相交，只震得右臂发麻，不等那弯曲了的判官笔落地，左手一抄，已然抓住，使将开来，竟然是单钩的钩法。

群雄既震于萧峰掌力之强，又见慕容复应变无穷，钩法精奇，忍不住也大声喝采，都觉今日得见当世奇才各出全力相拼，实是大开眼界，不虚了此番少室山一行。

段誉逃过了飞笔穿胸之险，定一定神，大拇指按出，使动"少商剑法"。这路剑法大开大阖，气派宏伟，每一剑刺出，都有石破天惊、风雨大至之势，慕容复一笔一钩，渐感难以抵挡。段誉得到萧峰的指点，只是专使一路少商剑法，果然这路剑法结构严谨，再无破绽。本来六脉神剑六路剑法回转运使，威力比之单用一剑自是强大得多，但段誉不懂其中诀窍，单使一剑反更圆熟，十余剑使出，慕容复已然额头见汗，不住倒退，退到一株大槐树旁，倚树防御。段誉将一路少商剑法使完，拇指一屈，食指点出，变成了"商阳剑法"。

这商阳剑的剑势不及少商剑宏大，轻灵迅速却远有过之，他食指连动，一剑又一剑的刺出，快速无伦。使剑全仗手腕灵活，但出剑收剑，不论如何迅速，总是有数尺的距离，他以食指运那无形剑气，却不过是手指在数寸范围内转动，一点一戳，何等方便？何况慕容复被他逼在丈许之外，全无还手余地。段誉如果和他一招一式的拆解，使不上第二招便给慕容复取了性命，现下只攻不守，任由他运使从天龙寺中学来的商阳剑法，自是占尽了便宜。

王语嫣眼见表哥形势危急，心中焦虑万分，她虽熟知天下各家各派的武功招式，于这六脉神剑却一窍不通，无法出声指点，唯有空自着急的份儿。

萧峰见段誉的无形剑气越出越神妙，既感欣慰，又是钦佩，蓦地里心中一酸，想起了阿朱："阿朱那日所以甘愿代她父亲而死，实因怕我杀她父亲之后，大理段氏必定找我复仇，深恐我抵敌不住他们的六脉神剑。三弟剑法如此神奇，我若和慕容复易地而处，确也难以抵敌。阿朱以她的性命来救我一死，我……我契丹一介武夫，怎配消受她如此深情厚恩？"

群雄眼见慕容复被段誉逼得窘迫已极，有人便想上前相助，忽听得西南角上无数女子声音喊道："星宿老怪，你怎敢和我缥缈峰灵鹫宫主人动手？快快跪下磕头罢。"众人侧头看去，见山边站着数百名女子，分列八队，每一队各穿不同颜色衣衫，红黄青紫，鲜艳夺目。八队女子之旁又有数百名江湖豪客，服饰打扮，大异常人。这些豪客也纷纷呼叫："主人，给他种下几片'生死符'！""对付星宿老怪，生死符最具神效！"

虚竹的武功内力均在丁春秋之上，本来早可取胜，只是一来临敌经验实在太浅，本身功力发挥不到六七成；二来他心存慈悲，许多取人性命的厉害杀手，往往只施一半便即收回；三来丁春秋周身剧毒，虚竹颇存顾忌，不敢轻易沾到他身子，却不知自己身具深厚内力，丁春秋这些剧毒早就害他不得，是以剧斗良久，还是相持不下。忽听得一众男女齐声大呼，为自己呐喊助威，虚竹向声音来处看去，不禁又惊又喜，但见灵鹫宫九天九部诸女中倒有八部到了，余下一部鸾天部想是在灵鹫宫留守。那些男子则是三十六洞洞主、七十二岛岛主及其部属，人数着实不少，各洞主、岛主就算并非齐到，也已到了八九成。

虚竹叫道："余婆婆，乌先生，你们怎么也来了？"余婆婆说道："启禀主人，属下等接到梅兰竹菊四位姑娘传书，得知少林寺贼秃们要跟主人为难，因此知会各洞各岛部属，星夜赶来。天幸主人无恙，属下不胜之喜。"虚竹道："少林派是我师门，你言语不得无礼，快向少林寺方丈谢罪。"他口中说话，天山折梅手、天山六阳掌等仍是使得妙着纷呈。

余婆脸现惶恐之色，躬身道："是，老婆子知罪了。"走到玄慈方丈之前，双膝跪倒，恭恭敬敬的磕了四个头，说道："灵鹫宫主人属下昊天部余婆，言语无礼，冒犯少林寺众位高僧，谨向方丈磕头谢罪，恭领方丈大师施罚。"她这番话说得甚是诚恳，但吐字清朗，显得内力充沛，已是一流高手的境界。

玄慈袍袖一拂，说道："不敢当，女施主请起！"这一拂之中使上了五分内力，本想将余婆托起，哪知余婆只是身子微微一震，竟没给托起。她又磕了个头，说道："老婆子冒渎主人师门，罪该万死。"这才缓缓站起，回归本队。

玄字辈众老僧曾听虚竹述说入主灵鹫宫的经过，得知就里，其余少林众僧和旁观群雄却都大奇："这老婆子内力修为着实了得，其余众男女看来也非弱者，怎么竟都是这少林派小和尚的部下，真是奇哉怪也。"有人眼见虚竹相助萧峰，而他有大批男女部属到来，萧峰陡增强助，要杀他已颇不易，不由得担忧。

星宿派门人见到灵鹫八部诸女中有不少美貌少妇少女，言语中当即不清不楚起来。众洞主、岛主都是粗豪汉子，立即反唇相稽，一时山头上呼喝叱骂之声，响成一片。众洞主、岛主纷纷拔刀挑战。星宿派门人未得师父吩咐，不敢出阵应战，口中的叫骂可就加倍污秽了。有的眼见师父久战不利，局面未必大好，便东张西望的察看逃奔下山的道路。

段誉心不旁骛，于灵鹫宫众人上山全不理会，凝神使动商阳剑法，着着向慕容复进逼。慕容复这时已全然看不清无形剑气的来路，唯有将一笔一钩使得风雨不透，护住全身。

陡然间嗤的一声，段誉剑气透围而入，慕容复帽子被削，登时头发四散，狼狈不堪。王语嫣惊叫："段公子，手下留情！"段誉心中一凛，长叹一声，第二剑便不再发出，回手抚胸，心道："我知你心中所念，只有你表哥一人，倘使我失手将他杀了，你悲痛无已，从此再无笑容。段某敬你爱你，决不愿令你悲伤难过。"

慕容复脸如死灰，心想今日少室山上斗剑而败，已是奇耻大辱，再因一女子出言求情，对方才饶了自己性命，今后在江湖上哪里还有立足的余地？大声喝道："大丈夫死则死耳，谁要你卖好让招？"舞动钢钩，向段誉直扑过来。

段誉双手连摇，说道："咱们又无仇怨，何必再斗？不打了，不打了！"

慕容复素性高傲，从没将天下人放在眼内，今日在当世豪杰之前，被段誉逼得全无还手余地，又因王语嫣一言而得对方容让，这口忿气如何咽得下去？他钢钩挥向段誉面门，判官笔疾刺段誉胸膛，只想："你用无形剑气杀我好了，拼一个同归于尽，胜于在这世上苟且偷生。"这一下扑来，已将自己生死置之度外。

段誉见慕容复来势凶猛，若以六脉神剑刺他要害，生怕伤了他性命，一时手足无措，竟然呆了，想不起以凌波微步避让。慕容复这一纵志在拼命，来得何等快速，人影一晃之际，噗的一声，右手判官笔已插入段誉身子。总算段誉在危急之间向左一侧，避过胸膛要害，判官笔却已深入右肩，段誉"啊"的一声大叫，只吓得全身僵立不动。慕容复左手钢钩疾钩他后脑，这一招"大海捞针"，乃是北海拓跋氏“渔叟钩法”中的一招厉害招数，系从深海钩鱼的钩法之中变化出来，的是既准且狠。

段正淳和南海鳄神眼见情势不对，又再双双扑上，此外又加上了巴天石和崔百泉。这一次慕容复决意要杀段誉，宁可自己身受重伤，也决不肯有丝毫缓手，因此竟不理会段正淳等四人的攻击，眼见钢钩的钩尖便要触及段誉后脑，突然间背后“神道穴”上一麻，身子被人凌空提起。“神道穴”要穴被抓，登时双手酸麻，再也抓不住判官笔和钢钩，只听得萧峰厉声喝道：“人家饶你性命，你反下毒手，算什么英雄好汉？”

原来萧峰见慕容复猛扑而至，门户大开，破绽毕露，料想段誉无形剑气使出，一招便取了他性命，万没想到段誉竟会在这当儿住手，慕容复来势奇速，虽以萧峰出手之快，竟也不及解救那一笔之厄。但慕容复跟着使出那一招“大海捞针”时，萧峰便即出手，一把抓住他后心的“神道穴”。本来慕容复的武功虽较萧峰稍弱，也不至一招之间便为所擒，只因其时愤懑填膺，一心一意要杀段誉，全没顾到自身。萧峰这一下又是精妙之极的擒拿手法，一把抓住了要穴，慕容复再也动弹不得。

萧峰身形魁伟，手长脚长，将慕容复提在半空，其势直如老鹰捉小鸡一般。邓百川、公冶乾、包不同、风波恶四人齐叫：“休伤我家公子！”一齐奔上。王语嫣也从人丛中抢出，叫道：“表哥，表哥！”慕容复恨不得立时死去，免受这难当羞辱。

萧峰冷笑道：“萧某大好男儿，竟和你这种人齐名！”手臂一振，将他掷了出去。

慕容复直飞出七八丈外，腰板一挺，便欲站起，不料萧峰抓他神道穴之时，内力直透诸处经脉，他无法在这瞬息之间解除手足的麻痹，砰的一声，背脊着地，只摔得狼狈不堪。

邓百川等忙转身向慕容复奔去。慕容复运转内息，不待邓百川等奔到，已然翻身站起。他脸如死灰，一伸手，从包不同腰间剑鞘中拔出长剑，跟着左手划个圈子，将邓百川等挡在数尺之外，右手手腕翻转，横剑便往脖子中抹去。王语嫣大叫："表哥，不可……"

便在此时，只听得破空声大作，一件暗器从十余丈外飞来，横过广场，撞向慕容复手中长剑，铮的一声响，慕容复长剑脱手飞出，手掌中满是鲜血，虎口已然震裂。

慕容复震骇莫名，抬头往暗器来处瞧去，只见山坡上站着一个灰衣僧人，脸蒙灰布。

那僧人迈开大步，走到慕容复身边，问道："你有儿子没有？"语音颇为苍老。

慕容复道："我尚未婚配，何来子息？"那灰衣僧森然道："你有祖宗没有？"慕容复甚是气恼，大声道："自然有！我自愿就死，与你何干？士可杀不可辱，慕容复堂堂男子，受不得你这些无礼的言语。"灰衣僧道："你高祖有儿子，你曾祖、祖父、父亲都有儿子，便是你没有儿子！嘿嘿，大燕国当年慕容皝、慕容恪、慕容垂、慕容德何等英雄，却不料都变成了断种绝代的无后之人！"

慕容皝、慕容恪、慕容垂、慕容德诸人，都是当年燕国的英主名王，威震天下，创下轰轰烈烈的事业，正是慕容复的列祖列宗。他在头昏脑胀、怒发如狂之际突听得这四位先人的名字，正如当头淋下一盆冷水，心想："先父昔年谆谆告诫，命我以兴复大燕为终生之志，今日我以一时之忿，自寻短见，我鲜卑慕容氏从此绝代。我连儿子也没有，还说得上什么光宗复国？"不由得背上额头全是冷汗，当即拜伏在地，说道："慕容复识见短绌，得蒙高僧指点迷津，大恩大德，没齿难忘。"

灰衣僧坦然受他跪拜，说道："古来成大功业者，哪一个不历尽千辛万苦？汉高祖有白登求和之困，唐高祖有降顺突厥之辱，倘若都似你这么引剑一割，只不过是个心窄气狭的自了汉罢了，还谈得上什么开国建基？你连勾践、韩信也不如，当真是无知无识之极。”

慕容复跪着受教，悚然惊惧：“这位神僧似乎知道我心中抱负，居然以汉高祖、唐高祖这等开国之主来相比拟。”说道：“慕容复知错了！”灰衣僧道：“起来！”慕容复恭恭敬敬磕了三个头，站起身来。

灰衣僧道：“你姑苏慕容氏的家传武功神奇精奥，举世无匹，只不过你没学到家而已，难道当真就不及大理国段氏的‘六脉神剑’了？瞧仔细了！”伸出食指，凌虚点了三下。

这时段正淳和巴天石二人站在段誉身旁，段正淳已用一阳指封住段誉伤口四周穴道，巴天石正要将判官笔从他肩头拔出来，不料灰衣僧指风点处，两人胸口一麻，便即摔倒，跟着那判官笔从段誉肩头反跃而出，拍的一声，插入地下。段正淳和巴天石摔倒后，立即翻身跃起，不禁骇然。这灰衣僧显然是手下留情，否则这两下虚点便已取了二人性命。

只听那灰衣僧朗声说道：“这便是你慕容家的‘参合指’！当年老衲从你先人处学来，也不过一知半解、学到一些皮毛而已，慕容氏此外的神妙武功不知还有多少。嘿嘿，难道凭你少年人这一点儿微末道行，便创得下姑苏慕容氏‘以彼之道，还施彼身’的大名么？”

群雄本来震于“姑苏慕容”的威名，但见慕容复一败于段誉，再败于萧峰，心下都想：“见面不如闻名！虽不能说浪得虚名，却也不见得惊世骇俗，艺盖当代。”待见那灰衣僧显示了这一手神功，又听他说只不过学得慕容氏“参合指”的一些皮毛，不禁对“姑苏慕容”四字重生敬意，只是人人心中奇怪：“这灰衣僧是谁？他和慕容氏又有什么干系？”

灰衣僧转过身来，向着萧峰合什说道：“乔大侠武功卓绝，果然名不虚传，老衲想领教几招！”萧峰早有提防，当他合什施礼之时，便即抱拳还礼，说道："不敢！"两股内力一撞，二人身子同时微微一晃。

便在此时，半空中忽有一条黑衣人影，如一头大鹰般扑将下来，正好落在灰衣僧和萧峰之间。这人蓦地里从天而降，突兀无比，众人惊奇之下，一齐呼喊起来，待他双足落地，这才看清，原来他手中拉着一条长索，长索的另一端系在十余丈外的一株大树顶上。只见这人光头黑衣，也是个僧人，黑布蒙面，只露出一双冷电般的眼睛。

黑衣灰衣二僧相对而立，过了好一阵，始终谁都没开口说话。群雄见这二僧身材都是甚高，只是黑衣僧较为魁梧，灰衣僧则极瘦削。

只有萧峰却又是喜欢，又是感激，他从这黑衣僧挥长索远掠而来的身法之中，已认出便是那日在聚贤庄救他性命的黑衣大汉。当时那黑衣大汉头戴毡帽，身穿俗家衣衫，此刻则已换作僧装。此刻聚在少室山上的群雄之中，颇有不少当日曾参与聚贤庄之会，只是其时那黑衣大汉一瞥即逝，谁都没看清他的身法，这时自然也认他不出。

又过良久，黑衣灰衣二僧突然同时说道："你……"但这"你"字一出口，二僧立即住口。再隔半晌，那灰衣僧才道："你是谁？"黑衣僧道："你又是谁？"

群雄听黑衣僧说了这四个字，心中都道："这和尚声音苍老，原来也是个老僧。"

萧峰听到这声音正是当日那大汉在荒山中教训他的声调，一颗心剧烈跳动，只想立时便上去相认，叩谢救命之恩。

那灰衣僧道："你在少林寺中一躲数十年，为了何事？"

黑衣僧道："我也正要问你，你在少林寺中一躲数十年，又为了何事？"

二僧这几句话一出口，少林群僧自玄慈方丈以下无不大感诧异，各人面面相觑，都想："这两个老僧怎么在本寺已有数十年，我却丝毫不知？难道当真有这等事？"

只听灰衣僧道："我藏身少林寺中，为了找寻一些东西。"黑衣僧道："我藏身少林寺中，也为了找寻一些东西。我要找的东西，已经找到了，你要找的，想来也已找到。否则的话，咱们三场较量，该当分出了高下。"灰衣僧道："不错。尊驾武功了得，实为在下生平罕见，今日还再比不比？"黑衣僧道："兄弟对阁下的武功也十分佩服，便再比下去，只怕也不易分出胜败。"

众人忽听这二僧以"阁下、兄弟"口吻相称，不是出家人的言语，更加摸不着头脑。

灰衣僧道："你我互相钦服，不用再较量了。"黑衣僧道："甚好。"二僧点了点头，相偕走到一株大树之下，并肩而坐，闭上了眼睛，便如入定一般，再也不说话了。

慕容复又是惭愧，又是感激，寻思："这位高僧识得我的先人，不知相识的是我爷爷，还是爹爹？今后兴复大事，势非请这高僧详加指点不可，今日可决不能交臂失之。"当下退在一旁，不敢便去打扰，要待那灰衣僧站起身来，再上去叩领教益。

王语嫣想到他适才险些自刎，这时候兀自惊魂未定，拉着他的衣袖，泪水涔涔而下。慕容复心感厌烦，不过她究是一片好意，却也不便甩袖将她摔开。

灰衣黑衣二僧相继现身，直到偕赴树下打坐，虚竹和丁春秋始终在剧斗不休。这时群雄的目光又都转到他二人身上来。

灵鹫四妹中的菊剑忽然想起一事，走向那十八名契丹武士身前，说道："我主人正在和人相斗，须得喝点儿酒，力气才得大增。"一名契丹武士道："这儿酒浆甚多，姑娘尽管取用。"说着提起两只大皮袋。菊剑笑道："多谢！我家主人酒量不大，有一袋也就够了。”提起一袋烈酒，拔开了袋上木塞，慢慢走近虚竹和丁春秋相斗之处，叫道：“主人，你给星宿老怪种生死符，得用些酒水罢！”横转皮袋，用力向前一送，袋中烈酒化作一道酒箭，向虚竹射去。梅兰竹三姝拍手叫道：“菊妹，妙极！”

忽听得山坡后有一个女子声音娇滴滴的唱道：“一枝秾艳露凝香，云雨巫山枉断肠。我乃杨贵妃是也，好酒啊好酒，奴家醉倒沉香亭畔也！”

虚竹和丁春秋剧斗良久，苦无制他之法，听得灵鹫宫属下男女众人叫他以“生死符”对付，见菊剑以酒水射到，当即伸手一抄，抓了一把，只见山后转出八个人来，正是琴颠康广陵、棋魔范百龄、书呆苟读、画狂吴领军、神医薛慕华、巧匠冯阿三、花痴石清露、戏迷李傀儡等“函谷八友”。这八人见虚竹和丁春秋拳来脚往，打得酣畅淋漓，当即齐声大叫助威：“掌门师叔今日大显神通，快杀了丁春秋，给我们祖师爷和师父报仇！”

其时菊剑手中烈酒还在不住向虚竹射去，她武功平平，一部份竟喷向丁春秋。星宿老怪恶斗虚竹，辗转打了半个时辰，但觉对方妙着层出不穷，给他迫住了手脚，种种邪术无法施展，陡然见到酒水射来，心念一动，左袖拂出，将酒水拂成四散飞溅的酒雨，向虚竹泼去。这时虚竹全身功劲行开，千千万万酒点飞到，没碰到衣衫，便已给他内劲撞了开去，蓦听得“啊啊”两声，菊剑翻身摔倒。丁春秋将酒水化作雨点拂出来时，每一滴都已然染上剧毒。菊剑站得较近，身沾毒雨，当即倒地。

虚竹关心菊剑，甚是惶急，却不知如何救她才是，更听得薛慕华惊叫：“师叔，这毒药好生厉害，快制住老贼，逼他取解药救治。”虚竹叫道：“不错！”右掌挥舞，不绝向丁春秋进攻，左掌掌心中暗运内功，逆转北冥真气，不多时已将掌中酒水化成七八片寒冰，右掌飕飕飕连拍三掌。

丁春秋乍觉寒风袭体，吃了一惊：“这小贼秃的阳刚内力，怎地陡然变了？”忙凝全力招架，猛地里肩头“缺盆穴”上微微一寒，便如碰上了一片雪花，跟着小腹“天枢穴”、大腿“伏兔穴”、上臂“天泉穴”三处也觉凉飕飕地。丁春秋加催掌力抵挡，忽然间后颈“天柱穴”、背心“神道穴”、后腰“志室穴”三处也是微微一凉，丁春秋大奇：“他掌力便再阴寒，也决不能绕了弯去袭我背后，何况寒凉处都是在穴道之上，到底小贼秃有什么古怪邪门？可要小心了。”双袖拂处，袖间藏腿，猛力向虚竹踢出。

不料右脚踢到半途，突然间“伏兔穴”和“阳交穴”上同时奇痒难当，情不自禁的“啊哟”一声，叫了出来。右脚尖明明已碰到虚竹僧衣，但两处要穴同时发痒，右脚自然而然的垂了下来。他一声“啊哟”叫过，跟着又是“啊哟、啊哟”两声。

众门人高声颂赞：“星宿老仙神通广大，双袖微摆，小妞儿便身中仙法倒地！”“他老人家一蹬足天崩地裂，一摇手日月无光！”“星宿老仙大袖摆动，口吐真言，叫你旁门左道牛鬼蛇神，一个个死无葬身之地。”歌功颂德声中，夹杂着星宿老仙“啊哟”又“啊哟”的一声声叫唤，实在大是不称。众门人精乖的已愕然住口，大多数却还是放大了嗓门直嚷。

丁春秋霎时之间，但觉缺盆、天枢、伏兔、天泉、天柱、神道、志室七处穴道中同时麻痒难当，直如千千万万只蚂蚁同时在咬啮一般。这酒水化成的冰片中附有虚竹的内力，寒冰入体，随即化去，内力却留在他的穴道经脉之中。丁春秋手忙脚乱，不断在怀中掏摸，一口气服了七八种解药，通了五六次内息，穴道中的麻痒却只有越加厉害。若是换作旁人，早已滚倒在地，丁春秋神功惊人，苦苦撑持，脚步踉跄，有如喝醉了酒一般，脸上一阵红，一阵白，双手乱舞，情状可怖已极。虚竹这七枚生死符乃烈酒所化，与寻常寒冰又自不同。

星宿派门人见到师父如此狼狈，一个个静了下来，有几个死硬之人仍在叫嚷：“星宿老仙正在运使大罗金仙舞蹈功，待会小和尚便知道厉害了。”“星宿老仙一声‘啊哟’，小和尚的三魂六魄便给叫去了一分！”但这等死撑面子之言，已说得毫不响亮。

李傀儡大声唱道：“五花马，千金裘，呼儿将出换美酒，与尔同消万古愁。哈哈，我乃李太白是也！饮中八仙，第一乃诗仙李太白，第二乃星宿老仙丁春秋！”群雄见到丁春秋醉态可掬的狼狈之状，听了李傀儡的言语，一齐轰笑。

过不多时，丁春秋终于支持不住，伸手乱扯自己胡须，将一丛银也似的美髯扯得一根根随风飞舞，跟着便撕裂衣衫，露出一身雪白的肌肤，他年纪已老，身子却兀自精壮如少年，手指到处，身上便鲜血迸流，用力撕抓，不住口的号叫：“痒死我了，痒死我了！”又过一刻，左膝跪倒，越叫越是惨厉。

虚竹颇感后悔：“这人虽然罪有应得，但所受的苦恼竟然这等厉害。早知如此，我只给他种上一两片生死符，也就够了。”

群雄见这个童颜鹤发、神仙也似的武林高人，霎时间竟然形如鬼魅，嘶唤有如野兽，都不禁骇然变色，连李傀儡也吓得哑口无言。只有大树下的黑衣灰衣二僧仍是闭目静坐，直如不闻。

玄慈方丈说道：“善哉，善哉！虚竹，你便解去了丁施主身上的苦难罢！”虚竹应道：“是！谨遵方丈法旨！”玄寂忽道：“且慢！方丈师兄，丁春秋作恶多端，我玄难、玄痛两位师兄都命丧其手，岂能轻易饶他？”康广陵道：“掌门师叔，你是本派掌门，何必去听旁人言语？我师祖、师父的大仇，焉可不报？”

虚竹一时没了主意，不知如何是好。薛慕华道：“师叔，先要他取解药要紧。”虚竹点头道：“正是。梅剑姑娘，你将镇痒丸给他服上半粒。”梅剑应道：“是！”从怀中取出一个绿色小瓶，倒出一粒豆大的丸药来，然见到丁春秋如颠如狂的神态，不敢走近身去。

虚竹接过药丸，劈成两半，叫道：“丁先生，张开口来，我给你服镇痒丸！”丁春秋荷荷而呼，张大了口，虚竹手指轻弹，半粒药丸飞将过去，送入他喉咙。药力一时未能行到，丁春秋仍是痒得满地打滚，过了一顿饭时分，奇痒稍戢，这才站起身来。

他神智始终不失，知道再也不能反抗，不等虚竹开口，自行取出解药，乖乖的去交给薛慕华，说道：“红色外搽，白色内服！”他号叫了半天，说出话来已是哑不成声。薛慕华料他不敢作怪，依法给菊剑敷搽服食。

梅剑朗声道：“星宿老怪，这半粒止痒丸可止三日之痒。过了三天，奇痒又再发作，那时候我主人是否再赐灵药，要瞧你乖不乖了。”丁春秋全身发抖，说不出话来。

星宿派门人中登时有数百人争先恐后的奔出，跪在虚竹面前，恳请收录，有的说：“灵鹫宫主人英雄无敌，小人忠诚归附，死心塌地，愿为主人效犬马之劳。”有的说：“这天下武林盟主一席，非主人莫属。只须主人下令动手，小人赴汤蹈火，万死不辞。”更有许多显得赤胆忠心，指着丁春秋痛骂不已，骂他“灯烛之火，居然也敢和日月争光”，说他“心怀叵测，邪恶不堪”，又有人要求虚竹速速将丁春秋处死，为世间除此丑类。只听得丝竹锣鼓响起，众门人大声唱了起来：“灵鹫主人，德配天地，威震当世，古今无比。”除了将“星宿老仙”四字改为“灵鹫主人”之外，其余曲词词句，便和“星宿老仙颂”一模一样。

虚竹虽为人质朴，但听星宿派门人如此颂赞，却也不自禁的有些飘飘然起来。

兰剑喝道：“你们这些卑鄙小人，怎么将吹拍星宿老怪的陈腔滥调、无耻言语，转而称颂我主人？当真无礼之极。”星宿门人登时大为惶恐，有的道：“是，是！小人立即另出机杼，花样翻新，包管让仙姑满意便是。”有的道：“四位仙姑，花容月貌，胜过西施，远超贵妃。”星宿众门人向虚竹叩拜之后，自行站到诸洞主、岛主身后，一个个得意洋洋，自觉光采体面，登时又将中原群豪、丐帮帮众、少林僧侣尽数不放在眼下了。

玄慈说道：“虚竹，你自立门户，日后当走侠义正道，约束门人弟子，令他们不致为非作歹，祸害江湖，那便是广积福德资粮，多种善因，在家出家，都是一样。”虚竹哽咽道：“是。虚竹愿遵方丈教诲。”玄慈又道：“破门之式不可废，那杖责却可免了。”

忽听得一人哈哈大笑，说道：“我只道少林寺重视戒律，执法如山，却不料一般也是趋炎附势之徒。嘿嘿，灵鹫主人，德配天地，威震当世，古今无比。”众人向说话之人瞧去，却是吐蕃国师鸠摩智。

玄慈脸上变色，说道：“国师以大义见责，老衲知错了。玄寂师弟，安排法杖。”玄寂道：“是！”转身说道：“法杖伺候！”向虚竹道：“虚竹，你目下尚是少林弟子，伏身受杖。”虚竹躬身道：“是！”跪下向玄慈和玄寂行礼，说道：“弟子虚竹，违犯本寺大戒，恭领方丈和戒律院首座的杖责。”

星宿派众门人突然大声鼓噪：“尔等少林僧众，岂可冒犯他老人家贵体？”“你们若是碰了他老人家的一根寒毛，我非跟你们拼个你死我活不可。我为他老人家粉身碎骨，虽死犹荣。”“我忠字当头，一身血肉，都要献给灵鹫宫主人！”

余婆婆喝道：“‘我家主人’四字，岂是你们这些妖魔鬼怪叫得的？快些给我闭上了狗嘴。”星宿派众人听她一喝，登时鸦雀无声，连大气也不敢喘上一口了。

少林寺戒律院执法僧人听得玄寂喝道：“用杖！”便即捋起虚竹僧衣，露出他背上肌肤，另一名僧人举起了“守戒棍”。虚竹心想：“我身受杖责，是为了罚我种种不守戒律之罚，每受一棍，罪业便消去一分。倘若运气抵御，自身不感痛楚，这杖却是白打了。”

忽听得一个女子尖锐的声音叫道：“且慢，且慢！你……你背上是什么？”

众人齐向虚竹背上瞧去，只见他腰背之间竟整整齐齐的烧着九点香疤。僧人受戒，香疤都是烧在头顶，不料虚竹除了头顶的香疤之外，背上也有香疤。背上的疤痕大如铜钱，显然是在他幼年时所烧炙，随着身子长大，香疤也渐渐增大，此时看来，已非十分圆整。

人丛中突然奔出一个中年女子，身穿淡青色长袍，左右脸颊上各有三条血痕，正是四大恶人中的“无恶不作”叶二娘。她疾扑而前，双手一分，已将少林寺戒律院的两名执法僧推开，伸手便去拉虚竹的裤子，要把他裤子扯将下来。

虚竹吃了一惊，转身站起，向后飘开数尺，说道：“你……你干什么？”叶二娘全身发颤，叫道：“我……我的儿啊！”张开双臂，便去搂抱虚竹。虚竹一闪身，叶二娘便抱了个空。众人都想：“这女人发了疯？”叶二娘接连抱了几次，都给虚竹轻轻巧巧的闪开。她如痴如狂，叫道：“儿啊，你怎么不认你娘了？”

虚竹心中一凛，有如电震，颤声道：“你……你是我娘？”叶二娘叫道：“儿啊，我生你不久，便在你背上、两边屁股上，都烧上了九个戒点香疤。你这两边屁股上是不是各有九个香疤？”

虚竹大吃一惊，他双股之上确是各有九点香疤。他自幼便是如此，从来不知来历，也羞于向同侪启齿，有时沐浴之际见到，还道自己与佛门有缘，天然生就，因而更坚了向慕佛法之心。这时陡然听到叶二娘的话，当真有如半空中打了个霹雳，颤声道：“是，是！我……我两股上各有九点香疤，是你……是娘……是你给我烧的？”

叶二娘放声大哭，叫道：“是啊，是啊！若不是我给你烧的，我怎么知道？我……我找到儿子了，找到我亲生乖儿子了！”一面哭，一面伸手去抚虚竹的面颊。虚竹不再避让，任由她抱在怀里。他自幼无爹无娘，只知是寺中僧侣所收养的一个孤儿，他背心双股烧有香疤，这隐秘只有自己一个人知道，叶二娘居然也能得悉，哪里还有假的？突然间领略到了生平从所未知的慈母之爱，眼泪涔涔而下，叫道："娘……娘，你是我妈妈！"

这件事突如其来，旁观众人无不大奇，但见二人相拥而泣，又悲又喜，一个舐犊情深，一个至诚孺慕，群雄之中，不少人为之鼻酸。

叶二娘道："孩子，你今年二十四岁，这二十四年来，我白天也想你，黑夜也想念你，我气不过人家有儿子，我自己儿子却给天杀的贼子偷去了。我……我只好去偷人家的儿子。可是……可是……别人的儿子，哪有自己亲生的好？"

南海鳄神哈哈大笑，说道："三妹！你老是去偷人家白白胖胖的娃儿来玩，玩够了便捏死了他，原来为了自己儿子给人家偷去啦。岳老二问你什么缘故，你总是不肯说！很好，妙极！虚竹小子，你妈妈是我义妹，你快叫我一声'岳二伯'！"想到自己的辈份还在这武功奇高的灵鹫宫主人之上，这份乐子可真不用说了。云中鹤摇头道："不对，不对！虚竹子是你师父的把兄，你得叫他一声师伯。我是他母亲的义弟，辈份比你高了两辈，你快叫我'师叔祖'！"南海鳄神一怔，吐了一口浓痰，骂道："你奶奶的，老子不叫！"

叶二娘放开了虚竹头颈，抓住他肩头，左看右瞧，喜不自胜，转头向玄寂道："他是我的儿子，你不许打他！"随即向虚竹大声道："是哪一个天杀的狗贼，偷了我的孩儿，害得我母子分离二十四年？孩儿，孩儿，咱们走遍天涯海角，也要找到这个狗贼，将他千刀万剐，斩成肉浆。你娘斗他不过，孩儿武功高强，正好给娘报仇雪恨。"

坐在大树下一直不言不动的黑衣僧人忽然站起身来，缓缓说道："你这孩儿是给人家偷去的，还是抢去的？你面上这六道血痕，从何而来？"

叶二娘突然变色，尖声叫道："你……你是谁？你……你怎知道？"黑衣僧道："你难道不认得我么？"叶二娘尖声大叫："啊！是你，就是你！"纵身向他扑去，奔到离他身子丈余之处，突然立定，伸手戟指，咬牙切齿，愤怒已极，却已不敢近前。

黑衣僧道："不错，你孩子是我抢去的，你脸上这六道血痕，也是我抓的。"叶二娘叫道："为什么？你为什么要抢我孩儿？我和你素不相识，无怨无仇。你……你……害得我好苦。你害得我这二十四年之中，日夜苦受煎熬，到底为什么？为……为什么？"黑衣僧指着虚竹，问道："这孩子的父亲是谁？"叶二娘全身一震，道："他……他……我不能说。"

虚竹心头激荡，奔到叶二娘身边，叫道："妈，你跟我说，我爹爹是谁？"

叶二娘连连摇头，道："我不能说。"

黑衣僧缓缓说道："叶二娘，你本来是个好好的姑娘，温柔美貌，端庄贞淑。可是在你十八岁那年，受了一个武功高强、大有身份的男子所诱，失身于他，生下了这个孩子，是不是？"叶二娘木然不动，过了好一会儿，才点头道："是。不过不是他引诱我，是我去引诱他的。"黑衣僧道："这男子只顾到自己的声名前程，全不顾念你一个年纪轻轻的姑娘，未嫁生子，处境是何等的凄惨。"叶二娘道："不，不！他顾到我的，他给了我很多银两，给我好好安排了下半世的生活。"黑衣僧道："他为什么让你孤零零的飘泊江湖？"

叶二娘道："我不能嫁他的。他怎么能娶我为妻？他是个好人，他向来待我很好。是我自己不愿连累他的。他……他是好人。"言辞之中，对这个遗弃了她的情郎，仍是充满了温馨和思念，昔日恩情，不因自己深受苦楚、不因岁月消逝而有丝毫减退。

众人均想："叶二娘恶名素著，但对她当年的情郎，却着实情深义重。只不知这男人是谁？"

段誉、阮星竹、范骅、华赫艮、巴天石等大理一系诸人，听二人说到这一桩昔年的风流事迹，情不自禁的都偷眼向段正淳瞄了一眼，都觉叶二娘这个情郎，身份、性情、处事、年纪，无一不和他相似。更有人想起："那日四大恶人同赴大理，多半是为了找镇南王讨这笔孽债。"连段正淳也是大起疑心："我所识女子着实不少，难道有她在内？怎么半点也记不起来？倘若当真是我累得她如此，纵然在天下英雄之前声名扫地，段某也决不能丝毫亏待了她。只不过……只不过……怎么全然记不得了？"

黑衣僧人朗声道："这孩子的父亲，此刻便在此间，你干么不指他出来？"叶二娘惊道："不，不！我不能说。"黑衣僧问道："你为什么在你孩儿的背上、股上，烧了三处二十七点戒点香疤？"叶二娘掩面道："我不知道，我不知道！求求你，别问我了。"

黑衣僧声音仍是十分平淡，一似无动于中，继续问道："你孩儿一生下来，你就想要他当和尚么？"叶二娘道："不是，不是的。"黑衣僧人道："那么，为什么要在他身上烧这些佛门的香疤？"叶二娘道："我不知道，我不知道！"黑衣僧朗声道："你不肯说，我却知道。只因为这孩儿的父亲，乃是佛门弟子，是一位大大有名的有道高僧。"

叶二娘一声呻吟，再也支持不住，晕倒在地。

群雄登时大哗，眼见叶二娘这等神情，那黑衣僧所言显非虚假，原来和她私通之人，竟然是个和尚，而且是有名的高僧。众人交头接耳，议论纷纷。

虚竹扶起叶二娘，叫道："妈，妈，你醒醒！"过了半晌，叶二娘悠悠醒转，低声道："孩儿，快扶我下山去。这……这人是妖怪，他……什么都知道。我再也不要见他了。这仇也……也不用报了。”虚竹道：“是，妈，咱们这就走罢。”

黑衣僧道：“且慢，我话还没说完呢。你不要报仇，我却要报仇。叶二娘，我为什么抢你孩儿，你知道么？因为……因为有人抢去了我的孩儿，令我家破人亡，夫妇父子，不得团聚。我这是为了报仇。”

叶二娘道：“有人抢你孩儿？你是为了报仇？”

黑衣僧道：“正是，我抢了你的孩儿来，放在少林寺的菜园之中，让少林僧将他抚养长大，授他一身武艺。只因为我自己的亲生孩儿，也是给人抢了去，抚养长大，由少林僧授了他一身武艺。你想不想瞧瞧我的真面目？”不等叶二娘意示可否，黑衣僧伸手便拉去了自己的面幕。

群雄“啊”的一声惊呼，只见他方面大耳，虬髯丛生，相貌十分威武，约莫六十岁左右年纪。

萧峰惊喜交集，抢步上前，拜伏在地，颤声叫道：“你……你是我爹爹……”

那人哈哈大笑，说道：“好孩儿，好孩儿，我正是你的爹爹。咱爷儿俩一般的身形相貌，不用记认，谁都知道我是你的老子。”一伸手，扯开胸口衣襟，露出一个刺花的狼头，左手一提，将萧峰拉了起来。

萧峰扯开自己衣襟，也现出胸口那张口露牙、青郁郁的狼头来。两人并肩而行，突然间同时仰天而啸，声若狂风怒号，远远传了出去，只震得山谷鸣响，数千豪杰听在耳中，尽感不寒而栗。“燕云十八骑”拔出长刀，呼号相和，虽然一共只有二十人，但声势之盛，直如千军万马一般。

萧峰从怀中摸出一个油布包打开，取出一块缝缀而成的大白布，展将开来，正是智光和尚给他的石壁遗文的拓片，上面一个个都是空心的契丹文字。

那虬髯老人指着最后几个字笑道："'萧远山绝笔，萧远山绝笔！'哈哈，孩儿，那日我伤心之下，跳崖自尽，哪知道命不该绝，堕在谷底一株大树的枝干之上，竟得不死。这一来，为父的死志已去，便兴复仇之念。那日雁门关外，中原豪杰不问情由，便杀了你不会武功的妈妈。孩儿，你说此仇该不该报？"

萧峰道："父母之仇，不共戴天，焉可不报？"

萧远山道："当日害你母亲之人，大半已为我当场击毙。智光和尚以及那个自称'赵钱孙'的家伙，已为孩儿所杀。丐帮前任帮主汪剑通染病身故，总算便宜了他。只是那个领头的'大恶人'，迄今兀自健在。孩儿，你说咱们拿他怎么办？"

萧峰急问："此人是谁？"

萧远山一声长啸，喝道："此人是谁？"目光如电，在群豪脸上一一扫射而过。

群豪和他目光接触之时，无不栗栗自危，虽然这些人均与当年雁门关外之事无关，但见到萧氏父子的神情，谁也不敢动上一动，发出半点声音，唯恐惹祸上身。

萧远山道："孩儿，那日我和你妈怀抱了你，到你外婆家去，不料路经雁门关外，数十名中土武士突然跃将出来，将你妈妈和我的随从杀死。大宋与契丹有仇，互相斫杀，原非奇事，但这些中土武士埋伏山后，显有预谋。孩儿，你可知那是为了什么缘故？"

萧峰道："孩儿听智光大师说道，他们得到讯息，误信契丹武士要来少林寺夺取武学典籍，以为他日辽国谋夺大宋江山的张本，是以突出袭击，害死了我妈妈。"

萧远山惨笑道："嘿嘿，嘿嘿！当年你老子并无夺取少林寺武学典籍之心，他们却冤枉了我。好，好！萧远山一不做，二不休，人家冤枉我，我便做给人家瞧瞧。这三十年来，萧远山便躲在少林寺中，将他们的武学典籍瞧了个饱。少林寺诸位高僧，你们有本事便将萧远山杀了，否则少林武功非流入大辽不可。你们再在雁门关外埋伏，可来不及了。”

少林群僧一听，无不骇然变色，均想此人之言，多半不假，本派武功倘若流入了辽国，令契丹人如虎添翼，那便如何是好？连同武林群豪，也人人都想：“今日说什么也不能让此人活着下山。”

萧峰道：“爹爹，这大恶人当年杀我妈妈，还可说是事出误会，虽然鲁莽，尚非故意为恶。可是他却去杀了我义父义母乔氏夫妇，令孩儿大蒙恶名，那却是大大不该了。到底此人是谁，请爹爹指出来。”

萧远山哈哈大笑，道：“孩儿，你这可错了。”萧峰愕然道：“孩儿错了？”萧远山点点头，道：“错了。那乔氏夫妇，是我杀的！”

萧峰大吃一惊，颤声道：“是爹爹杀的？那……那为什么？”

萧远山道：“你是我的亲生孩儿，本来我父子夫妇一家团聚，何等快乐？可是这些南朝武人将我契丹人看作猪狗不如，动不动便横加杀戮，将我孩儿抢了，去交给别人，当作他的孩儿。那乔氏夫妇冒充是你父母，既夺了我的天伦之乐，又不跟你说明真相，那便该死。”

萧峰胸口一酸，说道：“我义父义母待孩儿极有恩义，他二位老人家实是大大的好人。然则放火焚烧单家庄、杀死谭公、谭婆等等，也都是……”

萧远山道：“不错！都是你爹爹干的。当年带头在雁门关外杀你妈妈的是谁，这些人明明知道，却偏不肯说，个个袒护于他，岂非该死？”

萧峰默然，心想：“我苦苦追寻的‘大恶人’，却原来竟是我的爹爹，这……这却从何说起？”缓缓的道：“少林寺玄苦大师亲授孩儿武功，十年中寒暑不间，孩儿得有今日，全蒙恩师栽培……”说到这里，低下头来，已然虎目含泪。

萧远山道：“这些南朝武人阴险奸诈，有什么好东西了？这玄苦是我一掌震死的。”

少林群僧齐声诵经：“阿弥陀佛，阿弥陀佛！”声音十分悲愤，虽然一时未有人上前向萧远山挑战，但群僧在这念佛声中所含的沉痛之情，显然已包含了极大决心，决不能与他善罢干休。各人均想：“过去的确是错怪了萧峰，但他父子同体，是老子作的恶，怪在儿子头上，也没什么不该。”

萧远山又道：“杀我爱妻、夺我独子的大仇人之中，有丐帮帮主，也有少林派高手，嘿嘿，他们只想永远遮瞒这桩血腥罪过，将我儿子变作了汉人，叫我儿子拜大仇人为师，继大仇人为丐帮的帮主。嘿嘿，孩儿，那日晚间我打了玄苦一掌之后，隐身在旁，不久你又去拜见那个贼秃。这玄苦见我父子容貌相似，只道是你出手，连那小沙弥也分不清你我父子。孩儿，咱契丹人受他们冤枉欺侮，还少得了么？”

萧峰这时方始恍然，为什么玄苦大师那晚见到自己之时，竟然如此错愕，而那小沙弥又为什么力证是自己出手打死玄苦。却哪里想得真正行凶的，竟是个和自己容貌相似、血肉相连之人？说道：“这些人既是爹爹所杀，便和孩儿所杀没有分别，孩儿一直担负着这名声，却也不枉了。那个带领中原武人在雁门关外埋伏的首恶，爹爹可探明白了没有？”

萧远山道：“嘿嘿，岂有不探查明白之理？此人害得我家破人亡，我若将他一掌打死，岂不是便宜他了。叶二娘，且慢！”

他见叶二娘扶着虚竹，正一步步走远，当即喝住，说道：“跟你生下这孩子之人是谁，你若不说，我可要说出来了。我在少林寺中隐伏三十年，什么事能逃得过我的眼去？你们在紫云洞中相会，他叫乔婆婆来给你接生，种种事情，要我一五一十的当众说出来么？”

叶二娘转身过来，向萧远山奔近几步，跪倒在地，说道：“萧老英雄，请你大仁大义，高抬贵手，放过了他。我孩儿和你公子有八拜之交，结为金兰兄弟，他……他……他在武林中这么大的名声，这般的身份地位……年纪又这么大了，你要打要杀，只对付我，可别……可别去难为他。”

群雄先听萧远山说道虚竹之父乃是个“有道高僧”，此刻又听叶二娘说他武林中声誉甚隆，地位甚高，几件事一凑合，难道此人竟是少林寺中一位辈份甚高的僧人？各人眼光不免便向少林寺一干白须飘飘的老僧射了过去。

忽听得玄慈方丈说道：“善哉，善哉！既造业因，便有业果。虚竹，你过来！”虚竹走到方丈身前屈膝跪下。玄慈向他端相良久，伸手轻轻抚摸他的头顶，脸上充满温柔慈爱，说道：“你在寺中二十四年，我竟始终不知你便是我的儿子！”

此言一出，群僧和众豪杰齐声大哗。各人面上神色之诧异、惊骇、鄙视、愤怒、恐惧、怜悯，形形色色，实是难以形容。玄慈方丈德高望重，武林中人无不钦仰，谁能想到他竟会做出这等事来？过了好半天，纷扰声才渐渐停歇。

玄慈缓缓说话，声音仍是安详镇静，一如平时：“萧老施主，你和令郎分离三十余年，不得相见，却早知他武功精进，声名鹊起，成为江湖上一等一的英雄好汉，心下自必安慰。我和我儿日日相见，却只道他为强梁掳去，生死不知，反而日夜为此悬心。”

叶二娘哭道：“你……你不用说出来，那……那便如何是好？可怎么办？”玄慈温言道：“二娘，既已作下了恶业，反悔固然无用，隐瞒也是无用。这些年来，可苦了你啦！”叶二娘哭道：“我不苦！你有苦说不出，那才是真苦。”

玄慈缓缓摇头，向萧远山道：“萧老施主，雁门关外一役，老衲铸成大错。众家兄弟为老衲包涵此事，又一一送命。老衲今日再死，实在已经晚了。”忽然提高声音，说道：“慕容博慕容老施主，当日你假传音讯，说道契丹武士要大举来少林寺夺取武学典籍，以致酿成种种大错，你可也曾有丝毫内咎于心吗？”

众人突然听到他说出“慕容博”三字，又都是一惊。群雄大都知道慕容公子的父亲单名一个“博”字，听说此人已然逝世，怎么玄慈会突然叫出这个名字来？难道假报音讯的便是慕容博？各人顺着他的眼光瞧去，但见他双目所注，却是坐在大树底下的灰衣僧人。

那灰衣僧一声长笑，站起身来，说道：“方丈大师，你眼光好生厉害，居然将我认了出来。”伸手扯下面幕，露出一张神清目秀、白眉长垂的脸来。

慕容复惊喜交集，叫道：“爹爹，你……你没有……没有死？”随即心头涌起无数疑窦：那日父亲逝世，自己不止一次试过他心停气绝，亲手入殓安葬，怎么又能复活？那自然他是以神功闭气假死。但为什么要装假死？为什么连亲生儿子也要瞒过？

玄慈道：“慕容老施主，我和你多年交好，素来敬重你的为人。那日你向我告知此事，老衲自是深信不疑。其后误杀了好人，老衲可再也见你不到了。后来听到你因病去世了，老衲好生痛悼，一直只道你当时和老衲一般，也是误信人言，酿成无意的错失，心中内疚，以致英年早逝，哪知道……唉！”他这一声长叹，实是包含了无穷的悔恨和责备。

萧远山和萧峰对望一眼，直到此刻，他父子方知这个假传音讯、挑拨生祸之人竟是慕容博。萧峰心中更涌出一个念头：“当年雁门关外的惨事，虽是玄慈方丈带头所为，但他是少林寺方丈，关心大宋江山和本寺典籍，倾力以赴，原是义不容辞。其后发觉错失，便尽力补过。真正的大恶人，实是慕容博而不是玄慈。”

慕容复听了玄慈这番话，立即明白："爹爹假传讯息，是要挑起宋辽武人的大斗，我大燕便可从中取利。事后玄慈不免要向我爹爹质问。我爹爹自也无可辩解，以他大英雄、大豪杰的身份，又不能直认其事，毁却一世英名。他料到玄慈方丈的性格，只须自己一死，玄慈便不会吐露真相，损及他死后的名声。"随即又想深一层："是了。我爹爹既死，慕容氏声名无恙，我仍可继续兴复大业。否则的话，中原英豪群起与慕容氏为敌，自存已然为难，遑论纠众复国？其时我年岁尚幼，倘若得知爹爹乃是假死，难免露出马脚，因此索性连我也瞒过了。"想到父亲如此苦心孤诣，为了兴复大燕，不惜舍弃一切，更觉自己肩负之重。

玄慈缓缓的道："慕容老施主，老衲今日听到你对令郎劝导的言语，才知你姑苏慕容氏竟是帝王之裔，所谋者大。那么你假传音讯的用意，也就明白不过了。只是你所图谋的大事，却也终究难成，那不是枉自害死了这许多无辜的性命么？"

慕容博道："谋事在人，成事在天！"

玄慈脸有悲悯之色，说道："我玄悲师弟曾奉我之命，到姑苏来向你请问此事，想来他言语之中得罪了你。他又在贵府见到了若干蛛丝马迹，猜到了你造反的意图，因此你要杀他灭口。却为什么你隐忍多年，直至他前赴大理，这才下手？嗯，你想挑起大理段氏和少林派的纷争，料想你向我玄悲师弟偷袭之时，使的是段家一阳指，只是你一阳指所学不精，奈何不了他，终于还是用慕容氏'以彼之道，还施彼身'的家传本领，害死了我玄悲师弟。"

慕容博嘿嘿一笑，身子微侧，一拳打向身旁大树，喀喇喇两响，树上两根粗大的树枝落了下来。他打的是树干，竟将距他着拳处丈许的两根树枝震落，实是神功非凡。

少林寺十余名老僧齐声叫道："韦陀杵！"声音中充满了惊骇之意。

玄慈点头道："你在敝寺这许多年，居然将少林七十二绝技之一的'韦陀杵'神功也练成了。但河南伏牛派那招'天灵千裂'，以你的身份武功，想来还不屑花功夫去练。你杀柯百岁柯施主，使的才真正是家传功夫，却不知又为了什么？"

慕容博阴恻恻的一笑，说道："老方丈精明无比，足不出山门，江湖上诸般情事却了如指掌，令人好生钦佩。这件事倒要请你猜上一……"话未说完，突然两人齐声怒吼，向他急扑过去，正是金算盘崔百泉和他的师侄过彦之。慕容博袍袖一拂，崔过两人摔出数丈，躺在地下动弹不得，在这霎眼之间，竟已被他分别以"袖中指"点中了穴道。

玄慈道："那柯施主家财豪富，行事向来小心谨慎。嗯，你招兵买马，积财贮粮，看中了柯施主的家产，想将他收为己用。柯施主不允，说不定还想禀报官府。"

慕容博哈哈大笑，大拇指一竖，说道："老方丈了不起，了不起！只可惜你明察秋毫之末，却不见舆薪。在下与这位萧兄躲在贵寺这么多年，你竟一无所知。"

玄慈缓缓摇头，叹了口气，说道："明白别人容易，明白自己甚难。克敌不易，克服自己心中贪嗔痴三毒大敌，更是艰难无比。"

慕容博道："老方丈，念在昔年你我相交多年的故人之谊，我一切直言相告。你还有什么事要问我？"

玄慈道："以萧峰萧施主的为人，丐帮马大元副帮主、马夫人、白世镜长老三位，料想不会是他杀害的，不知是慕容老施主呢，还是萧老施主下的手？"

萧远山道："马大元是他妻子和白世镜合谋所害死，白世镜是我杀的。其间过节，大理段王爷亲眼目睹、亲耳所闻。方丈欲知详情，待会请问段王爷便是。"

萧峰踏上两步，指着慕容博喝道："慕容老贼，你这罪魁祸首，上来领死罢！”

慕容博一声长笑，纵身而起，疾向山上窜去。萧远山和萧峰齐喝：“追！”分从左右追上山去。这三人都是登峰造极的武功，晃眼之间，便已去得老远。慕容复叫道：“爹爹，爹爹！”跟着也追上山。他轻功也甚了得，但比之前面三人，却显得不如了。但见慕容博、萧远山、萧峰一前二后，三人竟向少林寺奔去。一条灰影，两条黑影，霎时间都隐没在少林寺的黄墙碧瓦之间。

群雄都大为诧异，均想：“慕容博和萧远山的武功难分上下，两人都再加上个儿子，慕容氏便决非敌手。怎么慕容博不向山下逃窜，反而进了少林寺去？”

邓百川、公冶乾、包不同、风波恶，以及一十八名契丹武士，都想上山分别相助主人，刚一移动脚步，只听得玄寂喝道：“结阵拦住！”百余名少林僧齐声应诺，一列列排在当路，或横禅杖，或挺戒刀，不令众人上前。玄寂厉声说道：“我少林寺乃佛门善地，非私相殴斗之场，众位施主，请勿擅进。”

邓百川等见了少林僧这等声势，知道无论如何冲不过去，虽然心悬主人，也只得停步。包不同道：“不错，不错！少林寺乃佛门善地……”他向来出口便“非也，非也！”这次居然改作“不错，不错！”识得他的人都觉诧异，却听他接下去说道：“……乃是专养私生子的善地。”

他此言一出，数百道愤怒的目光都向他射了过来。包不同胆大包天，明知少林群僧中高手极多，不论哪一个玄字辈的高僧，自己都不是敌手，但他要说便说，素来没什么忌惮。数百名少林僧对他怒目而视，他便也怒目反视，眼睛霎也不霎。

玄慈朗声说道：“老衲犯了佛门大戒，有玷少林清誉。玄寂师弟，依本寺戒律，该当如何惩处？”玄寂道：“这个……师兄……”玄慈道：“国有国法，家有家规。自来任何门派帮会，宗族寺院，都难免有不肖弟子。清名令誉之保全，不在求永远无人犯规，在求事事按律惩处，不稍假借。执法僧，将虚竹杖责一百三十棍，一百棍罚他自己过犯，三十棍乃他甘愿代业师所受。”

执法僧眼望玄寂。玄寂点了点头。虚竹已然跪下受杖。执法僧当即举起刑杖，一棍棍的向虚竹背上、臀上打去，只打得他皮开肉绽，鲜血四溅。叶二娘心下痛惜，但她素惧玄慈威严，不敢代为求情。

好容易一百三十棍打完，虚竹不运内力抗御，已痛得无法站立。玄慈道："自此刻起，你破门还俗，不再是少林寺的僧侣了。"虚竹垂泪道："是！"

玄慈又道："玄慈犯了淫戒，与虚竹同罪，身为方丈，罪刑加倍。执法僧重重责打玄慈二百棍。少林寺清誉攸关，不得循私舞弊。"说着跪伏在地，遥遥对着少林寺大雄宝殿的佛像，自行捋起了僧袍，露出背脊。

群雄面面相觑，少林寺方丈当众受刑，那当真是骇人听闻、大违物情之事。

玄寂道："师兄，你……"玄慈厉声道："我少林寺千年清誉，岂可坏于我手？"玄寂含泪道："是！执法僧，用刑。"两名执法僧合什躬身，道："方丈，得罪了。"随即站直身子，举起刑杖，向玄慈背上击了下去。二僧知道方丈受刑，最难受的还是当众受辱，不在皮肉之苦，倘若手下容情，给旁人瞧了出来，落下话柄，那么方丈这番受辱反而成为毫无结果了，是以一棍棍打将下去，拍拍有声，片刻间便将玄慈背上、股上打得满是杖痕，血溅僧袍。群僧听得执法僧"一五，一十"的呼着杖责之数，都是垂头低眉，默默念佛。

普渡寺道清大师突然说道："玄寂师兄，贵寺尊重佛门戒律，方丈一体受刑，贫僧好生钦佩。只是玄慈师兄年纪老迈，他又不肯运功护身，这二百棍却是经受不起。贫僧冒昧，且说个情，现下已打了八十杖，余下之数，暂且记下。”

群雄中许多人都叫了起来，道：“正是，正是，咱们也来讨个情。”

玄寂尚未回答，玄慈朗声说道：“多谢众位盛意，只是戒律如山，不可宽纵。执法僧，快快用杖。”两名执法僧本已暂停施刑，听方丈语意坚决，只得又一五、一十的打将下去。

堪堪又打了四十余杖，玄慈支持不住，撑在地下的双手一软，脸孔触到尘土。叶二娘哭叫：“此事须怪不得方丈，都是我不好！是我受人之欺，故意去引诱方丈。这……这……余下的棍子，由我来受罢！”一面哭叫，一面奔将前去，要伏在玄慈身上，代他受杖。玄慈左手一指点出，嗤的一声轻响，已封住了她穴道，微笑道：“痴人，你又非佛门女尼，勘不破爱欲，何罪之有？”叶二娘呆在当地，动弹不得，只是泪水簌簌而下。

玄慈喝道：“行杖！”好容易二百下法杖打完，鲜血流得满地，玄慈勉提真气护心，以免痛得昏晕过去。两名执法僧将刑杖一竖，向玄寂道：“禀报首座，玄慈方丈受杖完毕。”玄寂点了点头，不知说什么才好。

玄慈挣扎着站起身来，向叶二娘虚点一指，想解开她穴道，不料重伤之余，真气难以凝聚，这一指竟不生效。虚竹见状，忙即给母亲解开了穴道。玄慈向二人招了招手，叶二娘和虚竹走到他身旁。虚竹心下踌躇，不知该叫“爹爹”，还是该叫“方丈”。

玄慈伸出手去，右手抓住叶二娘的手腕，左手抓住虚竹，说道：“过去二十余年来，我日日夜夜记挂着你母子二人，自知身犯大戒，却又不敢向僧众忏悔，今日却能一举解脱，从此更无挂罣恐惧，心得安乐。”说偈道：“人生于世，有欲有爱，烦恼多苦，解脱为乐！”说罢慢慢闭上了眼睛，脸露祥和微笑。

叶二娘和虚竹都不敢动，不知他还有什么话说，却觉得他手掌越来越冷。叶二娘大吃一惊，伸手探他鼻息，竟然早已气绝而死，变色叫道："你……你……怎么舍我而去了？"突然一跃丈余，从半空中摔将下来，砰的一声，掉在玄慈脚边，身子扭了几下，便即不动。

虚竹叫道："娘，娘！你……你……不可……"伸手扶起母亲，只见一柄匕首插在她心口，只露出个刀柄，眼见是不活了。虚竹急忙点她伤口四周的穴道，又以真气运到玄慈方丈体内，手忙脚乱，欲待同时救活两人。

薛慕华奔将过来相助，但见二人心停气绝，已无法可救，劝道："师叔节哀。两位老人家是不能救的了。"

虚竹却不死心，运了好半晌北冥真气，父母两人却哪里有半点动静？虚竹悲从中来，忍不住放声大哭。二十四年来，他一直以为自己是个无父无母的孤儿，从未领略过半分天伦之乐，今日刚找到生父生母，但不到一个时辰，便即双双惨亡。

群雄初闻虚竹之父竟是少林寺方丈玄慈，人人均觉他不守清规，大有鄙夷之意，待见他坦然当众受刑，以维少林寺的清誉，这等大勇实非常人所能，都想他受此重刑，也可抵偿一时失足了。万不料他受刑之后，随即自绝经脉。本来一死之后，一了百了，他既早萌死志，这二百杖之辱原可免去，但他定要先行忍辱受杖，以维护少林寺的清誉，然后再死，实是英雄好汉的行径。群雄心敬他的为人，不少人走到玄慈的遗体之前，躬身下拜。

南海鳄神道："二姊，你人也死了，岳老三不跟你争这排名啦，你算老二便了。"这些年来，他说什么也要和叶二娘一争雄长，想在武功上胜过她而居"天下第二恶人"之位，此刻竟肯退让，实是大大不易，只因他既伤痛叶二娘之死，又敬佩她的义烈。

那老僧在二人掌风推送之下，便如纸鸢般向前飘出数丈，双手抓着两具尸身，三个身子轻飘飘地，浑不似血肉之躯。

四十三

王霸雄图　血海深恨　尽归尘土

丐帮群丐一团高兴的赶来少林寺，雄心勃勃，只盼凭着帮主深不可测的武功，夺得武林盟主之位，丐帮从此压倒少林派，为中原武林的领袖。哪知庄帮主拜丁春秋为师于前，为萧峰踢断双腿于后，人人意兴索然，面目无光。

吴长老大声道："众位兄弟，咱们还在这里干什么？难道想讨残羹冷饭不成？这就下山去罢！"群丐轰然答应，纷纷转身下山。

包不同突然大声道："且慢，且慢！包某有一言要告知丐帮。"陈长老当日在无锡曾与他及风波恶斗过，知道此人口中素来没有好话，右足在地下一顿，厉声道："姓包的，有话便说，有屁少放。"包不同伸手捏住了鼻子，叫道："好臭，好臭。喂，会放臭屁的化子，你帮中可有一个名叫易大彪的老化子？"

陈长老听他说到易大彪，登时便留上了神，问道："有便怎样？没有又怎样？"包不同道："我是在跟一个会放屁的叫化子说话，你搭上口来，是不是自己承认放臭屁？"陈长老牵挂本帮大事，哪耐烦跟他作这等无关重要的口舌之争，说道："我问你易大彪怎么了？他是本帮的弟子，派到西夏公干，阁下可有他的讯息么？"包不同道："我正要跟你说一件西夏国的大事，只不过易大彪却早已见阎王去啦！"陈长老道："此话当真？请问西夏国有什么大事？”包不同道：“你骂我说话如同放屁，这回儿我可不想放屁了！”

陈长老只气得白须飘动，但心想以大事为重，当即哈哈一笑，说道：“适才说话得罪了阁下，老夫陪罪。”包不同道：“陪罪倒也不必，以后你多放屁，少说话，也就是了。”陈长老一怔，心道：“这是什么话？”只是眼下有求于他，不愿无谓纠缠，微微一笑，并不再言。包不同忽然道：“好臭，好臭！你这人太不成话。”陈长老道：“什么不成话？”包不同道：“你不开口说话，无处出气，自然须得另寻宣泄之处了。”陈长老心道：“此人当真难缠。我只说了一句无礼之言，他便颠三倒四的说了没完。我只有不出声才是上策，否则他始终言不及义，说不上正题。”当下又是微微一笑，并不答话。

包不同摇头道：“非也，非也！你跟我抬杠，那你错之极矣！”陈长老微笑道：“在下口也没开，怎能与阁下抬杠？”包不同道：“你没说话，只放臭屁，自然不用开口。”陈长老皱起眉头，说道：“取笑了。”

包不同见他一味退让，自己已占足了上风，便道：“你既然开口说话，那便不是和我抬杠了。我跟你说了罢。几个月之前，我随着咱们公子、邓大哥、公冶二哥等一行人，在甘凉道上的一座树林之中，见到一群叫化子，一个个尸横就地，有的身首异处，有的腹破肠流，可怜啊可怜。这些人背上都负了布袋，或三只，或四只，或五只焉，或六只焉！”陈长老道：“想必都是敝帮的兄弟了？”包不同道：“我见到这群老兄之时，他们都已死去多时，那时候啊，也不知道喝了孟婆汤没有，上了望乡台没有，也不知在十殿阎王的哪一殿受审。他们既不能说话，我自也不便请教他们尊姓大名，仙乡何处，何帮何派，因何而死。否则他们变成了鬼，也都会骂我一声‘有话便说，有屁少放！’岂不是冤哉枉也？”

陈长老听到涉及本帮兄弟多人的死讯，自是十分关心，既不敢默不作声，更不敢出言顶撞，只得道：“包兄说得是！”

包不同摇头道：“非也，非也！姓包的生平最瞧不起随声附和之人，你口中说道‘包兄说得是’，心里却在破口骂我‘直娘贼，乌龟王八蛋’，这便叫做‘腹诽’，此是星宿一派无耻之徒的行径。至于男子汉大丈夫，是则是，非则非，旁人有旁人的见地，自己有自己的主张，‘自反而缩，虽千万人，吾往矣！’特立独行，矫矫不群，这才是英雄好汉！”

他又将陈长老教训了一顿，这才说道：“其中却有一位老兄受伤未死，那时虽然未死，却也去死不远了。他自称名叫易大彪，他从西夏国而来，揭了一张西夏国国王的榜文，事关重大，于是交了给我们，托我们交给贵帮长老。”

宋长老心想：“陈兄弟在言语中已得罪了此人，还是由我出面较好。”当即上前深深一揖，说道：“包先生仗义传讯，敝帮上下，均感大德。”包不同道：“非也，非也！未必贵帮上下，都感我的大德。”宋长老一怔，道：“包先生此话从何说起？”包不同指着游坦之道：“贵帮帮主就非但不承我情，心中反而将我恨到了极处！”宋陈二长老齐声道：“那是什么缘故？要请包先生指教。”

包不同道：“那易大彪临死之前说道，他们这伙人，都是贵帮庄帮主派人害死的，只因他们不服这个姓庄的小子做帮主，因此这小子派人追杀，唉，可怜啊可怜。易大彪请我们传言，要吴长老和各位长老，千万小心提防。”

包不同一出此言，群丐登时耸动。吴长老快步走到游坦之身前，厉声喝问：“此话是真是假？”

游坦之自被萧峰踢断双腿，一直坐在地下，不言不动，潜运内力止痛，突然听包不同揭露当时秘密，不由得甚是惶恐，又听吴长老厉声质问，叫道：“是全……全冠清叫我下的号令，这不……不关我事。”

宋长老不愿当着群雄面前自暴本帮之丑，狠狠向全冠清瞪了一瞪，心道：“帮内的帐，慢慢再算不迟。”向包不同道：“易大彪兄弟交付先生的榜文，不知先生是否带在身边。”包不同回头道：“没有！”宋长老脸色微变，心想你说了半天，仍是不肯将榜文交出，岂不是找人消遣？包不同深深一揖，说道：“咱们青山不改，绿水长流，后会有期。”说着便转身走开。

吴长老急道：“那张西夏国的榜文，阁下如何不肯转交？”包不同道：“这可奇了！你怎知易大彪是将榜文交在我手中？何以竟用‘转交’二字？难道你当日是亲眼瞧见么？”

宋长老强忍怒气，说道：“包兄适才明明言道，敝帮的易大彪兄弟从西夏国而来，揭了一张西夏国国王的榜文，请包兄交给敝帮长老。这番话此间许多英雄好汉人人听见，包兄怎地忽然又转了口？”

包不同摇头道：“非也，非也！我没这样说过。”他见宋长老脸上变色，又道：“素闻丐帮诸位长老都是铁铮铮的好汉子，怎地竟敢在天下英豪之前颠倒黑白、混淆是非，那岂不是将诸位长老的一世英名付诸流水么？”

宋陈吴三长老互相瞧了一眼，脸色都十分难看，一时打不定主意，立时便跟他翻脸动手呢，还是再忍一时。陈长老道：“阁下既要如此说，咱们也无法可施，好在是非有公论，单凭口舌之利而强辞夺理，终究无用。”包不同道：“非也，非也！你说单凭口舌之利，终究无用，为什么当年苏秦凭一张利嘴而佩六国相印？为什么张仪以口舌之利，施连横之计，终于助秦并吞六国？”宋长老听他越扯越远，只有苦笑，说道：“包先生若是生于战国之际，早已超越苏张，身佩七国、八国的相印了。”

包不同道：“你这是讥讽我生不逢辰、命运太糟么？好，姓包的今后若有三长两短，头痛发烧、腰酸足麻、喷嚏咳嗽，一切惟你是问。”

陈长老怫然道：“包兄到底意欲如何，便即爽爽快快的示下。”

包不同道：“嗯，你倒性急得很。陈长老，那日在无锡杏子林里，你跟我风四弟较量武艺，你手中提一只大布袋，大布袋里有一只大蝎子，大蝎子尾巴上有一根大毒刺，大毒刺刺在人身上会起一个大毒泡，大毒泡会送了对方的小性命，是也不是？”陈长老心道：“明明一句话便可说清楚了，他偏偏要什么大、什么小的啰里啰唆一大套。”便道：“正是。”

包不同道：“很好，我跟你打个赌，你赢了，我立刻将易老化子从西夏国带来的讯息告知于你。若是我赢，你便将那只大布袋、大布袋中的大蝎子，以及装那消解蝎毒之药的小瓶子，一古脑儿的输了给我。你赌不赌？”陈长老道：“包兄要赌什么？”包不同道：“贵帮宋长老向我栽赃诬陷，硬指我曾说什么贵帮的易大彪揭了西夏国王的榜文，请我转交给贵帮长老。其实我的的确确没说过，咱二人便来赌一赌。倘若我确是说过的，那是你赢了。倘若我当真没说过，那么是我赢了。”

陈长老向宋吴二长老瞧了一眼，二人点了点头，意思是说：“这里数千人都是见证，不论凭他如何狡辩，终究是难以抵赖。跟他赌了！”陈长老道：“好，在下跟包兄赌了！但不知包兄如何证明谁输谁赢？是否要推举几位德高望重的公证人出来，秉公判断？”

包不同摇头道：“非也，非也！你说要推举几位德高望重的公证人出来秉公判断，就算推举十位八位罢，难道除了这十位八位之外，其余千百位英雄好汉，就德不高、望不重了？既然德不高、望不重，那么就是卑鄙下流的无名小卒了？如此侮慢当世英雄，你丐帮忒也无礼。”

陈长老道：“包兄取笑了，在下决无此意。然则以包兄所见，该当如何？”

包不同道：“是非曲直，一言而决，待在下给你剖析剖析。拿来！”这“拿来”两字一出口，便即伸出手去。陈长老道：“什么？”包不同道：“布袋、蝎子、解药！”陈长老道：“包兄尚未证明，何以便算赢了？”包不同道：“只怕你输了之后，抵赖不给。”

陈长老哈哈一笑，道：“小小毒物，何足道哉？包兄既要，在下立即奉上，又何必赌什么输赢？”说着除下背上一只布袋，从怀中取出一个瓷瓶，递将过去。

包不同老实不客气的便接了过来，打开布袋之口，向里一张，只见袋中竟有七八只花斑大蝎，忙合上了袋口，说道：“现下我给你瞧一瞧证据，为什么是我赢了，是你输了。”一面说，一面解开长袍的衣带，抖一抖衣袖，提一提袋角，叫众人看到他身边除了几块银子、火刀、火石之外，更无别物。宋陈吴三长老兀自不明他其意何居，脸上神色茫然。包不同道：“二哥，你将榜文拿在手中，给他们瞧上一瞧。”

公冶乾一直挂念慕容博父子的安危，但眼见无法闯过少林群僧的罗汉大阵，也只有干着急的份儿，当下取出榜文，提在手中。群雄向榜文瞧去，但见一张大黄纸上盖着朱砂大印，写满密密麻麻的外国文字，虽然难辨真伪，看模样似乎并非赝物。

包不同道：“我先前说，贵帮的易大彪将一张榜文交给了我们，请我们交给贵帮长老。是也不是？”宋陈吴三长老听他忽又自承其事，喜道：“正是。”包不同道：“但宋长老却硬指我曾说，贵帮的易大彪将一张榜文交给了我，请我交给贵帮长老。是不是？”三长老齐道：“是，那又有什么说错了？”

包不同摇头道：“错矣，错矣！错之极矣，完全牛头不对马嘴矣！差之厘毫，谬以千里矣！我说的是‘我们’，宋长老说的是

‘我’。夫‘我们’者，我们姑苏慕容氏这伙人也，其中有慕容公子，有邓大哥、公冶二哥、风四弟，有包不同，还有一位王姑娘。至于‘我’者，只是包不同孤家寡人、一条‘非也非也’的光棍是也。众位英雄瞧上一瞧，王姑娘花容月貌，是个大闺女，和我‘非也非也’包不同包老三大不相同，岂能混为一谈？”

宋陈吴三长老面面相觑，万不料他咬文嚼字，专从“我”与“我们”之间的差异上大做文章。

只听包不同又道：“这张榜文，是易大彪交在我公冶二哥手中的。我向贵帮报讯，是慕容公子定下的主意。我说‘我们’，那是不错的。若是说‘我’，那可就与真相不符了。在下不懂西夏文字，去接这张榜文来干什么？在下在无锡城外曾栽在贵帮手中，吃过一个大大的败仗，就算不来找贵帮报仇，这报讯却总是不报的。总而言之，言而总之，接西夏榜文，向贵帮报讯，都是‘我们’姑苏慕容氏一伙人，却不是‘我’包不同独个儿！”他转头向公冶乾道：“二哥，是他们输了，将榜文收起来罢。”

陈长老心道：“你大兜圈子，说来说去，还是忘不了那日无锡城外一战落败的耻辱。”当下拱手道：“当日包兄赤手空拳，与敝帮奚长老一条六十斤重的钢杖相斗，包兄已大占胜算。敝帮眼见不敌，结那‘打……打……’那个阵法，还是奈何不了包兄。当时在做敝帮帮主的乔峰以生力军上阵，与包兄酣斗良久，这才勉强胜了包兄半招。当时包兄放言高歌，飘然而去，斗是斗得高明，去也去得潇洒，敝帮上下事后说起，哪一个不是津津乐道，心中钦佩？包兄怎么自谦如此，反说是败在敝帮手中？决无此事，决无此事。那乔峰和敝帮早已没有瓜葛，甚至可说已是咱们的公敌。”

他却不知包不同东拉西扯，其志只在他最后一句话，既不是为了当日无锡杏子林中一败之辱，更不是为了他那“有话便说，有屁少放”这八个字。包不同立即打蛇随棍上，说道：“既然如此，再好也没有了。你就率领贵帮兄弟，咱们同仇敌忾，去将乔峰那厮擒了下来。那时我们念在好朋友的份上，自会将榜文双手奉上。老兄倘若不识榜文中希奇古怪的文字，我公冶二哥索性人情做到底，从头至尾、源源本本的译解明白，你道如何？”

陈长老瞧瞧宋长老，望望吴长老，一时拿不定主意。忽听得一人高声叫道：“原当如此，更有何疑？”

众人齐向声音来处瞧去，见说话之人是“十方秀才”全冠清，他这时已升为九袋长老，只听他继续道：“辽国乃我大宋死仇大敌。这萧峰之父萧远山，自称在少林寺潜居三十年，尽得少林派武学秘籍。今日大伙儿若不齐心合力将他除去，他回到辽国之后，广传得自中土的上乘武功，契丹人如虎添翼，再来进攻大宋，咱们炎黄子孙个个要做亡国奴了。”

群雄都觉这话甚是有理，只是玄慈圆寂、庄聚贤断腿，少林派和丐帮这中原武林两大支柱，都变成了群龙无首，没有人主持大局。

全冠清道：“便请少林寺玄字辈三位高僧，与丐帮宋陈吴三位长老共同发号施令，大伙儿齐听差遣。先杀了萧远山、萧峰父子，除去我大宋的心腹大患。其余善后事宜，不妨慢慢从长计议。”他见游坦之身败名裂，自己在帮中失了大靠山，杀易大彪等人之事又已泄漏，心下甚是惶惧，急欲另兴风波，以为卸罪脱身之计。他虽也是丐帮四长老之一，但此刻已不敢与宋陈吴三长老并肩。

群雄登时纷纷呼叫：“这话说得是，请三高僧、三长老发令。”“此事关及天下安危，六位前辈当仁不让，义不容辞。”“咱们同遵号令，扑杀这两条番狗！”霎时间千百人乒乒乓乓的拔出兵刃，更有人便要向一十八名契丹武士攻杀过去。

余婆叫道：“众位契丹兄弟，请过来说话。”那十八名契丹武士不知余婆用意何居，却不过去，各人挺刀在手，并肩而立，明知寡不敌众，却也要决一死战。余婆叫道：“灵鹫八部，将这十八位朋友护住了。”八部诸女奔将前去，站在十八名契丹武士身前，诸洞主、岛主翼卫在旁。星宿派门人急欲在新主人前立功，帮着摇旗呐喊，这一来声势倒也甚盛。

余婆躬身向虚竹道：“主人，这十八名武士乃主人义兄的下属，若在主人眼前让人乱刀分尸，大折灵鹫宫的威风。咱们且行将他们看管，敬候主人发落。”

虚竹心伤父母之亡，也想不出什么主意，点了点头，朗声说道：“我灵鹫宫与少林派是友非敌，大伙不可伤了和气，更不得斗殴残杀。”

玄寂见了灵鹫宫这等声势，情知大是劲敌，听虚竹这么说，便道：“这十八名契丹武士杀与不杀，无关大局，冲着虚竹先生的脸面，暂且搁下。虚竹先生，咱们擒杀萧峰，你相助何方？”

虚竹踌躇道：“少林派是我出身之地，萧峰是我义兄，一者于我有恩，一者于我有义。我……我……我只好两不相助。只不过……只不过……师叔祖，我劝你放我萧大哥去罢，我劝他不来攻打大宋便是。”

玄寂心道：“你枉自武功高强，又为一派之主，说出话来却似三岁小儿一般。”说道：“‘师叔祖’三字，虚竹先生此后再也休提。”虚竹道：“是，是，我这可忘了。”

玄寂道：“灵鹫宫既然两不相助，少林派与贵派那便是友非敌，双方不得伤了和气。”转头向丐帮三长老道：“三位长老，咱们齐到敝寺去瞧瞧动静如何？”宋陈吴三长老齐声道：“甚好，甚好！丐帮众兄弟，同赴少林寺去！”

当下少林僧领先，丐帮与中原群雄齐声发喊，冲向山上。

邓百川喜道：“三弟，真有你的，这一番说辞，竟替主公和公子拉到了这么多的得力帮手。”包不同道：“非也，非也！耽搁了这么久，不知主公和公子是祸是福，胜负如何。”

王语嫣急道："快走！别'非也非也'的了。"一面说，一面提步急奔，忽见段誉跟随在旁，问道："段公子，你又要助你义兄、跟我表哥为难么？"言辞中大有不满之意。适才慕容复横剑自尽，险些身亡，全系因败在段誉和萧峰二人手下、羞愤难当之故，王语嫣忆起此事，对段誉大是恚怒。

段誉一怔，停了脚步。他自和王语嫣相识以来，对她千依百顺，为了她赴危蹈险，全不顾一己生死，可从未见过她对自己如此神色不善，一时惊慌失措，心乱如麻，隔了半晌，才道："我……我并不想和慕容公子为难……"抬起头来时，只见身旁群雄纷纷奔跃而过，王语嫣和邓百川等众人早已不知去向。

他又是一呆，心道："王姑娘既已见疑，我又何必上去自讨没趣？"但转念又想："这千百人蜂涌而前，对萧大哥群相围攻，他处境实是凶险无比。虚竹二哥已言明两不相助，我若不竭力援手，金兰结义之情何在？纵使王姑娘见怪，却也顾不得了。"于是跟随群豪，奔上山去。

其时段正淳见到段延庆的目光正冷冷向自己射来，当即手握剑柄，运气待敌。大理群豪也均全神戒备，于段誉匆匆走开，都未在意。

段誉到得少林寺前，径自闯进山门。少林寺占地甚广，前殿后舍，也不知有几千百间，但见一众僧侣与中原群豪在各处殿堂中转来转去，吆喝呐喊，找寻萧远山父子和慕容博父子的所在。更有许多人跃上屋顶，登高瞭望，四下里扰攘纷纭，乱成一团。众人穿房入舍，奔行来去，人人都在询问："在哪里？见到了没有？"少林寺庄严古刹，霎时间变作了乱墟闹市一般。

段誉乱走了一阵，突见两个胡僧快步从侧门闪了出来，东张西望，闪缩而行。段誉心念一动："这两个胡僧不是少林僧，他们鬼鬼祟祟的干什么？”好奇心起，当下展开“凌波微步”轻功，悄没声跟在两名胡僧之后，向寺旁树林中奔去。沿着一条林间小径，径向西北，转了几个弯，眼前突然开朗，只听得水声淙淙，山溪旁耸立着一座楼阁，楼头一块匾额，写着“藏经阁”三字。段誉心道：“少林寺藏经阁名闻天下，却原来建立此处。是了，这楼阁临水而筑，远离其他房舍，那是唯恐寺中失火，毁了珍贵无比的经典。”

见两名胡僧矮了身子，慢慢欺近藏经阁，段誉便也跟随而前。突见两名中年僧人闪将出来，齐声咳嗽，说道：“两位到这里有何贵干？”一名胡僧道：“我师兄久慕少林寺藏经阁之名，特来观光。”说话的正是波罗星。他和师兄哲罗星见寺中大乱，便想乘火打劫，到藏经阁来盗经。

一名少林僧道：“大师请留步，本寺藏经重地，外人请勿擅入。”说话之间，又有四名僧人手执禅杖，拦在门口。哲罗星和波罗星相互瞧了一眼，知所谋难成，只得废然而退。

段誉跟着转身，正想去找寻萧峰，忽听得一个苍老的声音从阁中高处传了出来：“你见到他们向何方而去？”认得是玄寂的口音。另一人道：“我们四个守在这里，那灰衣僧闯了进来，出手便点了我们的昏睡穴，师伯救醒我时，那灰衣僧已不知去向了。”另一个苍老的声音道：“此处窗房破损，想必是到了后山。”玄寂道：“不错。”那老僧道：“但不知他们是否盗了阁中的经书。”玄寂道：“这二人在本寺潜伏数十年，咱们上下僧众混混噩噩，一无所觉，可算得无能。他们若要盗经，数十年来哪一日不可盗，何待今日？”那老僧道：“师兄说得是。”二僧齐声长叹。

段誉心想他们在说少林寺的丢脸之事，不可偷听，其实玄寂等僧说话声甚低，只因段誉内力深厚，这才听闻。段誉慢慢走开，寻思：“他们说萧大哥到了后山，我这就去瞧瞧。”

少室后山地势险峻，林密路陡，段誉走出数里，已不再听到下面寺中的嘈杂之声，空山寂寂，唯有树间鸟雀鸣声。山间林中阳光不到，颇有寒意。段誉心道："萧大哥父子一到此处，脱身就甚容易，群雄难再围攻。"欣慰之下，突然想到王语嫣怨怒的神色，心头大震："倘若大哥已将慕容公子打死了，那……那便如何是好？"背上不由得出了一阵冷汗，心道："慕容公子若死，王姑娘伤心欲绝，一生都要郁郁寡欢了。"

他迷迷惘惘的在密林中信步漫行，一忽儿想到慕容复，一忽儿想到萧大哥，一忽儿想到爹爹、妈妈和伯父，但想得最多的毕竟还是王语嫣，尤其是她适才那恚怒怨怼的神色。

也不知胡思乱想了多少时候，忽听得左首随风飘来几句诵经念佛之声："即心即佛，即佛即心，心明识佛，识佛明心，离心非佛，离佛非心……"声音祥和浑厚，却是从来没听见过的。段誉心道："原来此处有个和尚，不妨去问问他有没见到萧大哥。"当即循声走去。

转过一片竹林，忽见林间一块草坪上聚集着不少人。一个身穿敝旧青袍的僧人背向坐在石上，诵经之声便自他口出，他面前坐着多人，其中有萧远山、萧峰父子，慕容博、慕容复父子，不久前在藏经阁前见到的胡僧哲罗星、波罗星，以及来自别寺的几位高僧、少林寺好几位玄字辈高僧，也都坐在地下，双手合什，垂首低眉，恭恭敬敬的听法。四五丈外站着一人，却是吐蕃国师鸠摩智，脸露讥嘲之色，显是心中不服。

段誉出身于佛国，自幼即随高僧研习佛法，于佛经义理颇有会心，只是大理国佛法自南方传来，近于小乘，非少林寺的禅宗一派，所学颇有不同，听那老僧所说偈语，虽似浅显，却含至理，寻思："瞧这位高僧的服色，乃是少林寺中僧侣，而且职司极低，只不过是烧茶扫地的杂役，怎地少林寺的高僧和萧大哥他们都听他讲经说法？"

他慢慢绕将过去，要瞧瞧那高僧何等容貌，究竟是何许人物。但要看到那僧人正面，须得走到萧峰等人身后，他不敢惊动诸人，放轻脚步，远远兜了个圈子，斜身缩足，正要走近鸠摩智身畔时，突见鸠摩智转过头来，向他微微一笑。段誉也以笑容相报。

突然之间，一股凌厉之极的劲风当胸射来。段誉叫声："啊哟！"欲施六脉神剑抵御，已然不及，只觉胸口一痛，迷迷糊糊中听到有人念道："阿弥陀佛！"便已人事不知了。

慕容博被玄慈揭破本来面目，又说穿当日假传讯息、酿成雁门关祸变之人便即是他，情知不但萧氏父子欲得己而甘心，且亦不容于中原豪雄，当即飞身向少林寺中奔去。少林寺房舍众多，自己熟悉地形，不论在哪里一藏，萧氏父子都不容易找到。但萧远山和萧峰二人恨之切骨，如影随形般跟踪而来。萧远山和他年纪相当，功力相若，慕容博既先奔了片刻，萧远山便难追及。萧峰却正当壮年，武功精力，俱是登峰造极之候，发力疾赶之下，当慕容博奔到少林寺山门口时，萧峰于数丈外一掌拍出，掌力已及后背。

慕容博回掌一挡，全身一震，手臂隐隐酸麻，不禁大吃一惊："这契丹小狗功力如此厉害！"一侧身，便即闪进了山门。

萧峰哪容他脱身，抢步急赶。只是慕容博既入寺中，到处回廊殿堂，萧峰掌力虽强，却已拍不到他。三人一前二后，片刻间便已奔到了藏经阁中。

慕容博破窗而入，一出手便点了守阁四僧的昏睡穴，转过身来，冷笑道："萧远山，是你父子二人齐上呢，还是咱二老单打独斗，拼个死活？"萧远山拦住阁门，说道："孩儿，你挡着窗口，别让他走了。"萧峰道："是！"闪身窗边，横掌当胸，父子二人合围，眼看慕容博再难脱身。萧远山道："你我之间的深仇大怨，不死不解。这不是较量武艺高下，自然我父子联手齐上，取你性命。"

慕容博哈哈一笑，正要回答，忽听得楼梯上脚步声响，走上一个人来，正是鸠摩智。他向慕容博合什一礼，说道：“慕容先生，昔年一别，嗣后便闻先生西去，小僧好生痛悼，原来先生隐居不出，另有深意，今日重会，真乃喜煞小僧也。”慕容博抱拳还礼，笑道：“在下因家国之故，蜗伏假死，致劳大师挂念，实深惭愧。”鸠摩智道：“岂敢，岂敢。当日小僧与先生邂逅相逢，讲武论剑，得蒙先生指点数日，生平疑义，一旦尽解，又承先生以少林寺七十二绝技要旨相赠，更是铭感于心。”

慕容博笑道：“些须小事，何足挂齿？”向萧氏父子道：“萧老侠、萧大侠，这位鸠摩智神僧，乃吐蕃国大轮明王，佛法渊深，武功更远胜在下，可说当世罕有其比。”

萧远山和萧峰对望了一眼，均想：“这番僧虽然未必能强于慕容博，但也必甚为了得，他与慕容博渊源如此之深，自然要相助于他，此战胜败，倒是难说了。”

鸠摩智道：“慕容先生谬赞。当年小僧听先生论及剑法，以大理国天龙寺‘六脉神剑’为天下诸剑第一，恨未得见，引为平生憾事。小僧得悉先生噩耗，便前赴大理天龙寺，欲求六脉神剑剑谱，焚化于先生墓前，以报知己。不料天龙寺枯荣老僧狡诈多智，竟在紧急关头将剑谱以内力焚毁。小僧虽存季札挂剑之念，却不克完愿，抱憾良深。”

慕容博道：“大师只存此念，在下已不胜感激。何况段氏六脉神剑尚存人间，适才大理段公子与犬子相斗，剑气纵横，天下第一剑之言，名不虚传。”

便在此时，人影一晃，藏经阁中又多了一人，正是慕容复。他落后数步，一到寺中，便失了父亲和萧峰父子的踪迹，待得寻到藏经阁中，反被鸠摩智赶在头里。他刚好听得父亲说起段誉以六脉神剑胜过自己之事，不禁羞惭无地。

慕容博又道："这里萧氏父子欲杀我而甘心，大师以为如何？"

鸠摩智道："忝在知己，焉能袖手？"

萧峰见慕容复赶到，变成对方三人而己方只有二人，慕容复虽然稍弱，却也未可小觑，只怕非但杀慕容博不得，自己父子反要毕命于藏经阁中。但他胆气豪勇，浑不以身处逆境为意，大声喝道："今日之事，不判生死，决不罢休。接招罢！"呼的一掌，便向慕容博急拍过去。慕容博左手一拂，凝运功力，要将他掌力化去。喀喇喇一声响，左首一座书架木片纷飞，断成数截，架上经书塌将下来。萧峰这一掌劲力雄浑，慕容博虽然将之拂开，却未得消解，只是将掌力转移方位，击上了书架。

慕容博微微一笑，说道："南慕容，北乔峰！果然名下无虚！萧兄，我有一言，你听是不听！"萧远山道："任凭你如何花言巧语，休想叫我不报杀妻深仇。"慕容博道："你要杀我报仇，以今日之势，只怕未必能够。我方三人，敌你父子二人，请问是谁多占胜面？"萧远山道："当然是你多占胜面。大丈夫以寡敌众，又何足惧？"慕容博道："萧氏父子英名盖世，生平怕过谁来？可是惧虽不惧，今日要想杀我，却也甚难。我跟你做一桩买卖，我让你得遂报仇之愿，但你父子却须答允我一件事。"

萧远山、萧峰均觉诧异："这老贼不知又生什么诡计？"

慕容博又道："只须你父子答允了这件事，便可上前杀我报仇。在下束手待毙，决不抗拒，鸠摩师兄和复儿也不得出手救援。"他此言一出，萧峰父子固然大奇，鸠摩智和慕容复也是惊骇莫名。慕容复叫道："爹爹，我众彼寡……"鸠摩智也道："慕容先生何出此言？小僧但教有一口气在，决不容人伸一指加于先生。"慕容博道："大师高义，在下交了这样一位朋友，虽死何憾？萧兄，在下有一事请教。当年我假传讯息，致酿巨祸，萧兄可知在下干此无行败德之事，其意何在？"

萧远山怒气填膺，戟指骂道："你本是个卑鄙小人，为非作歹，幸灾乐祸，又何必有什么用意？"踏上一步，呼的一拳便击了过去。

鸠摩智斜刺里闪至，双掌一封，波的一声响，拳风掌力相互激荡，冲将上去，屋顶灰尘沙沙而落。这一拳掌相交，竟然不分高下，两人都暗自钦佩。

慕容博道："萧兄暂抑怒气，且听在下毕言。慕容博虽然不肖，在江湖上也总算薄有微名，和萧兄素不相识，自是无怨无仇。至于少林寺玄慈方丈，在下更和他多年交好。我既费尽心力挑拨生事，要双方斗个两败俱伤，以常理度之，自当有重大原由。"

萧远山双目中欲喷出火来，喝道："什么重大原由？你……你说，你说！"

慕容博道："萧兄，你是契丹人。鸠摩智明王是吐蕃国人。他们中土武人，都说你们是番邦夷狄，并非上国衣冠。令郎明明是丐帮帮主，才略武功，震烁当世，真乃丐帮中古今罕有的英雄豪杰。可是群丐一知他是契丹异族，立刻翻脸不容情，非但不认他为帮主，而且人人欲杀之而甘心。萧兄，你说此事是否公道？"

萧远山道："宋辽世仇，两国相互攻伐征战，已历一百余年。边疆之上，宋人辽人相见即杀，自来如此。丐帮中人既知我儿是契丹人，岂能奉仇为主？此是事理之常，也没有什么不公道。"顿了一顿，又道："玄慈方丈、汪剑通等杀我妻室、下属，原非本意。但就算存心如此，那也是宋辽之争，不足为奇，只是你设计陷害，却放你不过。"

慕容博道："依萧兄之见，两国相争，攻战杀伐，只求破敌制胜，克成大功，是不是还须讲究什么仁义道德？"萧远山道："兵不厌诈，自古以来就是如此。你说这些不相干的言语作甚？"慕容博微微一笑，说道："萧兄，你道我慕容博是哪一国人？"

萧远山微微一凛，道："你姑苏慕容氏，当然是南朝汉人，难道还是什么外国人？"玄慈方丈学识渊博，先前听得慕容博劝阻慕容复自杀，从他几句言语之中，便猜知了他的出身来历。萧远山一介契丹武夫，不知往昔史事，便不明其中情由。

慕容博摇头道："萧兄这一下可猜错了。"转头向慕容复道："孩儿，咱们是哪一国人氏？"慕容复道："咱们慕容氏乃鲜卑族人，昔年大燕国威震河朔，打下了锦绣江山，只可惜敌人凶险狠毒，颠覆我邦。"慕容博道："爹爹给你取名，用了一个'复'字，那是何所含义？"慕容复道："爹爹是命孩儿时时刻刻不可忘了列祖列宗的遗训，须当兴复大燕，夺还江山。"慕容博道："你将大燕国的传国玉玺，取出来给萧老侠瞧瞧。"

慕容复道："是！"伸手入怀，取出一颗黑玉雕成的方印来。那玉印上端雕着一头形态生动的豹子，慕容复将印一翻，显出印文。鸠摩智见印文雕着"大燕皇帝之宝"六个大字。萧氏父子不识篆文，然见那玉玺雕琢精致，边角上却颇有破损，显是颇历年所，多经灾难，虽然不明真伪，却知大非寻常，更不是新制之物。

慕容博又道："你将大燕皇帝世系谱表，取出来请萧老侠过目。"慕容复道："是！"将玉玺收入怀中，顺手掏出一个油布包来，打开油布，抖出一幅黄绢，双手提起。

萧远山等见黄绢上以朱笔书写两种文字，右首的弯弯曲曲，众皆不识，想系鲜卑文字。左首则是汉字，最上端写着："太祖文明帝讳皝"，其下写道："烈祖景昭帝讳儁"，其下写道："幽帝讳暐"。另起一行写道："世祖武成帝讳垂"，其上写道："烈宗惠愍帝讳宝"，其下写道："开封公讳详"、"赵王讳麟"。绢上其后又写着"中宗昭武帝讳盛"、"昭文帝讳熙"等等字样，皇帝的名讳，各有缺笔。至太上六年，南燕慕容超亡国后，以后的世系便都是庶民，不再是帝王公侯。年代久远，子孙繁衍，萧远山、萧峰、鸠摩智三人一时也无心详览。但见那世系表最后一人写的是“慕容复”，其上则是“慕容博”。

鸠摩智道：“原来慕容先生乃大燕王孙，失敬，失敬！”

慕容博叹道：“亡国遗民，得保首领，已是不幸中的大幸了。只是历代祖宗遗训，均以兴复为嘱，慕容博无能，江湖上奔波半世，始终一无所成。萧兄，我鲜卑慕容氏意图光复故国，你道该是不该？”

萧远山道：“成则为王，败则为寇。群雄逐鹿中原，又有什么该与不该之可言？”

慕容博道：“照啊！萧兄之言，大得我心。慕容氏若要兴复大燕，须得有机可乘。想我慕容氏人丁单薄，势力微弱，重建邦国，当真谈何容易？唯一的机缘是天下大乱，四处征战不休。”

萧远山森然道：“你捏造音讯，挑拨是非，便在要使宋辽生衅，大战一场？”

慕容博道：“正是，倘若宋辽间战争复起，大燕便能乘时而动。当年东晋有八王之乱，司马氏自相残杀，我五胡方能割据中原之地。今日之势，亦复如此。”鸠摩智点头道：“不错！倘若宋朝既有外患，又生内乱，不但慕容先生复国有望，我吐蕃国也能分一杯羹了。”

萧远山冷哼一声，斜睨二人。

慕容博道：“令郎官居辽国南院大王，手握兵符，坐镇南京，倘若挥军南下，尽占南朝黄河以北土地，建立赫赫功业，则进而自立为主，退亦长保富贵。那时顺手将中原群豪聚而歼之，如踏蝼蚁，昔日被丐帮斥逐的那一口恶气，岂非一旦而吐？”

萧远山道：“你想我儿为你尽力，俾你得能混水摸鱼，以遂兴复燕国的野心？”

慕容博道：“不错，其时我慕容氏建一支义旗，兵发山东，为大辽呼应，同时吐蕃、西夏、大理三国一时并起，咱五国瓜分了大宋，亦非难事。我燕国不敢取大辽一尺一寸土地，若得建国，尽当取之于南朝。此事于大辽大大有利，萧兄何乐而不为？”他说到这里，突然间右手一翻，掌中已多了一柄晶光灿然的匕首，一挥手，将匕首插在身旁几上，说道：“萧兄只须依得在下的倡议，便请立取在下性命，为夫人报仇，在下决不抗拒。”嗤的一声，扯开衣襟，露出胸口肌肤。

这番话实大出萧氏父子意料之外，此人在大占优势的局面之下，竟肯束手待毙，一时不知如何回答。

鸠摩智道：“慕容先生，常言道得好：非我族类，其心必异。更何况军国大事，不厌机诈。倘若慕容先生甘心就死，萧氏父子事后却不依先生之言而行，先生这……这不是死得轻于鸿毛了么？”

慕容博道：“萧老侠隐居数十年，侠踪少现人间。萧大侠却英名播于天下，一言九鼎，岂会反悔？萧大侠为了一个无亲无故的少女，尚且肯干冒万险，孤身而入聚贤庄求医，怎能手刃老朽之后而自食诺言？在下筹算已久，这正是千载一时的良机。老朽风烛残年，以一命而换万世之基，这买卖如何不做？”他脸露微笑，凝视萧峰，只盼他快些下手。

萧远山道：“我儿，此人之意，倒似不假，你瞧如何？”

萧峰道：“不行！”突然拍出一掌，击向木几，只听得劈拍一声响，木几碎成数块，匕首随而跌落，凛然说道：“杀母大仇，岂可当作买卖交易？此仇能报便报，如不能报，则我父子毕命于此便了。这等肮脏之事，岂是我萧氏父子所屑为？”

慕容博仰天大笑，朗声说道：“我素闻萧峰萧大侠才略盖世，识见非凡，殊不知今日一见，竟是个不明大义、徒逞意气的一勇之夫。嘿嘿，可笑啊可笑！”

萧峰知他是以言语相激，冷冷的道：“萧峰是英雄豪杰也罢，是凡夫俗子也罢，总不能中你圈套，成为你手中的杀人之刀。”

慕容博道：“食君之禄，忠君之事。你是大辽国大臣，却只记得父母私仇，不思尽忠报国，如何对得起大辽？”

萧峰踏上一步，昂然说道：“你可曾见过边关之上、宋辽相互仇杀的惨状？可曾见过宋人辽人妻离子散、家破人亡的情景？宋辽之间好容易罢兵数十年，倘若刀兵再起，契丹铁骑侵入南朝，你可知将有多少宋人惨遭横死？多少辽人死于非命？”他说到这里，想起当日雁门关外宋兵和辽兵相互打草谷的残酷情状，越说越响，又道：“兵凶战危，世间岂有必胜之事？大宋兵多财足，只须有一二名将，率兵奋战，大辽、吐蕃联手，未必便能取胜。咱们打一个血流成河，尸骨如山，却让你慕容氏来乘机兴复燕国。我对大辽尽忠报国，是在保土安民，而不是为了一己的荣华富贵，因而杀人取地、建功立业。”

忽听得长窗外一个苍老的声音说道：“善哉，善哉！萧居士宅心仁善，如此以天下苍生为念，当真是菩萨心肠。”

五人一听，都是吃了一惊，怎地窗外有人居然并不知觉？而且听此人的说话口气，似乎在窗外已久。慕容复喝道：“是谁？”不等对方回答，砰的一掌拍出，两扇长窗脱钮飞出，落到了阁下。

只见窗外走廊之上，一个身穿青袍的枯瘦僧人拿着一把扫帚，正在弓身扫地。这僧人年纪不小，稀稀疏疏的几根长须已然全白，行动迟缓，有气没力，不似身有武功的模样。慕容复又问：“你躲在这里有多久了？”

那老僧慢慢抬起头来，说道：“施主问我躲在这里……有……有多久了？”五人一齐凝视着他，只见他眼光茫然，全无精神，但说话声音正便是适才称赞萧峰的口音。

慕容复道：“不错，我问你躲在这里，有多久了？”

那老僧屈指计算，过了好一会儿，摇了摇头，脸上现出歉然之色，道："我……我记不清楚啦，不知是四十二年，还是四十三年。这位萧老居士最初晚上来看经之时，我……我已来了十多年。后来……后来慕容老居士来了，前几年，那天竺僧波罗星也来盗经。唉，你来我去，将阁中的经书翻得乱七八糟，也不知为了什么。"

萧远山大为惊讶，心想自己到少林寺来偷研武功，全寺僧人没一个知悉，这个老僧又怎会知道？多半他适才在寺外听了自己的言语，便在此胡说八道，说道："怎么我从来没见过你？"

那老僧道："居士全副精神贯注在武学典籍之上，心无旁骛，自然瞧不见老僧。记得居士第一晚来阁中借阅的，是一本《无相劫指谱》，唉！从那晚起，居士便入了魔道，可惜，可惜！"

萧远山这一惊当真非同小可，自己第一晚偷入藏经阁，找到一本《无相劫指谱》，知道这是少林派七十二绝技之一，当时喜不自胜，此事除了自己之外，更无第二人知晓，难道这个老僧当时确是在旁亲眼目睹？一时之间只道："你……你……你……"

老僧又道："居士第二次来借阅的，是一本《般若掌法》。当时老僧暗暗叹息，知道居士由此入魔，愈陷愈深，心中不忍，在居士惯常取书之处，放了一部《法华经》，一部《杂阿含经》，只盼居士能借了去，研读参悟。不料居士沉迷于武功，于正宗佛法却置之不理，将这两部经书撇在一旁，找到一册《伏魔杖法》，却欢喜鼓舞而去。唉，沉迷苦海，不知何日方得回头？"

萧远山听他随口道来，将三十年前自己在藏经阁中夤夜的作为说得丝毫不错，渐渐由惊而惧，由惧而怖，背上冷汗一阵阵冒将出来，一颗心几乎也停了跳动。

那老僧慢慢转过头来，向慕容博瞧去。慕容博见他目光迟钝，直如视而不见其物，却又似自己心中所隐藏的秘密，每一件都被他清清楚楚的看透了，不由得心中发毛，周身大不自在。只听那老僧叹了口气，说道：“慕容居士虽然是鲜卑族人，但在江南侨居已有数代，老僧初料居士必已沾到南朝的文采风流，岂知居士来到藏经阁中，将我祖师的微言法语、历代高僧的语录心得，一概弃如敝屣，挑到一本《拈花指法》，却便如获至宝。昔人买椟还珠，贻笑千载。两位居士乃当世高人，却也作此愚行。唉，于己于人，都是有害无益。”

慕容博心下骇然，自己初入藏经阁，第一部看到的武功秘籍，确然便是《拈花指法》，但当时曾四周详察，查明藏经阁里外并无一人，怎么这老僧直如亲见？

只听那老僧又道：“居士之心，比之萧居士尤为贪多务得。萧居士所修习的，只是如何克制少林派现有武功，慕容居士却将本寺七十二绝技一一囊括以去，尽数录了副本，这才重履藏经阁，归还原书。想来这些年之中，居士尽心竭力，意图融会贯通这七十二绝技，说不定已传授于令郎了。”

他说到这里，眼光向慕容复转去，只看了一眼，便摇了摇头，跟着看到鸠摩智，这才点头，道：“是了！令郎年纪尚轻，功力不足，无法研习少林七十二绝技，原来是传之于一位天竺高僧。大轮明王，你错了，全然错了，次序颠倒，大难已在旦夕之间。”

鸠摩智从未入过藏经阁，对那老僧绝无敬畏之心，冷冷的说道：“什么次序颠倒，大难已在旦夕之间？大师之语，不太也危言耸听么？”那老僧道：“不是危言耸听。明王，请你将那部《易筋经》还给我罢。”鸠摩智此时不由得不惊，心道：“你怎知我从那铁头人处抢得到《易筋经》？要我还你，哪有这等容易？”口中兀自强硬：“什么《易筋经》？大师的说话，教人好生难以明白。”

那老僧道：“本派武功传自达摩老祖。佛门子弟学武，乃在强身健体，护法伏魔。修习任何武功之时，总是心存慈悲仁善之念。倘若不以佛学为基，则练武之时，必定伤及自身。功夫练得越深，自身受伤越重。如果所练的只不过是拳打脚踢、兵刃暗器的外门功夫，那也罢了，对自身为害甚微，只须身子强壮，尽自抵御得住……”

忽听得楼下说话声响，跟着楼梯上托、托、托几下轻点，八九个僧人纵身上阁。当先是少林派两位玄字辈高僧玄生、玄灭，其后便是神山上人、道清大师、观心大师等几位外来高僧，跟着是天竺哲罗星、波罗星师兄弟，其后又是玄字辈的玄垢、玄净两僧。众僧见萧远山父子、慕容博父子、鸠摩智五人都在阁中，静听一个面目陌生的老僧说话，均感诧异。这些僧人均是大有修养的高明之士，当下也不上前打扰，站在一旁，且听他说什么。

那老僧见众僧上来，全不理会，继续说道：“但如练的是本派上乘武功，例如拈花指、多罗叶指、般若掌之类，每日不以慈悲佛法调和化解，则戾气深入脏腑，愈陷愈深，比之任何外毒都要厉害百倍。大轮明王原是我佛门弟子，精研佛法，记诵明辨，当世无双，但如不存慈悲布施、普渡众生之念，虽然典籍淹通，妙辩无碍，却终不能消解修习这些上乘武功时所钟的戾气。”

群僧只听得几句，便觉这老僧所言大含精义，道前人之所未道，心下均有凛然之意。有几人便合什赞叹：“阿弥陀佛，善哉，善哉！”

但听他继续说道：“我少林寺建刹千年，古往今来，唯有达摩祖师一人身兼诸门绝技，此后更无一位高僧能并通诸般武功，却是何故？七十二绝技的典籍一向在此阁中，向来不禁门人弟子翻阅，明王可知其理安在？”

鸠摩智道：“那是宝刹自己的事，外人如何得知？”

玄生、玄灭、玄垢、玄净均想：“这位老僧服色打扮，乃是本寺操执杂役的服事僧，怎能有如此见识修为？”服事僧虽是少林寺僧人，但只剃度而不拜师、不传武功、不修禅定、不列“玄、慧、虚、空”的辈份排行，除了诵经拜佛之外，只作些烧火、种田、洒扫、土木粗活。玄生等都是寺中第一等高僧，不识此僧，倒也并不希奇，只是听他吐属高雅，识见卓超，都不由得暗暗纳罕。

那老僧续道：“本寺七十二项绝技，每一项功夫都能伤人要害、取人性命，凌厉狠辣，大干天和，是以每一项绝技，均须有相应的慈悲佛法为之化解。这道理本寺僧人倒也并非人人皆知，只是一人练到四五项绝技之后，在禅理上的领悟，自然而然的会受到障碍。在我少林派，那便叫做‘武学障’，与别宗别派的‘知见障’道理相同。须知佛法在求渡世，武功在求杀生，两者背道而驰，相互克制。只有佛法越高，慈悲之念越盛，武功绝技才能练得越多，但修为上到了如此境界的高僧，却又不屑去多学各种厉害的杀人法门了。”

道清大师点头道：“得闻老师父一番言语，小僧今日茅塞顿开。”那老僧合什道：“不敢，老衲说得不对之处，还望众位指教。”群僧一齐合掌道：“请师父更说佛法。”

鸠摩智寻思：“少林寺的七十二项绝技被慕容先生盗了出来，泄之于外，少林寺群僧心下不甘，却又无可奈何，便派一个老僧在此装神弄鬼，想骗得外人不敢练他门中的武功。嘿嘿，我鸠摩智哪有这容易上当？”

那老僧又道：“本寺之中，自然也有人佛法修为不足，却要强自多学上乘武功的，但练将下去，不是走火入魔，便是内伤难愈。本寺玄澄大师以一身超凡绝俗的武学修为，先辈高僧均许为本寺二百年来武功第一。但他在一夜之间，突然筋脉俱断，成为废人，那便是为此了。”

玄生、玄灭二人突然跪倒，说道：“大师，可有法子救得玄澄师兄一救？”那老僧摇头道：“太迟了，不能救了。当年玄澄大师来藏经阁拣取武学典籍，老衲曾三次提醒于他，他始终执迷不悟。

现下筋脉既断，又如何能够再续？其实，五蕴皆空，色身受伤，从此不能练武，他勤修佛法，由此而得开悟，实是因祸得福。两位大师所见，却又不及玄澄大师了。”玄生、玄灭齐道：“是。多谢开示。”

忽听得嗤、嗤、嗤三声轻响，响声过去更无异状。玄生等均知这是本门“无相劫指”的功夫，齐向鸠摩智望去，只见他脸上已然变色，却兀自强作微笑。

原来鸠摩智越听越不服，心道：“你说少林派七十二项绝技不能齐学，我不是已经都学会了？怎么又没有筋脉齐断，成为废人？”双手拢在衣袖之中，暗暗使出“无相劫指”，神不知、鬼不觉的向那老僧弹去。不料指力甫及那老僧身前三尺之处，便似遇上了一层柔软之极、却又坚硬之极的屏障，嗤嗤几声响，指力便散得无影无踪，却也并不反弹而回。鸠摩智大吃一惊，心道：“这老僧果然有些鬼门道，并非大言唬人！”

那老僧恍如不知，只道：“两位请起。老衲在少林寺供诸位大师差遣，两位行此大礼，如何克当？”玄生、玄灭只觉各有一股柔和的力道在手臂下轻轻一托，身不由主的便站将起来，却没见那老僧伸手拂袖，都是惊异不置，心想这般潜运神功，心到力至，莫非这位老僧竟是菩萨化身，否则怎能有如此广大神通、无边佛法？

那老僧又道：“本寺七十二项绝技，均分‘体’、‘用’两道，‘体’为内力本体，‘用’为运用法门。萧居士、慕容居士、大轮明王、天竺波罗星师兄本身早具上乘内功，来本寺所习的，只不过七十二绝技的运用法门，虽有损害，却一时不显。明王所练的，本来是‘逍遥派’的‘小无相功’罢？”

鸠摩智又是一惊，自己偷学逍遥派“小无相功”，从无人知，怎么这老僧却瞧了出来？但转念一想，随即释然：“虚竹适才跟我相斗，使的便是小无相功。多半是虚竹跟他说的，何足为奇？”便道："'小无相功'虽然源出道家，但近日佛门弟子习者亦多，演变之下，已集佛道两家之所长。即是贵寺之中，亦不乏此道高手。"

那老僧微现惊异之色，说道："少林寺中也有人会'小无相功'？老衲今日还是首次听闻。"鸠摩智心道："你装神弄鬼，倒也似模似样。"微微一笑，也不加点破。那老僧继续道："小无相功精微渊深，以此为根基，本寺的七十二绝技，倒也皆可运使，只不过细微曲折之处，不免有点似是而非罢了。"

玄生转头向鸠摩智道："明王自称兼通敝派七十二绝技，原来是如此兼通法。"语中带刺，锋芒逼人。鸠摩智装作没有听见，不加置答。

那老僧又道："明王若只修习少林派七十二项绝技的使用之法，其伤隐伏，虽有疾害，一时之间还不致危及本元。可是明王此刻'承泣穴'上色现朱红，'闻香穴'上隐隐有紫气透出，'颊车穴'筋脉颤动，种种迹象，显示明王在练过少林七十二项绝技之后，又去强练本寺内功秘笈《易筋经》……"他说到这里，微微摇头，眼光中大露悲悯惋惜之情。

鸠摩智数月前在铁头人处夺得《易筋经》，知是武学至宝，随即静居苦练，他识得经上梵文，畅晓经义，但练来练去，始终没半点进境，料想上乘内功，自非旦夕间所能奏效。少林派"易筋经"与天龙寺"六脉神剑"齐名，慕容博曾称之为武学中至高无上的两大瑰宝，说不定要练上十年八年，这才豁然贯通。只是近来练功之时，颇感心烦意躁，头绪纷纭，难以捉摸，难道那老僧所说确非虚话，果然是"次序颠倒，大难已在旦夕之间"么？转念又想："修练内功不成，因而走火入魔，原是常事，但我精通内外武学秘奥，岂是常人可比？这老僧大言炎炎，我若中了他的诡计，鸠摩智一生英名，付诸流水了。"

那老僧见他脸上初现忧色，但随即双眉一挺，又是满脸刚愎自负的模样，显然将自己的言语当作了耳畔东风，轻轻叹了口气，向萧远山道："萧居士，你近来小腹上'梁门''太乙'两穴，可感到隐隐疼痛么？"萧远山全身一凛，道："神僧明见，正是这般。"那老僧又道："你'关元穴'上的麻木不仁，近来却又如何？"萧远山更是惊讶，颤声道："这麻木处十年前只小指头般大一块，现下……现下几乎有茶杯口大了。"

萧峰一听之下，知道父亲三处要穴现出这种迹象，乃是强练少林绝技所致，从他话中听来，这征象已困扰他多年，始终无法驱除，成为一大隐忧，当即上前两步，双膝跪倒，向那老僧拜了下去，说道："神僧既知家父病根，还祈慈悲解救。"

那老僧合什还礼，说道："施主请起。施主宅心仁善，以天下苍生为念，不肯以私仇而伤害宋辽军民，如此大仁大义，不论有何吩咐，老衲无有不从。不必多礼。"萧峰大喜，又磕了两个头，这才站起。那老僧叹了口气，说道："萧老施主过去杀人甚多，颇伤无辜，像乔三槐夫妇、玄苦大师，实是不该杀的。"

萧远山是契丹英雄，年纪虽老，不减犷悍之气，听那老僧责备自己，朗声道："老夫自知受伤已深，但年过六旬，有子成人，纵然顷刻间便死，亦复何憾？神僧要老夫认错悔过，却是万万不能。"

那老僧摇头道："老衲不敢要老施主认错悔过。只是老施主之伤，乃因练少林派武功而起，欲觅化解之道，便须从佛法中去寻。"

他说到这里，转头向慕容博道："慕容老施主视死如归，自不须老衲饶舌多言。但若老衲指点途径，令老施主免除了阳白、廉泉、风府三处穴道上每日三次的万针攒刺之苦，却又何如？"

慕容博脸色大变，不由得全身微微颤动。他阳白、廉泉、风府三处穴道，每日清晨、正午、子夜三时，确如万针攒刺，痛不可当，不论服食何种灵丹妙药，都是没半点效验。只要一运内功，那针刺之痛更是深入骨髓。一日之中，连死三次，哪里还有什么生人乐趣？这痛楚近年来更加厉害，他所以甘愿一死，以交换萧峰答允兴兵攻宋，虽说是为了兴复燕国的大业，一小半也为了身患这无名恶疾，实是难以忍耐。这时突然听那老僧说出自己的病根，委实一惊非同小可。以他这等武功高深之士，当真耳边平白响起一个霹雳，丝毫不会吃惊，甚至连响十个霹雳，也只当是老天爷放屁，不予理会。但那老僧这平平淡淡的几句话，却令他心惊肉跳，惶惑无已。他身子抖得两下，猛觉阳白、廉泉、风府三处穴道之中，那针刺般的剧痛又发作起来。本来此刻并非作痛的时刻，可是心神震荡之下，其痛陡生，当下只有咬紧牙关强忍。但这牙关却也咬它不紧，上下牙齿得得相撞，狼狈不堪。

慕容复素知父亲要强好胜的脾气，宁可杀了他，也不能人前出丑受辱，他更不愿如萧峰一般，为了父亲而向那老僧跪拜恳求，当下向萧峰父子一拱手，说道："青山不改，绿水长流，今日暂且别过。两位要找我父子报仇，我们在姑苏燕子坞参合庄恭候大驾。"伸手携住慕容博右手，道："爹爹，咱们走罢！"

那老僧道："你竟忍心如此，让令尊受此彻骨奇痛的煎熬？"

慕容复脸色惨白，拉着慕容博之手，迈步便走。

萧峰喝道："你就想走？天下有这等便宜事？你父亲身上有病，大丈夫不屑乘人之危，且放了他过去。你可没病没痛！"慕容复气往上冲，喝道："那我便接萧兄的高招。"萧峰更不打话，呼的一掌，一招降龙十八掌中的"见龙在田"，向慕容复猛击过去。他见藏经阁中地势狭隘，高手群集，不便久斗，是以使上了十成力，要在数掌之间便取了敌人性命。慕容复见他掌势凶恶，当即运起平生之力，要以"斗转星移"之术化解。

那老僧双手合什，说道："阿弥陀佛，佛门善地，两位施主不可妄动无明。"

他双掌只这么一合，便似有一股力道化成一堵无形高墙，挡在萧峰和慕容复之间。萧峰排山倒海的掌力撞在这堵墙上，登时无影无踪，消于无形。

萧峰心中一凛，他生平从未遇敌手，但眼前这老僧功力显比自己强过太多，他既出手阻止，今日之仇是决不能报了。他想到父亲的内伤，又躬身道："在下蛮荒匹夫，草野之辈，不知礼仪，冒犯了神僧，恕罪则个。"

那老僧微笑道："好说，好说。老僧对萧施主好生相敬，唯大英雄能本色，萧施主当之无愧。"

萧峰道："家父犯下的杀人罪孽，都系由在下身上引起，恳求神僧治了家父之伤，诸般罪责，都由在下领受，万死不辞。"

那老僧微微一笑，说道："老衲已经说过，要化解萧老施主的内伤，须从佛法中寻求。佛由心生，佛即是觉。旁人只能指点，却不能代劳。我问萧老施主一句话：倘若你有治伤的能耐，那慕容老施主的内伤，你肯不肯替他医治？"

萧远山一怔，道："我……我替慕容老……老匹夫治伤？"慕容复喝道："你嘴里放干净些。"萧远山咬牙切齿的道："慕容老匹夫杀我爱妻，毁了我一生，我恨不得千刀万剐，将他斩成肉酱。"那老僧道："你如不见慕容老施主死于非命，难消心头之恨？"萧远山道："正是。老夫三十年来，心头日思夜想，便只这一桩血海深恨。"

那老僧点头道："那也容易。"缓步向前，伸出一掌，拍向慕容博头顶。

慕容博初时见那老僧走近，也不在意，待见他伸掌拍向自己天灵盖，左手忙上抬相格，又恐对方武功太过厉害，一抬手后，身子跟着向后飘出。他姑苏慕容氏家传武学，本已非同小可，再钻研少林寺七十二绝技后，更是如虎添翼，这一抬手，一飘身，看似平平无奇，却是一掌挡尽天下诸般攻招，一退闪去世间任何追袭，守势之严密飘逸，直可说至矣尽矣，蔑以加矣。阁中诸人个个都是武学高手，一见他使出这两招来，都暗喝一声采，即令萧远山父子，也不禁钦佩。

岂知那老僧一掌轻轻拍落，波的一声响，正好击在慕容博脑门正中的“百会穴”上，慕容博的一格一退，竟没半点效用。“百会穴”是人身最要紧的所在，即是给全然不会武功之人碰上了，也有受伤之虞，那老僧一击而中，慕容博全身一震，登时气绝，向后便倒。

慕容复大惊，抢上扶住，叫道：“爹爹，爹爹！”但见父亲嘴眼俱闭，鼻孔中已无出气，忙伸手到他心口一摸，心跳亦已停止。慕容复悲怒交集，万想不到这个满口慈悲佛法的老僧居然会下此毒手，叫道：“你……你……你这老贼秃！”将父亲的尸身往柱上一靠，飞身纵起，双掌齐出，向那老僧猛击过去。

那老僧不闻不见，全不理睬。慕容复双掌推到那老僧身前两尺之处，突然间又如撞上了一堵无形气墙，更似撞进了一张渔网之中，掌力虽猛，却是无可施力，被那气墙反弹出来，撞在一座书架之上。本来他去势既猛，反弹之力也必十分凌厉，但他掌力似被那无形气墙尽数化去，然后将他轻轻推开，是以他背脊撞上书架，书架固不倒塌，连架上堆满的经书也没落下一册。

慕容复甚是机警，虽然伤痛父亲之亡，但知那老僧武功高出自己十倍，纵然狂打狠斗，终究奈何他不得，当下倚在书架之上，假作喘息不止，心下暗自盘算，如何出其不意的再施偷袭。

那老僧转向萧远山，淡淡的道：“萧老施主要亲眼见到慕容老施主死于非命，以平积年仇恨。现下慕容老施主是死了，萧老施主这口气可平了罢？”

萧远山见那老僧一掌击死慕容博，本来也是讶异无比，听他这么相问，不禁心中一片茫然，张口结舌，说不出话来。

这三十年来，他处心积虑，便是要报这杀妻之仇、夺子之恨。这一年中真相显现，他将当年参与雁门关之役的中原豪杰一个个打死，连玄苦大师与乔三槐夫妇也死在他手中。其后得悉那“带头大哥”便是少林方丈玄慈，更在天下英雄之前揭破他与叶二娘的奸情，令他身败名裂，这才逼他自杀，这仇可算报得到家之至。待见玄慈死得光明磊落，不失英雄气概，萧远山内心深处，隐隐已觉此事做得未免过了份，而叶二娘之死，更令他良心渐感不安。只是其时得悉假传音讯、酿成惨变的奸徒，便是那同在寺中隐伏、与自己三次交手不分高下的灰衣僧慕容博，萧远山满腔怒气，便都倾注在此人身上，恨不得食其肉而寝其皮，抽其筋而炊其骨。哪知道平白无端的出来一个无名老僧，行若无事的一掌便将自己的大仇人打死了。他霎时之间，犹如身在云端，飘飘荡荡，在这世间更无立足之地。

萧远山少年时豪气干云，学成一身出神入化的武功，一心一意为国效劳，树立功名，做一个名标青史的人物。他与妻子自幼便青梅竹马，两相爱悦，成婚后不久诞下一个麟儿，更是襟怀爽朗，意气风发，但觉天地间无事不可为，不料雁门关外奇变陡生，堕谷不死之余，整个人全变了样子，什么功名事业、名位财宝，在他眼中皆如尘土，日思夜想，只是如何手刃仇人，以泄大恨。他本是个豪迈诚朴、无所萦怀的塞外大汉，心中一充满仇恨，性子竟然越来越乖戾。再在少林寺中潜居数十年，昼伏夜出，勤练武功，一年之中难得与旁人说一两句话，性情更是大变。

突然之间，数十年来恨之切齿的大仇人，一个个死在自己面前，按理说该当十分快意，但内心中却实是说不出的寂寞凄凉，只觉在这世上再也没什么事情可干，活着也是白活。他斜眼向倚在柱上的慕容博瞧去，只见他脸色平和，嘴角边微带笑容，倒似死去之后，比活着还更快乐。萧远山内心反而隐隐有点羡慕他的福气，但觉一了百了，人死之后，什么都是一笔勾销。顷刻之间，心下一片萧索："仇人都死光了，我的仇全报了。我却到哪里去？回大辽么？去干什么？到雁门关外去隐居么？去干什么？带了峰儿浪迹天涯、四海飘流么？为了什么？"

那老僧道："萧老施主，你要去哪里，这就请便。"萧远山摇头道："我……我却到哪里去？我无处可去。"那老僧道："慕容老施主，是我打死的，你未能亲手报此大仇，是以心有余憾，是不是？"萧远山道："不是！就算你没打死他，我也不想打死他了。"那老僧点头道："不错！可是这位慕容少侠伤痛父亲之死，却要找老衲和你报仇，却如何是好？"

萧远山心灰意懒，说道："大和尚是代我出手的，慕容少侠要为父报仇，尽管来杀我便是。"叹了口气，说道："他来取了我的性命倒好。峰儿，你回到大辽去罢。咱们的事都办完啦，路已走到了尽头。"萧峰叫道："爹爹，你……"

那老僧道："慕容少侠倘若打死了你，你儿子势必又要杀慕容少侠为你报仇，如此怨怨相报，何时方了？不如天下的罪业都归我罢！"说着踏上一步，提起手掌，往萧远山头顶拍将下去。

萧峰大惊，这老僧既能一掌打死慕容博，也能打死父亲，大声喝道："住手！"双掌齐出，向那老僧当胸猛击过去。他对那老僧本来十分敬仰，但这时为了相救父亲，只有全力奋击。那老僧伸出左掌，将萧峰双掌推来之力一挡，右掌却仍是拍向萧远山头顶。

萧远山全没想到抵御，眼见那老僧的右掌正要碰到他脑门，那老僧突然大喝一声，右掌改向萧峰击去。

萧峰双掌之力正与他左掌相持，突见他右掌转而袭击自己，当即抽出左掌抵挡，同时叫道："爹爹，快走，快走！"不料那老僧右掌这一招中途变向，纯系虚招，只是要引开萧峰双掌中的一掌之力，以减轻推向自身的力道。萧峰左掌一回，那老僧的右掌立即圈转，波的一声轻响，已击中了萧远山的顶门。

便在此时，萧峰的右掌已跟着击到，砰的一声响，重重打中那老僧胸口，跟着喀喇喇几声，肋骨断了几根。那老僧微微一笑，道：“好俊的功夫！降龙十八掌，果然天下第一。”这个“一”字一说出，口中一股鲜血跟着直喷了出来。

萧峰一呆之下，过去扶住父亲，但见他呼吸停闭，心不再跳，已然气绝身亡，一时悲痛填膺，浑没了主意。

那老僧道：“是时候了，该当走啦！”右手抓住萧远山尸身的后领，左手抓住慕容博尸身的后领，迈开大步，竟如凌虚而行一般，走了几步，便跨出了窗子。

萧峰和慕容复齐声大喝：“你……你干什么？”同发掌力，向老僧背心击去。就在片刻之前，他二人还是势不两立，要拼个你死我活，这时二人的父亲双双被害，竟尔敌忾同仇，联手追击对头。二人掌力相合，力道更是巨大。那老僧在二人掌风推送之下，便如纸鸢般向前飘出数丈，双手仍抓着两具尸身，三个身子轻飘飘地，浑不似血肉之躯。

萧峰纵身急跃，追出窗外，只见那老僧手提二尸，直向山上走去。萧峰加快脚步，只道三脚两步便能追到他身后，不料那老僧轻功之奇，实是生平从所未见，宛似身有邪术一般。萧峰奋力急奔，只觉山风刮脸如刀，自知奔行奇速，但离那老僧背后始终有两三丈远近，连连发掌，总是打了个空。

那老僧在荒山中东一转，西一拐，到了林间一处平旷之地，将两具尸身放在一株树下，都摆成了盘膝而坐的姿势，自己坐在二尸之后，双掌分别抵住二尸的背心。他刚坐定，萧峰亦已赶到。

萧峰见那老僧举止有异，便不上前动手。只听那老僧道：“我提着他们奔走一会，活活血脉。”萧峰几乎不相信自己的耳朵，给死人活活血脉，那是什么意思？顺口道：“活活血脉？”那老僧道："他们内伤太重，须得先令他们作龟息之眠，再图解救。"萧峰心下一凛："难道我爹爹没死？他……他是在给爹爹治伤？天下哪有先将人打死再给他治伤之法？"

过不多时，慕容复、鸠摩智、玄生、玄灭以及神山上人等先后赶到，只见两尸头顶忽然冒出一缕缕白气。

那老僧将二尸转过身来，面对着面，再将二尸四只手拉成互握。慕容复叫道："你……你……这干什么？"那老僧不答，绕着二尸缓缓行走，不住伸掌拍击，有时在萧远山"大椎穴"上拍一记，有时在慕容博"玉枕穴"上打一下，只见二尸头顶白气越来越浓。

又过了一盏茶时分，萧远山和慕容博身子同时微微颤动。萧峰和慕容复惊喜交集，齐叫："爹爹！"萧远山和慕容博慢慢睁开眼来，向对方看了一眼，随即闭住。但见萧远山满脸红光，慕容博脸上隐隐现着青气。

众人这时方才明白，那老僧适才在藏经阁上击打二人，只不过令他们暂时停闭气息、心脏不跳，当是医治重大内伤的一项法门。许多内功高深之士都曾练过"龟息"之法，然而那是自行停止呼吸，要将旁人一掌打得停止呼吸而不死，实是匪夷所思。这老僧既出于善心，原可事先明言，何必开这个大大的玩笑，以致累得萧峰、慕容复惊怒如狂，更累得他自身受到萧峰的掌击、口喷鲜血？众人心中积满了疑团，但见那老僧全神贯注的转动出掌，谁也不敢出口询问。

渐渐听得萧远山和慕容博二人呼吸由低而响，愈来愈是粗重，跟着萧远山脸色渐红，到后来便如要滴出血来，慕容博的脸色却越来越青，碧油油的甚是怕人。旁观众人均知，一个是阳气过旺，虚火上冲，另一个却是阴气太盛，风寒内塞。玄生、玄灭、道清等身上均带得有治伤妙药，只是不知哪一种方才对症。

突然间只听得那老僧喝道："咄！四手互握，内息相应，以阴济阳，以阳化阴。王霸雄图，血海深恨，尽归尘土，消于无形！”

萧远山和慕容博的四手本来交互握住，听那老僧一喝，不由得手掌一紧，各人体内的内息向对方涌了过去，融会贯通，以有余补不足，两人脸色渐渐分别消红退青，变得苍白；又过一会，两人同时睁开眼来，相对一笑。

萧峰和慕容复各见父亲睁眼微笑，欢慰不可名状。只见萧远山和慕容博二人携手站起，一齐在那老僧面前跪下。那老僧道：“你二人由生到死、由死到生的走了一遍，心中可还有什么放不下？倘若适才就此死了，还有什么兴复大燕、报复妻仇的念头？”

萧远山道：“弟子空在少林寺做了三十年和尚，那全是假的，没半点佛门弟子的慈心，恳请师父收录。”那老僧道：“你的杀妻之仇，不想报了？”萧远山道：“弟子生平杀人，无虑百数，倘若被我所杀之人的眷属皆来向我复仇索命，弟子虽死百次，亦自不足。”

那老僧转向慕容博道：“你呢？”慕容博微微一笑，说道：“庶民如尘土，帝王亦如尘土。大燕不复国是空，复国亦空。”那老僧哈哈一笑，道：“大彻大悟，善哉，善哉！”慕容博道：“求师父收为弟子，更加开导。”那老僧道：“你们想出家为僧，须求少林寺中的大师们剃度。我有几句话，不妨说给你们听听。”当即端坐说法。

萧峰和慕容复见父亲跪下，跟着便也跪下。玄生、玄灭、神山、道清、波罗星等听那老僧说到精妙之处，不由得皆大欢喜，敬慕之心，油然而起，一个个都跪将下来。

段誉赶到之时，听到那老僧正在为众人妙解佛义，他只想绕到那老僧对面，瞧一瞧他的容貌，哪知鸠摩智忽然间会下毒手，胸口竟然中了他的一招“火焰刀”。

山道中间并肩站着两名大汉，一个手持大铁杵，一个双手各提一柄铜锤，恶狠狠的望着眼前众人。

四十四
念枉求美眷　良缘安在

段誉随即昏迷，也不知过了多少时候，才慢慢醒转，睁开眼来，首先看到的是一个布帐顶，跟着发觉是睡在床上被窝之中。他一时神智未曾全然清醒，用力思索，只记得是遭了鸠摩智的暗算，怎么会睡在一张床上，却无论如何也想不起来，只觉口中奇渴，便欲坐起，微一转动，却觉胸口一阵剧痛，忍不住“啊”的一声，叫了出来。

只听外面一个少女声音说道：“段公子醒了，段公子醒了！”语声中充满了喜悦之情。段誉觉得这少女的声音颇为熟悉，却想不起是谁，跟着便见一个青衣少女急步奔进房来。

圆圆的脸蛋，嘴角边一个小小酒窝，正是当年在无量宫中遇到的锺灵。

她父亲“马王神”锺万仇，和段誉之父段正淳结下深仇，设计相害，不料段誉从石屋中出来之时，竟将个衣衫不整的锺灵抱在怀中，将害人反成害己的锺万仇气了个半死。在万劫谷地道之中，各人拉拉扯扯，段誉胡里胡涂的吸了不少人内力，此后不久便被鸠摩智擒来中原，当年一别，哪想得到居然会在这里相见。

锺灵和他目光一触，脸上一阵晕红，似笑非笑的道：“你早忘了我罢？还记不记得我姓什么？”

段誉见到她的神情，脑中蓦地里出现了一幅图画。那是她坐在无量宫大厅的横梁上，两只脚一荡一荡，嘴里咬着瓜子，她那双葱绿鞋上所绣的几朵黄色小花，这时竟似看得清清楚楚，脱口而出："你那双绣了黄花的葱绿鞋儿呢？"

锺灵脸上又是一红，甚是欢喜，微笑道："早穿破啦，亏你还记得这些。你……你倒没忘了我。"段誉笑道："怎么你没吃瓜子？"锺灵道："好啊，这几天服侍你养伤，把人家都急死啦，谁还有闲情吃瓜子？"一句话说出口，觉得自己真情流露，不由得飞红了脸。

段誉怔怔的瞧着她，想起她本来已算是自己的妻子，哪知道后来发觉竟然又是自己的妹子，不禁叹了口气，说道："好妹子，你怎么到了这里？"

锺灵脸上又是一红，目光中闪耀着喜悦的光芒，说道："你出了万劫谷后，再也没来瞧我，我好生恼你。"段誉道："恼我什么？"锺灵斜了他一眼，道："恼你忘了我啊。"

段誉见她目光中全是情意，心中一动，说道："好妹子！"锺灵似嗔似笑的道："这会儿叫得人家这么亲热，可就不来瞧我一次。我气不过，就到你镇南王府去打听，才知道你给一个恶和尚掳去啦。我……我急得不得了，这就出来寻你。"

段誉道："我爹爹跟你妈的事，你妈妈没跟你说吗？"锺灵道："什么事啊？那晚上你跟你爹一走，我妈就晕了过去，后来一直身子不好，见了我直淌眼泪。我逗她说话，她一句话也不肯说。"

段誉道："嗯，她一句话也不说，那……那么你是不知道的了。"锺灵道："不知道什么？"段誉道："不知道你是我……是我的……"

锺灵登时满脸飞红，低下头去，轻轻的道："我怎么知道？那日从石屋子里出来，你抱着我，突然之间见到了这许多人，我怕得要命，又是害羞，只好闭住了眼睛，可是你爹爹的话，我……我却是听得清清楚楚的。”

她和段誉都想到了那日在石屋之外，段正淳对锺万仇所说的一番话：“令爱在这石屋中服侍小儿段誉，历时已久。孤男寡女，赤身露体的躲在一间黑屋子里，还能有什么好事做出来？我儿是镇南王世子，虽然未必能娶令爱为世子正妃，但三妻四妾，有何不可？你我不是成了亲家吗？哈哈，哈哈，呵呵呵！”

段誉见她脸上越来越红，嗫嚅道：“好妹子……原来你还不……还不知道这中间的缘由……好妹子，那……那是不成的。”锺灵急道：“是木姊姊不许吗？木姊姊呢？”段誉道：“不是的。她……她也是我的……”锺灵微笑道：“你爹爹说过什么三妻四妾的，我又不是不肯让她，她凶得很，我还能跟她争吗？”说着伸了伸舌头。

段誉见她仍是一副天真烂漫的模样，同时胸口又痛了起来，这时候实不方便跟她说明真相，问道：“你怎么到这里来的？”

锺灵道：“我一路来寻你，在中原东寻西找，听不到半点讯息。前几天说也真巧，见到了你的徒儿岳老三，他可没见到我。我听到他在跟人商量，说各路好汉都要上少林寺来，有一场大热闹瞧，他们也要来。那个恶人云中鹤取笑他，说多半会见到他师父。岳老三大发脾气，说一见到你，就扭断你的脖子。我又是欢喜，又是担心，便悄悄的跟着来啦。我怕给岳老三和云中鹤见到了，不敢跟得太近，只是在山下乱走，见到人就打听你的下落，想叫你小心，你徒儿要扭断你脖子。见到这里有一所空屋子没人住，我便老实不客气的住下来了。”

段誉听她说得轻描淡写，但见她脸上颇有风霜之色，已不像当日在无量宫中初会时那么全然的无忧无虑，心想她小小年纪，为了寻找自己，孤身转辗江湖，这些日子来自必吃了不少苦头，对自己的情意实是可感，忍不住伸出手去握住她手，低声道："好妹子，总算天可怜见，教我又见到了你！"

锺灵微笑道："总算天可怜见，也教我又见到了你。嘻嘻，这可不是废话？你既见到了我，我自然也见到了你。"在床沿上坐下，问道："你怎么会到这里来的？"

段誉睁大了眼睛，道："我正要问你呢，我怎么会到这里来的？我只知道那个恶和尚忽然对我暗算。我胸口中了他的无形刀气，受伤甚重，以后便什么都不知道了。"

锺灵皱起了眉头，道："那可真奇怪之极了！昨日黄昏时候，我到菜园子去拔菜，在厨房里洗干净了切好，正要去煮，听得房中有人呻吟。我吓了一跳，拿了菜刀走进房来，只见我炕上睡得有人。我连问几声：'是谁？是谁？'不听见回答。我想定是坏人，举起菜刀，便要向炕上那人砍将下去。幸亏……幸亏你是仰天而卧，刀子还没砍到你身上，我已先见到了你的脸……那时候我……我真险些儿晕了过去，连菜刀掉在地下也不知道。"说到这里，伸手轻拍自己胸膛，想是当时情势惊险，此刻思之，犹有余悸。

段誉寻思："此处既离少林寺不远，想必是我受伤之后，有人将我送到这里来了。"

锺灵又道："我叫你几声，你却只是呻吟，不来睬我。我一摸你额头，烧得可厉害，又见你衣襟上有许多鲜血，知道你受了伤，解开你衣衫想瞧瞧伤口，却是包扎的好好的。我怕触动伤处，没敢打开绷带。等了好久，你总是不醒。唉，我又欢喜，又焦急，可不知道怎样办才好。"

段誉道："累得你挂念，真是好生过意不去。"

锺灵突然脸孔一板，道："你不是好人，早知你这么没良心，我早不想念你了。现下我就不理你了，让你死也好，活也好，我总是不来睬你。"

段誉道："怎么了？怎么忽然生起气来了？"锺灵哼的一声，小嘴一撅，道："你自己知道，又来问我干么？"段誉急道："我……我当真不知，好妹子，你跟我说了罢！"锺灵嗔道："呸！谁是你的好妹子了？你在睡梦中说了些什么话？你自己知道，却来问我？当真好没来由。"段誉急道："我睡梦中说什么来着？那是胡里胡涂的言语，作不得准。啊，我想起来啦，我定是在梦中见到了你，欢喜得紧，说话不知轻重，以致冒犯了你。"

锺灵突然垂下泪来，低头道："到这时候，你还在骗我。你到底梦见了什么人？"段誉叹了口气，道："我受伤之后，一直昏迷不醒，真的不知说了些什么乱七八糟的话。"锺灵突然大声道："谁是王姑娘？王姑娘是谁？为什么你在昏迷之中只是叫她的名字？"

段誉胸口一酸，道："我叫了王姑娘的名字么？"锺灵道："你怎么不叫？你昏迷不醒的时候也在叫，哼，你这会儿啊，又在想她了，好！你去叫你的王姑娘来服侍你，我可不管了！"段誉叹了口气，道："王姑娘心中可没我这个人，我便是想她，却也枉然。"锺灵道："为什么？"段誉道："她只喜欢她的表哥，对我向来是爱理不理的。"

锺灵转嗔为喜，笑道："谢天谢地，恶人自有恶人磨！"段誉道："我是恶人么？"锺灵头一侧，半边秀发散了开来，笑道："你徒儿岳老三是大恶人，徒儿都这么恶，师父当然更是恶上加恶了。"段誉笑道："那么师娘呢？岳老三不是叫你作'师娘'的吗？"话一出口，登时好生后悔："怎地我跟自己亲妹子说这些风话？"

锺灵脸上一红，啐了一口，心中却大有甜意，站起身来，到厨房去端了一碗鸡汤出来，道："这锅鸡汤煮了半天了，等着你醒来，一直没熄火。"段誉道："真不知道怎生谢你才好。"见锺灵端着鸡汤过来，挣扎着便要坐起，牵动胸口伤处，忍不住轻轻哼了一声。

锺灵忙道："你别起来，我来喂恶人小祖宗。"段誉道："什么恶人小祖宗？"锺灵道："你是大恶人的师父，不是恶人小祖宗么？"段誉笑道："那么你……"锺灵用匙羹舀起了一匙热气腾腾的鸡汤，对准他脸，佯怒道："你再胡说八道，瞧我不用热汤泼你？"段誉伸了伸舌头，道："不敢了，不敢了！恶人大小姐、恶人姑奶奶果然厉害，够恶！"锺灵噗哧一笑，险些将汤泼到段誉身上，急忙收敛心神，伸匙嘴边，试了试匙羹中鸡汤已不太烫，这才伸到段誉口边。

段誉喝了几口鸡汤，见她脸若朝霞，上唇微有几粒细细汗珠。此时正当六月大暑天时，她一双小臂露在衣袖之外，皓腕如玉，段誉心中一荡，心想："可惜她又是我的亲妹子！她是我亲妹子，那倒也不怎么打紧……唉，如果这时候在喂我喝汤的是王姑娘，纵然是腐肠鸩毒，我却也甘之如饴。"

锺灵见他呆呆的望着自己，万料不到他这时竟会想着别人，微笑道："有什么好看？"

忽听得呀的一声，有人推门进来，跟着一个少女声音说道："咱们且在这里歇一歇。"一个男人的声音道："好！可真累了你，我……我真是过意不去。"那少女道："废话！"

段誉听那二人声音，正是阿紫和丐帮帮主庄聚贤。他虽未和阿紫见面、说过话，但已得朱丹臣等人告知，这小姑娘是父亲的私生女儿，又是自己的一个妹子，谢天谢地，幸好没跟自己有甚情孽牵缠。这个小妹子自幼拜在星宿老人门下，沾染邪恶，行事任性，镇南王府四大护卫之一的褚万里便因受她之气而死。段誉自幼和褚古傅朱四大护卫甚是交好，想到褚万里之死，颇不愿和这个顽劣的小妹子相见，何况昨日自己相助萧峰而和庄聚贤为敌，此刻给他见到，只怕性命难保，忙竖起手指，作个噤声的手势。

锺灵点了点头，端着那碗鸡汤，不敢放到桌上，深恐发出些微声响。只听得阿紫叫道："喂，有人么？有人么？"锺灵瞧了瞧段誉，并不答应，寻思："这人多半是王姑娘了，她和表哥在一起，因此段郎不愿和她见面。"她很想去瞧瞧这"王姑娘"的模样，到底是怎生花容月貌，竟令段郎为她这般神魂颠倒，却又不敢移动脚步，心想段郎若和她相见，多半没有好事，且任她叫嚷一会，没人理睬，她自然和表哥去了。

阿紫又大叫："屋里的人怎么不死一个出来？再不出来，姑娘放火烧了你的屋子。"锺灵心道："这王姑娘好横蛮！"游坦之低声道："别作声，有人来了！"阿紫道："是谁？丐帮的？"游坦之道："不知道。有四五个人，说不定是丐帮的。他们正在向这边走来。"阿紫道："丐帮这些臭长老们，除了一个全长老，没半个好人，他们这可又想造你的反啦。要是给他们见到了，咱二人都要糟糕。"游坦之道："那怎么办？"阿紫道："到房里躲一躲再说，你受伤太重，不能跟他们动手。"

段誉暗暗叫苦，忙向锺灵打个手势，要她设法躲避。但这是山农陋屋，内房甚是狭隘，一进来便即见到，实是无处可躲。锺灵四下一看，正没作理会处，听得脚步声响，厅堂中那二人已向房中走来，低声道："躲到炕底下去。"放下汤碗，不等段誉示意可否，将他抱了起来，两人都钻入了炕底。少室山上一至秋冬便甚寒冷，山民均在炕下烧火取暖，此时正当盛暑，自是不须烧火，但炕底下积满了煤灰焦炭，段誉一钻进去，满鼻尘灰，忍不住便要打喷嚏，好容易才忍住了。

锺灵往外瞧去，只见到一双穿着紫色缎鞋的纤脚走进房内，却听得那男人的声音说道："唉，我要你背来背去，实在是太亵渎了姑娘。”那少女道：“咱们一个盲，一个跛，只好互相照料。”锺灵大奇，心道：“原来王姑娘是个瞎子，她将表哥负在背上，因此我瞧不见那男人的脚。”

阿紫将游坦之往床上一放，说道：“咦！这床刚才有人睡过，席子也还是热的。”

只听得砰的一声，大门被人踢开，几个人冲了进来。一人粗声说道：“庄帮主，帮中大事未了，你这么撒手便溜，算是什么玩意？”正是宋长老。他率领着两名七袋弟子、两名六袋弟子，在这一带追寻游坦之。

萧氏父子、慕容父子以及少林群僧、中原群雄纷纷奔进少林寺后，群丐觉得今日颜面丧尽，如不急行设法，只怕这中原第一大帮再难在武林中立足。萧氏父子和慕容博怨仇纠缠，群丐事不关己，也不想插手，虽然对包不同说同仇敌忾，要找萧峰的晦气，毕竟本帮今后如何安身立命，才是一等一的大事，大家只挂念着一件事：“须得另立英主，率领帮众，重振雄风，挽回丐帮已失的令誉。”寻庄聚贤时，此人在混乱中已不知去向。群丐均想他双足已断，走不到远处，当下分路寻找。至于找到后如何处置，群丐议论未定，也没想到该当拿他怎么样，但此人决计不能再为丐帮帮主，却是众口一辞、绝无异议。有人大骂他拜星宿老怪为师，丢尽了丐帮的脸；有人骂他派人杀害本帮兄弟，非好好跟他算帐不可。至于全冠清，早已由宋长老、吴长老合力擒下，绑缚起来，待拿到庄聚贤后一并处治。

宋长老率领着四名弟子在少室山东南方寻找，远远望见树林中紫色衣衫一闪，有人进了一间农舍之中，认得正是阿紫，又见她背负得有人，依稀是庄聚贤的模样，当即追了下来，闯进农舍内房，果见庄聚贤和阿紫并肩坐在炕上。

阿紫冷冷的道：“宋长老，你既然仍称他为帮主，怎么大呼小叫，没半点谒见帮主的规矩？”宋长老一怔，心想她的话倒非无理，便道：“帮主，咱们数千兄弟，此刻都留在少室山上，如何打算，要请帮主示下。”游坦之道：“你们还当我是帮主么？你想叫我回去，只不过是要杀了我出气，是不是？我不去！”

宋长老向四名弟子道：“快去报讯，帮主在这里。”四名弟子应道：“是！”转身出去。阿紫喝道：“下手！”游坦之应声一掌拍出，炕底下锺灵和段誉只觉房中突然一阵寒冷彻骨，那四名丐帮弟子哼也没哼一声，已然尸横就地。宋长老又惊又怒，举掌当胸，喝道：“你……你……你对帮中兄弟，竟然下这等毒手！”阿紫道：“将他也杀了。”游坦之又是一掌，宋长老举掌一挡，“啊”的一声惨呼，摔出了大门。

阿紫格格一笑，道：“这人也活不成了！你饿不饿？咱们去找些吃的。”将游坦之负在背上，两人同到厨房之中，将锺灵煮好了的饭菜拿到厅上，吃了起来。

锺灵在段誉耳边说道：“这二人好不要脸，在喝我给你煮的鸡汤。”段誉低声道：“他们心狠手辣，一出手便杀人，待会定然又进房来。咱们快从后门溜了出去。”锺灵不愿他和那个“王姑娘”相见，听他这么说，正是求之不得。

两人轻手轻脚的从炕底爬了出来。锺灵见段誉满脸煤灰，忍不住好笑，伸手抿住了嘴。出了房门，穿过灶间，刚踏出后门，段誉忍了多时的喷嚏已无法再忍，“乞嗤”一声，打了出来。

只听得游坦之叫道：“有人！”锺灵眼见四下里无处可躲，只灶间后面有间柴房，一拉段誉，钻进了柴草堆中。只听阿紫叫道：“什么人？鬼鬼祟祟的，快滚出来！”游坦之道：“多半是乡下种田人，我看不必理会。”阿紫道：“什么不必理会？你如此粗心大意，将来定吃大亏，别作声！”她眼盲之后，耳朵特别敏锐，依稀听得有柴草沙沙之声，说道：“柴草堆里有人！”

锺灵心下惊惶，忽觉有水滴落到脸上，伸手一摸，湿腻腻地，跟着又闻到一阵血腥气，大吃一惊，低声问道："你……你伤口怎么啦？"段誉道："别作声！"

阿紫向柴房一指，叫道："在那边。"游坦之呼的一掌，向柴房疾拍过去，喀喇喇一声响，门板破碎，木片与柴草齐飞。

锺灵叫道："别打，别打，我们出来啦！"扶着段誉，从柴草堆爬了出来。段誉先前给鸠摩智刺了一刀"火焰刀"，受伤着实不轻，从炕上爬到炕底，又从炕底躲入柴房，这么移动几次，伤口迸裂，鲜血狂泻。他一受伤，便即斗志全失，虽然内力仍是充沛之极，却道自己已命在顷刻，全然想不起要以六脉神剑御敌。

阿紫道："怎么有个小姑娘的声音？"游坦之道："有个男人带了个小姑娘，躲在柴草堆中，满身都是血，这小姑娘眼睛骨溜溜地，只是瞧着你。"阿紫眼盲之后，最不喜旁人提到"眼睛"二字，游坦之不但说到"眼睛"，而且是"小姑娘的眼睛"，更加触动她心事，问道："什么骨溜溜地，她的眼睛长得很好看么？"游坦之还没知道她已十分生气，说道："她身上污秽得紧，是个种田人家女孩，这双眼睛嘛，倒是漆黑两点，灵活得紧。"锺灵在炕底下沾得满头满脸尽是尘沙炭屑，一对眼睛却仍是黑如点漆，朗似秋水。

阿紫怒极，说道："好！庄公子，你快将她眼珠挖了出来。"游坦之一惊，道："好端端地，为什么挖她眼睛？"阿紫随口道："我的眼睛给丁老怪弄瞎了，你去将这小姑娘的眼珠挖出来，给我装上，让我重见天日，岂不是好？"

游坦之暗暗吃惊，寻思："倘若她眼睛又看得见了，见到我的丑八怪模样，立即便不睬我了，说不定更认出我的真面目，知道我便是那个'铁丑'，那可糟糕之极了。这件事万万不能做。"说道："倘若我能医好你的双眼，那当真好得很……不过，你这法子，恐怕……恐怕不成罢！”

阿紫明知不能挖别人的眼珠来填补自己盲了的双眼，但她眼盲之后，一肚子的怨气，只盼天下个个人都没眼睛，这才快活，说道：“你没试过，怎知道不成？快动手，将她眼珠挖出来。”她本将游坦之负在背上，当即迈步，向段誉和锺灵二人走去。

锺灵听了他二人的对答，心中怕极，拔脚狂奔，顷刻间便已跑在十余丈外。阿紫双眼盲了，又负上个游坦之，自然难以追上，何况游坦之并不想追上锺灵，指点之时方向既歪了，出言也是吞吞吐吐，失了先机。

阿紫听了锺灵的脚步声，知道追赶不上，回头叫道：“女娃子既然逃走，将那男的宰了便是！”

锺灵遥遥听得，大吃一惊，当即站定，回转身来，只见段誉倒在地下，身旁已流了一滩鲜血。她奔了回来，叫道：“小瞎子！你不能伤他。”这时她与阿紫正面相对，见她容颜俏丽，果然是个小美人儿，说什么也想不到心肠竟如此毒辣。

阿紫喝道：“点了她穴道！”游坦之虽然不愿，但对她的吩咐从来不敢有半分违拗，在大辽南京南院大王府中是如此，做丐帮帮主后仍是如此，当即俯身伸指，将锺灵点倒在地。

锺灵叫道：“王姑娘，你千万别伤他，他……他在梦中也叫你的名字，对你实在是一片真心！”阿紫奇道：“你说什么？谁是王姑娘？”锺灵道：“你……你不是王姑娘？那么你是谁？”阿紫微微一笑，说道：“哼，你骂我‘小瞎子’，你自己这就快变小瞎子了，还东问西问干么？乘着这时候还有一对眼珠子，快多瞧几眼是正经。”将游坦之放在地下，说道：“将这小姑娘的眼珠子挖出来罢！”

游坦之道：“是！”伸出左手，抓住了锺灵的头颈。锺灵吓得大叫：“别挖我眼睛，别挖我眼睛。”

段誉迷迷糊糊的躺在地下，但也知道这二人是要挖出锺灵的眼珠，来装入阿紫的眼眶，也知锺灵明明已然脱身，只因为相救自己，这才自投罗网。他提一口气，说道："你们……还是剜了我的眼珠，咱们……咱们是一家人……更加合用些……"

阿紫不明白他说些什么，不加理睬，催游坦之道："怎么还不动手？"游坦之无可奈何，只得应道："是！"将锺灵拉近身来，右手食指伸出，向她右眼挖去。

忽听得一个女人声音道："喂，你们在这里干什么？"游坦之一抬头，登时脸色大变，只见山涧旁柳树下站着二男四女。两个男人是萧峰和虚竹，四个少女则是虚竹的侍女梅兰竹菊四剑。

萧峰一瞥之间，便见到段誉躺在地下，一个箭步抢了过来，将段誉抱起，皱眉道："伤口又破了，出了这许多血。"左腿跪下，将他身子倚在腿上，检视他伤口。虚竹跟着走近，看了段誉的伤口，道："大哥不必惊慌，我这'九转熊蛇丸'治伤大有灵验。"点了段誉伤口周围的穴道，止住血流，将"九转熊蛇丸"喂他服下。

段誉叫道："大哥、二哥……快……快救人……不许他挖锺姑娘的眼珠。锺姑娘是我的……我的……好妹子。"萧峰和虚竹同时向游坦之瞧去。游坦之心下惊慌，何况本来就不想挖锺灵眼珠，当即放开了她。

阿紫道："姊夫，我姊姊临死时说什么来？你将她打死之后，便把她的嘱托全然放在脑后了吗？"萧峰听她又提到阿朱，又是伤心，又是气恼，哼了一声，并不答话。阿紫又道："你没好好照顾我，丁老怪将我眼睛弄瞎，你也全没放在心上。姊夫，人家都说你是当世第一大英雄，却不能保护你的小姨子。难道是你没本事吗？哼，丁老怪明明打你不过。只不过你不来照顾我、保护我而已。"

萧峰黯然道："你给丐帮掳去，以致双目失明，都是我保护不周，我确是对不起你。”

他初时见到阿紫又在胡作非为，叫人挖锺灵的眼珠，心中甚是气恼，但随即见到她茫然无光的眼神，立时便想起阿朱临死时的嘱咐。在那个大雷雨的晚上，青石小桥之畔，阿朱受了他致命的一击之后，在他怀中说道：“我只有一个同父同母的亲妹子，我们自幼不得在一起，求你照看于她，我担心她入了歧途。”自己曾说：“别说一件，百件千件也答允你。”可是，阿紫终于又失了一双眼睛，不管她如何不好，自己总之是保护不周。他想到这里，胸口酸痛，眼光中流露出温柔的神色。

阿紫和他相处日久，深知萧峰的性情，只要自己一提到阿朱，那真是百发百中，再为难的事情也能答允。她恨极锺灵骂自己为“小瞎子”，暗道：“我非教你也尝尝做‘小瞎子’的味道不可。”当下幽幽叹了口气，向萧峰道：“姊夫，我眼睛瞎了，什么也瞧不见，不如死了倒好。”

萧峰道：“我已将你交给了你爹爹、妈妈，怎么又跟这庄帮主在一起了？”这时他已看了出来，阿紫与这庄聚贤在一起，实出自愿，而且庄聚贤还很听她的话，又道：“你还是跟你爹爹回大理去罢。你眼睛虽然盲了，但大理王府中有许多婢仆服侍，就不会太不方便。”阿紫道：“我妈妈又不是真的王妃，我到了大理，王府中勾心斗角的事儿层出不穷，爹爹那些手下人个个恨得我要命，我眼睛瞎了，非给人谋害不可。”萧峰心想此言倒也有理，便道：“那么你随我回南京去，安安静静的过活，胜于在江湖上冒险。”

阿紫道：“再到你王府去？唉哟，我以前眼睛不瞎，也闷得要生病，怎么能再去呢？你又不肯像这位庄帮主那样，从来不违拗我的话。我宁可在江湖上颠沛流离，日子总过得开心些。”

萧峰向游坦之瞧了一眼，心想：“看来小阿紫似乎是喜欢上了这个丐帮帮主。”说道：“这庄帮主到底是什么来历，你可问过他么？”

阿紫道：“我自然问过的。不过一个人说起自己的来历，未必便靠得住。姊夫，从前你做丐帮帮主之时，难道肯对旁人说你是契丹人么？”

萧峰听她话中含讥带刺，哼了一声，便不再说，心中一时拿不定主意，不知是否应该任由她跟随这人品卑下的庄帮主而去。

阿紫道：“姊夫，你不理我了么？”萧峰皱眉道：“你到底想怎样？”阿紫道：“我要你挖了这小姑娘的眼珠出来，装在我眼中。”顿了一顿，又道：“庄帮主本来正在给我办这件事，你不来打岔，他早办妥啦。嗯，你来给我办也好，姊夫，我倒想知道，到底是你对我好些，还是庄帮主对我好。从前，你抱着我去关东疗伤，那时候你也对我千依百顺，我说什么你就干什么。咱俩住在一个帐篷之中，你不论日夜，都是抱着我不离身子。姊夫，怎么你将这些事都忘记了？”

游坦之眼中射出凶狠怨毒的神色，望着萧峰，似乎在说：“阿紫姑娘是我的人，自今以后，你别想再碰她一碰。”

萧峰对他并没留神，说道：“那时你身受重伤，我为了用真气替你续命，不得不顺着你些儿。这位姑娘是我把弟的朋友，怎能挖她眼珠来助你复明？何况世上压根儿就没这样的医术，你这念头当真是异想天开！”

虚竹忽然插口道：“我瞧段姑娘的双眼，不过是外面一层给炙坏了，倘若有一对活人的眼珠给换上，说不定能复明的。”逍遥派的高手医术通神，阎王敌薛神医便是虚竹的师侄。虚竹于医术虽然所知无多，但跟随天山童姥数月，什么续脚、换手等诸般法门，却也曾听她说过。

阿紫“啊”的一声，欢呼起来，叫道：“虚竹先生，你这话可不是骗我罢？”虚竹道：“出家人不打诳……”想起自己不是

"出家人"，脸上微微一红，道："我自然不是骗你，不过……不过……"阿紫道："不过什么？好虚竹先生，你和我姊夫义结金兰，咱二人便是一家人。你刚才总也听到我姊夫的话，他可最疼我啦。姊夫，姊夫，无论如何，你得请你义弟治好我眼睛。"虚竹道："我曾听师伯言道，倘若眼睛没全坏，换上一对活人的眼珠，有时候确能复明的。可是这换眼的法子我却不会。"

阿紫道："那你师伯他老人家一定会这法子，请你代我求求他老人家。"虚竹叹了一口气，道："我师伯已不幸逝世。"阿紫顿足叫道："原来你是编些话来消遣我。"虚竹连连摇头，道："不是，不是！我缥缈峰灵鹫宫所藏医书药典甚多，相信这换眼之法也必藏在宫里。可是……可是……"阿紫又是欢喜，又是担心，道："你这么一个大男人家，怎地说话老是吞吞吐吐，唉，又有什么'可是'不'可是'了？"

虚竹道："可是……可是……眼珠子何等宝贵，又有谁肯换了给你？"

阿紫嘻嘻一笑，道："我还道有什么为难的事儿，要活人的眼珠子，那还不容易？你把这小姑娘的眼睛挖出来便是。"

锺灵大声叫道："不成，不成，你们不能挖我眼珠。"

虚竹道："是啊！将心比心，你不愿瞎了双眼，锺姑娘自然也不愿失了眼睛。虽然释迦牟尼前生作菩萨时，头目血肉、手足脑髓都肯布施给人，然而锺姑娘又怎能跟如来相比？再说，锺姑娘是我三弟的好朋友……"突然间心头一震："啊哟，不好！当日在灵鹫宫里，我和三弟二人酒后吐露真言，原来他的意中人便是我的'梦姑'。此刻看来，三弟对这位锺姑娘实在极好。适才听他对阿紫言道，宁可剜了他的眼珠，却不愿她伤害锺姑娘，一个人的五官四肢，以眼睛最是重要，三弟居然肯为锺姑娘舍去双目，则对她情意之深，可想而知。难道这个锺姑娘，便是在冰窖之中和我相聚三夕的梦姑么？”

他想到这里，不由得全身发抖，转头偷偷向锺灵瞧去。但见她虽然头上脸上沾满了煤灰草屑，但不掩其秀美之色。虚竹和“梦姑”相聚的时刻颇不为少，只是处身于暗不见天日的冰窖之中，那“梦姑”的相貌到底如何，自己却半点也不知道，除非伸手去摸摸她的面庞，才依稀可有些端倪，如能搂一搂她的纤腰，那便又多了三分把握，但在这光天化日、众目睽睽之下，他如何敢伸手去摸锺灵的脸？至于搂搂抱抱，更加不必提了。

一想到搂抱“梦姑”，脸上登时发烧，锺灵的声音显然和“梦姑”颇不相同，但想一个人的话声，在冰窖中和空旷处听来差别殊大，何况“梦姑”跟他说的都是柔声细语，绵绵情话，锺灵却是惊恐之际的尖声呼叫，情景既然不同，语音有异，也不足为奇。虚竹凝视锺灵，心中似乎伸出一只手掌来，在她脸上轻轻抚摸，要知道她究竟是不是自己的“梦姑”。他心中情意大盛，脸上自然而然现出温柔款款的神色。

锺灵见他神情和蔼可亲，看来不会挖自己的眼珠，稍觉宽心。

阿紫道：“虚竹先生，我是你三弟的亲妹子，这锺姑娘只不过是他朋友。妹子和朋友，这中间的分别可就大了。”

段誉服了灵鹫宫的“九转熊蛇丸”后，片刻间伤口便已无血流出，神智也渐渐清醒，什么换眼珠之事，并未听得明白，阿紫最后这几句话，却十分清晰的传入了耳中，忍不住哼了一声，说道：“原来你早知我是你的哥哥，怎么又叫人来伤我性命？”

阿紫笑道：“我从来没跟你说过话，怎认得你的声音？昨天听到爹爹、妈妈说起，才知道跟我姊夫、虚竹先生拜把子，打得慕容公子一败涂地的大英雄，原来是我亲哥哥，这可妙得很啊。我姊夫是大英雄，我亲哥哥也是大英雄，真正了不起！”段誉摇手道：“什么大英雄？丢人现眼，贻笑大方。”阿紫笑道：“啊哟，不用客气。小哥哥，你躲在柴房中时，我怎知道是你？我眼睛又瞧不见。直到听得你叫我姊夫作‘大哥’，才知道是你。”段誉心想倒也不错，说道：“二哥既知治眼之法，他总会设法给你医治，锺姑娘的眼珠，却万万碰她不得。她……她也是我的亲妹子。”

阿紫格格笑道：“刚才在那边山上，我听得你拼命向那个王姑娘讨好，怎么一转眼间，又瞧上这个锺姑娘了？居然连‘亲妹子’也叫出来啦，小哥哥，你也不害臊？”段誉给她说得满脸通红，道：“胡说八道！”阿紫道：“这锺姑娘倘若是我嫂子，自然动不得她的眼珠子。但若不是我嫂子，为什么动她不得？小哥哥，她到底是不是我嫂子？”

虚竹斜眼向段誉看去，心中怦怦乱跳，实不知锺灵是不是“梦姑”，假如不是，自然无妨，但如她果真便是“梦姑”，却给段誉娶了为妻，那可不知如何是好了。他满脸忧色，等待段誉回答，这一瞬之间过得比好几个时辰还长。

锺灵也在等待段誉回答，寻思：“原来瞎姑娘是你妹子，连她也在说你向王姑娘讨好，那么你心中喜欢王姑娘，决不是假的了。那为什么刚才你又说我是岳老三的‘师娘’？为什么你又肯用你的眼珠子来换我的眼珠子？为什么你当众叫我‘亲妹子’？”

只听得段誉说道：“总而言之，不许你伤害锺姑娘。你小小年纪，老是不做好事，咱们大理的褚万里褚大哥，便是给你活活气死的。你再起歹心，我二哥便不肯给你治眼了。”

阿紫扁了扁嘴，道：“哼！倒会摆兄长架子。第一次生平跟我说话，也不亲亲热热的，却教训起人来啦！”

萧峰见段誉精神虽仍十分萎顿，但说话连贯，中气渐旺，知道灵鹫宫的“九转熊蛇丸”已生奇验，他性命已然无碍，便道：“三弟，咱们同到屋里歇一歇，商量行止。”段誉道：“甚好！”腰一挺，便站了起来。锺灵叫道：“唉哟，你不可乱动，别让伤口又破了。”语音中充满关切之情。萧峰喜道：“二弟，你的治伤的灵药真是神奇无比。”

虚竹“嗯”了几声，心中却在琢磨锺灵这几句情意款款的关怀言语，恍恍惚惚，茫然若失。

众人走进屋去。段誉上炕睡卧，萧峰等便坐在炕前。这时天色已晚，梅兰竹菊四姝点亮了油灯，分别烹茶做饭，依次奉给萧峰、段誉、虚竹和锺灵，对游坦之和阿紫却不理不睬。阿紫心下恼怒，依她往日生性，便要对灵鹫宫四姝下毒暗害，但她想到若要双目复明，唯有求恳虚竹，只得强抑怒火。

萧峰哪去理会阿紫是否在发脾气，顺手拉开炕边桌子的一只抽屉，不禁一怔。段誉和虚竹见他神色有异，都向抽屉中瞧去，只见里面放着的都是些小孩子玩物，有木雕的老虎，泥捏的小狗，草编的虫笼，关蟋蟀的竹筒，还有几把生了锈的小刀。这些玩物皆是农家常见之物，毫不出奇。萧峰却拿起那只木虎来，瞧着呆呆的出神。

阿紫不知他在干什么，心中气闷，伸手去掠头发，手肘拍的一下，撞到身边一架纺棉花的纺车。她从腰间拔出剑来，刷的一声，便将那纺车劈为两截。

萧峰陡然变色，喝道：“你……你干什么？”阿紫道：“这纺车撞痛了我，劈烂了它，又碍你什么事了？”萧峰怒道：“你给我出去！这屋里的东西，你怎敢随便损毁？”

阿紫道：“出去便出去！”快步奔出。她狂怒之下，走得快了，砰的一声，额头撞在门框之上。她一声不出，摸清去路，仍是急急走出。萧峰心中一软，抢上去挽住她右臂，柔声道：“阿紫，你撞痛了么？”阿紫回身过来，扑在他怀里，放声哭了出来。

萧峰轻拍她背脊，低声道：“阿紫，是我不好，不该对你这般粗声大气的。”阿紫哭道：“你变啦，你变啦！不像从前那样待我好了。”萧峰柔声道：“坐下歇一会儿，喝口茶，好不好？”端起自己茶碗，送到阿紫口边，左手自然而然的伸过去搂着她腰。当年阿紫被他打断肋骨之后，萧峰足足服侍了她一年有余，别说送茶喂饭，连更衣、梳头、大小便等等亲昵的事也不得不为她做。当时阿紫肋骨断后，无法坐直，萧峰喂药、喂汤之时，定须以左手搂住她身子，积久成习，此刻喂她喝茶，自也如此。阿紫在他手中喝了几口茶，心情也舒畅了，嫣然一笑，道：“姊夫，你还赶我不赶？”

萧峰放开她身子，转头将茶碗放到桌上，阴沉沉的暮色之中，突见两道野兽般的凶狠目光，怨毒无比的射向自己。萧峰微微一怔，只见游坦之坐在屋角落地下，紧咬牙齿，鼻孔一张一合，便似要扑上来向自己撕咬一般。萧峰心想：“这人不知到底是什么来历，可处处透着古怪。”只听阿紫又道：“姊夫，我劈烂一架破纺车，你又何必生这么大的气？”

萧峰长叹一声，说道：“这是我义父义母的家里，你劈烂的，是我义母的纺车。”

众人都吃了一惊。

萧峰手掌托着那只小小木虎，凝目注视。灯火昏黄，他巨大的影子照在泥壁上。他手掌握拢，中指和食指在木雕小虎背上轻轻抚摸，脸上露出爱怜之色，说道：“这是我义父给我刻的，那一年我是五岁，义父……那时候我叫他爹爹……就在这盏油灯旁边，给我刻这只小老虎。妈妈在纺纱。我坐在爹爹脚边，眼看小老虎的耳朵出来了，鼻子出来了，心里真是高兴……”

段誉问道：“大哥，是你救我到这里来的？”萧峰点头道：“是。”

原来那无名老僧正为众人说法之时，鸠摩智突施毒手，伤了段誉。无名老僧袍袖一拂，将鸠摩智推出数丈之外。鸠摩智不敢停留，转身飞奔下山。

萧峰见段誉身受重伤，忙加施救。玄生取出治伤灵药，给段誉敷上。鸠摩智这一招“火焰刀”势道凌厉之极，若不是段誉内力深厚，刀势及胸之时自然而然生出暗劲抵御，当场便已死于非命。

萧峰眼见山风猛烈，段誉重伤之余，不宜多受风吹，便将他抱到自己昔年的故居中来。他将段誉放在炕上，立即转身，既要去和父亲相见，又须安顿一十八名契丹武士，万没料到他义父母死后遗下来的空屋，这几天中竟然有人居住，而且所住的更是段誉的旧识。

他再上少林寺时，寺中纷扰已止。萧远山和慕容博已在无名老僧佛法点化之下，皈依三宝，在少林寺出家。两人不但解仇释怨，而且成了师兄弟。

萧远山所学到的少林派武功既不致传至辽国，中原群雄便都放了心。萧峰影踪不见，十八名契丹武士在灵鹫宫庇护之下，无法加害。各路英雄见大事已了，当即纷纷告辞下山。萧峰不愿和人相见，再起争端，当下藏身在寺旁的一个山洞之中，直到傍晚，才到山门求见，要和父亲相会。

少林寺的知客僧进去禀报，过了一会，回身出来，说道：“萧施主，令尊已在本寺出家为僧。他要我转告施主，他尘缘已了，心得解脱，深感平安喜乐，今后一心学佛参禅，愿施主勿以为念。萧施主在大辽为官，只盼宋辽永息干戈。辽帝若有侵宋之意，请施主发慈悲心肠，眷顾两国千万生灵。”

萧峰合什道：“是！”心中一阵悲伤，寻思：“爹爹年事已高，今日不愿和我相见，此后只怕更无重会之期了。”又想：“我为大辽南院大王，身负南疆重寄。大宋若要侵辽，我自是调兵遣将，阻其北上，但皇上如欲发兵征宋，我自亦当极力谏阻。”

正寻思间，只听得脚步声响，寺中出来七八名老僧，却是神山上人、哲罗星等一干外来高僧。玄寂、玄生等行礼相送。那波罗星站在玄寂身后，一般的合什送客。

哲罗星道：“师弟，我西去天竺，今日一别，从此相隔万里，不知何日再得重会。你当真决意不愿回去故乡，要终老于中土么？”他以华语向师弟说话，似是防少林寺僧人起疑。波罗星微笑道：“师兄怎地仍是参悟不透？天竺即中土，中土即天竺，此便是达摩祖师东来意。”哲罗星心中一凛，说道：“师弟一言点醒。你不是我师弟，是我师父。”波罗星笑道：“入门分先后，悟道有迟早。迟也好，早也好，能参悟更好。”两人相对一笑。

萧峰避在一旁，待神山、道清、哲罗星等相偕下山，他才慢慢跟在后面。只走得几步，寺中又出来一人，却是虚竹。他见到萧峰，大喜之下，抢步走近，说道：“大哥，我正在到处找你，听说三弟受了重伤，不知伤势如何？”萧峰道：“我救了下山，安顿在一家庄稼人家里。”虚竹道：“咱们这便同去瞧瞧可好？”萧峰道：“甚好，甚好！”两人并肩而行，走出十余丈后，梅兰竹菊四姝从林中出来，跟在虚竹之后。虚竹说起，灵鹫宫诸女和七十二岛、三十六洞群豪均已下山，契丹一十八名武士与众人相偕，料想中原群豪不敢轻易相犯。萧峰当即称谢，心想：“我这个义弟来得甚奇，是三弟代我结拜而成金兰之交，不料患难之中，得他大助。”

虚竹又说起已将丁春秋交给了少林寺戒律院看管，每年端午和重阳两节，少林寺僧给他服食灵鹫宫的药丸，以解他生死符发作时的苦楚，他生死悬于人手，料来不敢为非作歹。萧峰拊掌大笑，说道：“二弟，你为武林中除去一个大害。这丁春秋在佛法陶冶之下，将来能逐步化去他的戾气，亦未可知。”虚竹愀然不乐，说道：“我想在少林寺出家，师祖、师父他们却赶了我出来。这丁春秋伤天害理，作恶多端，却能在少林寺清修，怎地我和他二人苦乐的业报如此不同？”萧峰微微一笑，说道：“二弟，你羡慕丁老怪，丁老怪可更加千倍万倍的羡慕你了。你身为灵鹫宫主人，统率三十六洞洞主、七十二岛岛主，威震天下，有何不美？”虚竹摇头道：“灵鹫宫中都是女人，我一个小和尚，处身其间，实在大大的不便。”萧峰哈哈大笑，说道：“你难道还是小和尚么？”

虚竹又道：“星宿派那些吹牛拍马之辈，又都缠住了我，不知如何打发才是。”萧峰道：“这些人也不都是天生这般，只因在星宿老怪门下，若不吹牛拍马，便难以活命。二弟，日后你严加管教，倘若他们死不肯改，一个个轰了出去便是。”

虚竹想起父亲母亲在一天之中相认，却又双双而死，更是悲伤，忍不住便滴下泪来。

萧峰安慰他道：“二弟，世上不如意事，在所多有。当年我被逐出丐帮，普天下英雄豪杰，人人欲杀我而后快，我心中自是十分难过，但过一些时日，慢慢也就好了。”虚竹忽道：“不错，不错。如来当年在王舍城灵鹫山说法，灵鹫两字，原与佛法有缘。总有一日，我要将灵鹫宫改作了灵鹫寺，教那些婆婆、嫂子、姑娘们都做尼姑。”萧峰仰天大笑，说道：“和尚寺中住的都是尼姑，那确是天下奇闻。”

两人谈谈说说，来到乔三槐屋后时，刚好碰上游坦之要挖锺灵的眼珠，幸得及时阻止。

段誉问道：“大哥、二哥，你们见到我爹爹没有？”萧峰道：“后来没再见到。”虚竹道：“混乱中群雄一哄而散，小兄没能去拜候老伯，甚是失礼。”段誉道：“二哥，不必客气。那段延庆是我家大对头，我怕他跟我爹爹为难。”萧峰道：“此事不可不虑，我便去找寻老伯，打个接应。”

阿紫道：“你口口声声老伯、小伯的，怎么不叫一声‘岳父大人’？”

萧峰叹道：“这是我毕生恨事，还有什么话好说？”说着站起身来，要走出房去。

这时梅剑端着一碗鸡汤，正进房来给段誉喝，听到了各人的言语，说道："萧大侠，不用劳你驾去找寻，婢子这便传下主人号令，命灵鹫宫属下四周巡逻，要是见到段延庆有行凶之意，便放烟花为号，咱们前往赴援，你瞧如何？"萧峰喜道："甚好！灵鹫宫属下千余之众，分头照看，自比我们几个人找寻好得多了。"

当下梅剑自去发施号令。灵鹫宫诸部相互联络的法子极是迅捷，虚竹一到乔三槐屋中，玄天部诸女便已得到讯息，在符敏仪率领之下，赶到附近，暗加保护。

段誉放下了心，跟着便想念起王语嫣来，寻思："她心中恨我已极，只怕此后会面，再也不会睬我了。"言念及此，忍不住叹了口气。

锺灵甚是关怀，问道："你伤口痛么？"段誉道："也不大痛。"

阿紫道："锺姑娘，你虽喜欢我小哥哥，却不明白他的心事，我瞧你这番相思，将来渺茫得紧。"锺灵道："我又不是跟你说话，谁要你插嘴？"阿紫笑道："我不插嘴，那不相干。我只怕有个比你美丽十倍、温柔十倍、体贴十倍的姑娘插了进来，我哥哥便再也不将你放在心上了。我哥哥为什么叹气，你不知道么？叹气，便是心有不足。你陪着我哥哥，心里很满足了，因此就不会叹气。我哥哥却长吁短叹，当然是为了另外的姑娘。"阿紫无法挖到锺灵的眼珠，便以言语相刺，总是要她大感伤痛，这才快意。

锺灵一听之下，甚是恼怒，但想她这几句话倒也有理，恼怒之情登时变成了愁闷。好在她年纪幼小，向来天真活泼，虽对段誉钟情，却不是铭心刻骨的相恋，只是觉得和他在一起相聚，心中说不出的安慰快乐，段誉心中念着别人，不大理睬自己，自是颇为难过，然而除此之外，却也不觉得如何了。

段誉忙道："锺……锺……灵妹妹，你别听阿紫瞎说。"

锺灵听段誉叫自己为"灵妹妹"，不再叫"锺姑娘"，显得甚是亲热，登时笑逐颜开，说道："她说话爱刺人，我才不理呢。"

阿紫却心中大怒，她眼睛瞎了之后，最恨人家提起这个"瞎"字，段誉倘若是说她"胡说"、"乱说"，她只不过一笑，偏偏他漫不经意的用了"瞎说"二字，便道："哥哥，你到底喜欢王姑娘多些呢，还是喜欢锺姑娘多些？王姑娘跟我约好了，定于明日相会。你亲口说的话，我要当面跟她说。"

段誉一听，当即坐起，忙问："你约了王姑娘见面？在什么地方？什么时候？有什么事情商量？"

见了他如此情急模样，不用他再说什么话，锺灵自也知道在他心目之中，那个王姑娘比之自己不知要紧多少倍。她性子爽朗，先前心中一阵难过，到这时已淡了许多。倘若王语嫣和她易地而处，得知自己意中人移情别恋，自必凄然欲绝；木婉清多半是立即一箭向段誉射去；阿紫则是设法去将王语嫣害死。锺灵却道："别起身，小心伤口破裂，又会流血。"

虚竹在侧旁观三人情状，寻思："锺姑娘对三弟如此一往情深，多半不是我的梦姑。否则她听到我的说话声，岂有脸上毫无异状之理？"但转念一想，心中又道："啊哟，不对！童姥师伯、李秋水师叔，以及余婆、石嫂、符姑娘等等这一帮女子，个个心眼儿甚多，跟我们男子汉大不相同。说不定锺姑娘便是梦姑，早已认了我出来，却丝毫不动声色，将我蒙在鼓里。"

段誉仍在催问阿紫，她明日与王语嫣约定在何处相见。阿紫见他如此情急，心下盘算如何戏弄他一番，说不定还可捡些便宜，当下只是顺口敷衍。

兰剑进来回报，说道玄天部已将号令传出，请段誉放心。段誉说道："多谢姊姊费心，在下感激不尽。"兰剑见他以大理国王子之尊，言语态度绝无半分架子，对他颇有好感，听他又向阿紫询问明日之约，忍不住插口道："段公子，你妹子在跟你开玩笑呢，你却也当作了真的。"段誉道："姊姊怎知舍妹跟我开玩笑？"兰剑笑道："我要是说了出来，段姑娘定然怪我多口，也不知主人许是不许。"

段誉忙向虚竹道："二哥，你要她说罢！"

虚竹点了点头，向兰剑道："三弟和我不分彼此，你们什么事都不必隐瞒。"

兰剑道："刚才我们见到慕容公子一行人下少室山去，听到他们商量着要到西夏去，王姑娘跟了她表哥同行，这会儿早在数十里之外了。明日又怎么能跟段姑娘相会？"

阿紫啐道："臭丫头！明知我要怪你多口，你偏偏又说了出来。你们四姊妹们都是一般的快嘴快舌，主人家在这里说话，你们好没规矩，却来插嘴。"

忽然窗外一个少女声音说道："段姑娘，你为什么骂我姊姊？灵鹫宫中神农阁的钥匙是我管的，你知不知道？主人要找寻给你治眼的法门，非到神农阁去寻书、觅药不可。"说话的正是竹剑。

阿紫心中一凛："这臭丫头说的只怕果是实情，在虚竹这死和尚给我治好眼睛之前，可不能得罪他身边的丫头，否则她们捣起蛋来，暗中将药物掉换上几样，我的眼睛可糟糕了。哼，哼！我眼睛一治好，总要教你们知道我的手段。"当下默不作声。

段誉向兰剑道："多谢姊姊告知。他们到西夏去？却又为了什么？"

兰剑道："我没听到他们说去干什么。"

虚竹道："三弟，这一节我却知道。我听得公冶先生向丐帮诸长老说道：他们在途中遇到一位从西夏回归中土的丐帮弟子，揭到一张西夏国国王的榜文，说道该国公主已到了婚配的年纪，定八月中秋招婿。西夏以弓马立国，是以邀请普天下英雄豪杰，同去显演武功，以备国王选择才貌双全之士，招为驸马。”

梅剑忍不住抿嘴说道：“主人，你为什么不到西夏去试试？只要萧大侠和段公子不来跟你争夺，你做西夏国的驸马爷可说是易如反掌。”

梅兰竹菊四姝天性娇憨，童姥待她们犹如亲生的小辈一般，虽有主仆之名，实则便似祖孙。只是童姥性子严峻，稍不如意，重罚立至，四姊妹倒还战战兢兢的不敢放肆。虚竹却随和之极，平时和她们相处，非但没半分主人尊严，对她们简直还恭而敬之，是以四姊妹想到什么便说什么，没有丝毫顾忌。

虚竹连连摇手，说道：“不去，不去！我一个出家……”顺口又要把“出家人”三字说出来，总算最后一个“人”字咽回腹中。房里的梅剑、兰剑，房外的竹剑、菊剑却已同时笑了出来。虚竹脸上一红，转头偷眼向锺灵瞧去，只见她怔怔的望着段誉，对自己的话似乎全没留意。他心下蓦地一动：“到西夏去，我……我和梦姑，是在西夏灵州皇宫的冰窖之中相会的，梦姑此刻说不定尚在灵州，三弟既不肯说她住在哪里，我何不到西夏去打听打听？”

他心中这么想，段誉却也说道：“二哥，你灵鹫宫和西夏国相近，反正要回去，何不便往西夏国走一遭？这位不知道是什么剑的姊姊……对不起，你们四位相貌一模一样，我实在分不出来……这位姊姊要你去做驸马爷，虽是说笑，但想到了八月中秋之日，四方豪杰毕集灵州，定是十分热闹。大哥，你也不必急急忙忙的赶回南京啦，咱们同到西夏玩玩，然后再到灵鹫宫去尝一尝天山童姥的百年佳酿，实是赏心乐事。那日我在灵鹫宫，和二哥两个喝得烂醉如泥，好不快活。”

萧峰来到少室山时，十八名契丹武士以大皮袋盛烈酒随行。但此刻众武士不在身边，他未曾饮酒已久，听到段誉说起到灵鹫宫去饮天山童姥的百年佳酿，不由得舌底生津，嘴角边露出微笑。

阿紫抢着道：“去，去，去！姊夫，咱们大伙儿一起都去。”她知道要治自己眼盲，务须随虚竹去灵鹫宫中，但若无萧峰撑腰，虚竹纵然肯治，他手下那四个快嘴丫头要是一意为难，终不免夜长梦多。她听萧峰沉吟未答，心想：“姊夫外貌粗豪，心中却着实精细，他此刻早已料到我的用心，不如直言相求，更易得他答允。”当即站起身来，扯着萧峰的衣袖轻轻摇了几下，求恳道：“姊夫，你如不带我去灵鹫宫，我……我便终生不见天日了。”

萧峰心想：“令她双目复明，确是大事。”又想：“我在大辽位望虽尊，却没一个谈得来的朋友。中原豪杰都得罪完了，好容易结交到这两个慷慨豪侠的兄弟，若得多聚几日，诚大快事。好在阿紫已经寻到，这时候就算回去南京，那也无所事事，气闷得紧。”当下便道：“好，二弟、三弟，咱们同去西夏走一遭，然后再上二弟的灵鹫宫去，痛饮数日，还须请二弟为段姑娘医治眼睛。”

次日众人相偕就道。虚竹又到少林寺山门之前叩拜，喃喃祝告，一来拜谢佛祖恩德，二来拜谢寺中诸师二十余年来的养育教导，三来向父亲玄慈、母亲叶二娘的亡灵告别。

到得山下，灵鹫宫诸女已雇就了驴车，让段誉和游坦之卧在车里养伤。游坦之满心不是滋味，但宁可忍辱受气，说什么也不愿和阿紫分离。只要阿紫偶然揭开车帷，和他说一两句话，他便要兴奋上好半天；只是阿紫骑在马上，前前后后，总是跟随在萧峰身边。游坦之心中难过之极，却不敢向她稍露不悦之意。

走了两天，灵鹫宫诸部逐渐会合。鸾天部首领向虚竹和段誉禀报，她们已会到镇南王，告知他段誉伤势渐愈，并无大碍。镇南王甚是放心，要鸾天部转告段誉，早日回去大理。鸾天部诸女又道：“镇南王一行人是向东北去，段延庆和南海鳄神、云中鹤却是向西，双方决计碰不到头。”段誉甚喜，向鸾天部诸女道谢。

锺灵问段誉道："令尊要你早回大理，他自己怎地又向东北方去？"段誉微微一笑，尚未回答，阿紫已笑道："爹爹定是给我妈拉住了，不许他回大理去。锺姑娘，你想拉住我哥哥的心，得学学我妈。"

这两天中，段誉一直在寻思，要不要说明锺灵便是自己妹子，总觉这件事说起来十分尴尬，既伤锺灵之心，又颇损父亲名声，还是暂且不说为妙。

锺灵明知段誉所以要到西夏，全是为了要去和那王姑娘相会，但她每日得与段誉相见，心愿已足，也不去理会日后段誉和王姑娘会见之后却又如何，阿紫冷言冷语的讥嘲于她，她也全不介意。

炎暑天时，午间赤日如火，好在离中秋尚远，众人只拣清晨、傍晚赶路，每日只行六七十里，也就歇了。在途非止一日，段誉伤势好得甚快。虚竹替游坦之的断腿接上了骨，用夹板牢牢夹住了，看来颇有复原之望。游坦之跟谁也不说话，虚竹替他医腿，他脸色仍是悻悻然，一个"谢"字也不说。

这日一行人来到了咸阳古道，段誉向萧峰等述说当年刘、项争霸的史迹。萧峰和虚竹都没读过什么书，听段誉扬鞭说昔日英豪，都是大感兴味。

忽然间马蹄声响，后面两乘马快步赶来。萧峰等将坐骑往道旁一拉，好让后面的乘客先行。阿紫却兀自拦在路中，待那两乘马将赶到她身后时，她提起马鞭一抽，便向身后的马头上抽去。后面那骑者提起马鞭，往阿紫的鞭子迎上，口中却叫起来："段公子！萧大侠！"

段誉回头看去，当先那人是巴天石，后边那人是朱丹臣。巴天石挥鞭挡开阿紫击来的马鞭，和朱丹臣翻身下鞍，向段誉拜了下去。段誉忙下马还礼，问道："我爹爹平安？"只听得飕的一声响，阿紫又挥鞭向巴天石头上抽落。

巴天石尚未站起，身子向左略挪，仍是跪在地下。阿紫一鞭抽空，巴天石右膝一按，已将鞭梢揿住。阿紫用力回抽，却抽之不动。她知道自己内力决计不及对方，当即手掌一扬，将鞭子的柄儿向巴天石甩了过去。巴天石恼她气死褚万里，原是有略加惩戒之意，不料她眼睛虽盲，行动仍是机变之极，鞭柄来得十分迅速，巴天石听得风声，急忙侧头相避，头脸虽然避开，但拍的一声，已打中他肩头。

段誉喝道："紫妹，你又胡闹！"阿紫道："怎么我胡闹了？他要我的鞭子，我给了他便是。"巴天石嘻嘻一笑，道："多谢姑娘赐鞭。"站起身来，从怀中取出一封书信，双手递给段誉。

段誉接过一看，见封皮上"誉儿览"三字正是父亲的手书，忙双手捧了，整了整衣衫，恭恭敬敬的拆开，见是父亲命他到了西夏之后，如有机缘，当设法娶西夏公主为妻。信中言道："我大理僻处南疆，国小兵弱，难抗外敌，如得与西夏结为姻亲，得一强援，实为保土安民之上策。吾儿当以祖宗基业为重，以社稷子民为重，尽力图之。"

段誉读完此信，脸上一阵红，一阵白，嗫嚅道："这个……这个……"

巴天石又取出一个大信封，上面盖了"大理国皇太弟镇南王保国大将军"的朱红大印，说道："这是王爷写给西夏皇帝求亲的亲笔函件，请公子到了灵州之后，呈递西夏皇帝。"朱丹臣也笑咪咪的道："公子，祝你马到成功，娶得一位如花似玉的公主回去大理，置我国江山如磐石之安。"段誉神色更是尴尬，问道："爹爹怎知我去西夏？"巴天石道："王爷得知慕容公子往西夏去求亲，料想公子……也……也会前去瞧瞧热闹。王爷吩咐，公子须当以国家大事为重，儿女私情为轻。"

阿紫嘻嘻一笑，说道："这叫做知子莫若父啦。爹爹听说慕容复去西夏，料想王姑娘定然随之同去，他自己这个宝贝儿子自然便也会巴巴的跟了去。哼，上梁不正下梁歪，他自己怎么又不以国家大事为重，以儿女私情为轻？怎地离国如此之久，却不回去？"

巴天石、朱丹臣、段誉三人听阿紫出言对自己父亲如此不敬，都是骇然变色，她所说的虽是实情，但做女儿的，如何可以直言编排父亲的不是？

阿紫又道："哥哥，爹爹信中写了什么？有提到我没有？"段誉道："爹爹没知道你和我在一起。"阿紫道："嗯，是了，他不知道。爹爹有嘱咐你找我吗？有没有叫你设法照顾你这个瞎了眼的妹子？"

段正淳的信中并未提及此节，段誉心想若是照直而说，不免伤了妹子之心，便向巴朱二人连使眼色，要他们承认父王曾有找寻阿紫之命。哪知巴朱二人假作不懂，并未迎合。朱丹臣道："镇南王命咱二人随侍公子，听由公子爷差遣，务须娶到西夏国的公主。否则我二人回到大理，王爷就不怪罪，我们也是脸上无光，难以见人。"言下之意，竟是段正淳派他二人监视段誉，非做上西夏的驸马不可。

段誉苦笑道："我本就不会武艺，何况重伤未愈，真气提不上来，怎能和天下的英雄好汉相比？"

巴天石转头向萧峰、虚竹躬身说道："镇南王命小人拜上萧大侠、虚竹先生，请二位念在金兰结义之情，相助我们公子一臂之力。镇南王又说：少室山上匆匆之间，未得与两位多所亲近，甚为抱憾，特命小人奉上薄礼。"说着取出一只碧玉雕琢的狮子，双手奉给萧峰。朱丹臣从怀中取出一柄象牙扇子，扇面上有段正淳的书法，呈给虚竹。

二人称谢接过，都道："三弟之事，我们自当全力相助，何劳段伯父嘱咐？蒙赐珍物，更是不敢当了。”

阿紫道：“你道爹爹是好心么？他是叫你们二人不要和我哥哥去争做驸马。我爹爹生怕他的宝贝儿子争不过你们两个。你们这么一口答应，可上了我爹爹的当啦。”

萧峰微微叹了口气，说道：“自你姊姊死后，我岂有再娶之意？”阿紫道：“你嘴里自然这么说，谁知道你心里却又怎生想？虚竹先生，你忠厚老实，不似我哥哥这么风流好色，到处留情，你从来没和姑娘结过情缘，去娶了西夏公主，岂不甚妙？”虚竹满面通红，连连摇手，道：“不，不！我……我自己决计不行，我自当和大哥相助三弟，成就这头亲事。”

巴天石和朱丹臣相互瞧了一眼，向萧峰和虚竹拜了下去，说道：“多承二位允可。”武林英豪一言既出，驷马难追，萧峰和虚竹同时答允相助，巴朱二人再来一下敲钉转脚，倒不是怕他二人反悔，却是要使段誉更难推托。

众人一路向西，渐渐行近灵州，道上遇到的武林之士便多了起来。

西夏疆土虽较大辽、大宋为小，却也是西陲大国，此时西夏国王早已称帝，当今皇帝李乾顺，史称崇宗圣文帝，年号“天祐民安”，其时朝政清平，国泰民安。

武林中人如能娶到了西夏公主，荣华富贵，唾手而得，世上哪还有更便宜的事？只是武林中的成名人物大都已娶妻生子，新进少年偏又武功不高，便有不少老年英雄携带了子侄徒弟，前去碰一碰运气。许多江洋大盗、帮会豪客，倒是孤身一人，便不由得存了侥幸之想，齐往灵州进发。许多人想：“千里姻缘一线牵，说不定命中注定我和西夏公主有婚姻之份，也未必我武功一定胜过旁人，只须我和公主有缘，她瞧中了我，就有做驸马爷的指望了。”

一路行来，但见一般少年英豪个个衣服鲜明，连兵刃用具也都十分讲究，竟像是去赶什么大赛会一般。常言道："穷文富武"，学武之人家中多半有些银钱，倘若品行不端，银钱来得更加容易，是以去西夏的武林少年十九衣服丽都，以图博得公主青睐。道上相识之人遇见了，相互取笑之余，不免打听公主容貌如何，武艺高低；若是不识，往往怒目而视，将对方当作了敌人。

这一日萧峰等正按辔徐行，忽听得马蹄声响，迎面来了一乘马，马上乘客右臂以一块白布吊在颈中，衣服撕破，极是狼狈。萧峰等也不为意，心想这人不是摔跌，便是被人打伤，那是平常得紧。不料过不多时，又有三乘马过来，马上乘客也都是身受重伤，不是断臂，便是折足。但见这三人面色灰败，大是惭愧，低着头匆匆而过，不敢向萧峰等多瞧一眼。梅剑道："前面有人打架么？怎地有好多人受伤？"

说话未了，又有两人迎面过来。这两人却没骑马，满脸是血，其中一人头上裹了青布，血水不住从布中渗出来。竹剑道："喂，你要伤药不要？怎么受了伤？"那人向她恶狠狠的瞪了眼，向地下吐了口唾沫，掉头而去。菊剑大怒，拔出长剑，便要向他斩去。虚竹摇头道："算了罢！这人受伤甚重，不必跟他一般见识。"兰剑道："竹妹好意问他要不要伤药，这人却如此无礼，让他痛死了最好。"

便在此时，迎面四匹马泼风也似奔将过来，左边两骑，右边两骑。只听得马上乘客相互戟指大骂。有人道："都是你癞虾蟆想吃天鹅肉，也不想想自己有多大道行，便想上灵州去做驸马。"另一边一人骂道："你若有本领，干么不闯过关去？打输了，偏来向我出气。"对面的人骂道："倘若不是你在后面暗箭伤人，我又怎么会败？"这四个人纵马奔驰，说话又快，没能听清楚到底在争些什么，霎时之间便到了跟前。四人见萧峰等人多，不敢与之争道，拉马向两旁奔了过去，但兀自指指点点的对骂，依稀听来，这四人都是去灵州想做驸马的，但似有一道什么关口，四个人都闯不过去，相互间又扯后腿，以致落得铩羽而归。

段誉道：“大哥，我看……”一言未毕，迎面又有几个人徒步走来，也都身上受伤，有的头破血流，有的一跷一拐。锺灵抑不住好奇之心，纵马上前，问道：“喂，前面把关之人厉害得紧么？”一个中年汉子道：“哼！你是姑娘，要过去没人拦阻。是男的，还是乘早打回头罢。”他这么一说，连萧峰、虚竹等也感奇怪，都道：“上去瞧瞧！”催马疾驰。

一行人奔出七八里，只见山道陡峭，一条仅容一骑的山径蜿蜒向上，只转得几个弯，便见黑压压的一堆人聚在一团。萧峰等驰将近去，但见山道中间并肩站着两名大汉，都是身高六尺有余，异常魁伟，一个手持大铁杵，一个双手各提一柄铜锤，恶狠狠的望着眼前众人。

聚在两条大汉之前的少说也有十七八人，言辞纷纷，各说各的。有的说：“借光，我们要上灵州去，请两位让一让。”这是敬之以礼。有的说：“两位是收买路钱么？不知是一两银子一个，还是二两一个？只须两位开下价来，并非不可商量。”这是动之以利。有的说：“你们再不让开，惹恼了老子，把你两条大汉斩成肉浆，再要拼凑还原，可不成了，还是乘早乖乖的让开，免得大祸临头。”这是胁之以威。更有人说：“两位相貌堂堂，威风凛凛，何不到灵州去做驸马？那位如花似玉的公主若是教旁人得了去，岂不可惜？”这是诱之以色。众人七张八嘴，那两条大汉始终不理。

突然人群中一人喝道：“让开！”寒光一闪，挺剑上前，向左首那大汉刺过去。那大汉身形巨大，兵刃又极沉重，殊不料行动迅捷无比，双锤互击，正好将长剑夹在双锤之中。这一对八角铜锤每一柄各有四十来斤，当的一声响，长剑登时断为十余截。那大汉飞出一腿，踢在那人小腹之上。那人大叫一声，跌出七八丈外，一时之间爬不起身。

只见又有一人手舞双刀，冲将上去，双刀舞成了一团白光，护住全身。将到两条大汉身前，那人一声大喝，突然间变了地堂刀法，着地滚进，双刀向两名大汉腿上砍去。那持杵大汉也不去看他刀势来路如何，提起铁杵，便往这团白光上猛击下去。但听得“啊”的一声惨呼，那人双刀被铁杵打断，刀头并排插入胸中，骨溜溜的向山下滚去。

两名大汉连伤二人，余人不敢再进。忽听得蹄声答答，山径上一匹驴子走了上来。驴背上骑着一个少年书生，也不过十八九岁年纪，宽袍缓带，神情既颇儒雅，容貌又极俊美。他骑着驴子走过萧峰等一干人身旁时，众人觉得他与一路上所见的江湖豪士不大相同，不由得向他多瞧了几眼。段誉突然“啊”的一声，叫了出来，又道：“你……你……你……”那书生向他瞧也不瞧，挨着各人坐骑，抢到了前头。

锺灵奇道：“你认得这位相公？”段誉脸上一红，道：“不，我看错人了。他……他是个男人，我怎认得？”他这句话实在有点不伦不类，阿紫登时便嗤的一声笑了出来，说道：“哥哥，原来你只认得女子，不认得男人。”她顿了一顿，问道：“难道刚才过去的是男人么？这人明明是女的。”段誉道：“你说他是女人？”阿紫道：“当然啦，她身上好香，全是女人的香气。”段誉听到这个“香”字，心中怦怦乱跳：“莫非……莫非当真是她？”

这时那书生已骑驴到了两条大汉的面前，叱道：“让开！”这两字语音清脆，果是女子的喉音。

段誉更无怀疑，叫道：“木姑娘，婉清，妹子！你……你……你……我……我……”口中乱叫，催坐骑追上去。虚竹叫道：“三弟，小心伤口！”和巴天石、朱丹臣两人同时拍马追了上去。

那少年书生骑在驴背之上，只瞪着两条大汉，却不回过头来。巴天石、朱丹臣从侧面看去，但见他俏目俊脸，果然便是当日随同段誉来到大理镇南王府的木婉清。二人暗叫："惭愧，咱们明眼人，还不及个瞎子。"殊不知阿紫目不见物，耳音嗅觉却比旁人敏锐，木婉清体有异香，她一闻到便知是个女子。众人却明明看到一个少年书生，匆匆之间，难辨男女。

段誉纵马驰到木婉清身旁，伸手往她肩上搭去，柔声道："妹子，这些日子你在哪里？我可想得你好苦！"木婉清一缩肩，避开他手，转过头来，冷冷的道："你想我？你为什么想我？你当真想我了？"段誉一呆，她这三句问话，自己可一句也答不上来。

对面持杵大汉哈哈大笑，说道："好，原来你是个女娃子，我便放你过去。"持锤大汉叫道："娘儿们可以过去，臭男人便不行。喂，你滚回去，滚回去！"一面说，一面指着段誉，喝道："你这种小白脸，老子一见便生气。再上来一步，老子不将你打成肉浆才怪。"

段誉道："尊兄言之差矣！这是人人可行的大道，尊兄为何不许我过？愿闻其详。"

那大汉道："吐蕃国宗赞王子有令：此关封闭十天，待过了八月中秋再开。在中秋节以前，女过男不过，僧过俗不过，老过少不过，死过活不过！这叫'四过四不过'。"段誉道："那是什么道理？"那大汉大声道："道理，道理！老子的铜锤、老二的铁杵便是道理。宗赞王子的话便是道理。你是男子，既非和尚，又非老翁，若要过关，除非是个死人。"

木婉清怒道："呸，偏有这许多啰里啰唆的臭规矩！"右手一扬，嗤嗤两声，两枝小箭分向两名大汉射去，只听得拍拍两下，如中败革，眼见小箭射进了两名大汉胸口衣衫，但二人竟如一无所损。持杵大汉怒喝："不识好歹的小姑娘，你放暗器么？"木婉清大吃一惊，心道：“这二人多半身披软甲，我的毒箭居然射他们不死。”那持杵大汉伸出大手，向木婉清揪来。这人身子高大，木婉清虽骑在驴背，但他一手伸出，便揪向她胸口。

段誉叫道：“尊兄休得无礼！”左手疾伸去挡。那大汉手掌一翻，便将段誉手腕牢牢抓住。持锤大汉叫道：“妙极！咱哥儿俩将这小白脸撕成两半！”将双锤并于左手，右手一把抓住了段誉左腕，用力便扯。

木婉清急叫：“休得伤我哥哥！”嗤嗤数箭射出，都如石沉大海，虽然中在两名大汉身上，却是不损其分毫，要想射他二人头脸眼珠，可是中间隔了个段誉，又怕伤及于他。两旁山峰壁立，虚竹、巴天石、朱丹臣三人被段木二人坐骑阻住了，无法上前相救。

虚竹飞身离鞍，跃到持杵大汉身侧，伸指正要往他胁下点去，却听得段誉哈哈大笑，说道：“二哥不须惊惶，他们伤我不得。”

只见两条铁塔也似的大汉渐渐矮了下来，两颗大头摇摇摆摆，站立不定，过不多时，砰砰两声，倒在地下。段誉的“北冥神功”专吸敌人功力，两条大汉的内力一尽，天生膂力也即无用，两人委顿在地，形如虚脱。段誉说道：“你们已打死打伤了这许多人，也该受此惩罚，下次万万不可。”

锺灵恰于这时赶到，笑道：“只怕他们下次再也没打人的本领了。”转头向木婉清道：“木姊姊，我真想不到是你！”木婉清冷冷的道：“你是我亲妹子，只叫‘姊姊’便了，何必加上个‘木’字？”锺灵奇道：“木姊姊，你说笑了，我怎么会是你的亲妹子？”木婉清向段誉一指道：“你去问他！”锺灵转向段誉，待他解释。

段誉胀红了脸，说道：“是，是……这个……这时候却也不便细说……”

本来被两条大汉挡住的众人，一个个从他身边抢了过去，直奔灵州。

阿紫叫道："哥哥，这位好香的姑娘，也是你的老相好么？怎么不替我引见引见？"段誉道："别胡说，这位……这位是你的……你的亲姊姊，你过来见见。"木婉清怒道："我哪有这么好福气？"在驴臀上轻轻一鞭，径往前行。

段誉纵骑赶了上去，问道："这些时来，你却在哪里？妹子，你……你可真清减了。"木婉清心高气傲，动不动便出手杀人，但听了他这句温柔言语，突然胸口一酸，一年多来道路流离，种种风霜雨雪之苦，无可奈何之情，霎时之间都袭上了心头，泪水再也无法抑止，扑簌簌的便滚将下来。段誉道："好妹子，我们大伙儿人多，有个照应，你就跟我们在一起罢。"木婉清道："谁要你照应？没有你，我一个人不也这么过日子了？"段誉道："我有许多话要跟你说，好妹子，你答应跟我们在一起好不好？"木婉清道："你又有什么话跟我说了？多半是胡说八道。"嘴里虽没答允，口风却已软了。段誉甚喜，搭讪道："好妹子，你虽然清瘦了些，可越长越俊啦！"

木婉清脸一沉，道："你是我兄长，可别跟我说这些话。"她心下烦乱已极，明知段誉是自己同父异母的哥哥，但对他的相思爱慕之情，别来非但并未稍减，更只有与日俱增。

段誉笑道："我说你越长越俊，也没什么不对。好妹子，你为什么着了男装上灵州去？是去招驸马么？像你这么俊美秀气的少年书生，那西夏公主一见之后，非爱上你不可。"木婉清道："那你为什么又上灵州去了？"段誉脸上微微一红，道："我是去瞧瞧热闹，更无别情。"木婉清哼了一声，道："你别尽骗我。爹爹叫你去做西夏驸马，命这姓巴的、姓朱的送信给你，你当我不知道么？"

段誉奇道："咦，你怎么知道了？"木婉清道："我妈撞到了咱们的好爹爹，我跟妈在一起，爹爹的事我自然也听到了。"段誉道："原来如此。你知道我要上灵州去，因此跟着来瞧瞧我，是不是？"木婉清脸上微微一红，段誉这话正中了她的心事，但她兀自嘴硬，道："我瞧你干什么？我想瞧瞧那位西夏公主到底是怎样美法，闹得这般天下哄动。"段誉想说："她能有你一半美，也已算了不起啦！"随即觉得这话跟情人说则可，跟妹妹说却是不可，话到口边，又即忍住。木婉清道："我又想瞧瞧，咱们大理国的段王子，是不是能攀上这门亲事。"段誉低声道："我是决计不做西夏驸马的，妹妹，这句话你可别泄漏出去。爹爹真要逼我，我便逃之夭夭。"

木婉清道："难道爹爹有命，你也敢违抗？"段誉道："我不是抗命，我是逃走。"木婉清笑道："逃走和抗命，又有什么分别？人家金枝玉叶的公主，你为什么不要？"自从见面以来，这是她初展笑脸，段誉心下大喜，道："你当我和爹爹一样吗？见一个，爱一个，到后来弄到不可开交。"

木婉清道："哼，我瞧你和爹爹也没什么两样，当真是有其父必有其子。只不过你没爹爹这么好福气。"她叹了口气，说道："像我妈，背后说起爹爹来，恨得什么似的，可是一见了他面，却又眉花眼笑，什么都原谅了。现下的年轻姑娘们哪，可再没我妈这么好了。"

段誉于霎时之间，只觉全身飘飘荡荡地，如升云雾，如入梦境，这些时候来朝思暮想的愿望，蓦地里化为真事。

四十五

枯井底　污泥处

巴天石和朱丹臣等过来和木婉清相见，又替她引见萧峰、虚竹等人。巴朱二人虽知她是镇南王之女，但并未行过正式收养之礼，是以仍称她为“木姑娘”。

众人行得数里，忽听得左首传来一声惊呼，更有人大声号叫，却是南海鳄神的声音，似乎遇上了什么危难。段誉道：“是我徒弟！”锺灵叫道：“咱们快去瞧瞧，你徒弟为人倒也不坏。”虚竹也道：“正是！”他母亲叶二娘是南海鳄神的同伙，不免有些香火之情。

众人催骑向号叫声传来处奔去，转过几个山坳，见是一片密林，对面悬崖之旁，出现一片惊心动魄的情景：

一大块悬崖突出于深谷之上，崖上生着一株孤零零的松树，形状古拙。松树上的一根枝干临空伸出，有人以一根杆棒搭在枝干上，这人一身青袍，正是段延庆。他左手抓着杆棒，右手抓着另一根杆棒，那根杆棒的尽端也有人抓着，却是南海鳄神。南海鳄神的另一只手抓住了一人的长发，乃是穷凶极恶云中鹤。云中鹤双手分别握着一个少女的两只手腕。四人宛如结成一条长绳，临空飘荡，着实凶险，不论哪一个人失手，下面的人立即堕入底下数十丈的深谷。谷中万石森森，犹如一把把刀剑般向上耸立，有人堕了下去，决难活命。其时一阵风吹来，将南海鳄神、云中鹤和那少女三人都吹得转了半个圈子。这少女本来背向众人，这时转过身来，段誉大声叫“啊哟”，险些从马上掉将下来。

那少女正是他朝思暮想、无时或忘的王语嫣。

段誉一定神间，眼见悬崖生得奇险，无法纵马上去，当即一跃下马，抢着奔去。将到松树之前，只见一个头大身矮的胖子手执大斧，正在砍那松树。

段誉这一惊更是非同小可，叫道：“喂，喂，你干什么？”那矮胖子毫不理睬，只是一斧斧的往树上砍去，嘭嘭大响，碎木飞溅。段誉手指一伸，提起真气，欲以六脉神剑伤他，不料他这六脉神剑要它来时却未必便来，连指数指，剑气影踪全无，惶急大叫：“大哥、二哥，两个好妹子，四位好姑娘，快来，快来救人！”

呼喝声中，萧峰、虚竹等都奔将过来。原来这胖子给大石挡住了，在下面全然见不到。幸好那松树粗大，一时之间无法砍断。

萧峰等一见这般情状，都是大为惊异，说什么也想不明白，如何会出现这等希奇古怪的情势。虚竹叫道：“胖子老兄，快停手，这棵树砍不得了。”那胖子道：“这是我种的树，我喜欢砍回家去，做一口棺材来睡，你管得着么？”说着手上丝毫不停。下面南海鳄神的大呼小叫之声，不绝传将上来。段誉道：“二哥，此人不可理喻，请你快去制止他再说。”虚竹道：“甚好！”便要奔将过去。

突见一人撑着两根木杖，疾从众人身旁掠过，几个起落，已挡在那矮胖子之前，却是游坦之，不知他何时从驴车中溜了出来。游坦之一杖拄地，一杖提起，森然道：“谁也不可过来！”

木婉清从来没见过此人，突然看到他奇丑可怖的面容，只吓得花容失色，“啊”的一声低呼。

段誉忙道：“庄帮主，你快制止这位胖子仁兄，叫他不可再砍松树。”游坦之冷冷的道：“我为什么要制住他？有什么好处？”

段誉道：“松树一倒，下面的人都要摔死了。”

虚竹见情势凶险，纵身跃将过去，心想就算不能制住那胖子，也得将段延庆、南海鳄神等拉上来。他想当日所以能解开那“珍珑棋局”，全仗段延庆指点，此后学到一身本领，便由此发端，虽然这件事对他到底是祸是福，实所难言，但段延庆对他总是一片好意。

游坦之右手将木杖在地上一插，右掌立即拍出，一股阴寒之气随伴着掌风直逼而至。虚竹虽不怕他的寒阴毒掌，却也知道此掌功力深厚，不能小觑，当即凝神还了一掌。游坦之第二掌却对准松树的枝干拍落，松枝大晃，悬挂着的四人更摇晃不已。

段誉急叫：“二哥不要再过去了，有话大家好说，不必动蛮。庄帮主，你跟谁有仇？何必害人？”

游坦之道：“段公子，你要我制住这胖子，那也不难，可是你给我什么好处？”段誉道：“什……什么好处都给……你……你要什么，我给什么。决不讨价还价，快，快，再迟得片刻，可来不及了。”游坦之道：“我制住这胖子后，立即要和阿紫姑娘离去，你和萧峰、虚竹一干人，谁也不得阻拦。此事可能答允？”

段誉道：“阿紫？她……她要请我二哥施术复明，跟了你离去，她的眼睛怎么办？”游坦之道：“虚竹先生能替她施术复明，我自也能设法治好她的眼睛。”段誉道：“这个……这个……”眼见那矮胖子还是一斧、一斧的不断砍那松树，心想此刻千钧一发，终究是救命要紧，便道：“我答允……答允你便了！你……你……快……”

游坦之右掌挥出，击向那胖子。那胖子嘿嘿冷笑，抛下斧头，扎起马步，一声断喝，双掌向游坦之的掌力迎上，掌风虎虎，声势极是威猛，游坦之这一掌中却半点声息也无。

突然之间，那胖子脸色大变，本是高傲无比的神气，忽然变为异常诧异，似乎见到了天下最奇怪、最难以相信的事，跟着嘴角边流下两条鲜血，身子慢慢缩成一团，慢慢向崖下深谷中掉了下去。

隔了好一会，才听得腾的一声，自是他身子撞在谷底乱石之上，声音闷郁，众人想像这矮胖子脑裂肚破的惨状，都是忍不住身上一寒。

虚竹飞身跃上松树的枝干，只见段延庆的钢杖深深嵌在树枝之中，全凭一股内力黏劲，挂住了下面四人，内力之深厚，实是非同小可。虚竹伸左手抓住钢杖，提将上来。

南海鳄神在下面大加称赞："小和尚，我早知你是个好和尚。你是我二姊的儿子，是我岳老二的侄儿。既是岳老二的侄儿，本领自然不会差到哪里去。若不是你来相助一臂之力，我们在这里吊足三日三夜，这滋味便不大好受了。"云中鹤道："这当儿还在吹大气，怎么能吊得上三日三夜？"南海鳄神怒道："我支持不住之时，右手一松，放开了你的头发，不就成了，要不要我试试？"他二人虽在急难之中，还是不住的拌嘴。

片刻之间，虚竹将段延庆接了上来，跟着将南海鳄神与云中鹤一一提起，最后才拉起王语嫣。她双目紧闭，呼吸微弱，已然晕去。

段誉先是大为欣慰，跟着便心下怜惜，但见她双手手腕上都是一圈紫黑之色，现出云中鹤深深的指印，想起云中鹤凶残好色，对木婉清和锺灵都曾意图非礼，每一次都蒙南海鳄神搭救，今日之事，自然又是恶事重演，不由得恼怒之极，说道："大哥、二哥，这个云中鹤生性奸恶，咱们把他杀了罢！"

南海鳄神叫道："不对，不对！段……那个师父……今日全靠云老四救了你这个……你这个老婆……我这个师娘……不然的话，你老婆早已一命呜呼了。"

他这几句虽然颠三倒四，众人却也都听得明白。适才段誉为了王语嫣而焦急逾恒之状，木婉清一一都瞧在眼里，未见王语嫣上来，已不禁黯然自伤，追见到她神清骨秀、端丽无双的容貌，心中更是一股说不出的难受。只见她双目慢慢睁开，"嘤"的一声，低声道："这是在黄泉地府么？我……我已经死了么？"

南海鳄神怒道："你这个妞儿当真胡说八道！倘若这是黄泉地府，难道咱们个个都是死鬼？你现下还不是我师父的老婆，我得罪你几句，也不算是以下犯上。不过时日无多，依我看来，你迟早要做我师娘，良机莫失，还是及早多叫你几声小妞儿比较上算。喂，我说小妞儿啊，好端端地干什么寻死觅活？你死了是你自己甘愿，却险些儿陪上我把弟云中鹤的一条性命。云中鹤死了也就罢了，咱们段老大死了，那就可惜得紧。就算段老大死了也不打紧，我岳老二陪你死了，可真是大大的犯不着啦！"

段誉柔声安慰："王姑娘，这可受惊了，且靠着树歇一会。"王语嫣哇的一声，哭了出来，双手捧着脸，低声道："你们别来管我，我……我……我不想活啦。"段誉吃了一惊："她真的是要寻死，那为什么？难道……难道……"斜眼向云中鹤瞧去，见到他暴戾凶狠的神色，心中暗叫："啊哟！莫非王姑娘受了此人之辱，以至要自寻短见？"

锺灵走上一步，说道："岳老三，你好！"南海鳄神一见大喜，大声道："小师娘，你也好！我现下是岳老二，不是岳老三了！"锺灵道："你别叫我小什么的，怪难听的。岳老二，我问你，这位姑娘到底为什么要寻死？又是这个竹篙儿惹的祸么？我呵他的痒！"说着双手凑在嘴边，向十根手指吹了几口气。云中鹤脸色大变，退开两步。

南海鳄神连连摇头，说道："不是，不是。天地良心，这一次云老四变了性，忽然做起好事来。咱三人少了叶二娘这个伴儿，都是闷闷不乐，出来散散心，走到这里，刚好见到这小妞儿跳崖自尽，她跳出去的力道太大，云老四又没抓得及时，唉，他本来是个穷凶极恶的家伙，突然改做好事，不免有点不自量力……"

云中鹤怒道："你奶奶的，我几时大发善心，改做好事了？姓云的最喜欢美貌姑娘，见到这王姑娘跳崖寻死，我自然不舍得，我是要抓她回去，做几天老婆。”

南海鳄神暴跳如雷，戟指骂道：“你奶奶的，岳老二当你变性，伸手救人，念着大家是天下著名恶汉的情谊，才伸手抓你头发，早知如此，让你掉下去摔死了倒好。”

锺灵笑道：“岳老二，你本来外号叫作‘凶神恶煞’，原是专做坏事，不做好事的，几时又转了性啦？是跟你师父学的吗？”

南海鳄神搔了搔头皮，道：“不是，不是！决不转性，决不转性！只不过四大恶人少了一个，不免有点不带劲。我一抓到云老四的头发，给他一拖，不由得也向谷下掉去，幸好段老大武功了得，一杖伸将过来，给我抓住了。可是我们三人四百来斤的份量，这一拖一拉，一扯一带，将段老大也给牵了下来。他一杖甩出，钩住了松树，正想慢慢设法上来，不料来了个吐蕃国的矮胖子，拿起斧头，便斫松树。”

锺灵道：“这矮胖子是吐蕃国人么？他又为什么要害你们性命？”

南海鳄神向地下吐了口唾沫，说道：“我们四大恶人是西夏国一品堂中数一数二，不，不，是数三数四的高手，你们大家自然都是久仰的了。这次皇上替公主招驸马，吩咐一品堂的高手四下巡视，不准闲杂人等前来捣乱。哪知吐蕃国的王子蛮不讲理，居然派人把守西夏国的四处要道，不准旁人去招驸马，只准他小子一个儿去招。我们自然不许，大伙儿就打了一架，打死十来个吐蕃武士。所以嘛，如此这般，我们三大恶人和吐蕃国的武士们，就不是好朋友啦。”

他这么一说，众人才算有了点头绪，但王语嫣为什么要自寻短见，却还是不明白。

南海鳄神又道：“王姑娘，我师父来啦，你们还是做夫妻罢，你不用寻死啦！”

王语嫣抬起头来，抽抽噎噎的道："你再胡说八道的欺侮我，我……我就一头撞死在这里。"段誉忙道："使不得，使不得！"转头向南海鳄神道："岳老三，你不可……"南海鳄神道："岳老二！"段誉道："好，就是岳老二。你别再胡说八道。不过你救人有功，为师感激不尽。下次我真的教你几手功夫。"

南海鳄神睁着怪眼，斜视王语嫣，说道："你不肯做我师娘，肯做的人还怕少了？这位大师娘，这位小师娘，都是我的师娘。"说着指着木婉清，又指着锺灵。

木婉清脸一红，啐了一口，道："咦，那个丑八怪呢？"众人适才都全神贯注的瞧着虚竹救人，这时才发现游坦之和阿紫已然不知去向。段誉道："大哥，他们走了么？"

萧峰道："他们走了。你既答允了他，我就不便再加阻拦。"言下不禁茫然，不知阿紫随游坦之去后，将来究竟如何。

南海鳄神叫道："老大、老四，咱们回去了吗？"眼见段延庆和云中鹤向西而去，转头向段誉道："我要去了！"放开脚步，跟着段延庆和云中鹤径回灵州。

锺灵道："王姑娘，咱们坐车去。"扶着王语嫣，走进阿紫原先坐的驴车之中。

当下一行人齐向灵州进发。傍晚时分，到了灵州城内。

其时西夏国势方张，拥有二十二州。黄河之南有灵州、洪州、银州、夏州诸州，河西有兴州、凉州、甘州、肃州诸州，即今甘肃、宁夏、绥远一带。其地有黄河灌溉之利，五谷丰饶，所谓"黄河百害，惟利一套"，西夏国所占的正是河套之地。兵强马壮，控甲五十万。西夏士卒骁勇善战，宋史有云："用兵多立虚砦，设伏兵包敌。以铁骑为前军，乘善马，重甲，刺斫不入，用钩索绞联，虽死马上，不坠。遇战则先出铁骑突阵，阵乱则冲击之，步兵挟骑以进。”西夏皇帝虽是姓李，其实是胡人拓跋氏，唐太宗时赐姓李。西夏人转战四方，疆界变迁，国都时徙。灵州是西夏大城，但与中原名都相比，自然远远不及。

这一晚萧峰等无法找到宿店。灵州本不繁华，此时中秋将届，四方来的好汉豪杰不计其数，几家大客店早住满了。萧峰等又再出城，好容易才在一座庙宇中得到借宿之所，男人挤在东厢，女子住在西厢。

段誉自见到王语嫣后，又是欢喜，又是忧愁，这晚上翻来覆去，却如何睡得着？心中只想：“王姑娘为什么要自寻短见？我怎生想个法子劝解于她才是？唉，我既不知她寻短见的原由，却又何从劝解？”

眼见月光从窗格中洒将进来，一片清光，铺在地下。他难以入睡，悄悄起身，走到庭院之中，只见墙角边两株疏桐，月亮将圆未圆，渐渐升到梧桐顶上。这时盛暑初过，但甘凉一带，夜半已颇有寒意，段誉在桐树下绕了几匝，隐隐觉得胸前伤口处有些作痛，知是日间奔得急了，触动了伤处，不由得又想：“她为什么要自寻短见？”

信步出庙，月光下只见远处池塘边人影一闪，依稀是个白衣女子，更似便是王语嫣的模样。段誉吃了一惊，暗叫：“不好，她又要去寻死了。”当即展开轻功，抢了过去。霎时间便到了那白衣人背后。池塘中碧水如镜，反照那白衣人的面容，果然便是王语嫣。

段誉不敢冒昧上前，心想：“她在少室山上对我嗔恼，此次重会，仍然丝毫不假辞色，想必余怒未息。她所以要自寻短见，说不定为了生我的气。唉，段誉啊段誉，你唐突佳人，害得她凄然欲绝，当真是百死不足以赎其辜了。”他躲在一株大树之后，自怨自叹，越想越觉自己罪愆深重。世上如果必须有人自尽，自然是他段誉，而决计不是眼前这位王姑娘。

只见那碧玉般的池水面上，忽然起了漪涟，几个小小的水圈慢慢向外扩展开去，段誉凝神看去，见几滴水珠落在池面，原来是王语嫣的泪水。段誉更是怜惜，但听得她幽幽叹了口气，轻轻说道："我……我还是死了，免得受这无穷无尽的煎熬。"

段誉再也忍不住，从树后走了出来，说道："王姑娘，千不是，万不是，都是我段誉的不是，千万请你担代。你……你倘若仍要生气，我只好给你跪下了。"他说到做到，双膝一屈，登时便跪在她面前。

王语嫣吓了一跳，忙道："你……你干什么？快起来，要是给人家瞧见了，却成什么样子？"段誉道："要姑娘原谅了我，不再见怪，我才敢起来。"王语嫣奇道："我原谅你什么？怪你什么？那干你什么事？"段誉道："我见姑娘伤心，心想姑娘事事如意，定是我得罪了慕容公子，令他不快，以致惹得姑娘烦恼。下次若再撞见，他要打我杀我，我只逃跑，决不还手。"王语嫣顿了顿脚，叹道："唉，你这……你这呆子，我自己伤心，跟你全不相干。"段誉道："如此说来，姑娘并不怪我？"王语嫣道："自然不怪！"

段誉道："那我就放心了。"站起身来，突然间心中老大的不是滋味。倘若王语嫣为了他而伤心欲绝，打他骂他，甚至拔剑刺他，提刀砍他，他都会觉得十分开心，可是她偏偏说："我自己伤心，跟你全不相干。"霎时间不由得茫然若失。

只见王语嫣又垂下了头，泪水一点一点的滴在胸口，她的绸衫不吸水，泪珠顺着衣衫滚了下去，段誉胸口一热，说道："姑娘，你到底有何为难之事，快跟我说了。我尽心竭力，定然给你办到，总是要想法子让你转嗔为喜。"

王语嫣慢慢抬起头来，月光照着她含着泪水的眼睛，宛如两颗水晶，那两颗水晶中现出了光辉喜意，但光采随即又黯淡了，她幽幽的道："段公子，你一直待我很好，我心里……我心里自然很感激。只不过这件事，你实在无能为力，你帮不了我。”

段誉道：“我自己确没什么本事，但我萧大哥、虚竹二哥都是一等一的武功，他们都在这里，我跟他两个是结拜兄弟，亲如骨肉，我求他们什么事，谅无不允之理。姑娘，你究竟为什么伤心，你说给我听。就算真的棘手之极，无可挽回，你把伤心的事说了出来，心中也会好过些。”

王语嫣惨白的脸颊上忽然罩上了一层晕红，转过了头，不敢和段誉的目光相对，轻轻说话，声音低如蚊蚋：“他……他要去做西夏驸马。公冶二哥来劝我，说什么……什么为了兴复大燕，可不能顾儿女私情。”她一说了这几句话，一回身，伏在段誉肩头，哭了出来。

段誉受宠若惊，不敢有半点动弹，恍然大悟之余，不由得呆了，也不知是喜欢呢还是难过，原来王语嫣伤心，是为了慕容复要去做西夏驸马，他娶了西夏公主，自然将王语嫣置之不顾。段誉自然而然的想到：“她若嫁不成表哥，说不定对我便能稍假辞色。我不敢要她委身下嫁，只须我得能时时见到她，那便心满意足了。她喜欢清静，我可以陪她到人迹不到的荒山孤岛上去，朝夕相对，乐也何如？”想到快乐之处，忍不住手舞足蹈。

王语嫣身子一颤，退后一步，见到段誉满脸喜色，嗔道：“你……你……我还当你好人呢，因此跟你说了，哪知道你幸灾乐祸，反来笑我。”段誉急道：“不，不！王姑娘，皇天在上，后土在下，我段誉若有半分对你幸灾乐祸之心，教我天雷劈顶，万箭攒身。”

王语嫣道：“你没有坏心，也就是了，谁要你发誓？那么你为什么高兴？”她这句话刚问出口，心下立时也明白了：段誉所以喜形于色，只因慕容复娶了西夏公主，他去了这个情敌，便有望和自己成为眷属。段誉对她一见倾心，情致殷殷，王语嫣岂有不明之理？只是她满腔情意，自幼便注在这表哥身上，有时念及段誉的痴心，不免歉然，但这个“情”字，却是万万牵扯不上的。她一明白段誉手舞足蹈的原因，不由得既惊且羞，红晕双颊，嗔道：“你虽不是笑我，却也是不安好心。我……我……我……”

段誉心中一惊，暗道：“段誉啊段誉，你何以忽起卑鄙之念，竟生乘火打劫之心？岂不是成了无耻小人？”眼见到她楚楚可怜之状，只觉但教能令得她一生平安喜乐，自己纵然万死，亦所甘愿，不由得胸间豪气陡生，心想：“适才我只想，如何和她在荒山孤岛之上，晨夕与共，其乐融融，可是没想到这‘其乐融融’，是我段誉之乐，却不是她王语嫣之乐。我段誉之乐，其实正是她王语嫣之悲。我只求自己之乐，那是爱我自己，只有设法使她心中欢乐，那才是真正的爱她，是为她好。”

王语嫣低声道：“是我说错了么？你生我的气么？”段誉道：“不，不，我怎会生你的气？”王语嫣道：“那么你怎地不说话？”段誉道：“我在想一件事。”

他心中不住盘算：“我和慕容公子相较，文才武艺不如，人品风采不如，倜傥潇洒、威望声誉不如，可说样样及他不上。更何况他二人是中表之亲，自幼儿青梅竹马，钟情已久，我更加无法相比。可是有一件事我却须得胜过慕容公子，我要令王姑娘知道，说到真心为她好的，慕容公子却不如我了。二十多年之后，王姑娘和慕容公子生下儿子、孙子后，她内心深处，仍会想到我段誉，知道这世上全心全意为她设想的，没第二个人能及得上我。”

他心意已决，说道：“王姑娘，你不用伤心，我去劝告慕容公子，叫他不可去做西夏驸马，要他及早和你成婚。”

王语嫣吃了一惊，说道：“不！那怎么可以？我表哥恨死了你，他不会听你劝的。”

段誉道：“我当晓以大义，向他点明，人生在世，最要紧的是夫妇间情投意合，两心相悦。他和西夏公主素不相识，既不知她是美是丑，是善是恶，旦夕相见，便成夫妻，那是大大的不妥。我又要跟他说，王姑娘清丽绝俗，世所罕见，温柔娴淑，找遍天下再也遇不到第二个。过去一千年中固然没有，再过一千年仍然没有。何况王姑娘对你慕容公子一往情深，你岂可做那薄幸郎君，为天下有情人齐声唾骂，为江湖英雄好汉卑视耻笑？”

王语嫣听了他这番话，甚是感动，幽幽的道：“段公子，你说得我这么好，那是你有意夸奖，讨我欢喜……”段誉忙道：“非也，非也！”话一出口，便想到这是受了包不同的感染，学了他的口头禅，忍不住一笑，又道：“我是一片诚心，句句乃肺腑之言。”王语嫣也被他这“非也非也”四字引得破涕为笑，说道：“你好的不学，却去学我包三哥。”

段誉见她开颜欢笑，十分喜欢，说道：“我自必多方劝导，要慕容公子不但消了做西夏驸马之念，还须及早和姑娘成婚。”王语嫣道：“你这么做，又为了什么？于你能有什么好处？”段誉道：“我能见到姑娘言笑晏晏，心下欢喜，那便是极大的好处了。”

王语嫣心中一凛，只觉他这一句轻描淡写的言语，实是对自己钟情到十分。但她一片心思都放在慕容复身上，一时感动，随即淡忘，叹了口气道：“你不知我表哥的心思。在他心中，兴复大燕是天下第一等大事。公冶二哥跟我说，我表哥说道：男儿汉当以大业为重，倘若儿女情长，英雄气短，都便不是英雄了。他又说：西夏公主是无盐嫫母也罢，是泼辣悍妇也罢，他都不放在心上，最要紧的是能助他光复大燕。”

段誉沉吟道：“那确是实情，他慕容氏一心一意想做皇帝，西夏能起兵助他复国，这件事……这件事……倒是有些为难。”眼见王语嫣又是泪水盈盈欲滴，只觉便是为她上刀山、下油锅，也是闲事一桩，一挺胸膛，说道：“你放一百二十个心，让我去做西夏驸马。你表哥做不成驸马，就非和你成婚不可了。”

王语嫣又惊又喜，问道：“什么？”段誉道：“我去抢这个驸马都尉来做。”

王语嫣在少室山上，亲眼见到他以六脉神剑打得慕容复无法还手，心想他的武功确比表哥为高，如果他去抢做驸马，表哥倒真的未必能抢得到手，低低的道：“段公子，你待我真好，不过这样一来，我表哥可真要恨死你啦。”段誉道：“那又有什么干系？反正现下他早就恨我了。”王语嫣道：“你刚才说，也不知那西夏公主是美是丑，是善是恶，你却为了我而去和她成亲，岂不是……岂不是……太委屈了你？”

段誉当下便要说：“只要为了你，不论什么委屈我都甘愿忍受。”但随即便想：“我为你做事，倘若居功要你感恩，不是君子的行径。”便道：“我不是为了你而受委屈，我爹爹有命，要我去设法娶得这位西夏公主。我是秉承爹爹之命，跟你全不相干。”

王语嫣冰雪聪明，段誉对她一片深情，岂有领略不到的？心想他对自己如此痴心，怎会甘愿去娶一个素不相识的女子？他为了自己而去做大违本意之事，却毫不居功，不由得更是感激，伸出手来，握住了段誉的手，说道：“段公子，我……我……今生今世，难以相报，但愿来生……”说到这里，喉头哽咽，再也说不下去了。

他二人数度同经患难，背负扶持，肌肤相接，亦非止一次，但过去都是不得不然，这一次却是王语嫣心下感动，伸手与段誉相握。段誉但觉她一只柔腻软滑的手掌款款握着自己的手，霎时之间，只觉便是天塌下来也顾不得了，欢喜之情，充满胸臆，心想她这么待我，别说要我娶西夏公主，便是大宋公主、辽国公主、吐蕃公主、高丽公主一起娶了，却又如何？他重伤未愈，狂喜之下，热血上涌，不由得精神不支，突然间天旋地转，头晕脑胀，身子摇了几摇，一个侧身，咕咚一声，摔入了碧波池中。

王语嫣大吃一惊，叫道："段公子，段公子！"伸手去拉。

幸好池水甚浅，段誉给冷水一激，脑子也清醒了，拖泥带水的爬将上来。

王语嫣这么一呼，庙中许多人都惊醒了。萧峰、虚竹、巴天石、朱丹臣等都奔出来。见到段誉如此狼狈的神情，王语嫣却满脸通红的站在一旁，十分忸怩尴尬，都道他二人深宵在池边幽会，不由得心中暗暗好笑，却也不便多问。段誉要待解释，却也不知说什么好。

次日是八月十二，离中秋尚有三日。巴天石一早便到灵州城投文办事。巳牌时分，他匆匆赶回庙中，向段誉道："公子，王爷向西夏公主求亲的书信，小人已投入了礼部。蒙礼部尚书亲自延见，十分客气，说公子前来求亲，西夏国大感光宠，相信必能如公子所愿。"

过不多时，庙门外人马杂沓，跟着有吹打之声。巴天石和朱丹臣迎了出去，原来是西夏礼部的陶侍郎率领人员，前来迎接段誉，迁往宾馆款待。萧峰是辽国的南院大王，辽国国势之盛，远过大理，西夏若知他来，接待更当隆重，只是他嘱咐众人不可泄漏他的身份，和虚竹等一干人都认作是段誉的随从，迁入了宾馆。

众人刚安顿好，忽听后院中有人粗声粗气的骂道："你是什么东西，居然也来打西夏公主的主意？这西夏驸马，我们小王子是做定了的，我劝你还是夹着尾巴早些走罢！"巴天石等一听，都是怒从身上起，心想什么人如此无礼，胆敢上门辱骂？开门一看，只见七八条粗壮大汉，站在院子中乱叫乱嚷。

巴天石和朱丹臣都是大理群臣中十分精细之人，只是朱丹臣多了几分文采儒雅，巴天石却多了几分霸悍之气。两人各不出声，只是在门口一站。只听那几条大汉越骂越粗鲁，还夹杂着许多听不懂的番话，口口声声“我家小王子”如何如何，似乎是吐蕃国王子的下属。

巴天石和朱丹臣相视一笑，便欲出手打发这几条大汉，突然间左首一扇门砰的开了，抢出两个人来，一穿黄衣，一穿黑衣，指东打西，霎时间三条大汉躺在地下哼声不绝，另外几人给那二人拳打足踢，都抛出了门外。那黑衣汉子道：“痛快，痛快！”那黄衣人道：“非也，非也！还不够痛快。”一个正是风波恶，一个是包不同。

但听得逃到了门外的吐蕃武士兀自大叫：“姓慕容的，我劝你早些回姑苏去的好。你想娶西夏公主为妻，惹恼了我家小王子，‘以汝之道，还施汝身’，娶了你妹子做小老婆，那就有得瞧的了。”风波恶一阵风般赶将出去。但听得劈拍、哎唷几声，几名吐蕃武士渐逃渐远，骂声渐渐远去。

王语嫣坐在房中，听到包风二人和吐蕃众武士的声音，愁眉深锁，珠泪悄垂，一时打不定主意，是否该出来和包风二人相会。

包不同向巴天石、朱丹臣一拱手，说道：“巴兄、朱兄来到西夏，是来瞧瞧热闹呢，还是别有所图？”巴天石笑道：“包风二位如何，我二人也就如何了。”包不同脸色一变，说道：“大理段公子也是来求亲么？”巴天石道：“正是。我家公子乃大理国皇太弟的世子，日后身登大位，在大理国南面为君，与西夏结成姻亲，正是门当户对。慕容公子一介白丁，人品虽佳，门第却是不衬。”包不同脸色更是难看，道：“非也，非也！你只知其一，不知其二。我家公子人中龙凤，岂是你家这个段呆子所能比并？”风波恶冲进门来，说道：“三哥，何必多作这口舌之争？待来日金殿比试，大家施展手段便了。”包不同道：“非也，非也！金殿比试，那是公子爷他们的事；口舌之争，却是我哥儿们之事。”

巴天石笑道：“口舌之争，包兄天下第一，古往今来，无人能及。小弟甘拜下风，这就认输别过。”一举手，与朱丹臣回入房中，说道："朱贤弟，听那包不同说来，似乎公子爷还得参与一场什么金殿比试。公子爷重伤未曾全愈，他的武功又是时灵时不灵，并无把握，倘若比试之际六脉神剑施展不出，不但驸马做不成，还有性命之忧，那便如何是好？"朱丹臣也是束手无策。两人去找萧峰、虚竹商议。

萧峰道："这金殿比试，不知如何比试法？是单打独斗呢，还是许可部属出阵？倘若旁人也可参与角斗，那就不用担心了。"

巴天石道："正是。朱贤弟，咱们去瞧瞧陶尚书，把招婿、比试的诸般规矩打听明白，再作计较。"当下二人自去。

萧峰、虚竹、段誉三人围坐饮酒，你一碗，我一碗，意兴甚豪。萧峰问起段誉学会六脉神剑的经过，想要授他一种运气的法门，得能任意运使真气。哪知道段誉对内功、外功全是一窍不通，岂能在旦夕之间学会？萧峰知道无法可施，只得摇了摇头，举碗大口喝酒。虚竹和段誉的酒量都远不及他，喝到五六碗烈酒时，段誉已经颓然醉倒，人事不知了。

段誉待得朦朦胧胧的醒转，只见窗纸上树影扶疏，明月窥人，已是深夜。他心中一凛："昨晚我和王姑娘没说完话，一不小心，掉入了池中，不知她可还有什么话要跟我说？会不会又在门外等我？啊哟，不好，倘若她已等了半天，不耐烦起来，又回去安睡，岂不是误了大事？"急忙跳起，悄悄挨出房门，过了院子，正想去拔大门的门闩，忽听得身后有人低声道："段公子，你过来，我有话跟你说。"

段誉出其不意，吓了一跳，听那声音阴森森地似乎不怀好意，待要回头去看，突觉背心一紧，已被人一把抓住。段誉依稀辨明声音，问道："是慕容公子么？"

那人道："不敢，正是区区，敢请段兄移驾一谈。"果然便是慕容复。段誉道："慕容公子有命，敢不奉陪？请放手罢！"慕容复道："放手倒也不必。"段誉突觉身子一轻，腾云驾雾般飞了上去，却是被慕容复抓住后心，提着跃上了屋顶。

段誉若是张口呼叫，便能将萧峰、虚竹等惊醒，出来救援，但想："我一叫之下，王姑娘也必听见了，她见我二人重起争斗，定然大大不快。她决不会怪她表哥，总是编派我的不是，我又何必惹她生气？"当下并不叫唤，任由慕容复提在手中，向外奔驰。

其时虽是深夜，但中秋将届，月色澄明，只见慕容复脚下初时踏的是青石板街道，到后来已是黄土小径，小径两旁都是半青不黄的长草。

慕容复奔得一会，突然停步，将段誉往地下重重一摔。砰的一声，段誉肩腰着地，摔得好不疼痛，心想："此人貌似文雅，行为却颇野蛮。"哼哼唧唧的爬起身来，道："慕容兄有话好说，何必动粗？"

慕容复冷笑道："昨晚你跟我表妹说什么话来？"段誉脸上一红，嗫嚅道："也……也没有什么，只不过刚巧撞到，闲谈几句罢了。"慕容复道："你是男子汉大丈夫，明人不做暗事，说过的话，做过的事，又何必抵赖隐瞒？"段誉给他一激，不由得气往上冲，说道："当然也不必瞒你，我跟王姑娘说，要来劝你一劝。"慕容复冷笑道："你说要劝我道：人生在世，最要紧的是夫妇间情投意合，两心相悦。你又想说：我和西夏公主素不相识，既不知她是美是丑，是善是恶，旦夕相见，便成夫妻，那是大大的不妥，是不是？又说我若辜负了我表妹的美意，便为天下有情人齐声唾骂，为江湖上的英雄好汉卑视耻笑，是也不是？"

他说一句，段誉吃一惊，待他说完，结结巴巴的道："王……王姑娘都跟你说了？"慕容复道："她怎会跟我说？"段誉道："那么是你昨晚躲在一旁听见了？"慕容复冷笑道："你骗得了这等不识世务的无知姑娘，可骗不了我。”段誉奇道：“我骗你什么？”

慕容复道：“事情再明白也没有了，你自己想做西夏驸马，怕我来争，便编好了一套说辞，想诱我上当。嘿嘿，慕容复不是三岁的小孩儿，难道会堕入你的彀中？你……你当真是在做清秋大梦。”段誉叹道：“我是一片好心，但盼王姑娘和你成婚，结成神仙眷属，举案齐眉，白头偕老。”慕容复冷笑道：“多谢你的金口啦。大理段氏和姑苏慕容无亲无故，素无交情，你何必这般来善祷善颂？只要我给我表妹缠住了不得脱身，你便得其所哉，披红挂彩的去做西夏驸马了。”

段誉怒道：“你这不是胡说八道么？我是大理王子，大理虽是小国，却也没将这个‘驸马’二字看得比天还大。慕容公子，我善言劝你，荣华富贵，转瞬成空，你就算做成了西夏驸马，再要做大燕皇帝，还不知要杀多少人？就算中原给你杀得血流成河，尸骨如山，你这大燕皇帝是否做得成，那也难说得很。”

慕容复却不生气，只冷冷的道：“你满口子仁义道德，一肚皮却是蛇蝎心肠。”段誉急道：“你不相信我是一番好意，那也由你，总而言之，我不能让你娶西夏公主，我不能眼见王姑娘为你伤心肠断，自寻短见。”慕容复道：“你不许我娶？哈哈，你当真有这么大的能耐？我偏要娶，你便怎样？”段誉道：“我自当尽心竭力，阻你成事。我一个人无能为力，便请朋友们帮忙。”

慕容复心中一凛，萧峰、虚竹二人的武功如何，他自是熟知，甚至段誉本人，当他施展六脉神剑之际，自己也万万抵敌不住，幸好他的剑法有时灵，有时不灵，未能得心应手，总算还可乘之以隙，当即微微抬头，高声说道：“表妹，你过来，我有话跟你说。”

段誉又惊又喜，忙回头去看，但见遍地清光，却哪里有王语嫣的人影？他凝神张望，似乎对面树丛中有什么东西一动，突然间背上一紧，又被慕容复抓住了穴道，身子又被他提了起来，才知上当，苦笑道：“你又来动蛮，再加谎言欺诈，实非君子之所为。”

慕容复冷笑道：“对付你这等小人，又岂能用君子手段？”提着他向旁走去，想找个坑穴，将他一掌击死，便即就地掩埋，走了数丈，见到一口枯井，举手一掷，将他投了下去。段誉大叫：“啊哟！”已摔入井底。

慕容复正待找几块大石压在井口之上，让他在里面活活饿死，忽听得一个女子声音道：“表哥，你瞧见我了？要跟我说什么话？啊哟，你把段公子怎么啦？”正是王语嫣。慕容复一呆，皱起了眉头，他向着段誉背后高声说话，意在引得他回头观看，以便拿他后心要穴，不料王语嫣真的便在附近。

原来王语嫣这一晚愁思绵绵，难以安睡，倚窗望月，却将慕容复抓住段誉的情景都瞧在眼里，生怕两人争斗起来，慕容复不敌段誉的六脉神剑，当即追随在后，两人的一番争辩，句句都给她听见了。只觉段誉相劝慕容复的言语确是出于肺腑，慕容复却认定他别有用心。待得慕容复出言欺骗段誉，王语嫣还道他当真见到了自己，便即现身。

王语嫣奔到井旁，俯身下望，叫道：“段公子，段公子！你有没受伤？”段誉被摔下去时，头下脚上，脑袋撞在硬泥之上，已然晕去。王语嫣叫了几声，不听到回答，只道段誉已然跌死，想起他平素对自己的种种好处来，这一次又确是为着自己而送了性命，忍不住哭了出来，叫道：“段公子，你……你怎么……怎么就这样死了？”

慕容复冷冷的道：“你对他果然是一往情深。”王语嫣哽咽道：“他好好相劝于你，听不听在你，又为什么要杀了他？”慕容复道：“这人是我大对头，你没听他说，他要尽心竭力，阻我成事么？那日少室山上，他令我丧尽脸面，难以在江湖立足，这人我自然容他不得。”王语嫣道：“少室山的事情，确是他不对，我早已怪责过他了，他已自认不是。”慕容复冷笑道：“哼，哼！自认不是！这么轻描淡写一句话，就想把这梁子揭过去了么？我慕容复行走江湖，人人在背后指指点点，说我败在他大理段氏的六脉神剑之下，你倒想想，我今后怎么做人？”

王语嫣柔声道：“表哥，一时胜败，又何必常自挂怀在心？那日少室山斗剑，姑父也已开导过你了，过去的事，再说作甚？”她不知段誉是否真的死了，探头井口，又叫道：“段公子，段公子！”仍是不闻应声。

慕容复道：“你这么关心他，嫁了他也就是了，又何必假惺惺的跟着我？”

王语嫣胸口一酸，说道：“表哥，我对你一片真心，难道……难道你还不信么？”

慕容复冷笑道：“你对我一片真心，嘿嘿！那日在太湖之畔的碾坊中，你赤身露体，和这姓段的一同躲在柴草堆中，却在干些什么？那是我亲眼目睹，难道还有假的了？那时我要一刀杀死了这姓段的小子，你却指点于他，和我为难，你的心到底是向着哪一个？哈哈，哈哈！”说到后来，只是一片大笑之声。

王语嫣惊得呆了，颤声道：“太湖畔的碾坊中……那个……那个蒙面的……蒙面的西夏武士……”慕容复道：“不错，那假扮西夏武士李延宗的，便是我了。”王语嫣低声说道：“怪不得，我一直有些疑心。那日你曾说：‘要是我一朝做了中原的皇帝’，那……那……原是你的口吻，我早该知道的。”慕容复冷笑道：“你虽早该知道，可是现下方知，却也还没太迟。”

王语嫣急道：“表哥，那日我中了西夏人所放的毒雾，承蒙段公子相救，中途遇雨，湿了衣衫，这才在碾坊中避雨，你……你……你可不能多疑。”

慕容复道：“好一个碾坊中避雨！可是我来到之后，你二人仍在鬼鬼祟祟，这姓段的伸手来摸你脸蛋，你毫不闪避。那时我说什么话了，你可记得么？只怕你一心都贯注在这姓段的身上，我的话全没听进耳去。”

王语嫣心中一凛，回思那日碾坊中之事，那蒙面西夏武士“李延宗”的话清清楚楚在脑海中显现了出来，她喃喃的道：“那时候……那时候……你也是这般嘿嘿冷笑，说什么了？你说……你说……‘我叫你去学了武功前来杀我，却不是叫你二人……叫你二人……’”她心中记得，当日慕容复说的是：“却不是叫你二人打情骂俏，动手动脚。”但这八个字却无论如何说不出口。

慕容复道：“那日你又说道：倘若我杀了这姓段的小子，你便决意杀我为他报仇。王姑娘，我听了你这句话，这才饶了他的性命，不料养虎贻患，教我在少室山众家英雄之前，丢尽了脸面。”

王语嫣听他忽然不叫自己作“表妹”，改口而叫“王姑娘”，心中更是一寒，颤声道：“表哥，那日我倘若知道是你，自然不会说这种话。真的，表哥，我……我要是知道了，决计……决计不会说的。你知道我心中对你一向……一向很好。”慕容复道：“就算我戴了人皮面具，你认不出我的相貌，就算我故意装作哑了嗓子，你认不出我的口音，可是难道我的武功你也认不出？嘿嘿，你于武学之道，渊博非凡，任谁使出一招一式，你便知道他的门派家数，可是我和这小子动手百余招，你难道还认不出我？”王语嫣低声道：“我确是有一点点疑心，不过……表哥，咱们好久没见面了，我对你的武功进境不大了然……”

慕容复心下更是不忿，王语嫣这几句话，明明说自己武功进境太慢，不及她的意料，说道：“那日你道：‘我初时看你刀法繁多，心中暗暗惊异，但看到五十招后，觉得也不过如此，说你一句黔驴技穷，似乎刻薄，但总而言之，你所知远不如我。’王姑娘，我所知确是远不如你，你……你又何必跟随在我身旁？你心中瞧我不起，不错，可是我慕容复堂堂丈夫，也用不着给姑娘们瞧得起。”

王语嫣走上几步，柔声说道：“表哥，那日我说错了，这里跟你陪不是啦。”说着躬身裣衽行礼，又道：“我实在不知道是你……你大人大量，千万别放在心上。我从小敬重你，自小咱们一块玩儿，你说什么我总是依什么，从来不会违拗于你。当日我胡言乱语，你总要念着昔日的情份，原谅我一次。”

那日王语嫣在碾坊中说这番话，慕容复自来心高气傲，听了自是耿耿于怀，大是不快，自此之后，两人虽相聚时多，总是心中存了芥蒂，不免格格不入。这时听她软言相求，月光下见到这样一个清丽绝俗的姑娘如此情致缠绵的对着自己，又深信她和段誉之间确无暧昧情事，当日言语冲撞，确也出于无心，想到自己和她青梅竹马的情份，不禁动心，伸出手去，握住她的双手，叫道：“表妹！”

王语嫣大喜，知道表哥原谅了自己，投身入怀，将头靠在他肩上，低声道：“表哥，你生我的气，尽管打我骂我，可千万别藏在心中不说出来。”慕容复抱着她温软的身子，听得她低声软语的央求，不由得心神荡漾，伸手轻抚她头发，柔声道：“我怎舍得打你骂你？以前生你的气，现下也不生气了。”王语嫣道：“表哥，你不去做西夏驸马了罢？”

慕容复斗然间全身一震，心道：“糟糕，糟糕！慕容复，你儿女情长，英雄气短，险些儿误了大事。倘若连这一点点的私情也割舍不下，哪里还说得上干‘打天下’的大业？”当即伸手将她推开，硬起心肠，摇头道：“表妹，你我缘份已经尽了。你知道，我向来很会记恨，你说过的话，做过的事，我总是难以忘记。”

王语嫣凄然道：“你刚才说不生我的气了。”慕容复道：“我不生你的气，可是……可是咱们这一生，终究不过是表兄妹的缘份。”王语嫣道：“那你是决计不肯原谅我了？”

慕容复心中“私情”和“大业”两件事交战，迟疑半刻，终于摇了摇头。王语嫣万念俱灰，仍问："你定要去娶那西夏公主，从此不再理我？"慕容复硬起心肠，点了点头。

王语嫣先前得知表哥要去娶西夏公主，还是由公冶乾婉言转告，当时便萌死志，借故落后，避开了邓百川等人，跳崖自尽，却给云中鹤救起，此刻为意中人亲口所拒，伤心欲狂，几乎要吐出血来，突然心想："段公子对我一片痴心，我却从来不假以辞色，此番他更为我而死，实在对他不起。反正我也不想活了，这口深井，段公子摔入其中而死，想必下面有甚尖岩硬石。我不如和他死在一起，以报答他对我的一番深意。"当下慢慢走向井边，转头道："表哥，祝你得遂心愿，娶了西夏公主，又做大燕皇帝。"

慕容复知她要去寻死，走上一步，伸手想拉住她手臂，口中想呼："不可！"但心中知道，只要口中一出声，伸手一拉，此后能否摆脱表妹这番柔情纠缠，那就难以逆料。表妹温柔美貌，世所罕有，得妻如此，复有何憾？何况她自幼便对自己情根深种，倘若一个克制不住，结下了什么孽缘，兴复燕国的大计便大受挫折了。他言念及此，嘴巴张开，却无声音发出，一只手伸了出去，却不去拉王语嫣。

王语嫣见此神情，猜到了他的心情，心想你就算弃我如遗，但我们是表兄妹至亲，眼见我踏入死地，竟丝毫不加阻拦，连那穷凶极恶的云中鹤尚自不如，此人竟然凉薄如此，当下更无别念，叫道："段公子，我和你死在一起！"纵身一跃，向井中倒冲了下去。

慕容复"啊"的一声，跨上一步，伸手想去拉她脚，凭他武功，要抓住她，原是轻而易举，但终究打不定主意，便任由她跳了下去。他叹了口气，摇摇头，说道："表妹，你毕竟内心深爱段公子，你二人虽然生不能成为夫妇，但死而同穴，也总算得遂你的心愿。"

忽听得背后有人说道："假惺惺，伪君子！"慕容复一惊："怎地有人到了我身边，竟没知觉？"向后拍出一掌，这才转过身来，月光之下，但见一个淡淡的影子随掌飘开，身法轻灵，实所罕见。

慕容复飞身而前，不等他身子落下，又是一掌拍去，怒喝：“什么人？这般戏弄你家公子！”那人在半空一掌击落，与慕容复掌力一对，又向外飘开丈许，这才落下地来，却原来是吐蕃国师鸠摩智。

只听他说道：“明明是你逼王姑娘投井自尽，却在说什么得遂她心愿，慕容公子，这未免太过阴险毒辣了罢？”慕容复怒道：“这是我的私事，谁要你来多管闲事？”鸠摩智道：“你干这伤天害理之事，和尚便要管上一管。何况你想做西夏驸马，那便不是私事了。”

慕容复道：“遮莫你这和尚，也想做驸马？”鸠摩智哈哈大笑，说道：“和尚做驸马，焉有是理？”慕容复冷笑道：“我早知吐蕃国存心不良，那你是为你们小王子出头了？”鸠摩智道：“什么叫做‘存心不良’？倘若想娶西夏公主，便是存心不良，然则阁下之存心，良乎？不良乎？”慕容复道：“我要娶西夏公主，乃是凭自身所能，争为驸马，却不是指使手下人来搅风搅雨，弄得灵州道上，英雄眉蹙，豪杰齿冷。”鸠摩智笑道：“咱们把许多不自量力的家伙打发去，免得西夏京城，满街尽是油头粉脸的光棍，乌烟瘴气，见之烦心。那是为阁下清道啊，有何不妥？”慕容复道：“若真如此，却也甚佳，然则吐蕃国小王子，是要凭一己功夫和人争胜了？”鸠摩智道：“正是！”

慕容复见他一副有恃无恐、胜券在握的模样，不由得起疑，说道：“贵国小王子莫非武功高强，英雄无敌，已有必胜的成算？”鸠摩智道：“小王子殿下是我的徒儿，武功还算不错，英雄无敌却不见得，必胜的成算倒是有的。”慕容复更感奇怪，心想：“我若直言相问，他未必肯答，还是激他一激。”便道：“这可奇了，贵国小王子有必胜的成算，我却也有必胜的成算，也不知到底是谁真的必胜。”

鸠摩智笑道：“我们小王子到底有什么必胜成算，你很想知道，是不是？不妨你先将你的法子说将出来，然后我说我们的。咱们一起参详参详，且瞧是谁的法子高明。”

慕容复所恃者不过武功高明，形貌俊雅，真的要说有什么必胜的成算，却是没有，便道：“你这人诡计多端，言而无信。我如跟你说了，你却不说，岂不是上了你的当？”

鸠摩智哈哈一笑，说道：“慕容公子，我和令尊相交多年，互相钦佩。我僭妄一些，总算得上是你的长辈。你对我说这些话，不也过份么？”

慕容复躬身行礼，道：“明王责备得是，还请恕罪则个。”

鸠摩智笑道：“公子聪明得紧，你既自认晚辈，我瞧在你爹爹的份上，可不能占你的便宜了。吐蕃国小王子的必胜成算，说穿了不值半文钱。哪一个想跟我们小王子争做驸马，我们便一个个将他料理了。既然没人来争，我们小王子岂有不中选之理？哈哈，哈哈。”

慕容复倏地变色，说道：“如此说来，我……”鸠摩智道：“我和令尊交情不浅，自然不能要了你的性命。我诚意奉劝公子，速离西夏，是为上策。”慕容复道：“我要是不肯走呢？”鸠摩智微笑道：“那也不会取你的性命，只须将公子剜去双目，或是斫断一手一足，成为残废之人。西夏公主自然不会下嫁一个五官不齐、手足不完的英雄好汉。”他说到最后“英雄好汉”四字时，声音拖得长长的，大有嘲讽之意。

慕容复心下大怒，只是忌惮他武功了得，不敢贸然和他动手，低头寻思，如何对付。

月光下忽见脚边有一物蠕蠕而动，凝神看去，却是鸠摩智右手的影子，慕容复一惊，只道对方正自凝聚功力，转瞬便欲出击，当即暗暗运气，以备抵御。却听鸠摩智道：“公子，你逼得令表妹自尽，实在太伤阴德。你要是速离西夏，那么你逼死王姑娘的事，我也便不加追究。”慕容复哼了一声，道：“那是她自己投井殉情，跟我有什么相干？”口中说话，目不转瞬的凝视地下的影子，只见鸠摩智双手的影子都在不住颤动。

慕容复心下起疑：“他武功如此高强，若要出手伤人，何必这般不断的蓄势作态？难道是装腔作势，想将我吓走么？”再一凝神间，只见他裤管、衣角，也都不住的在微微摆动，显似是不由自主的全身发抖。他一转念间，蓦地想起：“那日在少林寺藏经阁中，那无名老僧说鸠摩智练了少林派的七十二绝技之后，又去强练什么‘易筋经’，又说他‘次序颠倒，大难已在旦夕之间’，说道修练少林诸门绝技，倘若心中不存慈悲之念，戾气所钟，奇祸难测。这位老僧说到我爹爹和萧远山的疾患，灵验无比，那么他说鸠摩智的话，想来也不会虚假。”想到此节，登时大喜：“嘿嘿，这和尚自己大祸临头，却还在恐吓于我，说什么剜去双目，斩手断足。”但究是不能确定，要试他一试，便道：“唉！次序颠倒，大难已在旦夕之间！这般修练上乘武功而走火入魔，最是厉害不过。”

鸠摩智突然纵声大叫，若狼嗥，若牛鸣，声音可怖之极，伸手便向慕容复抓来，喝道：“你说什么？你……你在说谁？”

慕容复侧身避开。鸠摩智跟着也转过身来，月光照到他脸上，只见他双目通红，眉毛直竖，满脸都是暴戾之色，但神气虽然凶猛，却也无法遮掩流露在脸上的惶怖。

慕容复更无怀疑，说道：“我有一句良言诚意相劝。明王即速离开西夏，回归吐蕃，只须不运气，不动怒，不出手，当能回归故土，否则啊，那位少林神僧的话便要应验了。”

鸠摩智荷荷呼唤，平素雍容自若的神情已荡然无存，大叫：“你……你知道什么？你知道什么？”慕容复见他脸色狰狞，浑不似平日宝相庄严的圣僧模样，不由得暗生惧意，当即退了一步。鸠摩智喝道：“你知道什么？快快说来！”慕容复强自镇定，叹了一口气，道：“明王内息走入岔道，凶险无比，若不即刻回归吐蕃，那么到少林寺去求那神僧救治，也未始不是没有指望。”

鸠摩智狞笑道：“你怎知我内息走入岔道？当真胡说八道。”说着左手一探，向慕容复面门抓来。

慕容复见他五指微颤，但这一抓法度谨严，沉稳老辣，丝毫没有内力不足之象，心下暗惊：“莫非我猜错了？”当下提起内力，凝神接战，右手一挡，随即反钩他手腕。鸠摩智喝道：“瞧在你父亲面上，十招之内，不使杀手，算是我一点故人的香火之情。”呼的一拳击出，直取慕容复右肩。

慕容复飘身闪开，鸠摩智第二招已紧接而至，中间竟无丝毫空隙。慕容复虽擅“斗转星移”的借力打力之法，但对方招数实在太过精妙，每一招都是只使半招，下半招倏生变化，慕容复要待借力，却是无从借起，只得紧紧守住要害，俟敌之隙。但鸠摩智招数奇幻，的是生平从所未见，一拳打到半途，已化为指，手抓拿出，近身时却变为掌。堪堪十招打完，鸠摩智喝道：“十招已完，你认命罢！”

慕容复眼前一花，但见四面八方都是鸠摩智的人影，左边踢来一脚，右边击来一拳，前面拍来一掌，后面戳来一指，诸般招数一时齐至，不知如何招架才是，只得双掌飞舞，凝运功力，只守不攻，自己打自己的拳法。

忽听得鸠摩智不住喘气，呼呼声响，越喘越快，慕容复精神一振，心道：“这和尚内息已乱，快透不过气来了。我只须努力支持，不给他击倒，时刻一久，他当会倒地自毙。”可是鸠摩智喘气虽急，招数却也跟着加紧，蓦地里大喝一声，慕容复只觉腰间“脊中穴”、腹部“商曲穴”同时一痛，已被点中穴道，手足麻软，再也动弹不得了。

鸠摩智冷笑几声，不住喘息，说道：“我好好叫你滚蛋，你偏偏不滚，如今可怪不得我了。我……我……我怎生处置你才好？”撮唇大声作哨。

过不多时，树林中奔出四名吐蕃武士，躬身道：“明王有何法旨？”鸠摩智道：“将这小子拿去砍了！”四名武士道：“是！”

慕容复身不能动，耳中却听得清清楚楚，心中只是叫苦：“适才我若和表妹两情相悦，答应她不去做什么西夏驸马，如何会有此刻一刀之厄？我一死之后，还有什么兴复大燕的指望？”他只想叫出声来，愿意离开灵州，不再和吐蕃王子争做驸马，苦在难以发声，而鸠摩智的眼光却向他望也不望，便想以眼色求饶，也是不能。

四名吐蕃武士接过慕容复，其中一人拔出弯刀，便要向他颈中砍去。

鸠摩智忽道：“且慢！我和这小子的父亲昔日相识，且容他留个全尸。你们将他投入这口枯井之中，快去抬几块大石来，压住井口，免得他冲开穴道，爬出井来！”

吐蕃武士应道：“是！”将慕容复投入了枯井，四下一望，不见有大岩石，当即快步奔向山后去寻觅大石。

鸠摩智站在井畔，不住喘气，烦恶难当。

那日他以火焰刀暗算了段誉后，生怕众高手向他群起而攻，立即奔逃下山，还没下少室山，已觉丹田中热气如焚，当即停步调息，却觉内力运行艰难，不禁暗惊：“那老贼秃说我强练少林七十二绝技，戾气所钟，本已种下了祸胎，再练易筋经，本末倒置，大难便在旦夕之间。莫非……莫非这老贼秃的鬼话，当真应验了？”

当下找个山洞，静坐休息，只须不运内功，体内热焰便慢慢平伏，可是略一使劲，丹田中便即热焰上腾，有如火焚。

挨到傍晚，听得少林寺中无人追赶下来，这才缓缓南归。途中和吐蕃传递讯息的探子接上了头。得悉吐蕃国王已派遣小王子前往灵州求亲，应聘驸马。那探子言道，小王子此行带同大批高手武士、金银珠宝、珍异玩物、名马宝刀。名马宝刀进呈西夏皇帝；珍异玩物送给公主；金银珠宝用以贿赂西夏国的后妃太监、大小臣工。

鸠摩智是吐蕃国师，与闻军政大计，虽然身上有病，但求亲成败有关吐蕃国运，当即前赴西夏，主持全局，派遣高手武士对付各地前来竞为驸马的敌手。在八月初十前后，吐蕃国的武士已将数百名闻风前来的贵族少年、江湖豪客都逐了回去。来者虽众，却人人存了自私之心，临敌之际，互相决不援手，自是敌不过吐蕃国众武士的围攻。

鸠摩智到了灵州，觅地静养，体内如火之炙的煎熬渐渐平伏，但心情略一动荡，四肢百骸便不由自主的颤抖不已。到得后来，即令心定神闲，手指、眉毛、口角、肩头仍是不住牵动，永无止息。他自不愿旁人看到这等丑态，平日离群索居，极少和人见面。

这一日得到手下武士禀报，说慕容复来到了灵州，他手下人又打死打伤了好几个吐蕃武士。鸠摩智心想慕容复容貌英俊，文武双全，实是当世武学少年中一等一的人才，若不将他打发走了，小王子定会给他比了下去，自忖手下诸武士无人是他之敌，非自己出马不可；又想自己武功之高，慕容复早就深知，多半不用动手，便能将他吓退，这才寻到宾馆之中。

他赶到时，慕容复已擒住段誉离去。宾馆四周有吐蕃武士埋伏监视，鸠摩智问明方向，追将下来。他赶到林中时，慕容复已将段誉投入井中，正和王语嫣说话。一场争斗，慕容复虽给他擒住，鸠摩智却也是内息如潮，在各处经脉穴道中冲突盘旋，似是要突体而出，却无一个宣泄的口子，当真是难过无比。

他伸手乱抓胸口，内息不住膨胀，似乎脑袋、胸膛、肚皮都在向外胀大，立时便要将全身炸得粉碎。他低头察看胸腹，一如平时，绝无丝毫胀大，然而周身所觉，却似身子已胀成了一个大皮球，内息还在源源涌出。鸠摩智惊惶之极，伸右手在左肩、左腿、右腿三处各戳一指，刺出三洞，要导引内息从三个洞孔中泄出，三个洞孔中血流如注，内息却无法宣泄。

少林寺藏经阁中那老僧的话不断在耳中鸣响，这时早知此言非虚，自己贪多务得，误练少林派七十二绝技和易筋经，本末颠倒，大祸已然临头。他心下惶惧，但究竟多年修为，尤其于佛家的禅定功夫甚是深厚，当下神智却不错乱，蓦地里脑海中灵光一闪："他……他自己为什么不一起都练？为什么只练数种，却将七十二门绝技的秘诀都送了给我？我和他萍水相逢，就算言语投机，一见如故，却又如何有这般大的交情？"

鸠摩智这时身遭危难，猛然间明白了慕容博以"少林七十二绝技秘诀"相赠的用意。当日慕容博以秘诀相赠，他原是疑窦丛生，猜想对方不怀好意，但展阅秘诀，每一门绝技都是精妙难言，以他见识之高，自是真假立判，再详试秘笈，纸页上并无任何毒药，这才疑心尽去，自此刻苦修习，每练成一项，对慕容博便增一分感激之情。

直到此刻求生不得，求死不能，方始明白慕容博用心之恶毒："他在少林寺中隐伏数十年，暗中定然曾听到寺僧谈起少林绝技不可尽练。那一日他与我邂逅相遇，他对我武功才略心存忌意，便将这些绝技秘诀送了给我。一来是要我试上一试，且看尽练之后有何祸患；二来是要我和少林寺结怨，挑拨吐蕃国和大宋相争。他慕容氏便可混水摸鱼，兴复燕国。至于七十二项绝技的秘笈，他另行录了副本，自不待言。"

他适才擒住慕容复，不免想到他父亲相赠少林武学秘笈之德，是以明知他是心腹大患，却也不将他立时斩首，只是投入枯井，让他得留全尸。此刻一明白慕容博赠书的用意，心想自己苦受这般煎熬，全是此人所种的恶果，不由得怒发如狂，俯身井口，向下连击三掌。

三掌击下，井中声息全无，显然此井极深，掌力无法及底。鸠摩智狂怒之下，猛力又击出一拳。这一拳打出，内息更是奔腾鼓荡，似乎要从全身十万八千个毛孔中冲将出来，偏生处处碰壁，冲突不出。

正自又惊又怒，突然间胸口一动，衣襟中一物掉下，落入井中。鸠摩智伸手一抄，已自不及，急忙运起“擒龙手”凌空抓落，若在平时，定能将此物抓了回来，但这时内劲不受使唤，只是向外膨胀，却运不到掌心之中，只听得拍的一声响，那物落入了井底。鸠摩智暗叫：“不好！”伸手怀中一探，落入井中的果然便是那本《易筋经》。

他知道自己内息运错，全是从《易筋经》而起，解铃还需系铃人，要解此祸患，自非从《易筋经》中钻研不可。这是关涉他生死的要物，如何可以失落？当下更不思索，纵身便向井底跳了下去。

他生恐井底有甚尖石硬枝之类刺痛足掌，又恐慕容复自行解开穴道，伺伏偷袭，双足未曾落地，右手便向下拍出两掌，减低下落之势，左掌使一招“回风落叶”，护住周身要害。殊不知内息既生重大变化，招数虽精，力道使出来时却散漫歪斜，全无准绳。这两下掌击非但没减低落下时的冲力，反而将他身子一推，砰的一声，脑袋重重撞上了井圈内缘的砖头。

以他本来功力，虽不能说已练成铜筋铁骨之身，但脑袋这般撞上砖头，自身决无损伤，砖头必成粉碎，可是此刻百哀齐至，但觉眼前金星直冒，一阵天旋地转，俯地跌在井底。

这口井废置已久，落叶败草，堆积腐烂，都化成了软泥，数十年下来，井底软泥高积。鸠摩智这一摔下，口鼻登时都埋在泥中，只觉身子慢慢沉落，要待挣扎着站起，手脚却用不出半点力道。正惊惶间，忽听得上面有人叫道："国师，国师！"正是那四名吐蕃武士。

鸠摩智道："我在这里！"他一说话，烂泥立即涌入口中，哪里还发得出声来？却隐隐约约听得井边那四名吐蕃武士的话声。一人道："国师不在这里，不知哪里去了？"另一人道："想是国师不耐烦久等，他老人家吩咐咱们用大石压住井口，那便遵命办理好了。"又一人道："正是！"

鸠摩智大叫："我在这里，快救我出来！"越是慌乱，烂泥入口越多，一个不留神，竟连吞了两口，腐臭难当，那也不用说了。只听得砰嘭、轰隆之声大作，四名吐蕃武士将一块块大石压上井口。这些人对鸠摩智敬若天神，国师有命，实不亚于国王的谕旨，拣石唯恐不巨，堆叠唯恐不实，片刻之间，将井口牢牢封死，百来斤的大石足足堆了十二三块。

耳听得那四名武士堆好了大石，呼啸而去。鸠摩智心想数千斤的大石压住了井口，别说此刻武功丧失，便在昔日，也不易在下面掀开大石出来，此身势必毕命于这口枯井之中。他武功佛学、智计才略，莫不雄长西域，冠冕当时，怎知竟会葬身于污泥之中。人孰无死？然如此死法，实在太不光采。佛家观此身犹似臭皮囊，色无常，无常是苦，此身非我，须当厌离，这些最基本的佛学道理，鸠摩智登坛说法之时，自然妙慧明辩，说来头头是道，听者无不欢喜赞叹。但此刻身入枯井，顶压巨岩，口含烂泥，与法坛上檀香高烧、舌灿莲花的情境毕竟大不相同，什么涅槃后的常乐我净、自在无碍，尽数抛到了受想行识之外，但觉五蕴皆实，心有挂碍，生大恐怖，揭谛揭谛，波罗僧揭谛，不得渡此泥井之苦厄矣。

想到悲伤之处，眼泪不禁夺眶而出。他满身泥泞，早已脏得不成模样，但习惯成自然，还是伸手去拭抹眼泪，右手一抬，忽在污泥中摸到一物，顺手抓来，正是那本《易筋经》。霎时之间，不禁啼笑皆非，经书是找回了，可是此刻更有何用?

忽听得一个女子声音说道：“你听，吐蕃武士用大石压住了井口，咱们却如何出去？”听说话声音，正是王语嫣。鸠摩智听到人声，精神一振，心想：“原来她没有死，却不知在跟谁说话？既有旁人，合数人之力，或可推开大石，得脱困境。”但听得一个男人的声音道：“只须得能和你厮守，不能出去，又有何妨？你既在我身旁，臭泥井便是众香国。东方琉璃世界，西方极乐世界，什么兜率天、夜摩天的天堂乐土，也及不上此地了。”鸠摩智微微一惊：“这姓段的小子居然也没死？此人受了我火焰刀之伤，和我仇恨极深。此刻我内力不能运使，他若乘机报复，那便如何是好？”

说话之人正是段誉。他被慕容复摔入井中时已昏晕过去，手足不动，虽入污泥，反不如鸠摩智那么狼狈。井底狭隘，待得王语嫣跃入井中，偏生就有这么巧，脑袋所落之处，正好是段誉胸口的“膻中穴”，一撞之下，段誉便醒了转来。王语嫣跌入他的怀中，非但没丝毫受伤，连污泥也没溅上多少。

段誉陡觉怀中多了一人，奇怪之极，忽听得慕容复在井口说道：“表妹，你毕竟内心深爱段公子，你二人虽然生不能成为夫妇，但死而同穴，也总算得遂了你的心愿。”这几句话清清楚楚的传到井底，段誉一听之下，不由得痴了，喃喃说道：“什么？不，不！我……我……我段誉哪有这等福气？”

突然间他怀中那人柔声道：“段公子，我真是胡涂透顶，你一直待我这么好，我……我却……”段誉惊得呆了，问道：“你是王姑娘？”王语嫣道：“是啊！”

段誉对她素来十分尊敬，不敢稍存丝毫亵渎之念，一听到是她，惊喜之余，急忙站起身来，要将她放开。可是井底地方既窄，又满是污泥，段誉身子站直，两脚便向泥中陷下，泥泞直升至胸口，觉得若将王语嫣放在泥中，实是大大不妥，只得将她身子横抱，连连道歉："得罪，得罪！王姑娘，咱们身处泥中，只得从权了。"

王语嫣叹了口气，心下感激。她两度从生到死，又从死到生，对于慕容复的心肠，实已清清楚楚，此刻纵欲自欺，亦复不能，再加段誉对自己一片真诚，两相比较，更显得一个情深义重，一个自私凉薄。她从井口跃到井底，虽只一瞬之间，内心却已起了大大变化，当时自伤身世，决意一死以报段誉，却不料段誉和自己都没有死，事出意外，当真是满心欢喜。她向来娴雅守礼，端庄自持，但此刻倏经巨变，激动之下，忍不住向段誉吐露心事，说道："段公子，我只道你已经故世了，想到你对我的种种好处，实在又是伤心，又是后悔，幸好老天爷有眼，你安好无恙。我在上面说的那句话，你想必听见了？"她说到这一句，不由得娇羞无限，将脸藏在段誉颈边。

段誉于霎时之间，只觉全身飘飘荡荡地，如升云雾，如入梦境，这些时候来朝思暮想的愿望，蓦地里化为真事，他大喜之下，双足一软，登时站立不住，背靠井栏，双手仍是搂着王语嫣的身躯。不料王语嫣好几根头发钻进他的鼻孔，段誉"啊嚏，啊嚏！"接连打了几个喷嚏。王语嫣道："你……你怎么啦？受伤了么？"段誉道："没……没有……啊嚏，啊嚏……我没有受伤，啊嚏……也不是伤风，是开心得过了头，王姑娘……啊嚏……我欢喜得险些晕了过去。"

井中一片黑暗，相互间都瞧不见对方。王语嫣微笑不语，满心也是浸在欢乐之中。她自幼痴恋表兄，始终得不到回报，直到此刻，方始领会到两情相悦的滋味。

段誉结结巴巴的问道："王姑娘，你刚才在上面说了句什么话？我可没有听见。"王语嫣微笑道："我只道你是个至诚君子，却原来也会使坏。你明明听见了，又要我亲口再说一遍。怪羞人的，我不说。"

段誉急道："我……我确没听见，若教我听见了，老天爷罚我……"他正想罚个重誓，嘴巴上突觉一阵温暖，王语嫣的手掌已按在他嘴上，只听她说道："不听见就不听见，又有什么大不了的事，却值得罚什么誓？"段誉大喜，自从识得她以来，她从未对自己有这么好过，便道："那么你在上面究竟说的是什么话？"王语嫣道："我说……"突觉一阵腼腆，微笑道："以后慢慢再说，日子长着呢，又何必急在一时？"

"日子长着呢，又何必急在一时？"这句话钻入段誉的耳中，当真如聆仙乐，只怕西方极乐世界中伽陵鸟一齐鸣叫，也没这么好听，她意思显然是说，她此后将和他长此相守。段誉乍闻好音，兀自不信，问道："你说，以后咱们能时时在一起么？"

王语嫣伸臂搂着他的脖子，在他耳边低声说道："段郎，只须你不嫌我，不恼我昔日对你冷漠无情，我愿终身跟随着你，再……再也不离开你了。"

段誉一颗心几乎要从口中跳将出来，问道："那你表哥怎么样？你一直……一直喜欢慕容公子的。"王语嫣道："他却从来没将我放在心上。我直至此刻方才知道，这世界上是谁真的爱我、怜我，是谁把我看得比他自己性命还重。"段誉颤声道："你是说我？"

王语嫣垂泪说道："对啦！我表哥一生之中，便是梦想要做大燕皇帝。本来呢，这也难怪，他慕容氏世世代代，做的便是这个梦。他祖宗几十代做下来的梦，传到他身上，怎又能盼望他醒觉？我表哥原不是坏人，只不过为了想做大燕皇帝，别的什么事都搁在一旁了。"

段誉听她言语之中，大有为慕容复开脱分辩之意，心中又焦急起来，道：“王姑娘，倘若你表哥一旦悔悟，忽然又对你好了，那你……你……怎么样？”

王语嫣叹道：“段郎，我虽是个愚蠢女子，却决不是丧德败行之人，今日我和你订下三生之约，若再三心两意，岂不有亏名节？又如何对得起你对我的深情厚意？”

段誉心花怒放，抱着她身子一跃而起，“啊哈”一声，拍的一响，重又落入污泥之中，伸嘴过去，便要吻她樱唇。王语嫣宛转相就，四唇正欲相接，突然间头顶呼呼风响，什么东西落将下来。

两人吃了一惊，忙向井栏边一靠，砰的一声响，有人落入井中。

段誉问道：“是谁？”那人哼了一声，道：“是我！”正是慕容复。

原来段誉醒转之后，便得王语嫣柔声相向，两人全副心神都贯注在对方身上，当时就算天崩地裂，也是置若罔闻，鸠摩智和慕容复在上面呼喝恶斗，自然更是充耳不闻。蓦地里慕容复摔入井来，二人都吃了一惊，都道他是前来干预。

王语嫣颤声道：“表哥，你……你又来干什么？我此身已属段公子，你若要杀他，那就连我也杀了。”

段誉大喜，他倒也不担心慕容复来加害自己，只怕王语嫣见了表哥之后，旧情复燃，又再回到表哥身畔，听她这么说，登时放心，又觉王语嫣伸手出来，握住了自己双手，更加信心百倍，说道：“慕容公子，你去做你的西夏驸马，我决计不再劝阻。你的表妹，却是我的了，你再也夺不去了。语嫣，你说是不是？”

王语嫣道：“不错，段郎，不论是生是死，我都跟随着你。”

慕容复被鸠摩智点中了穴道，能听能言，便是不能动弹，听他二人这么说，寻思：“他二人不知我大败亏输，已然受制于人，反而对我仍存忌惮之意，怕我出手加害。如此甚好，我且施个缓兵之计。”当下说道：“表妹，你嫁段公子后，咱们已成了一家人，段公子已成了我的表妹婿，我如何再会相害？”

段誉宅心忠厚，王语嫣天真烂漫，一般的不通世务，两人一听之下，都是大喜过望，一个道：“多谢慕容兄。”一个道：“多谢表哥！”

慕容复道：“段兄弟，咱们既成一家人，我要去做西夏驸马，你便不再从中作梗了？”

段誉道：“这个自然。我但得与令表妹成为眷属，更无第二个心愿，便是做神仙，做罗汉，我也不愿。”王语嫣轻轻倚在他身旁，喜乐无限。

慕容复暗自运气，要冲开被鸠摩智点中的穴道，一时无法办到，却又不愿求段誉相助，心下暗自恚怒：“人道女子水性杨花，果然不错。若在平日，表妹早就奔到我身边，扶我起身，这时却睬也不睬。”

那井底圆径不到一丈，三人相距甚近。王语嫣听得慕容复躺在泥中，却并不站起。她只须跨出一步，便到了慕容复身畔，扶他起来，但她既恐慕容复另有计谋加害段誉，又怕段誉多心，是以这一步却终没跨将出去。

慕容复心神一乱，穴道更加不易解开，好容易定下心来，运气解开被封的穴道，手扶井栏站起身来，拍的一声，有物从身旁落下，正是鸠摩智那部《易筋经》，黑暗中也不知是什么东西，慕容复自然而然的向旁一让。幸好这么一让，鸠摩智跃下时才得不碰到他身上。

鸠摩智拾起经书，突然间哈哈大笑。那井极深极窄，笑声在一个圆筒中回旋荡漾，只振得段誉等三人耳鼓中嗡嗡作响，甚是难受。鸠摩智笑声竟无法止歇，内息鼓荡，神智昏乱，便在污泥中拳打足踢，一拳一脚都打到井圈砖上，有时力大无穷，打得砖块粉碎，有时却又全无气力。

王语嫣甚是害怕，紧紧靠在段誉身畔，低声道：“他疯了，他疯了！”段誉道：“他当真疯了！”慕容复施展壁虎游墙功，贴着井圈向上爬起。

鸠摩智只是大笑，又不住喘息，拳脚却越打越快。

王语嫣鼓起勇气，劝道：“大师，你坐下来好好歇一歇，须得定一定神才是。”鸠摩智笑骂：“我……我定一定……我能定就好了！我定你个头！”伸手便向她抓来。井圈之中，能有多少回旋余地？一抓便抓到了王语嫣肩头。王语嫣一声惊呼，急速避开。

段誉抢过去挡在她身前，叫道：“你躲在我后面。”便在这时，鸠摩智双手已扣住他咽喉，用力收紧。段誉顿觉呼吸急促，说不出话来。王语嫣大惊，忙伸手去扳他手臂。这时鸠摩智疯狂之余，内息虽不能运用自如，气力却大得异乎寻常，王语嫣的手扳将下去，宛如蜻蜓撼石柱，实不能动摇其分毫。王语嫣惊惶之极，深恐鸠摩智将段誉扼死，急叫：“表哥，表哥，你快来帮手，这和尚……这和尚要扼死段公子啦！”

慕容复心想：“段誉这小子在少室山上打得我面目无光，令我从此在江湖上声威扫地，他要死便死他的，我何必出手相救？何况这凶僧武功极强，我远非其敌，且让他二人斗个两败俱伤，最好是同归于尽。我此刻插手，殊为不智。”当下手指穿入砖缝，贴身井圈，默不作声。王语嫣叫得声嘶力竭，慕容复只作没有听见。

王语嫣握拳在鸠摩智头上、背上乱打。鸠摩智又是气喘，又是大笑，使力扼紧段誉的咽喉。

鸠摩智说道："这一本经书，公子他日有便，费神请代老衲还了给少林寺。"说着将那本《易筋经》交给段誉。

四十六

酒罢问君三语

巴天石、朱丹臣等次晨起身，不见了段誉，到王语嫣房门口叫了几声，不闻答应，见房门虚掩，敲了几下，便即推开，房中空空无人。巴朱二人连声叫苦。朱丹臣道："咱们这位小王子便和王爷一模一样，到处留情，定然和王姑娘半夜里偷偷溜掉，不知去向。"巴天石点头道："小王子风流潇洒，是个不爱江山爱美人的人物。他钟情于王姑娘，那是有目共睹之事，要他做西夏驸马……唉，这位小王子不大听话，当年皇上和王爷要他练武，他说什么也不练，逼得急了，就一走了之。"朱丹臣道："咱们只有分头去追，苦苦相劝。"巴天石双手一摊，唯有苦笑。

朱丹臣又道："巴兄，想当年王爷命小弟出来追赶小王子，好容易找到了，哪知道小王子……"说到这里，放低声音道："小王子迷上了这位木婉清姑娘，两个人竟半夜里偷偷溜将出去，总算小弟运气不错，早就守在前面道上，这才能交差。"巴天石一拍大腿，说道："唉，朱贤弟，这就是你的不是了。你既曾有此经历，怎地又来重蹈覆辙？咱哥儿俩该当轮班守夜，紧紧看住他才是啊。"朱丹臣叹了口气，说道："我只道他瞧在萧大侠与虚竹先生义气的份上，总不会撇手便走，哪知道……哪知道他……"下面这"重色轻友"四个字的评语，一来以下犯上，不便出口，二来段誉和他交情甚好，却也不忍出口。

两人无法可施，只得去告知萧峰和虚竹。各人分头出去找寻，整整找了一天，半点头绪也无。

傍晚时分，众人聚在段誉的空房之中纷纷议论。正发愁间，西夏国礼部一位主事来到宾馆，会见巴天石，说道次日八月十五晚上，皇上在西华宫设宴，款待各地前来求亲的佳客，请大理国段王子务必光临。巴天石有苦难言，只得唯唯称是。

那主事受过巴天石的贿赂，神态间十分亲热，告辞之时，巴天石送到门口。那主事附耳悄悄说道："巴司空，我透个消息给你。明儿晚皇上赐宴，席上便要审察各位佳客的才貌举止，宴会之后，说不定还有什么射箭比武之类的玩意儿，让各位佳客一比高下。到底谁做驸马，得配我们的公主娘娘，这是一个大关键。段王子可须小心在意了。"巴天石作揖称谢，从袖中又取出一大锭黄金，塞在他手里。

巴天石回入宾馆，将情由向众人说了，叹道："镇南王千叮万嘱，务必要小王子将公主娶了回去，咱兄弟俩有亏职守，实在是无面目去见王爷了。"

竹剑突然抿嘴一笑，说道："巴老爷，小婢子说一句话成不成？"巴天石道："姊姊请说。"竹剑笑道："段公子的父王要他娶西夏公主，只不过是想结这头亲事，西夏、大理成为婚姻之国，互相有个照应，是不是？"巴天石道："不错。"菊剑道："至于这位西夏公主是美如西施，还是丑胜无盐，这位做公公的段王爷，却也不放在心上了，是么？"巴天石道："人家公主之尊，就算没有沉鱼落雁之容，中人之姿总是有的。"梅剑道："我们姊妹倒有一个主意，只要能把公主娶到大理，是否能及时找到段公子，倒也无关大局。"兰剑笑道："段公子和王姑娘在江湖上玩厌了，过得一年半载，两年三年，终究会回大理去，那时再和公主洞房花烛，也自不迟。”

巴天石和朱丹臣又惊又喜，齐声道：“小王子不在，怎么又能把西夏公主娶回大理？四位姑娘有此妙计，愿闻其详。”

梅剑道：“这位木姑娘穿上了男装，扮成一位俊书生，岂不比段公子美得多了？请她去赴明日之宴，席上便有千百位少年英雄，哪一个有她这般英俊潇洒？”兰剑道：“木姑娘是段公子的亲妹子，代哥哥去娶了个嫂子，替国家立下大功，讨得爹爹的欢心，岂不是一举数得？”竹剑道：“木姑娘挑上了驸马，拜堂成亲总还有若干时日，那时想来该可找到段公子了。”菊剑道：“就算那时段公子仍不现身，木姑娘代他拜堂，却又如何？”说着伸手按住了嘴巴，四姊妹一齐吃吃笑了起来。

四人一般的心思，一般的口音，四人说话，实和一人说话没有分别。

巴朱二人面面相觑，均觉这计策过于大胆，若被西夏国瞧破，亲家结不成，反而成了冤家，西夏皇帝要是一怒发兵，这祸可就闯得大了。

梅剑猜中两人心思，说道：“其实段公子有萧大侠这位义兄，本来无须拉拢西夏，只不过镇南王有命，不得不从罢了。当真万一有什么变故，萧大侠是大辽南院大王，手握雄兵数十万，只须居间说几句好话，便能阻止西夏向大理寻衅生事。”

萧峰微微一笑，点了点头。

巴天石是大理国司空，执掌政事，萧峰能作为大理国的强援，此节他自早在算中，只是自己不便提出，见梅剑说了这番话后，萧峰这么一点头，便知此事已稳若泰山，最多求亲不成，于国家却决无大患，寻思：“这四个小姑娘的计谋，似乎直如儿戏，但除此之外，却也更无良策，只不知木姑娘是否肯冒这个险？”说道：“四位姑娘此议确是妙计，但行事之际实在太过凶险，万一露出破绽，木姑娘有被擒之虞。何况天下才俊云集，木姑娘人品自是一等一的了，但如较量武功，要技压群雄，却是难有把握。”

众人眼光都望向木婉清，要瞧她是作何主意。

木婉清道：“巴司空，你也不用激我，我这个哥哥，我这个哥哥……”说了两句“我这个哥哥”，突然眼泪夺眶而出，想到段誉和王语嫣私下离去，便如当年和自己深夜携手同行一般，倘若他不是自己兄长，料想他亦不会变心，如今他和旁人卿卿我我，快活犹似神仙，自己却在这里冷冷清清，大理国臣工反而要自己代他娶妻。她想到悲愤处，倏地一伸手，掀翻了面前的桌子，登时茶壶、茶杯，乒乒乓乓的碎成一地，一跃而起，出了房门。

众人相顾愕然，都觉十分扫兴。巴天石歉然道：“这是我的不是了，倘若善言以求，木姑娘最多不过不答允，可是我出言相激，这却惹得她生气了。”朱丹臣摇头道：“木姑娘生气，决不是为了巴兄这几句话，那是另有原因的。唉，一言难尽！”

次日众人又分头去寻访段誉，但见街市之上，服饰锦绣的少年子弟穿插来去，料想大半是要去赴皇宫中秋之宴的，偶而也见到有人相骂殴斗，看来吐蕃国的众武士还在尽力为小王子清除敌手。至于段誉和王语嫣，自然影踪不见。

傍晚时分，众人先后回到宾馆。萧峰道：“三弟既已离去，咱们大家也都走了罢，不管是谁做驸马，都跟咱们毫不相干。”巴天石道：“萧大侠说的是，咱们免得见到旁人做了驸马，心中有气。”

锺灵忽道：“朱先生，你娶了妻子没有？段公子不愿做驸马，你为什么不去做？你娶了西夏公主，不也有助于大理么？”朱丹臣笑道：“姑娘取笑了，晚生早已有妻有妾，有儿有女。”锺灵伸了伸舌头。朱丹臣又道：“可惜姑娘的相貌太娇，脸上又有酒窝，不像男子，否则由你出马，替你哥哥去娶西夏公主……”锺灵道：“什么？替我哥哥？”朱丹臣知道失言，心想：“你是镇南王的私生女儿，此事未曾公开，不便乱说。”忙道：“我说是替小王子办成这件大事……”

忽听得门外一人道：“巴司空，朱先生，咱们这就去了罢？”门帘一掀，进来一个英气勃勃的俊雅少年，正是穿了书生衣巾的木婉清。

众人又惊又喜，都道：“怎么？木姑娘肯去了？”木婉清道：“在下姓段名誉，乃大理国镇南王世子，诸位言语之间，可得检点一二。”声音清朗，虽然雌音难免，但少年人语音尖锐，亦不足为奇。众人见她学得甚像，都哈哈大笑起来。

原来木婉清发了一阵脾气，回到房中哭了一场，左思右想，觉得得罪了这许多人，很是过意不去，再觉冒充段誉去娶西夏公主，此事倒也好玩得紧，内心又隐隐觉得：“你想和王姑娘双宿双飞，过快活日子，我偏偏跟你娶一个公主娘娘来，镇日价打打闹闹，教你多些烦恼。”又忆及初进大理城时，段誉的父母为了醋海兴波，相见时异常尴尬，段誉若有一个明媒正娶的公主娘娘作正室，王语嫣便做不成他的夫人，自己不能嫁给段誉，那是无法可想，可也不能让这个娇滴滴的王姑娘快快活活的做他妻子。她越想越得意，便挺身而出，愿去冒充段誉。

巴天石等精神一振，忙即筹备诸事。巴天石心想，那礼部侍郎来过宾馆，曾见过段誉，于是取过三百两黄金，要朱丹臣送去给陶侍郎。本来礼物已经送过，这是特别加赠，吩咐朱丹臣什么话都不必提，待会这陶侍郎倘若见到什么破绽，自会心照不宣，三百两黄金买一个不开口，这叫做“闷声大发财”。

木婉清道：“萧大哥，虚竹二哥，你们两位最好和我同去赴宴，那我便什么都不怕了。否则真要动起手来，我怎打得过人家？皇宫之中，乱发毒箭杀人，总也不成体统。”

兰剑笑道：“对啦，段公子要是毒箭四射，西夏皇宫中积尸遍地，公主娘娘只怕也不肯嫁给你了。”萧峰笑道：“我和二弟已受段伯父之托，自当尽力。”

当下众人更衣打扮，齐去皇宫赴宴。萧峰和虚竹都扮作了大理国镇南王府的随从。锺灵和灵鹫宫四姝本想都穿了男装，齐去瞧瞧热闹，但巴天石道：“木姑娘一人乔装改扮，已怕给人瞧出破绽，再加上五位扮成男子的姑娘，定要露出机关。”锺灵等只得罢了。

一行人将出宾馆门口，巴天石忽然叫道：“啊哟，险些误了大事！那慕容复也要去争为驸马，他是认得段公子的，这便如何是好？”萧峰微微一笑，说道：“巴兄不必多虑，慕容公子和段三弟一模一样，也已不别而行。适才我去探过，邓百川、包不同他们正急得犹如热锅上蚂蚁相似。”众人大喜，都道：“这倒巧了。”

朱丹臣赞道：“萧大侠思虑周全，竟去探查慕容公子的下落。”萧峰微笑道：“我倒不是思虑周全，我想慕容公子人品俊雅，武艺高强，倒是木姑娘的劲敌，嘿嘿，嘿嘿！”巴天石笑道：“原来萧大侠是想去劝他今晚不必赴宴了。”锺灵睁大了眼睛，说道：“他千里迢迢的赶来，为的是要做驸马，怎么肯听你劝告？萧大侠，你和这位慕容公子交情很好么？”巴天石笑道：“萧大侠和这人交情也不怎么样，只不过萧大侠拳脚上的口才很好，他是非听不可的。”锺灵这才明白，笑道：“出到拳脚去好言相劝，人家自须听从了。”

当下木婉清、萧峰、虚竹、巴天石、朱丹臣五人来到皇宫门外。巴天石递入段誉的名帖，西夏国礼部尚书亲自迎进宫去。

来到中和殿上，只见赴宴的少年已到了一百余人，散坐各席。殿上居中一席，桌椅均铺绣了金龙的黄缎，当是西夏皇帝的御座。东西两席都铺紫缎。东边席上高坐一个浓眉大眼的少年，身材魁梧，身披大红袍子，袍上绣有一头张牙舞爪的老虎，形貌威武，身后站着八名武士。巴天石等一见，便知是吐蕃国的宗赞王子。

礼部尚书将木婉清让到西首席上，不与旁人共座，萧峰等站在她的身后。显然这次前来应征的诸少年中，以吐蕃国王子和大理国王子身份最尊，西夏皇帝也敬以殊礼。其余的贵介子弟，便与一般民间俊彦散坐各席。众人络绎进来，纷纷就座。

各席坐满后，两名值殿将军喝道："嘉宾齐至，闭门。"鼓乐声中，两扇厚厚的殿门由四名执戟卫士缓缓推上。偏廊中兵甲锵锵，走出一群手执长戟的金甲卫士，戟头在烛火下闪耀生光。跟着鼓乐又响，两队内侍从内堂出来，手中都提着一只白玉香炉，炉中青烟袅袅。众人都知是皇帝要出来了，凝气屏息，不作一声。

最后四名内侍身穿锦袍，手中不持物件，分往御座两旁一立。萧峰见这四人太阳穴高高鼓起，心知是皇帝贴身侍卫，武功不低。一名内侍朗声喝道："万岁到，迎驾！"众人便都跪了下去。

但听得履声橐橐，一人自内而出，在御椅上坐下。那内侍又喝道："平身！"众人站起身来。萧峰向那西夏皇帝瞧去，只见他身形并不甚高，脸上颇有英悍之气，倒似是个草莽中的英雄人物。

那礼部尚书站在御座之旁，展开一个卷轴，朗声诵道："法天应道、广圣神武、西夏皇帝敕曰：诸君应召远来，朕甚嘉许，其赐旨酒，钦哉！"众人又都跪下谢恩。那内侍喝道："平身！"众人站起。

那皇帝举起杯来，在唇间作个模样，便即离座，转进内堂去了。一众内侍跟随在后，霎时之间走得干干净净。

众人相顾愕然，没料想皇帝一句话不说，一口酒不饮，竟便算赴过了酒宴。各人寻思："我们相貌如何，他显然一个也没看清，这女婿却又如何挑法？"

那礼部尚书道："诸君请坐，请随意饮酒用菜。"众宫监将菜肴一碗碗捧将上来。西夏是西北苦寒之地，日常所食以牛羊为主，虽是皇宫御宴，也是大块大块的牛肉、羊肉。

木婉清见萧峰等侍立在旁，心下过意不去，低声道："萧大哥，虚竹二哥，你们一起坐下吃喝罢。"萧峰和虚竹都笑着摇了摇头。木婉清知道萧峰好酒，心生一计，将手一摆，说道："斟酒！"萧峰依言斟了一碗。木婉清道："你饮一碗罢！"萧峰甚喜，两口便将大碗酒喝完了。木婉清道："再饮！"萧峰又喝了一碗。

东首席上那吐蕃王子喝了几口酒，抓起碗中一大块牛肉便吃，咬了几口，剩下一根大骨头，随手一掷，似有意，似无意，竟是向木婉清飞来，势挟劲风，这一掷之力着实了得。

朱丹臣抽出折扇，在牛骨上一拨，骨头飞将回去，射向宗赞王子。一名吐蕃武士伸手抓住，骂了一声，提起席上一只大碗，便向朱丹臣掷来。巴天石挥掌拍出，掌风到处，那只碗在半路上碎成数十片，碎瓷纷纷向一众吐蕃人射去。另一名吐蕃武士急速解下外袍，一卷一裹，将数十片碎瓷都裹在长袍之中，手法甚是利落。

众人来到皇宫赴宴之时，便都已想到，与宴之人个个是想做驸马的，相见之下，岂有好意，只怕宴会之中将有争斗，却不料说打便打，动手如此快法。但听得碗碟乒乒乓乓，响成一片，众人登时喧扰起来。

突然间钟声当当响起，内堂中走出两排人来，有的劲装结束，有的宽袍缓带，大都拿着奇形怪状的兵刃。一名身穿锦袍的西夏贵官朗声喝道："皇宫内院，诸君不得无礼。这些位都是敝国一品堂中人士，诸君有兴，大可一一分别比试，乱打群殴，却万万不许。"

萧峰等均知西夏国一品堂是招揽天下英雄好汉之所，搜罗的人才着实不少，当下巴天石等便即停手。吐蕃众武士掷来的碗碟等物，巴天石、朱丹臣等接过放下，不再回掷。但吐蕃武士兀自不肯住手，连牛肉、羊肉都一块块对准了木婉清掷来。

那锦袍贵官向吐蕃王子道："请殿下谕令罢手，免干未便。"

宗赞王子见一品堂群雄少说也有一百余人，何况身在对方宫禁之中，当即左手一挥，止住了众人。

西夏礼部尚书向那锦袍贵官拱手道：“赫连征东，不知公主娘娘有何吩咐？”

这锦袍贵官便是一品堂总管赫连铁树，官封征东大将军，年前曾率领一品堂众武士前赴中原，却被慕容复假扮李延宗，以“悲酥清风”迷倒众人。赫连铁树等都为丐帮群丐擒获，幸得段延庆相救脱险，铩羽而归。他曾见过阿朱所扮的假乔峰、段誉所扮的假慕容复，此刻殿上的真萧峰和假段誉他却没见过。段延庆、南海鳄神等也算是一品堂的人物，他们自是另有打算，不受西夏朝廷的羁縻。

赫连铁树朗声说道：“公主娘娘有谕，请诸位嘉宾用过酒饭之后，齐赴青凤阁外书房用茶。”

众人一听，都是“哦”的一声。银川公主居于青凤阁，许多人都是知道的，她请大伙儿过去喝茶，那自是要亲见众人，自行选婿。众少年一听，都是十分兴奋，均想：“就算公主挑不中我，我总也亲眼见到了她。西夏人都说他们公主千娇百媚，容貌天下无双，总须见上一见，也不枉了远道跋涉一场。”

吐蕃王子伸袖一抹嘴巴，站起身来，说道：“什么时候不好喝酒吃肉？这时候不吃啦，咱们瞧瞧公主去！”随从的八名武士齐声应道：“是！”吐蕃王子向赫连铁树道：“你带路罢！”赫连铁树道：“好，殿下请！”转身向木婉清拱手道：“段殿下请！”木婉清粗声粗气道：“将军请。”

一行人由赫连铁树引路，穿过一座大花园，转了几处回廊，经过一排假山时，木婉清忽觉身旁多了一人，斜眼一看，不由得吓了一跳，“啊”的一声惊呼出来。那人锦袍玉带，竟然便是段誉。

段誉低声笑道：“段殿下，你受惊啦！”木婉清道：“你都知道了？”段誉笑道：“没有都知道，但瞧这阵仗，也猜到了一二。

段殿下，可真难为你啦。”

木婉清向左右一张，要看是否有西夏官员在侧，却见段誉身后有两个青年公子。一个三十岁左右，双眉斜飞，颇有高傲冷峭之态，另一个却是容貌绝美。木婉清略加注视，便认出这美少年是王语嫣所扮，她登时怒从心起，道：“你倒好，不声不响的和王姑娘走了，却叫我来跟你背这根木梢。”段誉道：“好妹子，你别生气，这件事说来话长。我给人投在一口烂泥井里，险些儿活活饿死在地底。”

木婉清听他曾经遇险，关怀之情登时盖过了气恼，忙问：“你没受伤么？我瞧你脸色不大好。”

原来当时段誉在井底被鸠摩智扼住了咽喉，呼吸难通，渐欲晕去。慕容复贴身于井壁高处，幸灾乐祸，暗暗欣喜，只盼鸠摩智就此将段誉扼死了。王语嫣拼命击打鸠摩智，终难令他放手，情急之下，突然张口往鸠摩智右臂上咬去。

鸠摩智猛觉右臂“曲池穴”上一痛，体内奔腾鼓荡的内力蓦然间一泻千里，自手掌心送入段誉的头颈。本来他内息膨胀，全身欲炸，忽然间有一个宣泄之所，登感舒畅，扼住段誉咽喉的手指渐渐松了。

他练功时根基扎得极稳，劲力凝聚，难以撼动，虽与段誉躯体相触，但既没碰到段誉拇指与手腕等穴道，段誉不会自运“北冥神功”，便无法吸动他的内力。此刻王语嫣在他“曲池穴”上咬了一口，鸠摩智一惊之下，息关大开，内力急泻而出，源源不绝的注入段誉喉头“廉泉穴”中。廉泉穴属于任脉，经天突、璇玑、华盖、紫宫、中庭数穴，便即通入气海膻中。

鸠摩智本来神智迷糊，内息既有去路，便即清醒，心下大惊：“啊哟！我内力给他这般源源吸去，不多时便成废人，那可如何是好？”当即运功竭力抗拒，可是此刻已经迟了，他的内力本就不及段誉浑厚，其中小半进入对方体内后，此消彼长，双方更是强弱悬殊，虽极力挣扎，始终无法凝聚，不令外流。

黑暗之中，王语嫣觉到自己一口咬下，鸠摩智便不再扼住段誉的喉咙，心下大慰，但鸠摩智的手掌仍如钉在段誉颈上一般，任她如何出力拉扯，他手掌总是不肯离开。王语嫣熟知天下名家各派的武功，却猜不出鸠摩智这一招是什么功夫，但想终究不是好事，定然与段誉有害，更加出力去拉。鸠摩智一心盼望她能拉开自己手掌。不料王语嫣猛然间打个寒噤，登觉内力不住外泄。原来段誉的“北冥神功”不分敌我，连王语嫣一些浅浅的内力也都吸了过去。过不多时，段誉、王语嫣与鸠摩智三人一齐晕去。

慕容复隔了半晌，听下面三个人皆无声息，叫了几声，不听到回答，心想：“看来这三人已然同归于尽。”心中先是一喜，但想到王语嫣和自己的情份，不禁又有些伤感，跟着又想：“啊哟，我们被大石封在井内，倘若他三人不死，四人合力，或能脱困而出，现下只剩我一人，那就难得很了。唉，你们要死，何不等大家到了外边，再拼个你死我活？”伸手向上力撑，十余块大石重重叠叠的堆在井口，几及万斤，如何推得动分毫？

他心下沮丧，正待跃到井底，再加察看，忽听得上面有说话之声，语音嘈杂，似乎是西夏的乡农。原来四人扰攘了大半夜，天色已明，城郊乡农挑了菜蔬，到灵州城中去贩卖，经过井边。

慕容复寻思：“我若叫唤呼援，众乡农未必搬得动这些每块重达数百斤的大石，搬了几下搬不动，不免径自去了，须当动之以利。”于是大声叫道：“这些金银财宝都是我的，你们不得眼红。要分三千两银子给你，倒也不妨。”跟着又逼尖嗓子叫道：“这里许许多多金银财宝，自然是见者有份，只要有谁见到了，每个人都要分一份的。”随即装作嘶哑之声说道：“别让旁人听见了，见者有份，黄金珠宝虽多，终究是分得薄了。”这些假装的对答，都是以内力远远传送出去。

众乡农听得清楚，又惊又喜，一窝蜂的去搬抬大石。大石虽重，但众人合力之下，终于一块块的搬了开来。慕容复不等大石全部搬开，一见露出的缝隙已足以通过身子，当即缘井壁而上，飕的一声，窜了出去。

众乡农吃了一惊，眼见他一瞬即逝，随即不知去向。众人疑神疑鬼，虽然害怕，但终于为钱财所诱，辛辛苦苦的将十多块大石都掀在一旁，连结绑缚柴菜的绳索，将一个最大胆的汉子縋入井中。

这人一到井底，伸手出去，立即碰到鸠摩智，一摸此人全不动弹，只当是具死尸，登时吓得魂不附体，忙扯动绳子，旁人将他提了上来。各人仍不死心，商议了一番，点燃了几根松柴，又到井底察看。但见三具“死尸”滚在污泥之中，一动不动，想已死去多时，却哪里有什么金银珠宝？众乡农心想人命关天，倘若惊动了官府，说不定大老爷要诬陷各人谋财害命，胆战心惊，一哄而散，回家之后，不免头痛者有之，发烧者有之。不久便有种种传说，愚夫愚妇，附会多端。说道每逢月明之夜，井边便有三个满身污泥的鬼魂作祟，见者头痛发烧，身染重病，须得时加祭祀。自此之后，这口枯井之旁，终年香烟不断。

直到午牌时分，井底三人才先后醒转。第一个醒的是王语嫣，她功力本浅，内力虽然全失，但原来并没多少，受损也就无几。她醒转后自然立时便想到段誉，其时虽是天光白日，深井之中仍是目不见物，她伸手一摸，碰到了段誉，叫道：“段郎，段郎，你……你……你怎么了？”不听得段誉的应声，只道他已被鸠摩智扼死，不禁抚“尸”痛哭，将他紧紧抱在胸前，哭道：“段郎，段郎，你对我这么情深义重，我却从没一天有好言语、好颜色对你，我只盼日后丝萝得托乔木，好好的补报于你，哪知道……哪知道……我俩竟恁地命苦，今日你命丧恶僧之手……”

忽听得鸠摩智道：“姑娘说对了一半，老衲虽是恶僧，段公子却并非命丧我手。”

王语嫣惊道：“难道是……是我表哥下的毒手？他……他为什么这般狠心？”

便在这时，段誉内息顺畅，醒了过来，听得王语嫣的娇声便在耳边，心中大喜，又觉得自己被她抱着，当下一动不敢动，唯恐被她察觉，她不免便即放手。

却听得鸠摩智道：“你的段郎非但没有命丧恶僧之手，恰恰相反，恶僧险些儿命丧段郎之手。”王语嫣垂泪道：“在这当口，你还有心思说笑！你不知我心痛如绞，你还不如将我也扼死了，好让我追随段郎于黄泉之下。”段誉听她这几句话情深之极，当真是心花怒放，喜不自胜。

鸠摩智内力虽失，心思仍是十分缜密，识见当然亦是卓超不凡如旧，但听得段誉细细的呼吸之声，显是在竭力抑制，已猜知他的用意，轻轻叹了口气，说道：“段公子，我错学少林七十二绝技，走火入魔，凶险万状，若不是你吸去我的内力，老衲已然疯狂而死。此刻老衲武功虽失，性命尚在，须得拜谢你的救命之恩才是。”

段誉是个谦谦君子，忽听得他说要拜谢自己，忍不住道：“大师何必过谦？在下何德何能，敢说相救大师性命？”

王语嫣听到段誉开口说话，大喜之下，又即一怔，当即明白他故意不动，好让自己抱着他，不禁大羞，用力将他一推，啐了一声，道：“你这人！”

段誉被她识破机关，也是满脸通红，忙站起身来，靠住对面井壁。

鸠摩智叹道：“老衲虽在佛门，争强好胜之心却比常人犹盛，今日之果，实已种因于三十年前。唉，贪、嗔、痴三毒，无一得免，却又自居为高僧，贡高自慢，无惭无愧，唉，命终之后身入无间地狱，万劫不得超生。”

段誉心下正自惶恐，不知王语嫣是否生气，听了鸠摩智这几句心灰意懒的说话，同情之心顿生，问道：“大师何出此言？大师适才身子不愉，此刻已大好了吗？”

鸠摩智半晌不语，又暗一运气，确知数十年的艰辛修为已然废于一旦。他原是个大智大慧之人，佛学修为亦是十分睿深，只因练了武功，好胜之心日盛，向佛之心日淡，至有今日之事。他坐在污泥之中，猛地省起：“如来教导佛子，第一是要去贪、去爱、去取、去缠，方有解脱之望。我却无一能去，名缰利锁，将我紧紧系住。今日武功尽失，焉知不是释尊点化，叫我改邪归正，得以清净解脱？”他回顾数十年来的所作所为，额头汗水涔涔而下，又是惭愧，又是伤心。

段誉听他不答，问王语嫣道：“慕容公子呢？”王语嫣“啊”的一声，道：“表哥呢？啊哟，我倒忘了。”段誉听到她“我倒忘了”这四字，当真是如闻天乐，比什么都喜欢。本来王语嫣全心全意都放在慕容复身上，此刻隔了半天居然还没想到他，可见她对自己的心意实是出于至诚，在她心中，自己已与慕容复易位了。

只听鸠摩智道：“老衲过去诸多得罪，谨此谢过。”说着合什躬身。段誉虽见不到他行礼，忙即还礼，说道：“若不是大师将晚生携来中原，晚生如何能与王姑娘相遇？晚生对大师实是感激不尽。”鸠摩智道：“那是公子自己所积的福报。老衲的恶行，倒成了助缘。公子宅心仁厚，后福无穷。老衲今日告辞，此后万里相隔，只怕再难得见。这一本经书，公子他日有便，费神请代老衲还了给少林寺。恭祝两位举案齐眉，白头偕老。”说着将那本沾满了污泥的《易筋经》交给段誉。

段誉道：“大师要回吐蕃国去么？”鸠摩智道：“我是要回到

所来之处，却不一定是吐蕃国。”段誉道：“贵国王子向西夏公主求婚，大师不等此事有了分晓再回？”

鸠摩智微微笑道：“世外闲人，岂再为这等俗事萦怀？老衲今后行止无定，随遇而安。心安乐处，便是身安乐处。”说着拉住众乡农留下的绳索，试了一试，知道上端是缚在一块大石之上，便慢慢攀援着爬了上去。

这一来，鸠摩智大彻大悟，终于真正成了一代高僧，此后广译天竺佛家经论而为藏文，弘扬佛法，度人无数。其后天竺佛教衰微，经律论三藏俱散失湮没，在西藏却仍保全甚多，其间鸠摩智实有大功。

段誉和王语嫣面面相对，呼吸可闻，虽身处污泥，心中却充满了喜乐之情，谁也没想到要爬出井去。两人同时慢慢的伸手出来，四手相握，心意相通。

过了良久，王语嫣道：“段郎，只怕你咽喉处给他扼伤了，咱们上去瞧瞧。”段誉道：“我一点也不痛，却也不忙上去。”王语嫣柔声道：“你不喜欢上去，我便在这里陪你。”千依百顺，更无半点违拗。

段誉过意不去，笑道：“你这般浸在污泥之中，岂不把你浸坏了？”左手搂着她细腰，右手一拉绳索，竟然力大无穷，微一用力，两人便上升数尺。段誉大奇，不知自己已吸了鸠摩智的毕生功力，还道是人逢喜事精神爽，又在井底睡了一觉，居然功力大增。

两人出得井来，阳光下见对方满身污泥，肮脏无比，料想自己面貌也必如此，忍不住相对大笑，当下找到一处小涧，跳下去冲洗良久，才将头发、口鼻、衣服、鞋袜等处的污泥冲洗干净。两个人湿淋淋的从溪中出去，想起前晚段誉跌入池塘，情境相类，心情却已大异，当真是恍如隔世。

王语嫣道：“咱们这么一副样子，如果教人撞见，当真羞也羞死了。”段誉道：“不如便在这里晒干，等天黑了再回去。”王语嫣点头称是，倚在山石边上。

段誉仔细端相，但见佳人似玉，秀发滴水，不由得大乐，却将王语嫣瞧得娇羞无限，把脸蛋侧了过去。两人絮絮烦烦，尽拣些没要紧的事来说，不知时候过得真快，似乎只转眼之间，太阳便下了山，而衣服鞋袜也都干了。

段誉心中喜乐，蓦地里想到慕容复，说道：“嫣妹，我今日心愿得偿，神仙也不如，却不知你表哥今日去向西夏公主求婚，成也不成。”

王语嫣本来一想到此事便即伤心欲绝，这时心情已变，对慕容复暗有歉疚之意，反而亟盼他能娶得西夏公主，说道：“是啊，咱们快瞧瞧去。”

两人匆匆回迎宾馆来，将到门外，忽听得墙边有人说道：“你们也来了？”正是慕容复的声音。段誉和王语嫣齐声喜道：“是啊，原来你在这里。”

慕容复哼了一声，说道：“刚才跟吐蕃国武士打了一架，杀了十来个人，耽搁了我不少时候。姓段的，你怎么自己不去皇宫赴宴，却教个姑娘冒充了你去？我……我可不容你使此狡计，非去拆穿不可。”

他从井中出来后，洗浴、洗衣，好好睡了一觉，醒来后却遇上吐蕃武士，一场打斗，虽然得胜，却也费了不少力气，赶回宾馆时恰好见到木婉清、萧峰、巴天石等一干人出来。他躲在墙角后审察动静，正要去找邓百川等计议，却见到段誉和王语嫣并肩细语而来。

段誉奇道：“什么姑娘冒充我去？我可压根儿不知。”王语嫣也道：“表哥，我们刚从井中出来……”随即想起此言不尽不实，自己与段誉在山涧畔温存缠绵了半天，不能说刚从井中出来，不由得脸上红了。

好在暮色苍茫之中，慕容复没留神到她脸色忸怩，他急于要赶向皇宫，也不去注意她身上污泥尽去，绝非初从井底出来的模样。只听王语嫣又道："表哥，他……他……段公子……还有我，都很对你不住，盼望你得娶西夏公主为妻。"

慕容复精神一振，喜道："此话当真？段兄真的不跟我争做驸马了么？"心想："看来这书呆子呆气发作，果然不想去做西夏驸马，只一心一意要娶我表妹，世界上竟有这等胡涂人，倒也可笑。他有萧峰、虚竹相助，如不跟我相争，我便去了一个最厉害的劲敌。"

段誉道："我决不来跟你争西夏公主，但你也决不可来跟我争我的嫣妹。大丈夫一言既出，决无翻悔。"他一见到慕容复，总不免有些担心。

慕容复喜道："咱们须得赶赴皇宫。你叫那个姑娘不可冒充你而去做了驸马。"当下匆匆将木婉清乔装男子之事说了。段誉当即明白其中原由，定是自己失踪，巴天石和朱丹臣为了向镇南王交代，一力怂恿木婉清乔装改扮，代兄求亲。当下三人齐赴慕容复的寓所。

邓百川等正自彷徨焦急，忽见公子归来，都是喜出望外。眼见为时迫促，各人手忙脚乱的换了衣衫。段誉说什么也不肯和王语嫣分开，否则宁可不去皇宫。慕容复无奈，只得要王语嫣也改穿男装，相偕入宫。

三人带同邓百川、公冶乾、包不同、风波恶等赶到皇宫时，宫门已闭。慕容复岂肯就此罢休，悄悄走到宫墙外的僻静处，逾墙而入。风波恶跃上墙头，伸手来拉段誉。段誉左手搂住王语嫣，用力一跃，右手去握风波恶的手。不料一跃之下，两个人轻轻巧巧的从风波恶头顶飞越而过，还高出了三四尺，跟着轻轻落下，如叶之堕，悄然无声。墙内慕容复，墙头风波恶，墙外邓百川、公冶乾，都不约而同的低声喝采：“好轻功！”只包不同道：“我看也稀松平常。”

七人潜入御花园中，寻觅宴客的所在，想设法混进大厅去与宴，岂知这场御宴片刻间便即散席，前来求婚的众少年受银川公主之邀，赴青凤阁饮茶。段誉、慕容复、王语嫣三人在花园中遇到了木婉清。

萧峰、巴天石等见段誉神出鬼没的突然现身，都是惊喜交集。众人悄悄商议，均说求婚者众，西夏国官员未必弄得清楚，大伙儿混在一道，到了青凤阁再说，段誉既到，便不怕揭露机关了。

一行数人穿过御花园，远远望见花木掩映中露出楼台一角，阁边挑出两盏宫灯，赫连铁树引导众人来到阁前，朗声说道：“四方佳客前来谒见公主。”

阁门开处，出来四名宫女，每人手提一盏轻纱灯笼，其后是一名身披紫衫的女官，说道：“众位远来辛苦，公主请诸位进青凤阁奉茶。”

宗赞王子道：“很好，很好，我正口渴得紧了。为了要见公主，多走几步路打什么紧？又有什么辛苦不辛苦的，哈哈，哈哈！”大笑声中，昂然而前，从那女官身旁大踏步走进阁去。其余众人争先恐后的拥进，都想抢个好座位，越近公主越好。

只见阁内好大一座厅堂，地下铺着厚厚的羊毛地毯，地毯上织了五彩花朵，鲜艳夺目。一张张小茶几排列成行，几上放着青花盖碗，每只盖碗旁一只青花碟子，碟中装了奶酪、糕饼等四色点心。厅堂尽处有个高出三四尺的平台，铺了淡黄地毯，台上放着一张锦垫圆凳。众人均想这定是公主的坐位，你推我拥的，都抢着靠近那平台而坐。只段誉和王语嫣手拉着手，坐在厅堂角落的一张小茶几旁低声细语，眉花眼笑，自管说自己的事。

各人坐定后，那女官举起一根小小铜锤，在一块白玉云板上玎玎玎的敲击三下，厅堂中登时肃静无声，连段誉和王语嫣也都停了说话，静候公主出来。

过得片刻，只听得环珮丁东，内堂走出八个绿衫宫女，分往两旁一站，又过片刻，一个身穿淡绿衣衫的少女脚步轻盈的走了出来。

众人登时眼睛为之一亮，只见这少女身形苗条，举止娴雅，面貌更是十分秀美。众人都暗暗喝一声采：“人称银川公主丽色无双，果然名不虚传。”

慕容复更想：“我初时尚担心银川公主容貌不美，原来她虽比表妹似乎稍有不及，却也是千中挑、万中选的美女，先前的担心，大是多余。瞧她形貌端正，他日成为大燕国皇后，母仪天下。我和她生下孩儿，世世代代为大燕之主。”

那少女缓步走上平台，微微躬身，向众人为礼。众人当她进来之时早已站起，见她躬身行礼，都躬身还礼，有人见公主如此谦逊，没半分骄矜，更啧啧连声的赞了起来。那少女眼观鼻、鼻观心，目光始终不与众人相接，显得甚是腼腆。众人大气也不敢透一口，生怕惊动了她，均想：“公主金枝玉叶，深居禁中，突然见到这许多男子，自当如此，方合她尊贵的身份。”

过了好半晌，那少女脸上一红，轻声细气的说道：“公主殿下谕示：诸位佳客远来，青凤阁愧无好茶美点待客，甚是简慢，请诸位随意用些。”

众人都是一凛，面面相觑，忍不住暗叫：“惭愧，原来她不是公主，看来只不过是侍候公主的一个贴身宫女。”但随即又想，一个宫女已是这般人才，公主自然更加非同小可，惭愧之余，随即又多了几分欢喜。

宗赞王子道：“原来你不是公主，那么请公主快些出来罢。我好酒好肉也不吃，哪爱吃什么好茶美点？”那宫女道：“待诸位用过茶后，公主殿下另有谕示。”宗赞笑道：“很好，很好，公主殿下既然有命，还是遵从的好。”举起盖碗，揭开了盖，瓷碗一侧，将一碗茶连茶叶倒在口里，骨嘟嘟一口吞下茶水，不住的咀嚼茶叶。吐蕃国人喝茶，在茶中加盐，和以奶酪，连茶汁茶叶一古脑儿都吃下肚去。他还没吞完茶叶，已抓起四色点心，飞快的塞在口中，含含糊糊的道：“好啦，我遵命吃完，可以请公主出来啦！”

那宫女悄声道：“是。”却不移动脚步。宗赞知她是要等旁人都吃完后才去通报，心下好不耐烦，不住口的催促：“喂，大伙儿快吃，加把劲儿！是茶叶么，又有什么了不起？”好容易大多数人都喝了茶，吃了点心。宗赞王子道：“这行了吗？”

那宫女脸上微微一红，神色娇羞，说道：“公主殿下有请众位佳客，移步内书房，观赏书画。”宗赞“嘿”的一声，说道：“书画有什么好看？画上的美女，又怎有真人好看？摸不着，闻不到，都是假的。”但还是站起身来。

慕容复心下暗喜：“这就好了，公主要我们到书房去，观赏书画为名，考验文才是实，像宗赞王子这等粗野陋夫，懂得什么诗词歌赋，书法图画？只怕三言两语，便给公主逐出了书房。”又即寻思：“单是比试武功，我已可压倒群雄，现下公主更要考较文才，那我更是大占上风了。”当下喜气洋洋的站起身来。

那宫女道：“公主殿下有谕：凡是女扮男装的姑娘们，四十岁以上、已逾不惑之年的先生们，都请留在这里凝香堂中休息喝茶。其余各位佳客，便请去内书房。”

木婉清、王语嫣都暗自心惊，均想：“原来我女扮男装，早就给他们瞧出来了。”

却听得一人大声道：“非也，非也！”

那宫女又是脸上一红，她自幼入宫，数岁之后便只见过半男半女的太监，从未见过真正的男人，连皇帝和皇太子也未见过，陡然间见到这许多男人，自不免慌慌张张，尽自害羞，过了半晌，才道："不知这位先生有何高见？"

包不同道："高见是没有的，低见倒有一些。"似包不同这般强颜舌辩之人，那宫女更是从未遇到过，不知如何应付才是。包不同接着道："料想你定要问我：'不知这位先生有何低见？'我瞧你忸怩腼腆，不如免了你这一问，我自己说了出来，也就是了。"

那宫女微笑道："多谢先生。"

包不同道："我们万里迢迢的来见公主，路途之上，千辛万苦。有的葬身于风沙大漠，有的丧命于狮吻虎口，有的给吐蕃王子的手下武士杀了，到得灵州的，十停中也不过一二停而已。大家只不过想见一见公主的容颜，如今只因爹爹妈妈将我早生了几年，以致在下年过四十，一番跋涉，全属徒劳，早知如此，我就迟些出世了。"

那宫女抿嘴笑道："先生说笑了，一个人早生迟生，岂有自己作得主的？"

宗赞听包不同唠叨不休，向他怒目而视，喝道："公主殿下既然有此谕示，大家遵命便是，你啰唆些什么？"包不同冷冷的道："王子殿下，我说这番话是为你好。你今年四十一岁，虽然也不算很老，总已年逾四旬，是不能去见公主的了。前天我给你算过命，你是丙寅年、庚子月、乙丑日、丁卯时的八字，算起来，那是足足四十一岁了。"

宗赞王子其实只有二十八岁，不过满脸虬髯，到底多大年纪，甚难估计。那宫女连男人也是今日第一次见，自然更不能判定男人的年纪，也不知包不同所言是真是假，只见宗赞王子满脸怒容，过去要揪打包不同，她心下害怕，忙道："我说……我说呢，各人的生日总是自己记得最明白，过了四十岁，便留在这儿，不到四十岁的，请到内书房去。"

宗赞道："很好，我连三十岁也没到，自当去内书房。"说着大踏步走进内堂。包不同学着他声音道："很好，我连八十岁也没到，自当去内书房。我虽年逾不惑，性格儿却非不惑，简直大惑而特惑。"一闪身便走了进去。那宫女想要拦阻，娇怯怯的却是不敢。

其余众人一哄而进，别说过了四十的，便是五六十岁的也进去了不少。只有十几位庄严稳重、行止端方的老人才留在厅中。

木婉清和王语嫣却也留了下来。段誉原欲留下陪伴王语嫣，但王语嫣不住催促，要他务须进去相助慕容复，段誉这才恋恋不舍的入内，但一步三回首，便如作海国万里之行，这一去之后，再隔三年五载也不能聚会一般。

一行人走过一条长长的甬道，心下都暗暗纳罕："这青凤阁在外面瞧来，也不见得如何宏伟，岂知里面竟然别有天地，是这么大一片地方。"数十丈长的甬道走完，来到两扇大石门前。

那宫女取出一块金属小片，在石门上铮铮铮的敲击数下，石门轧轧打开。这些人见这石门厚逾一尺，坚固异常，更是暗自嘀咕："我们进去之后，石门一关，岂不是给他们一网打尽？焉知西夏国不是以公主招亲为名，引得天下英雄好汉齐来自投罗网？"但既来之，则安之，在这局面之下，谁也不肯示弱，重行折回。

众人进门后，石门缓缓合上，门内又是一条长甬道，两边石壁上燃着油灯。走完甬道，又是一道石门，过了石门，又是甬道，接连过了三道大石门。这时连本来最漫不经心之人也有些惶惶然了。再转了几个弯，忽听得水声淙淙，来到一条深涧之旁。

在禁宫之中突然见到这样一条深涧，实是匪夷所思。众人面面相觑，有些脾气暴躁的，几乎便要发作。

那宫女道："要去内书房，须得经过这道幽兰涧，众位请。"

说着娇躯一摆，便往深涧里踏去。涧旁点着四个明晃晃的火把，众人瞧得明白，她这一脚踏下，便摔入了涧中，不禁都惊呼起来。

岂知那宫女身形婀娜，娉娉婷婷的从涧上凌空走了过去。众人诧异之下，均想涧上必有铁索之类可资踏足，否则决无凌空步虚之理，凝目一看，果见有一条钢丝从此岸通到彼岸，横架涧上。只是钢丝既细，又漆得黑黝黝地，黑夜中处于火光照射不到之所，还真难发现。眼见溪涧颇深，若是失足掉将下去，纵无性命之忧，也必狼狈万分。但这些人前来西夏求亲或是护行，个个武功颇具根柢，当即有人施展轻功，从钢丝上踏向对岸。段誉武功不行，那“凌波微步”的轻功却练得甚为纯熟，巴天石携住他手，轻轻一带，两人便即走了过去。

众人一一走过，那宫女不知在什么岩石旁的机括上一按，只听得飕的一声，那钢丝登时缩入了草丛之中，不知去向。众人更是心惊，都想这深涧甚阔，难以飞越，莫非西夏国果然不怀好意？否则公主的深闺之中，何以会有这机关？各人暗自提防，却都不加叫破。有的人暗暗懊悔：“怎地我这样蠢，进宫时不带兵刃暗器？”

那宫女说道：“请众位到这里来。”众人随着她穿过了一大片松林，来到一个山洞门之前，那宫女敲了几下，山洞门打开。那宫女说道：“请！”当先走了进去。

朱丹臣悄声问巴天石道：“怎样？”巴天石也是拿捏不定，不知是否该劝段誉留下，不去冒这个大险，但如不进山洞，当然决无雀屏中选之望。两人正踌躇间，段誉已和萧峰并肩走了进去，巴朱二人双手一握，当即跟进。

在山洞中又穿过一条甬道，眼前陡然一亮，众人已身处一座大厅堂之中。这厅堂比之先前喝茶的凝香堂大了三倍有余，显然本是山峰中一个天然洞穴，再加上偌大人工修饰而成。厅壁打磨得十分光滑，到处挂满了字画。一般山洞都有湿气水滴，这所在却干燥异常，字画悬在壁间，全无受潮之象。堂侧放着一张紫檀木的大书桌，桌上放了文房四宝，碑帖古玩，更有几座书架，三四张石凳、石几。那宫女道："这里便是公主殿下的内书房，请众位随意观赏书画。"

众人见这厅堂的模样和陈设极是特异，空空荡荡，更无半分脂粉气息，居然便是公主的书房，都大感惊奇。这些人九成是赳赳武夫，能识得几个字的已属不易，哪懂什么字画？但壁上挂的确是字画，倒也识得。

萧峰、虚竹武功虽高，于艺文一道却均一窍不通，两人并肩往地下一坐，留神观看旁人动静。萧峰的见识经历比虚竹高出百倍，他神色漠然，似对壁上挂着的书法图画感到索然无味，其实眼光始终不离那绿衫宫女的左右。他知这宫女是关键的所在，倘若西夏国暗中伏有奸计，定是由这娇小腼腆的宫女发动。此时他便如一头在暗中窥伺猎物的豹子，虽然全无动静，实则耳目心灵，全神贯注，每一片筋肉都鼓足了劲，一见有变故之兆，立即便扑向那宫女，先行将她制住，决不容她使什么手脚。

段誉、朱丹臣、慕容复、公冶乾等人到壁前观看字画。邓百川察看每具画架，有无细孔可以放出毒气，西夏的"悲酥清风"着实厉害，中原武林人物早闻其名。巴天石则假装观赏字画，实则在细看墙壁、屋角，查察有无机关或出路。

只有包不同信口雌黄，对壁间字画大加讥弹，不是说这幅画布局欠佳，便说那幅书法笔力不足。西夏虽僻处边陲，立国年浅，宫中所藏字画不能与大宋、大辽相比，但帝皇之家，所藏精品毕竟也不在少。公主书房中颇有一些晋人北魏的书法，唐朝五代的绘画，无不给包不同说得一钱不值。其时苏黄法书流播天下，西夏皇宫中也有若干苏东坡、黄山谷的字迹，在包不同的口中，不但颜柳苏黄平平无奇，即令是锺王张褚，也都不在他眼下。

那宫女听他大言不惭的胡乱批评，不由得惊奇万分，走将过去，轻声说道："包先生，这些字当真写得不好么？公主殿下却说写得极好呢！"包不同道："公主殿下僻处西夏，没见过我们中原真正大名士、大才子的书法，以后须当到中原走走，以长见闻。小妹子，你也当随伴公主殿下去中原玩玩，才不致孤陋寡闻。"那宫女点头称是，微笑道："要到中原走走，那可不容易了。"包不同道："非也，非也。公主殿下嫁了中原英雄，不是便可去中原了吗？"

段誉对墙上字画一幅幅瞧将过去，突然见到一幅古装仕女的舞剑图，不由得大吃一惊，"咦"的一声。图中美女竟与王语嫣的容貌一模一样，只衣饰全然不同，倒有点像无量山石洞中那个神仙姊姊。图中美女右手持剑，左手捏了剑诀，正在湖畔山边舞剑，神态飞逸，明艳娇媚，莫可名状。段誉霎时之间神魂飞荡，一时似乎到了王语嫣身边，一时又似到了无量山的石洞之中，出神良久，突然叫道："二哥，你来瞧。"

虚竹应声走近，一看之下，也是大为诧异，心想王姑娘的画像在这里又出现了一幅，与师父给我的那幅画相像，图中人物相貌无别，只是姿式不同。

段誉越看越奇，忍不住伸手去摸那幅图画，只觉图后的墙壁之上，似乎凹凹凸凸的另有图样。他轻轻揭起图像，果见壁上刻着许多阴阳线条，凑近一看，见壁上刻了无数人形，有的打坐，有的腾跃，姿势千奇百怪。这些人形大都是围在一个个圆圈之中，圈旁多半注着一些天干地支和数目字。

虚竹一眼便认了出来，这些图形与灵鹫宫石室壁上所刻的图形大同小异，只看得几幅，心下便想："这似乎是李秋水李师叔的武功。"跟着便即恍然："李师叔是西夏的皇太妃，在宫中刻有这些图形，那是丝毫不奇。"想到图形在壁，李秋水却已逝世，不禁黯然。他知这是逍遥派武功的上乘秘诀，倘若内力修为不到，看得着了迷，重则走火入魔，轻则昏迷不醒。那日梅兰竹菊四姝，便因观看石壁图形而摔倒受伤。他怕段誉受损，忙道："三弟，这种图形看不得。"段誉道："为什么？"虚竹低声道："这是极高深的武学，倘若习之不得其法，有损无益。"

段誉本对武功毫无兴趣，但就算兴趣极浓，他也必先看王语嫣的肖像而不看武功秘谱，当即放回图画，又去观看那幅《湖畔舞剑图》。他对王语嫣的身形容貌，再细微之处也是瞧得清清楚楚，牢记在心，再细看那图时，便辨出画中人和王语嫣之间的差异来。画中人身形较为丰满，眉目间略带英爽之气，不似王语嫣那么温文婉娈，年纪显然也比王语嫣大了三四岁，说是无量山石洞中那位神仙姊姊，倒似了个十足十。

包不同口中兀自在胡说八道，对段誉和虚竹的一举一动、一言一语却毫不放过，听虚竹说壁上图形乃高深武学，当即嗤之以鼻，说道："什么高深武学？小和尚又来骗人。"揭开图画，凝目便去看那图形。段誉斜身侧目，企起了足跟，仍是瞧那图中美女。

那宫女道："包先生，这些图形看不得的。公主殿下说过，功夫倘若不到，观之有损无益。"

包不同道："功夫若是到了呢？那便有益无损了，是不是？我的功夫是已经到了的。"他本不过逞强好胜，倒也并无偷窥武学秘奥之心，不料只看了一个圆圈中人像的姿式，便觉千变万化，捉摸不定，忍不住伸手抬足，跟着图形学了起来。

片刻之间，便有旁人注意到了他的怪状，跟着也发现壁上有图。只听得这边有人说道："咦，这里有图形。"那边厢也有人说道："这里也有图形。"各人纷纷揭开壁上的字画，观看刻在壁上的人形图像，只瞧得一会，便都手舞足蹈起来。

虚竹暗暗心惊，忙奔到萧峰身边，说道："大哥，这些图形是看不得的，再看下去，只怕人人要受重伤，倘若有人颠狂，更要大乱。”

萧峰心中一凛，大喝：“大家别看壁上的图形，咱们身在险地，快快聚拢商议。”

他一喝之下，便有几人回过头来，聚到他身畔，可是壁上图形实在诱力太强，每人任意看到一个图形，略一思索，便觉图中姿式，实可解答自己长期来苦思不得的许多武学难题，但这姿式到底如何，却又朦朦胧胧，捉摸不定，忍不住要凝神思索。萧峰突然间见到这许多人宛如痴迷着魔，也不禁暗自惶栗。

忽听得有人“啊”的一声呼叫，转了几个圈子，扑地摔倒。又有一人喉间发出低声，扑向石壁乱抓乱爬，似是要将壁上的图形挖将下来。萧峰一凝思间，已有计较，伸手出去，一把抓住一张椅子之背，喀的一声，拗下了一截，在双掌间运劲搓磨，捏成了数十块碎片，当即扬手掷出。但听得嗤嗤嗤之声不绝，每一下响声过去，室中油灯或是蜡烛上便熄了一头火光，数十下响声过后，灯火尽熄，书房中一团漆黑。

黑暗之中，唯闻各人呼呼喘声，有人低呼：“好险，好险！”有人却叫：“快点灯烛，我可没看清呢！”

萧峰朗声道：“众位请在原地就坐，不可随意走动，以免误蹈屋中机关。壁上图形惑人心神，更不可伸手去摸，自陷祸害。”他说这话之前，本有人正在伸手抚摸石壁上的图形线刻，一听之下，才强自收慑心神。

萧峰低声道：“得罪莫怪！快请开了石门，放大伙儿出去。”原来他在射熄灯烛之前，一个箭步窜出，已抓住了那宫女的右腕。那宫女一惊之下，左手反掌便打。萧峰顺手将她左手一并握住。那宫女又惊又羞，一动也不敢动，这时听萧峰这么说，便道：“你……你别抓住我手。”萧峰放开她手腕，虽在黑暗之中，料想听声辨形，也不怕她有什么花样。

那宫女道："我对包先生说过，这些图形是看不得的，功夫倘若不到，观之有损无益。他却偏偏要看！"

包不同坐在地下，但觉头痛甚剧，心神恍惚，胸间说不出的难过，似欲呕吐，勉强提起精神，说道："你叫我看，我就不看；你不叫我看，我偏偏要看。"

萧峰寻思："这宫女果曾劝人不可观看壁上的图形，倒不似有意加害。但西夏公主邀我们到这里，到底是什么用意？"便在这时，忽然闻到一阵极幽雅、极清淡的香气。萧峰吃了一惊，急忙伸手按住鼻子，想起当年丐帮帮众被西夏一品堂人物以"悲酥清风"迷倒之事，内息略一运转，幸喜并无窒碍。

只听得一个宫女声音莺莺呖呖的说道："公主殿下驾到。"众人听得公主到来，都是又惊又喜，只可惜黑暗之中，见不到公主的面貌。

只听那少女娇媚的声音说道："公主殿下有谕：书房壁上刻有武学图形，别派人士不宜观看，是以用字画悬在壁上，以加遮掩，不料还是有人见到了。公主殿下说道：请各位千万不可晃亮火折，不可以火石打火，否则恐有凶险，诸多不便。公主殿下有些言语要向诸位佳客言明，黑暗之中，颇为失敬，还请各位原谅。"

只听得轧轧声响，石门打开。那少女又道："各位倘若不愿在此多留，可请先行退出，回到外边凝香殿用茶休息，一路有人指引，不致迷失路途。"

众人听得公主已经到来，如何还肯退出？再听那宫女声调平和，绝无恶意，又已打开屋门，任人自由进出，惊惧之心当即大减，竟无一人离去。

隔了一会，那少女道："各位远来，公主殿下至感盛情。敝国招待不周，尚请谅鉴。公主谨将平时清赏的书法绘画，每位各赠一件，聊酬雅意，这些都是名家真迹，请各位哂纳。各位离去之时，便自行在壁上摘去罢。”

这些江湖豪客听说公主有礼物相赠，却只是些字画，不由得纳闷。有些多见世面之人，知道这些字画拿到中原，均可卖得重价，胜于黄金珠宝，倒也暗暗欣喜。只有段誉一人最是开心，决意拣取那幅《湖畔舞剑图》，俾与王语嫣并肩赏玩。

宗赞王子听来听去，都是那宫女代公主发言，好生焦躁，大声道：“公主殿下，既然这里不便点火，咱们换个地方见面可好？这里黑朦朦的，你瞧不见我，我也瞧不见你。”

那宫女道：“众位要见公主殿下，却也不难。”

黑暗之中，百余人齐声叫了出来：“我们要见公主，我们要见公主！”另有不少人七张八嘴的叫嚷：“快掌灯罢，我们决不看壁上的图形便是。”“只须公主身侧点几盏灯，也就够了，我们只看到公主，看不到图形。”“对，对！请公主殿下现身！”扰攘了好一会儿，声音才渐渐静下来。

那宫女缓缓说道：“公主殿下请众位来到西夏，原是要会见佳客。公主现有三个问题，敬请各位挨次回答。若是合了公主心意，自当请见。”

众人登时都兴奋起来。有的道：“原来是出题目考试。”有的道：“俺只会使枪舞刀，要俺回答什么诗书题目，这可难死俺了！问的是武功招数吗？”

那宫女道：“公主要问的题目，都已告知婢子。请哪一位先生过来答题？”

众人争先恐后的拥前，都道：“让我来！我先答！我先答！”那宫女嘻嘻一笑，说道：“众位不必相争。先回答的反而吃亏。”众人一想都觉有理，越是迟上去，越可多听旁人的对答，便可从旁人的应对和公主的可否之中，加以揣摩。这一来，便无人上去了。

忽听得一人说道：“大家一拥而上，我便堕后；大家怕做先锋吃亏，那我就身先士卒。在下包不同，有妻有儿，只盼一睹公主芳容，别无他意！”

那宫女道：“包先生倒也爽直得紧。公主殿下有三个问题请教。第一问：包先生一生之中，在什么地方最是快乐逍遥？”

包不同想了一会，说道：“是在一家瓷器店中。我小时候在这店中做学徒，老板欺侮虐待，日日打骂。有一日我狂性大发，将瓷器店中的碗碟茶壶、花瓶人像，一古脑儿打得乒乒乓乓、稀巴粉碎。生平最痛快的便是此事。宫女姑娘，我答得中式么？”

那宫女道：“是否中式，婢子不知，由公主殿下决定。第二问：包先生生平最爱之人，叫什么名字？”包不同毫不思索，说道：“叫包不靓。”

那宫女道：“第三问是：包先生最爱的这个人相貌如何？”包不同道：“此人年方六岁，眼睛一大一小，鼻孔朝天，耳朵招风，包某有何吩咐，此人决计不听，叫她哭必笑，叫她笑必哭，哭起来两个时辰不停，乃是我的宝贝女儿包不靓。”

那宫女噗哧一笑。众豪客也都哈哈大笑起来。那宫女道：“包先生请在这边休息，第二位请过来。”

段誉急于出去和王语嫣相聚，公主见与不见，毫不要紧，当即上前，黑暗中仍是深深一揖，说道：“在下大理段誉，谨向公主殿下致意问安。在下僻居南疆，今日得来上国观光，多蒙厚待，实感盛情。”

那宫女道：“原来是大理国镇南王世子，王子不须多谦，劳步远来，实深简慢，蜗居之地，不足以接贵客，还请多多担代。”段誉道：“姊姊你太客气了，公主今日若无闲暇，改日赐见，那也无妨。”

那宫女道："王子既然到此，也请回答三问。第一问，王子一生之中，在何处最是快乐逍遥？"段誉脱口而出："在一口枯井的烂泥之中。"众人忍不住失笑。除了慕容复一人之外，谁也不知他为什么在枯井的烂泥之中最是快活逍遥。有人低声讥讽："难道是只乌龟，在烂泥中最快活？"

那宫女抿嘴低笑，又问："王子生平最爱之人，叫什么名字？"

段誉正要回答，突然觉得左边衣袖、右边衣襟，同时有人拉扯。巴天石在他左耳畔低声道："说是镇南王。"朱丹臣在他右耳边低声道："说是镇南王妃。"两人听到段誉回答第一个问题大为失礼，只怕他第二答也如此贻笑于人。此来是向公主求婚，如果他说生平最爱之人是王语嫣或是木婉清，又或是另外一个姑娘，公主岂有答允下嫁之理？一个说道：该当最爱父亲，忠君孝父，那是朝中三公的想法。一个说道：须说最爱母亲，孺慕慈母，那是文学之士的念头。

段誉听那宫女问到自己最爱之人的姓名，本来冲口而出，便欲说王语嫣的名字，但巴朱二人这么一提，段誉登时想起，自己是大理国镇南王世子，来到西夏，一言一动实系本国观瞻，自己丢脸不要紧，却不能失了大理国的体面，便道："我最爱的自然是爹爹、妈妈。"他口中一说到"爹爹、妈妈"四字，胸中自然而然的起了爱慕父母之意，觉得对父母之爱和王语嫣之爱并不相同，难分孰深孰浅，说自己在这世上最爱父母，可也决不是虚话。

那宫女又问："令尊、令堂的相貌如何？是否与王子颇为相似？"段誉道："我爹爹四方脸蛋，浓眉大眼，形貌甚是威武，其实他的性子倒很和善……"说到这里，心中突然一凛："原来我相貌只像我娘，不像爹爹。这一节我以前倒没想到过。"那宫女听他说了一半，不再说下去，心想他母亲是王妃之尊，他自不愿当众述说母亲的相貌，便道："多谢王子，请王子这边休息。"

宗赞听那宫女对段誉言辞间十分客气，相待甚是亲厚，心中醋意登生，暗想："你是王子，我也是王子。吐蕃国比你大理强大得多。莫非是你一张小白脸占了便宜么？"当下不再等待，踏步上前，说道："吐蕃国王子宗赞，请公主会面。"

那宫女道："王子光降，敝国上下齐感荣宠。敝国公主也有三事相询。"

宗赞甚是爽快，笑道："公主那三个问题，我早听见了，也不用你一个个的来问，我一并回答了罢。我一生之中，最快乐逍遥的地方，乃是日后做了驸马，与公主结为夫妻的洞房之中。我平生最爱的人儿，乃是银川公主，她自然姓李，闺名我此刻当然不知，将来成为夫妻，她定会说与我知晓。至于公主的相貌，当然像神仙一般，天上少有，地下无双。哈哈，你说我答得对不对？"

众人之中，倒有一大半和宗赞王子存着同样心思，要如此回答这三个问题，听得他说了出来，不由得都暗暗懊悔："我该当抢先一步如此回答才是，现下若再这般说法，倒似学他的样一般。"

萧峰听那宫女一个个的问来，众人对答时有的竭力谄谀，讨好公主，有的则自高身价，大吹大擂，越听越觉无聊，若不是要将此事看一个水落石出，早就先行离去了。

正纳闷间，忽听得慕容复的声音说道："在下姑苏燕子坞慕容复，久仰公主芳名，特来拜会。"

那宫女道："原来是'以彼之道，还施彼身'的姑苏慕容公子，婢子虽在深宫之中，亦闻公子大名。"慕容复心中一喜："这宫女知道我的名字，当然公主也知道了，说不定她们曾谈起过我。"当下说道："不敢，贱名有辱清听。"那宫女又道："我们西夏虽然僻处边陲，却也多闻'北乔峰、南慕容'的英名。听说北乔峰乔大侠已改姓萧，在大辽位居高官，不知此事是否属实？"慕容复道："正是！"他早见到萧峰同赴青凤阁来，却不加点破。

那宫女问道："公子与萧大侠齐名，想必和他相熟。不知这位萧大侠人品如何？武功与公子相比，却是谁高谁下？"

慕容复一听之下，登时面红耳赤。他与萧峰在少林寺前相斗，给萧峰一把抓起，重重摔在地下，武功大为不如，乃是人所共见，在众人之前若加否认，不免为天下豪杰所笑。但要他直认不如萧峰，却又不愿，忍不住怫然道："姑娘所询，可是公主要问的三个问题么？"

那宫女忙道："不是。公子莫怪。婢子这几年听人说起萧大侠的英名，仰慕已久，不禁多问了几句。"

慕容复道："萧君此刻便在姑娘身畔，姑娘有兴，不妨自行问他便是。"此言一出，厅中登时一阵大哗。萧峰威名远播，武林人士听了无不震动。

那宫女显是心中激动，说话之时声音也颤了，说道："原来萧大侠居然也降尊屈贵，来到敝邦，我们事先未曾知情，简慢之极，萧大侠当真要宽洪大量，原宥则个。"

萧峰"哼"了一声，并不回答。

慕容复听那宫女的语气，对萧峰的敬重着实在自己之上，不禁暗惊："萧峰那厮也未娶妻，此人官居大辽南院大王，掌握兵权，岂是我一介白丁之可比？他武功又如此了得，我决计不能和他相争。这……这……这便如何是好？"

那宫女道："待婢子先问慕容公子，萧大侠还请稍候，得罪，得罪。"接连说了许多抱歉的言语，才向慕容复问道："请问公子，公子生平在什么地方最是快乐逍遥？"

这问题慕容复曾听她问过四五十人，但问到自己之时，突然间张口结舌，答不上来。他一生营营役役，不断为兴复燕国而奔走，可说从未有过什么快乐之时。别人瞧他年少英俊，武功高强，名满天下，江湖上对之无不敬畏，自必志得意满，但他内心，实在是从来没感到真正快乐过。他呆了一呆，说道：“要我觉得真正快乐，那是将来，不是过去。”

那宫女还道慕容复与宗赞王子等人是一般的说法，要等招为驸马，与公主成亲，那才真正的喜乐，却不知慕容复所说的快乐，却是将来身登大宝，成为大燕的中兴之主。她微微一笑，又问：“公子生平最爱之人叫什么名字？”慕容复一怔，沉吟片刻，叹了口气，说道：“我没什么最爱之人。”那宫女道：“如此说来，这第三问也不用了。”慕容复道：“我盼得见公主之后，能回答姊姊第二、第三个问题。”

那宫女道：“请慕容公子这边休息。萧大侠，你来到敝国，客从主便，婢子也要以这三个问题冒犯虎威，尚祈海涵，婢子这里先谢过了。”但她连说几遍，竟然无人答应。

虚竹道：“我大哥已经走啦，姑娘莫怪。”那宫女一惊，道：“萧大侠走了？”虚竹道：“正是。”

萧峰听西夏公主命那宫女向众人逐一询问三个相同的问题，料想其中虽有深意，但显无加害众人之心，寻思这三个问题问到自己之时，该当如何回答？念及阿朱，胸口一痛，伤心欲绝，雅不愿在旁人之前泄露自己心情，当即转身出了石室。其时室门早开，他出去时脚步轻盈，旁人大都并未知觉。

那宫女道：“却不知萧大侠因何退去？是怪我们此举无礼么？”虚竹道：“我大哥并不是小气之人，不会因此见怪。嗯，他定是酒瘾发作，到外面喝酒去了。”那宫女笑道：“正是。素闻萧大侠豪饮，酒量天下无双，我们这里没有备酒，难留嘉宾，实在太过慢客。这位先生见到萧大侠之时，还请转告敝邦公主殿下的歉意。”这宫女能说会道，言语得体，比之在外厢款客的那个怕羞宫女口齿伶俐百倍。虚竹道：“我见到大哥时，跟他说便了。”

那宫女道：“先生尊姓大名？”虚竹道：“我么……我么……

我道号虚竹子。我是……出……出……那个……决不是来求亲的，不过陪着我三弟来而已。”

那宫女问道：“先生平生在什么地方最是快乐？”

虚竹轻叹一声，说道：“在一个黑暗的冰窖之中。”

忽听得一个女子声音“啊”的一声低呼，跟着呛啷一声响，一只瓷杯掉到地下，打得粉碎。

那宫女又问：“先生生平最爱之人，叫什么名字？”

虚竹道：“唉！我……我不知道那位姑娘叫什么名字。”

众人都哈哈大笑起来，均想此人是个大傻瓜，不知对方姓名，便倾心相爱。

那宫女道：“不知那位姑娘的姓名，那也不是奇事。当年孝子董永见到天上仙女下凡，并不知她的姓名底细，就爱上了她。虚竹子先生，这位姑娘的容貌定然是美丽非凡了？”

虚竹道：“她容貌如何，我也是从来没看见过。”

霎时之间，石室中笑声雷动，都觉真是天下奇闻，也有人以为虚竹是故意说笑。

众人哄笑声中，忽听得一个女子声音低低问道：“你……你可是‘梦郎’么？”虚竹大吃一惊，颤声道：“你……你……你可是‘梦姑’么？这可想死我了。”不由自主的向前跨了几步，只闻到一阵馨香，一只温软柔滑的手掌已握住了他手，一个熟悉的声音在他耳边悄声道：“梦郎，我便是找你不到，这才请父皇贴下榜文，邀你到来。”虚竹更是惊讶，道：“你……你便是……”那少女道：“咱们到里面说话去，梦郎，我日日夜夜，就盼有此时此刻……”一面细声低语，一面握着他手，悄没声的穿过帷幕，踏着厚厚的地毯，走向内堂。

石室内众人兀自喧笑不止。

那宫女仍是挨次将这三个问题向众人一个个问将过去，直到尽数问完，这才说道：“请各位到外边凝香殿喝茶休息，壁上书画，便即送出来请各位拣取。公主殿下如愿和哪一位相见，自当遣人前来邀请。”

登时有许多人鼓噪起来：“我们要见公主！”“即刻就要见！”“把我们差来差去，那不是消遣人么？”

那宫女道：“各位还是到外边休息的好，又何必惹得公主殿下不快？”

最后一句话其效如神，众人来到灵州，为的就是要做驸马，倘若不听公主吩咐，她势必不肯召见，见都见不到，还有什么驸马不驸马的？只怕要做驸牛、驸羊也难。当下众人便即安静，鱼贯走出石室。室外明晃晃火把照路，众人循旧路回到先前饮茶的凝香殿中。

段誉和王语嫣重会，说起公主所问的三个问题。王语嫣听他说生平觉得最快乐之地是在枯井的烂泥之中，不禁吃吃而笑，晕红双颊，低声道：“我也是一样。”

众人喝茶闲谈，纷纷议论，猜测适才这许多人的对答，不知哪一个的话最合公主心意。过了一会，内监捧出书画卷轴来，请各人自择一件。这些人心中七上八下，只是记着公主是否会召见自己，哪有心思拣什么书画。段誉轻轻易易的便取得了那幅《湖畔舞剑图》，谁也不来跟他争夺。

他和王语嫣并肩观赏，王语嫣叹道：“图中这人，倒很像我妈妈。”想起和母亲分别日久，甚是牵挂。

段誉蓦地想起虚竹身边也有一幅相似的图画，想请他取出作一比较，但游目四顾，殿中竟不见虚竹的人影。他叫道：“二哥，二哥！”也不听见人答应。段誉心道：“他和大哥一起走了！还是有甚凶险？”正感担心，忽然一名宫女走到他的身边，说道：“虚竹先生有张书笺交给段王子。”说着双手捧上一张折叠好的泥金诗笺。

段誉接过，便闻到一阵淡淡幽香，打了开来，只见笺上写道："我很好，极好，说不出的快活。要你空跑一趟，真是对你不起，对段老伯又失信了，不过没有法子。字付三弟。"下面署着"二哥"二字。段誉情知这位和尚二哥读书不多，文理颇不通顺，但这封信却实在没头没脑，不知所云，拿在手里怔怔的思索。

宗赞王子远远望见那宫女拿了一张书笺交给段誉，认定是公主邀请他相见，不由得醋意大发，心道："好啊，果然是给你这小白脸占了便宜，咱们可不能这么便算。"喝道："咱家须容不得你！"一个箭步，便向段誉扑了过来，左手将书笺一把抢过，右手重重一拳，打向段誉胸口。

段誉正在思索虚竹信中所言是何意思，宗赞王子这一拳打到，全然没想到闪避，而以他武功，宗赞这一拳来得快如电闪，便想避也避不了。砰的一声，正中前胸，段誉体内充盈鼓荡的内息立时生出反弹之力，但听得呼的一声，跟着几下"劈拍、呛啷、哎哟！"宗赞王子直飞出数步之外，摔上一张茶几，几上茶壶、茶杯打得片片粉碎。

宗赞"哎哟"一声叫过，来不及站起，便去看那书笺，大声念道："我很好，极好，说不出的快活！"

众人明明见他给段誉弹出，重重摔了一交，怎么说"我很好，极好，说不出的快活"，无不大为诧异。

王语嫣忙走到段誉身边，问道："他打痛了你么？"段誉笑道："不碍事。二哥给我一通书柬，这王子定是误会了，只道是公主召我去相会。"

吐蕃众武士见主公被人打倒，有的过去相扶，有的便气势汹汹的过来向段誉挑衅。

段誉道："这里是非之地，多留无益，咱们回去罢。"巴天石忙道："公子既然来了，何必急在一时？"朱丹臣也道："西夏国皇宫内院，还怕吐蕃人动粗不成？说不定公主便会邀见，此刻走了，岂不是礼数有亏？”两人不断劝说，要段誉暂且留下。

果然一品堂中有人出来，喝令吐蕃众武士不得无礼。宗赞王子爬将起来，见那书笺不是公主召段誉去相见，心中气也平了。

正扰攘间，木婉清忽然向段誉招招手，左手举起一张纸扬了扬。段誉点点头，过去接了过来。

宗赞又见段誉展开那书笺来看，脸上神色不定，心道：“这封信定是公主见召了。”大声喝道：“第一次你瞒过了我，第二次还想再瞒么？”双足一登，又扑将过去，夹手一把将那信笺抢了过来。

这一次他学了乖，不敢再伸拳打段誉胸膛，抢到信笺，右足一抬，便踢中段誉的小腹，那脐下丹田正是炼气之士内息的根源，内劲不用运转，反应立生，当真是有多快便这般快，但听得呼的一声，又是“劈拍、呛啷、哎哟”一阵响，宗赞身子倒飞出去，越过数十人的头顶，撞翻了七八张茶几，这才摔倒。

这王子皮粗肉厚，段誉又并非故意运气伤他，摔得虽然狼狈，却未受内伤。他身子一着地，便举起抢来的那张信笺，大声读了出来：“有厉害人物要杀我的爸爸，也就是要杀你的爸爸，快快去救。”

众人一听，更加摸不着头脑，怎么宗赞王子说“我的爸爸，也就是你的爸爸”？

段誉和巴天石、朱丹臣等却心下了然，这字条是木婉清所写，所谓“我的爸爸，也就是你的爸爸”，自是指段正淳而言了，都围在木婉清身边，齐声探问。

木婉清道：“你们进去不久，梅剑和兰剑两位姊姊便进宫来，有事要向虚竹先生禀报。虚竹子一直不出来，她们便跟我说了，说道接得讯息，有好几个厉害人物设下陷阱，蓄意加害爹爹。这些陷阱已知布在蜀南一带，正是爹爹回去大理的必经之地。她们灵鹫宫已派了玄天、朱天两部，前去追赶爹爹，要他当心，同时派人西来报讯。”

段誉急道：“梅剑、兰剑两位姊姊呢？我怎么没瞧见？”木婉清道：“你眼中只有王姑娘一人，哪里还瞧得见别人？梅剑、兰剑两位姊姊本来是要跟你说的，招呼你几次，也不知你故意不睬呢，还是真的没有瞧见。”段誉脸上一红，道：“我……我确是没瞧见。”木婉清又冷冷的道：“她们急于去找虚竹二哥，不等你了。我想招呼你过来，你又不理我，我只好写了这张字条，想递给你。”

段誉心下歉然，知道自己心无旁骛，眼中所见，只是王语嫣的一喜一愁，耳中所闻，只是王语嫣的一语一笑，便是天塌下来，也是不理，木婉清远远的示意招呼，自然是视而不见了。若不是宗赞王子扑上来猛击一拳，只怕还是不会抬起头来见到木婉清招手，当下便向巴天石、朱丹臣道：“咱们连夜上道，去追赶爹爹。”巴朱二人道：“正是！”

各人均想镇南王既有危难，那自是比什么都要紧，段誉做不做得成西夏驸马，只好置之度外了。当下一行人立即起身出门。

段誉等赶回宾馆与锺灵会齐，收拾了行李，径即动身。巴天石则去向西夏国礼部尚书告辞，说道镇南王途中身染急病，世子须得赶去侍奉，不及向皇上叩辞。父亲有病，做儿子的星夜前往侍候汤药，乃是天经地义之事，那礼部尚书赞叹一阵，说什么“王子孝心格天，段王爷定占勿药”等语。巴天石辞行已毕，匆匆出灵州城南门，施展轻功赶上段誉等人之时，离灵州已有三十余里了。

外面一阵风卷进，成千成万只蜜蜂冲进屋来，蜜蜂一进屋，便分向各人刺去。

四十七

为谁开　茶花满路

段誉等一行人马不停蹄，在道非止一日，自灵州而至皋兰、秦州，东向汉中，经广元、剑阁而至蜀北。一路上迭接灵鹫宫玄天、朱天两部群女的传书，说道镇南王正向南行。有一个讯息说，镇南王携同女眷二人，两位夫人在梓潼恶斗了一场，似乎不分胜负。段誉心知这两位夫人一个是木婉清的母亲秦红棉，另一个则是阿朱、阿紫的母亲阮星竹；论武功是秦红棉较高，论智计则阮星竹占了上风，有爹爹调和其间，谅来不至有什么大事发生。果然隔不了两天，又有讯息传来，两位夫人已言归于好，和镇南王在一家酒楼中饮酒。玄天部已向镇南王示警，告知他有厉害的对头要在前途加害。

旅途之中，段誉和巴天石、朱丹臣等商议过几次，都觉镇南王的对头除了四大恶人之首的段延庆外，更无别人。段延庆武功奇高，大理国除了保定帝本人外，无人能敌，如果他追上了镇南王，确是大有可虑。眼前唯有加紧赶路，与镇南王会齐，众人合力，才可和段延庆一斗。巴天石道：“咱们一见到段延庆，不管三七二十一，立即一拥而上，给他来个倚多为胜。决不能再蹈小镜湖畔的覆辙，让他和王爷单打独斗。”朱丹臣道：“正是。咱们这里有段世子、木姑娘、锺姑娘、王姑娘、你我二人，再加上王爷和二位夫人，以及华司徒、范司马、古大哥他们这些人，又有灵鹫宫的姑娘们相助。人多势众，就算杀不死段延庆，总不能让他欺侮了咱们。”段誉点头道：“正是这个主意。”

众人将到绵州时，只听得前面马蹄声响，两骑并驰而来。马上两个女子翻身下马，叫道：“灵鹫宫属下玄天部参见大理段公子。”段誉忙即下马，叫道：“两位辛苦了，可见到了家父么？”右首那中年妇人说道：“启禀公子，镇南王接到我们示警后，已然改道东行，说要兜个大圈子再回大理，以免遇上了对头。”

段誉一听，登时便放了心，喜道：“如此甚好。爹爹金玉之体，何必去和凶徒厮拼？毒虫恶兽，避之则吉，却也不是怕了他。两位可知对头是谁？这讯息最初从何处得知？”

那妇人道：“最初是菊剑姑娘听到另一位姑娘说的。那位姑娘名字叫作阿碧……”王语嫣喜道：“原来是阿碧。我可好久没见到她了。”段誉接口道：“啊，是阿碧姑娘，我认得她。她本来是慕容公子的侍婢。”

那妇人道：“这就是了。菊剑姑娘说，阿碧姑娘和她年纪差不多，相貌美丽，很讨人欢喜，就是一口江南口音，说话不大听得懂。阿碧姑娘是我们主人的师侄康广陵先生的弟子，说起来跟我们灵鹫宫都是一家人。菊剑姑娘说到主人陪公子到皇宫中去招亲，阿碧姑娘要赶去西夏，和慕容公子相会。她说在途中听到讯息，有个极厉害的人物要和镇南王爷为难。她说段公子待她很好，要我们设法传报讯息。”

段誉想起在姑苏初遇阿碧时的情景，由于她和阿朱的牵引，这才得和王语嫣相见，这次又是她传讯，心下感激，问道：“这位阿碧姑娘，这时在哪里？”

那中年妇人道：“属下不知。段公子，听梅剑姑娘的口气，要和段王爷为难的那个对头着实厉害。因此梅剑姑娘不等主人下令，便命玄天、朱天两部出动，公子还须小心才好。”

段誉道："多谢大嫂费心尽力，大嫂贵姓，日后在下见到二哥，也好提及。"那妇人甚喜，笑道："我们玄天、朱天两部大伙儿一般办事，公子不须提及贱名。公子爷有此好心，小妇人多谢了！"说着和另一个女人裣衽行礼，和旁人略一招呼，上马而去。

段誉问巴天石道："巴叔叔，你以为如何？"巴天石道："王爷既已绕道东行，咱们便径自南下，想来在成都一带，便可遇上王爷。"段誉点头道："甚是。"

一行人南下过了绵州，来到成都。锦官城繁华富庶，甲于西南。段誉等在城中闲逛了几日，不见段正淳到来。各人均想："镇南王有两位夫人相伴，一路上游山玩水，大享温柔艳福，自然是缓缓行而迟迟归。一回到大理，便没这么逍遥快乐了。"

一行人再向南行，众人每行一步便近大理一步，心中也宽了一分。一路上繁花似锦，段誉与王语嫣按辔徐行，生怕木婉清、锺灵着恼，也不敢太冷落了这两个妹子。木婉清途中已告知锺灵，段誉其实是自己兄长，又说锺灵亦是段正淳所生，二女改口以姊妹相称，虽见段誉和王语嫣言笑晏晏，神态亲密，却也无可奈何，亦只黯然惆怅而已。

这一日傍晚，将到杨柳场时，天色陡变，黄豆大的雨点猛洒下来。众人忙催马疾行，要找地方避雨。转过一排柳树，但见小河边白墙黑瓦，耸立着七八间屋宇，众人大喜，拍马奔近。只见屋檐下站着一个老汉，背负双手，正在观看天边越来越浓的乌云。

朱丹臣翻身下马，上前拱手说道："老丈请了，在下一行行旅之人，途中遇雨，求在宝庄暂避，还请行个方便。"那老汉道："好说，好说，却又有谁带着屋子出来赶路的？列位官人、姑娘请进。"朱丹臣听他说话语音清亮，不是川南土音，双目炯炯有神，不禁心中一凛，拱手道："如此多谢了。"

众人进得门内，朱丹臣指着段誉道：“这位是敝上余公子，刚到成都探亲回来。这位是石老哥，在下姓陈。不敢请问老丈贵姓。”那老汉嘿嘿一笑，道：“老朽姓贾。余公子，石大哥，陈大哥，几位姑娘，请到内堂喝杯清茶，瞧这雨势，只怕还有得下呢。”段誉等听朱丹臣报了假姓，便知事有蹊跷，当下各人都留下了心。

贾老者引着众人来到一间厢房之中。但见墙壁上挂着几幅字画，陈设颇为雅洁，不类乡人之居，朱丹臣和巴天石相视以目，更加留神。段誉见所挂字画均系出于俗手，不再多看。那贾老者道：“我去命人冲茶。”朱丹臣道：“不敢麻烦老丈。”贾老者笑道：“只怕待慢了贵人。”说着转身出去，掩上了门。

房门一掩上，门后便露出一幅画来，画的是几株极大的山茶花，一株银红，娇艳欲滴，一株全白，干已半枯，苍劲可喜。

段誉一见，登时心生喜悦，但见画旁题了一行字道：“大理茶花最甲海内，种类七十有一，大于牡丹，一望若火（　）云（　），烁日蒸（　）。”其中空了几个字。这一行字，乃是录自《滇中茶花记》，段誉本就熟记于胸，茶花种类明明七十有二，题词却写“七十有一”，一瞥眼，见桌上陈列着文房四宝，忍不住提笔蘸墨，在那“一”字上添了一横，改为“二”字，又在火字下加一“齐”字，云字下加一“锦”字，蒸字下加一“霞”字。

一加之后，便变成了：“大理茶花最甲海内，种类七十有二，大于牡丹，一望若火齐云锦，烁日蒸霞。”原来题字写的是褚遂良体，段誉也依这字体书写，竟是了无增改痕迹。

锺灵拍手笑道：“你这么一填，一幅画就完完全全，更无亏缺了。”

段誉放下笔不久，贾老者推门进来，又顺手掩上了门，见到画中缺字已然补上，当即满脸堆欢，笑道：“贵客，贵客，小老儿这可失敬了。这幅画是我一个老朋友画的，他记心不好，题字时忘了几个字，说要回家查书，下次来时补上。唉，不料他回家之后，一病不起，从此不能再补。想不到余公子博古通今，给老朽与我亡友完了一件心愿，摆酒，快摆酒！”一路叫嚷着出去。

过不多时，贾老者换了件崭新的茧绸长袍，来请段誉等到厅上饮酒。众人向窗外瞧去，但见大雨如倾，满地千百条小溪流东西冲泻，一时确也难以行走，又见贾老者意诚，推辞不得，便同到厅上，只见席上鲜鱼、腊肉、鸡鸭、蔬菜，摆了十余碗。段誉等道谢入座。

贾老者斟酒入杯，笑道：“乡下土酿，倒也不怎么呛口。余公子，小老儿本是江南人，年轻时也学过一点儿粗浅武功，和人争斗，失手杀了两个仇家，在故乡容身不得，这才逃来四川。唉，一住数十年，却总记着家乡，小老儿本乡的酒比这大曲醇些，可没这么厉害。”一面说，一面给众人斟酒。

各人听他述说身世，虽不尽信，但听他自称身有武功，却也大释心中疑窦，又见他替各人斟酒后，说道：“先干为敬！”一口将杯中的酒喝干了，更是放心，便尽情吃喝起来。巴天石和朱丹臣饮酒既少，吃菜时也等贾老者先行下箸，这才夹菜。

酒饭罢，眼见大雨不止，贾老者又诚恳留客，段誉等当晚便在庄中借宿。

临睡之时，巴天石悄悄跟木婉清道：“木姑娘，今晚警醒着些儿，我瞧这地方总是有些儿邪门。”木婉清点了点头，当晚和衣躺在床上，袖中扣了毒箭，耳听着窗外淅淅沥沥的雨声，半睡半醒的直到天明，竟然毫无异状。

众人盥洗罢，见大雨已止，当即向贾老者告别。贾老者直送出门外数十丈，礼数甚是恭谨。众人行远之后，都是啧啧称奇。巴天石道：“这贾老者到底是什么来历，实在古怪，这次我可猜不透啦。”朱丹臣道：“巴兄，我猜这贾老儿本怀不良之意，待见到公子填好了画中的缺字，突然间神态有变。公子，你想这幅画和几行题字，却又有什么干系？”段誉摇头道：“这两株山茶吗，那也平常得紧。一株粉侯，一株雪塔，虽说是名种，却也不是什么罕见之物。”众人猜不出来，也就不再理会。

锺灵笑道：“最好一路之上，多遇到几幅缺了字画的画图，咱们段公子一一填将起来，大笔一挥，便骗得两餐酒饭，一晚住宿，却不花半文钱。”众人都笑了起来。

说也奇怪，锺灵说的是一句玩笑言语，不料旅途之中，当真接二连三的出现了图画。图中所绘的必是山茶花，有的题词有缺，有的写错了字，更有的是画上有枝无花，或是有花无叶。段誉一见到，便提笔添上。一添之下，图画的主人总是出来殷勤相待，美酒美食，又不肯收受分文。

巴天石和朱丹臣几次三番的设辞套问，对方的回答总是千篇一律，说道原来的画师未曾画得周全，或是题字有缺，多蒙段誉补足，实是好生感激。段誉和锺灵是少年心性，只觉好玩，但盼缺笔的字画越多越好。王语嫣见段誉开心，她也随着欢喜。木婉清向来天不怕、地不怕，对方是好意也罢、歹意也罢，她都不放在心上。只有巴天石和朱丹臣却越来越担忧，见对方布置如此周密，其中定有重大图谋，偏生全然瞧不出半点端倪。

巴朱二人每当对方殷勤相待之时，总是细心查察，看酒饭之中是否置有毒药。有些慢性毒药极难发觉，往往连服十余次这才毒发。巴天石见多识广，对方若是下毒，须瞒不过他的眼去，却始终见酒饭一无异状，而且主人总是先饮先食，以示无他。

渐行渐南，虽已十月上旬，天时却也不冷，一路上山深林密，长草丛生，与北国西夏相较，又是另一番景象。

这一日傍晚，将近草海，一眼望出去无穷无尽都是青青野草，左首是一座大森林，眼看数十里内并无人居。巴天石道：“公子，此处地势险恶，咱们乘早找个地方住宿才好。”段誉点头道：“是啊，今日是走不出这大片草地了，只不知什么地方可以借宿。”朱丹臣道：“草海中毒蚊、毒虫甚多，又多瘴气。眼下桂花瘴刚过，芙蓉瘴初起，两股瘴气混在一起，毒性更烈。倘若找不到宿地，便在树枝高处安身较好，瘴气侵袭不到，毒虫毒蚊也少。”

当下一行人折而向左，往树林中走去。王语嫣听朱丹臣将瘴气说得这般厉害，问他桂花瘴、芙蓉瘴是什么东西。朱丹臣道：“瘴气是山野沼泽间的毒气，三月桃花瘴、五月榴花瘴最为厉害。其实瘴气都是一般，时候不同，便按月令时花，给它取个名字。三五月间天候渐热，毒虫毒蚊萌生，是以为害最大。这时候已好得多了，只不过这一带湿气极重，草海中野草腐烂堆积，瘴气必定凶猛。”王语嫣道：“嗯，那么有茶花瘴没有？”段誉、巴天石等都笑了起来。朱丹臣道：“我们大理人最喜茶花，可不将茶花和那讨厌的瘴气连在一起。”

说话之间已进了林子。马蹄踏入烂泥，一陷一拔，行走甚是不便。巴天石道：“我瞧咱们不必再进去啦，今晚就学鸟儿，在高树上作巢安身，等明日太阳出来，瘴气渐清，再行赶路。”王语嫣道：“太阳出来后，瘴气便不怎样厉害了？”巴天石道：“正是。”

锺灵突然指着东北角，失声惊道：“啊哟，不好啦，那边有瘴气升起来了，那是什么瘴气？”各人顺着她手指瞧去，果见有股云气，袅袅在林间升起。

巴天石道：“姑娘，这是烧饭瘴。”锺灵担心道：“什么烧饭瘴？厉害不厉害？”巴天石笑道：“这不是瘴气，是人家烧饭的炊烟。”果见那青烟中夹有黑气，又有些白雾，乃是炊烟。众人都笑了起来，精神为之一振，都说：“咱们找烧饭瘴去。”锺灵给各人笑得不好意思，胀红了脸。王语嫣安慰她道：“灵妹，幸好得你见到了这烧饭……烧饭的炊烟，免了大家在树顶露宿。”

一行人朝着炊烟走去，来到近处，只见林中搭着七八间木屋，屋旁堆满了木材，显是伐木工人的住所。朱丹臣纵马上前，大声道：“木场的大哥，行道之人，想在贵处借宿一晚，成不成？”隔了半晌，屋内并无应声，朱丹臣又说了一遍，仍无人答应。屋顶烟囱中的炊烟却仍不断冒出，屋中定然有人。

朱丹臣从怀中摸出可作兵刃的铁骨扇，拿在手中，轻轻推开了门，走进屋去。只见屋内一个人影也无，却听到必剥必剥的木柴着火之声。朱丹臣走向后堂，进入厨房，只见灶下有个老妇正在烧火。朱丹臣道：“老婆婆，这里还有旁人么？”那老妇茫然瞧着他，似乎听而不闻。朱丹臣道：“便只你一个在这里么？”那老妇指指自己耳朵，又指指嘴巴，啊啊啊的叫了几声，表示是个聋子，又是哑巴。

朱丹臣回到堂中，段誉、木婉清等已在其余几间屋中查看一遍，七八间木屋之中，除了那老妇外更无旁人。每间木屋都有板床，床上却无被褥，看来这时候伐木工人并未开工。巴天石奔到木屋之外绕了两圈，察见并无异状。

朱丹臣道：“这老婆婆又聋又哑，没法跟她说话。王姑娘最有耐心，还是请你跟她打个交道罢。”王语嫣笑着点头，道：“好，我去试试。”她走进厨房，跟那婆婆指手划脚，取了一锭银子给她，居然大致弄了个明白。众人待那婆婆煮好饭后，向她讨了些米做饭，木屋中无酒无肉，大伙儿吃些干菜，也就抵过了肚饥。

巴天石道：“咱们就都在这间屋中睡，别分散了。”当下男的睡在东边屋，女的睡在西边。那老婆婆在中间房桌上点了一盏油灯。

各人刚睡下，忽听得中间房塔塔几声，有人用火刀火石打火，但打来打去打不着。巴天石开门出去，见桌上油灯已熄，黑暗中但听得塔塔声响，那老婆婆不停的打火。巴天石取出怀中火刀火石，塔的一声，便打着了火，凑过去点了灯盏。那老婆婆微露笑容，向他打个手势，要借火刀火石，指指厨房，示意要去点火。巴天石交了给她，入房安睡。

过不多时，却听得中间房塔塔塔之声又起，段誉等闭眼刚要入睡，给打火声吵得睁大眼来，见壁缝中没火光透过来，原来那油灯又熄了。朱丹臣笑道："这老婆婆可老得背了。"本待不去理她，但塔塔塔之声始终不绝，似乎倘若一晚打不着火，她便要打一晚似的。朱丹臣听得不耐烦起来，走到中间房中，黑暗里朦朦胧胧的见那老婆婆手臂一起一落，塔塔塔的打火。朱丹臣取出自己的火刀火石，塔的一声打着火，点亮了油灯。那老婆婆笑了笑，打了几个手势，向他借火刀火石，要到厨房中使用。朱丹臣借了给她，自行入房。

岂知过不多久，中间房的塔塔塔声音又响了起来。巴天石和朱丹臣都大为光火，骂道："这老婆子不知在捣什么鬼！"可是塔塔塔、塔塔塔的声音始终不停。巴天石跳了出去，抢过她的火刀火石来打，塔塔塔几下，竟一点火星也无，摸上去也不是自己的打火之具，大声问道："我的火刀、火石呢？"这句话一出口，随即哑然失笑："我怎么向一个聋哑的老婆子发脾气？"

这时木婉清也出来了，取出火刀火石，道："巴叔叔，你要打火么？"巴天石道："这老婆婆真是古怪，一盏灯点了又熄，熄了又点，直搞了半夜。"接过火刀火石，塔的一声，打出火来，点着了灯盏。那老婆婆似甚满意，笑了一笑，瞧着灯盏的火光。巴天石向木婉清道："姑娘，路上累了，早些安歇罢。"便即回入房中。

岂知过不到一盏茶时分，那塔塔塔、塔塔塔的打火之声又响了起来。巴天石和朱丹臣同时从床上跃起，都想抢将出去，突然之间，两人同时醒觉："世上岂有这等古怪的老太婆？其中定有诡计。"

两人轻轻一握手，悄悄出房，分从左右掩到那老婆婆身旁，正要一扑而上，突然鼻中闻到一阵淡淡的香气，原来在灯盏旁打火的却是木婉清。两人立时收势，巴天石道："姑娘，是你？"木婉清道："是啊，我觉得这地方有点儿不对劲，想点灯瞧瞧。"

巴天石道："我来打火。"岂知塔塔塔、塔塔塔几声，半点火星也打不出来。巴天石一惊，叫道："这火石不对，给那老婆子掉过了。"朱丹臣道："快去找那老婆子，别给她走了。"木婉清奔向厨房，巴朱二人追出木屋，但便在这顷刻之间，那老婆子已然不知去向。巴天石道："别追远了，保护公子要紧。"

两人回进木屋，段誉、王语嫣、锺灵也都已闻声而起。

巴天石道："谁有火刀火石？先点着了灯再说。"只听两个人不约而同的说道："我的火刀火石给那老婆婆借去了。"却是王语嫣和锺灵。巴天石和朱丹臣暗暗叫苦："咱们步步提防，想不到还是在这里中了敌人诡计。"段誉从怀中取出火刀火石，塔塔塔的打了几下，却哪里打得着火？朱丹臣道："公子，那老婆子曾向你借来用过？"段誉道："是，那是在吃饭之前。她打了之后便即还我。"朱丹臣道："火石给掉过了。"

一时之间，各人默不作声，黑暗中但听得秋虫唧唧。这一晚正当月尽夜，星月无光。六人聚在屋中，只朦朦胧胧的看到旁人的影子，心中隐隐都感到周遭情景甚是凶险。自从段誉在画中填字、贾老者殷勤相待以来，六人就如给人蒙上了眼，身不由主的走入一个茫无所知的境地，明知敌人必是在暗中有所算计，但用的是什么阴险毒计，却半点端倪也瞧不出来。各人均想："敌人如果一拥而出，倒也痛快，却这般鬼鬼祟祟，令人全然无从提防。"

木婉清道："那老婆婆取了咱们的火石去，用意是叫咱们不能点灯，他们便可在黑暗中施行诡计。"锺灵突然尖声惊叫，说道："我最怕他们在黑暗里放蜈蚣、毒蚁来咬我！"巴天石心中一凛，说道："黑暗中若有细小毒物来袭，确是防不胜防。"段誉道："咱们还是出去，躲在树上。"朱丹臣道："只怕树上已先放了毒物。”锺灵又是“啊”的一声，捉住了木婉清的手臂。巴天石道：“姑娘别怕，咱们点起火来再说。”锺灵道：“没了火石，怎么点火？”巴天石道：“敌人是何用意，现下难知。但他们既要咱们没火，咱们偏偏生起火来，想来总是不错。”

他说着转身走入厨房，取过两块木柴，出来交给朱丹臣，道：“朱兄弟，把木柴弄成木屑，越细越好。”朱丹臣一听，当即会意，道：“不错，咱们岂能束手待攻？”从怀中取出匕首，将木柴一片片的削了下来。段誉、木婉清、王语嫣、锺灵一起动手，各取匕首小刀，把木片切的切，斩的斩，辗的辗，弄成极细的木屑。段誉叹道：“可惜我没天龙寺枯荣师祖的神功，否则内力到处，木屑立时起火，便是那鸠摩智，也有这等本事。”其实这时他体内所积蓄的内力，已远在枯荣大师和鸠摩智之上，只不会运用而已。

几人不停手的将木粒辗成细粉，心中都惴惴不安，谁也不说话，只留神倾听外边动静，均想：“这老婆婆骗了咱们的火石去，决不会停留多久，只怕立时就会发动。”

巴天石摸到木屑已有饭碗般大一堆，当即拨成一堆，拿几张火媒纸放在其中，将自己单刀执在左手，借过锺灵的单刀，右手执住了，突然间双手一合，铮的一响，双刀刀背相碰，火星四溅，火花溅到木屑之中，便烧了起来，只可惜一烧即灭，未能燃着纸媒，众人叹息声中，巴天石双刀连碰，铮铮之声不绝，撞到十余下时，纸媒终于烧了起来。

段誉等大声欢呼，将纸媒拿去点着了油灯。朱丹臣怕一盏灯被风吹熄，将厨房和两边厢房中的油灯都取了出来点着了。火焰微弱，照得各人脸上绿油油地，而且烟气极重，闻在鼻中很不舒服。但好不容易点着了火，各人精神都为之一振，似是打了个胜仗。

木屋甚是简陋，门缝之中不断有风吹进。六人你看看我，我看看你，手中各按兵刃，侧耳倾听。但听得清风动树，虫声应和，此外更无异状。

巴天石见良久并无动静，在木屋各处仔细查察，见几条柱子上都包了草席，外面用草绳绑住了，依稀记得初进木屋时并非如此，当即扯断草绳，草席跌落。段誉见两条柱子上雕刻着一副对联，上联是："春沟水动茶花（　）"，下联是："夏谷（　）生荔子红"。每一句联语中都缺了一字。转过身来，见朱丹臣已扯下另外两条柱上所包的草席，露出柱上刻着的一副对联："青裙玉（　）如相识，九（　）茶花满路开。"

段誉道："我一路填字到此，是祸是福，那也不去说他。他们在柱上包了草席，显是不想让我见到对联，咱们总之是反其道而行，且看对方到底有何计较。"当即伸手出去，但听得嗤嗤声响，已在对联的"花"字下写了个"白"字，在"谷"字下写了个"云"字，变成"春沟水动茶花白，夏谷云生荔子红"一副完全的对联。他内力深厚，指力到处，木屑纷纷而落。锺灵拍手笑道："早知如此，你用手指在木头上划几划，就有了木屑，却不用咱们忙了这一阵子啦。"

只见他又在那边填上了缺字，口中低吟："青裙玉面如相识，九月茶花满路开。"一面摇头摆脑的吟诗，一面斜眼瞧着王语嫣。王语嫣俏脸生霞，将头转了开去。

锺灵道："这些木材是什么树上来的，可香得紧！"各人嗅了几下，都觉从段誉手指划破的刻痕之中，透出极馥郁的花香，似桂花不是桂花，似玫瑰又不是玫瑰。段誉也道："好香！"只觉那香气越来越浓，闻后心意舒服，精神为之一爽。

朱丹臣倏地变色，说道："不对，这香气只怕有毒，大家塞住鼻孔。"众人给他一言提醒，急忙或取手帕，或以衣袖，按住了口鼻，但这时早已将香气吸入了不少，如是毒气，该当头晕目眩、心头烦恶，然而全无不舒之感。

过了半晌，各人气息不畅，忍不住张口呼吸，却仍全无异状。各人慢慢放开了按住口鼻的手，纷纷议论，猜不透敌人的半分用意。

又过好一会，忽然间听到一阵嗡嗡声音。木婉清一惊，叫道：“啊哟！毒发了，我耳朵中有怪声。”锺灵道：“我也有。”巴天石却道：“这不是耳中怪声，好像是有一大群蜜蜂飞来。”果然嗡嗡之声越来越响，似有千千万万蜜蜂从四面八方飞来。

蜜蜂本来并不可怕，但如此巨大的声响却从来没听到过，也不知是不是蜜蜂。霎时间各人都呆住了，不知如何才好。但听嗡嗡之声渐响渐近，就像是无数妖魔鬼怪啸声大作、飞舞前来噬人一般。锺灵抓住木婉清的手臂，王语嫣紧紧握住段誉的手。各人心中怦怦大跳，虽然早知暗中必有敌人隐伏，但万万料不到敌人来攻之前，竟会发出如此可怖的啸声。

突然间拍的一声，一件细小的东西撞上了木屋外的板壁，跟着拍拍拍拍的响声不绝，不知有多少东西撞将上来。木婉清和锺灵齐声叫道：“是蜜蜂！”巴天石抢过去关窗，忽听得屋外马匹长声悲嘶，狂叫乱跳。锺灵叫道：“蜜蜂刺马！”朱丹臣道：“我去割断缰绳！”撕下长袍衣襟，裹在头上，左手刚拉开板门，外面一阵风卷进，成千成万只蜜蜂冲进屋来。锺灵和王语嫣齐声尖叫。

巴天石将朱丹臣拉入屋中，膝盖一顶，撞上了板门，但满屋已都是蜜蜂。这些蜜蜂一进屋，便分向各人刺去，一刹那间，每个人头上、手上、脸上，都给蜜蜂刺了七八下、十来下不等。朱丹臣张开折扇乱拨。巴天石撕下衣襟，猛力扑打。段誉、木婉清、王语嫣、锺灵四人也都忍痛扑打。

巴天石、朱丹臣、段誉、木婉清四人出手之际，都是运足了功力，过不多时，屋中蜜蜂只剩下了二三十只，但说也奇怪，这些蜜蜂竟如是飞蛾扑火一般，仍是奋不顾身的向各人乱扑乱刺，又过半晌，各人才将屋内蜜蜂尽数打死。锺灵和王语嫣都痛得眼泪汪汪。

耳听得拍拍之声密如聚雨，不知有几千万头蜜蜂在向木屋冲击。各人都骇然变色，一时也不及理会身上疼痛，急忙撕下衣襟、衣袖，将木屋的各处空隙塞好。

六人身上、脸上都是红一块，肿一块，模样狼狈之极。段誉道："幸好这里有木屋可以容身，倘若是在旷野之地，这千千万万野蜂齐来叮人，那只有死给他们看了。"木婉清道："这些野蜂是敌人驱来的，他们岂能就此罢休？难道不会打破木屋？"锺灵惊呼一声，道："姊姊，你……你说他们会打破这木屋？"

木婉清尚未回答，只听得头顶砰的一声巨响，一块大石落在屋顶。屋顶椽子格格的响了几下，幸好没破。但格格之声方过，两块大石穿破屋顶，落了下来。屋中油灯熄灭。

段誉忙将王语嫣抱在怀里，护住她头脸。但听得嗡嗡之声震耳欲聋，各人均知再行扑打也是枉然，只有将衣襟翻起，盖住了脸孔。霎时间手上、脚上、臂上、腿上万针攒刺，过得一会，六人一齐晕倒，人事不知。

段誉食过莽牯朱蛤，本来百毒不侵，但这蜜蜂系人饲养，尾针上除蜂毒外尚有麻药，给几百头蜜蜂刺过之后，还是给迷倒了。不过他毕竟内力深厚，六人中第一个醒来。一恢复知觉，便即伸手去揽王语嫣，但手臂固然动弹不得，同时也察觉王语嫣已不在怀中。他睁开眼来，漆黑一团。原来双手双脚已被牢牢缚住，眼睛也给用黑布蒙住，口中给塞了个大麻核，呼吸都甚不便，更别提说话了，只觉周身肌肤上有无数小点疼痛异常，自是给蜜蜂刺过之处，又察觉是坐在地下，到底身在何处，距晕去已有多少时候，却全然不知。

正茫然无措之际，忽听得一个女子厉声说道："我花了这么多心思，要捉拿大理姓段的老狗，你怎么捉了这只小狗来？"段誉只觉这声音好熟，一时却记不起是谁。

一个苍老的妇人声音说道："婢子一切遵依小姐吩咐办事，没出半点差池。"那女子道："哼，我瞧这中间定有古怪。那老狗从西夏南下，沿大路经西川而来，为什么突然折而向东？咱们在途中安排的那些药酒，却都教这小狗吃了。"

段誉心知她所说的"老狗"，是指自己父亲段正淳，所谓"小狗"，那也不必客气，当然便是段誉区区在下了。这女子和老妇说话之声，似是隔了一重板壁，当是在邻室之中。

那老妇道："段王爷这次来到中原，逗留时日已经不少，中途折而向东……"那女子怒道："你还叫他段王爷？"那老妇道："是，从前……小姐要我叫他段公子，他现下年纪大了……"那女子喝道："不许你再说。"那老妇道："是。"那女子轻轻叹了口气，黯然道："他……他现下年纪大了……"声音中不胜凄楚惆怅之情。

段誉登时大为宽心，寻思："我道是谁？原来又是爹爹的一位旧相好。她来找爹爹的晦气，只不过是争风吃醋。是了，她安排下毒蜂之计，本来是想擒住爹爹的，却教我误打误撞的闹了个以子代父。既然如此，对我们也决计不会痛下毒手。但这位阿姨是谁呢？我一定听过她说话的。"

只听那女子又道："咱们在各处客店、山庄中所悬字画的缺字缺笔，你说这小狗全都填对了？我可不信，怎么那老狗念熟的字句，小狗也都记熟在胸？当真便有这么巧？"那老妇道："老子念熟的诗句，儿子记在心里，也没什么希奇？"那女子怒道："刀白凤这贱婢是个蛮夷女子，她会生这样聪明的儿子？我说什么也不信。"

段誉听她辱及自己母亲，不禁大怒，忍不住便要出声指斥，但口唇一动，便碰到了嘴里的麻核，却哪里发得出声音？

只听那老妇劝道："小姐，事情过去这么久了，你何必还老是放在心上？何况对不起你的是段公子，又不是他儿子？你……你……还是饶了这年青人罢。咱们'醉人蜂'给他吃了这么大苦头，也够他受的了。”那女子尖声道：“你说叫我饶了这姓段的小子？哼哼，我把他千刀万剐之后，才饶了他。”

段誉心想：“爹爹得罪了你，又不是我得罪你，为什么你这般恨我？那些蜜蜂原来叫作‘醉人蜂’，不知她从何处找得这许多蜜蜂，只是追着我们叮？这女子到底是谁？她不是锺夫人，两人的口音全然不同。”

忽听得一个男子的声音叫道：“舅妈，甥儿叩见。”

段誉大吃一惊，但心中一个疑团立时解开，说话的男子是慕容复。他称之为舅妈，自然是姑苏曼陀山庄的王夫人，便是王语嫣的母亲，自己的未来岳母了。霎时之间，段誉心中便如十五只吊桶打水，七上八下，乱成一片，当时曼陀山庄中的情景，一幕幕的涌上心头：

茶花又名曼陀罗花，天下以大理所产最为著名。姑苏茶花并不甚佳，曼陀山庄种了不少茶花，不但名种甚少，而且种植不得其法，不是花朵极小，便是枯萎凋谢。但她这座庄子为什么偏偏取名为“曼陀山庄”？庄中除了山茶之外，不种别的花卉，又是什么缘故？

曼陀山庄的规矩，凡是有男子擅自进庄，便须砍去双足。那王夫人更道：“只要是大理人，或者是姓段的，撞到了我便得活埋。”那个无量剑的弟子给王夫人擒住了，他不是大理人，只因家乡离大理不过四百余里，便也将之活埋。

那王夫人捉到了一个少年公子，命他回去即刻杀了家中结发妻子，把外面私下结识的姑娘娶来为妻。那公子不答允，王夫人就要杀他，非要他答允不可。

段誉记得当时王夫人吩咐手下婢女：“你押送他回姑苏城里，亲眼瞧着他杀了自己的妻子，和苗姑娘成亲，这才回来。”那公子求道：“拙荆和你无怨无仇，你又不识得苗姑娘，何以如此帮她，逼我杀妻另娶？”那时王夫人答道：“你既有了妻子，就不该再去纠缠别的闺女，既是花言巧语将人家骗上了，那就非得娶她为妻不可。”据她言道，单是婢女小翠一人，便曾在常熟、丹阳、无锡、嘉兴等地办过七起同样的案子。

段誉是大理人，姓段，只因懂得种植茶花，王夫人才不将他处死，反而在云锦楼设宴款待。可是段誉和她谈论山茶的品种之时，提及有一种茶花，白瓣而有一条红丝，叫作“抓破美人脸”。当时他道：“白瓣茶花而红丝甚多，那便不是‘抓破美人脸’了，那叫作‘倚栏娇’。夫人请想，凡是美人，自当娴静温雅，脸上偶尔抓破一条血丝，那还不妨，倘若满脸都抓破了，这美人老是和人打架，还有何美可言？”这句话大触王夫人之怒，骂他：“你听了谁的言语，捏造了这种种鬼话前来辱我？说一个女子学会了武功，就会不美？娴静温雅，又有什么好了？”由此而将他掀下席去，险些就此杀了他。

这种种事件，当时只觉这位夫人行事大乖人情，除了“岂有此理”四字之外，更无别般言词可以形容。但既知邻室这女子便是王夫人，一切便尽皆恍然：“原来她也是爹爹的旧情人，无怪她对山茶爱若性命，而对大理姓段的又这般恨之入骨。王夫人喜爱茶花，定是当年爹爹与她定情之时，与茶花有什么关连。她一捉到大理人或是姓段之人便要将之活埋，当然为了爹爹姓段，是大理人，将她遗弃，她怀恨在心，迁怒于其他大理人和姓段之人。她逼迫在外结识私情的男子杀妻另娶，是流露了她心中隐伏的愿望，盼望爹爹杀了正室，娶她为妻。自己无意中说一个女子老是与人打架，便为不美，令她登时大怒，想必当年她曾与爹爹为了私情之事，打过一架，至于爹爹当时尽量忍让，那也是理所当然。”

段誉想明白了许多怀疑之事，但心中全无如释重负之感，反而越来越如有一块大石压在胸口。为了什么缘由，一时却说不出来，总觉得王语嫣的母亲与自己父亲昔年曾有私情，此事十分不妥，内心深处，突然间感到了极大的恐惧，但又不敢清清楚楚的去想这件最可怕的事，只是说不出的烦躁惶恐。

只听得王夫人道："是复官啊，好得很啊，你快做大燕国皇帝了，这就要登基了罢？"语气之中，大具讥嘲之意。

慕容复却庄言以对："这是祖宗的遗志，甥儿无能，奔波江湖，至今仍是没半点头绪，正要请舅母多加指点。"

王夫人冷笑道："我有什么好指点？我王家是王家，你慕容家是慕容家，我们姓王的，跟你慕容家的皇帝梦有什么干系？我不许你上曼陀山庄，不许语嫣跟你相见，就是为了怕跟你慕容家牵扯不清。语嫣呢，你带她到哪里去啦？"

"语嫣呢？"这三个字，像雷震一般撞在段誉的耳里，他心中一直在挂念着这件事。当毒蜂来袭时，王语嫣是在他怀抱之中，此刻却到了何处？听王夫人的语气，似乎是真的不知。

只听慕容复道："表妹到了哪里，我怎知道？她一直和大理段公子在一起，说不定两个人已拜了天地，成了夫妻啦！"

王夫人颤声道："你……你放什么屁！"砰的一声，在桌上重重击了一下，怒道："你怎么不照顾她？让她一个年轻姑娘在江湖上胡乱行走？你竟不念半点表兄妹的情份？"

慕容复道："舅妈又为什么生这么大的气？你怕我娶了表妹，怕她成了慕容家的媳妇，跟着我发皇帝梦。现下好啦，她嫁了大理段公子，将来堂堂正正的做大理国皇后，那岂不是天大的美事？"

王夫人又伸掌在桌上砰的一拍，喝道："胡说！什么天大的美事？万万不许！"

段誉在隔室本已忧心忡忡，听到"万万不许"四个字，更是连珠价的叫苦："苦也，苦也！我和语嫣终究是好事多磨，她母亲竟说'万万不许'！"

却听得窗外有人说道："非也，非也，王姑娘和段公子乃是天生一对，地成一双，夫人说万万不许，那可错了。”王夫人怒道：“包不同，谁叫你没规矩的跟我顶嘴？你不听话，我即刻叫人杀了你的女儿。”包不同原是个天不怕、地不怕之人，可是一听到王夫人厉声斥责，竟然立即噤若寒蝉，再也不敢多说一句。

段誉心中只道：“包三哥，包三叔，包三爷，包三太爷，求求你快与夫人顶撞下去。她的话全然没有道理，只有你是英雄好汉，敢和她据理力争。”哪知窗外鸦雀无声，包不同再也不作声了。原来倒不是包不同怕王夫人去杀他女儿包不靓，只因包不同数代跟随慕容氏，是他家忠心耿耿的部曲，王夫人是慕容家至亲长辈，说来也是他的主人，真的发起脾气来，他倒也不敢抹了这上下之分。

王夫人听包不同住了口，怒气稍降，问慕容复道：“复官，你来找我，又安了什么心眼儿啦？又想来算计我什么东西了？”

慕容复笑道：“舅母，甥儿是你至亲，心中惦记着你，难道来瞧瞧你也不成么？怎么一定是来算计你什么东西？”

王夫人道：“嘿嘿，你倒还真有良心，惦记着舅妈。要是你早惦着我些，舅妈也不会落得今日这般凄凉了。”慕容复笑道：“舅妈有什么不痛快的事，尽管和甥儿说，甥儿包你称心如意。”王夫人道：“呸，呸，呸！几年不见，却在哪里学了这许多油腔滑调！”慕容复道：“怎么油腔滑调啦？别人的心事，我还真难猜，可是舅妈心中所想的事，甥儿猜不到十成，也猜得到八成。要舅妈称心如意，不是甥儿夸口，倒还真有七八分把握。”王夫人道：“那你倒猜猜看，若是胡说八道，瞧我不老大耳括子打你。”

慕容复拖长了声音，吟道：“青裙玉面如相识，九月茶花满路开！”

王夫人吃了一惊，颤声道：“你……你怎么知道？你到过了草海的木屋？”慕容复道：“舅妈不用问我怎么知道，只须跟甥儿说，要不要见见这个人？”王夫人道：“见……见哪一个人？”语音立时便软了下来，显然颇有求恳之意，与先前威严冷峻的语调大不相同。慕容复道："甥儿所说的那个人，便是舅妈心中所想的那个人。春沟水动茶花白，夏谷云生荔子红！"

王夫人颤声道："你说我怎么能见得到他？"慕容复道："舅妈花了不少心血，要擒住此人，不料还是棋差一着，给他躲了过去。甥儿心想，见到他虽然不难，却也没什么用处。终须将他擒住，要他服服贴贴的听舅妈吩咐，那才是道理。舅妈要他东，他不敢西；舅妈要他画眉毛，他不敢给你搽胭脂。"最后两句话已大有轻薄之意，但王夫人心情激荡，丝毫不以为忤，叹了口气，道："我这圈套策划得如此周密，还是给他躲过了。我可再也想不出更好的法子来啦。"

慕容复道："甥儿却知道此人的所在，舅妈如信得过我，将那圈套的详情跟甥儿说说，说不定我有点儿计较。"

王夫人道："咱们说什么总是一家人，有什么信不过的？这一次我所使的，是个'醉人蜂'之计。我在曼陀山庄养了几百窝蜜蜂，庄上除了茶花之外，更无别种花卉。山庄远离陆地，岛上的蜜蜂也不会飞到别地去采蜜。"慕容复道："是了，这些醉人蜂除了茶花之外，不喜其他花卉的香气。"王夫人道："调养这窝蜜蜂，可费了我十几年心血。我在蜂儿所食的蜜糖之中，逐步加入麻药，再加入另一种药物，这醉人蜂刺了人之后，便会将人麻倒，令人四五日不省人事。"

段誉心下一惊："难道我已晕倒了四五日？"

慕容复道："舅妈的神机妙算，当真是人所难及，却又如何令蜜蜂去刺人？"

王夫人道："这须得在那人的食物之中，加入一种药物。这药物并无毒性，无色无臭，却略带苦味，因此不能一次给人大量服食。你想这人自己固是鬼精灵，他手下的奴才又多聪明才智之辈，要用迷药、毒药什么对付他，那是万万办不到的。因此我定下计较，派人沿路供他酒饭，暗中掺入这些药物。”

段誉登时省悟：“原来一路上这许多字画均有缺笔缺字，是王夫人引我爹爹去填写的，他填得不错，王夫人埋伏下的人便知他是大理段王爷，将掺入药物的酒饭送将上来。”

王夫人道：“不料阴错阳差，那个人去了别处，这人的儿子却闯了来。这小鬼头将老子的诗词歌赋都熟记在心，当然也是个风流好色、放荡无行的浪子了。这小鬼一路上将字画中的缺笔都填对了，大吃大喝，替他老子把掺药酒饭喝了个饱，到了草海的木屋之中。木屋里灯盏的灯油，都是预先放了药料的，在木柱之中我又藏了药料，待那小鬼弄破柱子，几种药料的香气一掺合，便引得醉人蜂进去了。唉，我的策划一点儿也没错，来的人却错了。这小鬼坏了我的大事！哼，我不将他斩成十七八块，难泄我心头之恨。”

段誉听她语气如此怨毒，不禁怵然生惧，又想：“她的圈套部署得也当真周密，竟在柱中暗藏药粉，引得我去填写对联中的缺字，刺破柱子，药粉便散了出来。唉，段誉啊段誉！你一步步踏入人家的圈套之中，居然瞧不出半点端倪，当真是胡涂透顶了。”但转念又想：“我一路上填写字画中的缺笔缺字，王夫人的爪牙便将我当作了爹爹，全副精神贯注在我身上，爹爹竟因此脱险。我代爹爹担当大祸，又有什么可怨的？那正是求之不得的事。”言念及此，颇觉坦然，但不禁又想：“王夫人擒住了我，要将我斩成十七八块，倘若擒住的是我爹爹，反会千依百顺的侍候他。我父子二人的遭际，可大大不同了。”

只听得王夫人恨恨连声，说道：“我要这婢子装成个聋哑老妇，主持大局，她又不是不认得那人，到头来居然闹出这大笑话来。”

那老妇辩道：“小姐，婢子早向你禀告过了。我见来人中并无段公子在内，便将他们火刀火石都骗了来，好让他们点不着油灯，婢子又用草席将柱子上的对联都遮住了，使得不致引醉人蜂进屋。谁知这些人硬要自讨苦吃，终于还是生着了火，见到了对联。”

王夫人哼了一声，说道：“总而言之，是你不中用。”

段誉心道：“这老婆婆骗去我们的火刀火石，用草席包住柱子，原来倒是为了我们好，真正料想不到。”

慕容复道：“舅妈，这些醉人蜂刺过人后，便不能再用了么？”王夫人道：“蜂子刺过人之后，过不多久便死。可是我养的蜂子成千成万，少了几百只又有什么干系？”慕容复拍手道：“那就行啊。先拿了小的，再拿老的，又有何妨？甥儿心想，倘若将那小子身上的衣冠佩玉，或是兵刃用物什么的，拿去给舅妈那个……那……那个人瞧瞧，要引他到那草海的木屋之中，只怕倒也不难。”

王夫人“啊”的一声，站起身来，说道：“好甥儿，毕竟是你年轻人脑子灵。舅妈一个计策没成功，心下懊丧不已，就没去想下一步棋子。对对，他父子情深，知道儿子落入了我手里，定然会赶来相救，那时再使醉人蜂之计，也还不迟。”

慕容复笑道：“到了那时候，就算没蜜蜂儿，只怕也不打紧。舅妈在酒中放上些迷药，要他喝上三杯，还怕他推三阻四？其实，只要他见到了舅妈的花容月貌，又用得着什么醉人蜂、什么迷晕药？他哪里还有不大醉大晕的？”

王夫人呸的一声，骂道：“浑小子，跟舅妈没上没下的胡说！”但想到和段正淳相见、劝他喝酒的情景，不由得眉花眼笑，心魂皆酥，甜腻腻的道：“对，不错，咱们便是这个主意。”

慕容复道：“舅妈，你外甥出的这个主意还不错罢？”王夫人笑道：“倘若这件事不出岔子，舅妈自然忘不了你的好处。咱们第一步，须得查明白这没良心的现下到了哪里。”慕容复道：“甥儿倒也听到了些风声，不过这件事中间，却还有个老大难处。”王夫人皱眉道：“有什么难处？你便爱吞吞吐吐的卖关子。”慕容复道："这个人刻下被人擒住了，性命已在旦夕之间。"

呛啷一声，王夫人衣袖带动茶碗，掉在地下摔得粉碎。

段誉也是大吃一惊，若不是口中给塞了麻核，已然叫出声来。

王夫人颤声道："是……是给谁擒住了？你怎不早说？咱们好歹得想个法儿去救他出来。"慕容复摇头道："舅妈，对头的武功极强，甥儿万万不是他的敌手。咱们只可智取，不可力敌。"王夫人听他语气，似乎并非时机紧迫，凶险万分，又稍宽心，连问："怎样智取？又怎生智取法？"

慕容复道："舅妈的醉人蜂之计，还是可以再使一次。只须换几条木柱，将柱上的字刻过几个，比如说，刻上'大理国当今天子保定帝段正明'的字样，那人一见之下，必定心中大怒，伸指将'保定帝段正明'的字样抹去，药气便又从柱中散出来了。"

王夫人道："你说擒住他的，是那个和段正明争大理国皇位、叫什么段延庆的？"

慕容复道："正是！"

王夫人惊道："他……他……他落入了段延庆之手，定然凶多吉少。段延庆时时刻刻在想害死他，说不定……说不定这时候已经将他……将他处死了。"

慕容复道："舅妈不须过虑，这其中有个重大关节，你还没想到。"王夫人道："什么重大关节？"慕容复道："现下大理国的皇帝是段正明。你那位段公子早就封为皇太弟，大理国臣民众所周知。段正明轻徭薄赋，勤政爱民，百姓都说他是圣明天子，镇南王人缘也很不错，这皇位是极难动摇的。段延庆要杀他固是一举手之劳，但一刀下去，大理势必大乱，这大理国皇帝的宝座，段延庆却未必能坐得上去。"

王夫人道："这倒也有点道理，你却又怎么知道？"慕容复道："有些是甥儿听来的，有些是推想出来的。"王夫人道："你一生一世便在想做皇帝，这中间的关节，自然揣摩得清清楚楚了。”

慕容复道：“舅妈过奖了。但甥儿料想这段延庆擒住了镇南王，决不会立即将他杀死，定要设法让他先行登基为帝，然后再禅位给他段延庆。这样便名正言顺，大理国群臣军民，就都没有异言。”王夫人问道：“怎样名正言顺？”慕容复道：“段延庆的父亲原是大理国皇帝，只因奸臣篡位，段延庆在混乱中不知去向，段正明才做上了皇帝。段延庆是货真价实的‘延庆太子’，在大理国是人人都知道的。镇南王登基为帝，他又没有后嗣，将段延庆立为皇太弟，可说是顺理成章，名正言顺。”

王夫人奇道：“他……他……他明明有个儿子，怎么说没有后嗣？”慕容复笑道：“舅妈说过的话，自己转眼便忘了，你不是说要将这姓段的小子斩成十七八块么？世上总不会有个十七八块的皇太子罢？”王夫人喜道：“对！对！这是刀白凤那贱婢生的野杂种，留在世上，教我想起了便生气。”

段誉只想：“今番当真是凶多吉少了。语嫣却又不知到了何处？否则王夫人瞧在女儿面上，说不定能饶我一命。”

王夫人道：“既然他眼下并无性命之忧，我就放心了。我可不许他去做什么大理国的劳什子皇帝。我要他随我去曼陀山庄。”慕容复道：“镇南王禅位之后，当然要跟舅妈去曼陀山庄，那时候便要他留在大理，他固然没趣，段延庆也必容他不得，岂肯留下这个祸胎？不过镇南王嘛，这皇帝的宝座总是要坐一坐的，十天也好，半月也好，总得过一过桥，再抽了他的板。否则段延庆也不答应。”王夫人道：“呸！他答不答应，关我什么事？咱们拿住了段延庆，救出段公子后，先把段延庆一刀砍了，又去管他什么答应不答应？”

慕容复叹了口气，道：“舅妈，你忘了一件事，咱们可还没将段延庆拿住，这中间还差了这么老大一截。”王夫人道：“他在哪里，你当然是知道的了。好甥儿，你的脾气，舅妈难道还有不明白的？你帮我做成这件事，到底要什么酬谢？咱们先小人后君子，你爽爽快快的先说出来罢。”慕容复道：“咱们是亲骨肉，甥儿给舅妈出点力气，哪里还能计什么酬谢的？甥儿是尽力而为，什么酬谢都不要。”

王夫人道：“你现下不说，事后再提，那时我若不答允，你可别来抱怨。”

慕容复笑道：“甥儿说过不要酬谢，便是不要酬谢。那时候如果你心中欢喜，赏我几万两黄金，或者琅嬛阁中的几部武学秘典，也就成了。”

王夫人哼了一声，说道：“你要黄金使费，只要向我来取，我又怎会不给？你要看琅嬛阁中的武经秘要，那更是欢迎之不暇，我只愁你不务正业，不求上进。真不知你这小子心中到底打的是什么主意？好罢！咱们怎生去擒段延庆，怎生救人，你的主意怎样？”

慕容复道：“第一步，是要段延庆带了镇南王到草海木屋中去，是不是？”王夫人道：“是啊，你有什么法子，能将段延庆引到草海木屋中去？”慕容复道：“这件事很容易。段延庆想做大理国皇帝，必须办妥两件事。第一，擒住段正淳，逼他答允禅位；第二，杀了段誉，要段正淳‘不孝有三，无后为大’。段延庆第一件事已办妥了，已擒住了段正淳。段誉那小子可还活在世上。咱们拿段誉的随身物事去给段正淳瞧瞧，段正淳当然想救儿子，段延庆便带着他来了。所以啊，舅妈擒住这段小子，半点也没擒错了，那是应有之着，叫做不装香饵，钓不着金鳌。”

王夫人笑道：“你说这段小子是香饵？”慕容复笑道：“我瞧他有一半儿香，有一半儿臭。”王夫人道：“却是如何？”慕容复道：“镇南王生的一半，是香的。镇南王妃那贱人生的一半，定然是臭的。”

王夫人哈哈大笑，说道：“你这小子油嘴滑舌，便会讨舅妈的欢喜。”

慕容复笑道：“甥儿索性快马加鞭，早一日办成此事，好让舅妈早一日欢喜。舅妈，你把那小子叫出来罢。”王夫人道：“他给醉人蜂刺了后，至少再过三日，方能醒转。这小子便在隔壁，要不然咱们这么大声说话，都教他给听去了。我还有一件事问你。这……这镇南王虽然没良心，却算得是一条硬汉，段延庆怎能逼得他答允禅位？莫非加以酷刑，让他……让他吃了不少苦头吗？”说到这里，语气中充满了关切之情。

慕容复叹了口气，说道：“舅妈，这件事嘛，你也就不必问了，甥儿说了，你听了只有生气。”王夫人急道：“快说，快说，卖什么关子？”慕容复叹道：“我说大理姓段的没良心，这话确是不错的。舅妈这般的容貌，文武双全，便打着灯笼找遍了天下，却又哪里找得着第二个了？这姓段的前生不知修了什么福，居然得到舅妈垂青，那就该当专心不二的侍候你啦，岂知……唉，天下便有这等不知好歹的胡涂虫，有福不会享，不爱月里嫦娥，却去爱在烂泥里打滚的母猪……”

王夫人怒道：“你说他……他……这没良心的，又和旁的女子混在一起啦？是谁？是谁？”慕容复道：“这种低三下四的贱女子，便跟舅妈提鞋儿也不配，左右不过是张三的老婆，李四的闺女，舅妈没的失了身份，犯不着为这种女子生气。”

王夫人大怒，将桌拍得砰砰大响，大声道：“快说！这小子，他丢下了我，回大理去做他的王爷，我并不怪他。他家中有妻子，我也不怪他，谁教我识得他之时，他已是有妇之夫呢？可是他……可是他……你说他又和别的女人在一起，那是谁？那是谁？”

段誉在邻室听得她如此大发雷霆，不由得胆战心惊，心想：“语嫣多么温柔和顺，她妈妈却怎地这般厉害？爹爹能跟她相好，倒是不易。”转念又想：“爹爹那些旧情人个个脾气古怪。秦阿姨叫女儿来杀我妈妈。阮阿姨生下这样一个阿紫妹妹，她自己的脾气多半也好不了。甘阿姨明明嫁了锺万仇，却又跟我爹爹藕断丝连的。丐帮马副帮主的老婆更是乖乖不得了。就说我妈妈罢，她不肯和爹爹同住，要到城外道观中去出家做道姑，连皇伯父、皇伯母苦劝也是无用。唉，怎地我连妈妈也编排上了？”

慕容复道：“舅妈，你又何必生这么大的气？你歇一歇，甥儿慢慢说给你听。”

王夫人道：“你不说我也猜得到了，段延庆捉住了这段小子的一个贱女人，逼他答允做了皇帝后禅位，若不答允，便要为难这贱女人，是不是？这姓段的小子的臭脾气，我还有不明白的？别人硬逼他答允什么，便钢刀架在脖子上，他也是宁死不屈，可是一碰到他心爱的女人啊，他就什么都答允了，连自己性命也不要了。哼，这贱女人模样儿生得怎样？这狐媚子，不知用什么手段将他迷上了。快说，这贱女人是谁？”

慕容复道：“舅妈，我说便说了，你别生气，贱女人可不止一个。”王夫人又惊又怒，砰的一声，在桌上重重拍了一下，道：“什么？难道有两个？”慕容复叹了口气，悠悠的道：“也不止两个！”

王夫人惊怒愈甚，道：“什么？他在旅途之中，还是这般拈花惹草，一个已不足，还携带了两个、三个？”

慕容复摇摇头，道：“眼下一共有四个女人陪伴着他。舅妈，你又何必生气？日后他做了皇帝，三宫六院要多少有多少。就算大理是小国，不能和大宋、大辽相比，后宫佳丽没有三千，三百总是有的。”

王夫人骂道：“呸，呸！我就因此不许他做皇帝。你说，那四个贱女人是谁？”

段誉也觉奇怪，他只知秦红棉、阮星竹两人陪着父亲，怎地又多了两个女子出来？

只听慕容复道："一个姓秦，一个姓阮……"王夫人道："哼，秦红棉和阮星竹，这两只狐狸精又跟他缠在一起了。"慕容复道："还有一个却是有夫之妇，我听得他们叫她做锺夫人，好像是出来寻找女儿的。这位锺夫人倒是规规矩矩的，对镇南王始终不假丝毫词色，镇南王对她也是以礼相待，不过老是眉花眼笑的叫她：'宝宝，宝宝！'叫得好不亲热。"王夫人怒道："是甘宝宝这贱人，什么'以礼相待'？假撇清，做戏罢啦，要是真的规规矩矩，该当离得远远的才是，怎么又混在一块儿？第四个贱女子是谁？"

慕容复道："这第四个却不是贱女子，她是镇南王的元配正室，镇南王妃。"

段誉和王夫人都是大吃一惊。段誉心道："怎么妈妈也来了？"王夫人"啊"的一声，显得大出意料之外。

慕容复笑道："舅妈觉得奇怪么？其实你再想一想，一点也不奇怪了。镇南王离大理后年余不归，中原艳女如花，既有你舅妈这般美人儿，更有秦红棉、阮星竹那些骚狐狸，镇南王妃岂能放得了心？"

王夫人"呸"了一声，道："你拿我去跟那些骚狐狸相提并论！这四个女人，现下仍是跟他在一起？"

慕容复笑道："舅妈放心，双凤驿边红沙滩上一场恶斗，镇南王全军覆没，给段延庆一网打尽，男男女女，都教他给点中了穴道，尽数擒获。段延庆只顾对付镇南王一行，却没留神到我躲在一旁，瞧了个清清楚楚。甥儿快马加鞭，赶在他们头里一百余里。舅妈，事不宜迟，咱们一面去布置醉人蜂和迷药，一面派人去引段延庆……"

这"庆"字刚说出口，突然远处有个极尖锐、极难听的声音传了过来："我早就来啦，引我倒也不必，醉人蜂和迷药却须好好布置才是。"

林间草丛，白雾弥漫，那白衣女子长发披肩，好像足不沾地般行来，便像观音菩萨一般的端正美丽。

四十八

王孙落魄　怎生消得　杨枝玉露

这声音少说也在十余丈外，但传入王夫人和慕容复的耳鼓，却是近如咫尺一般。两人脸色陡变，只听得屋外风波恶、包不同齐声呼喝，向声音来处冲去。慕容复闪到门口。月光下青影晃动，跟着一条灰影、一条黄影从旁抢了过去，正是邓百川和公冶乾分从左右夹击。

段延庆左杖拄地，右杖横掠而出，分点邓百川和公冶乾二人，嗤嗤嗤几声，霎时间递出了七下杀手。邓百川勉力对付，公冶乾支持不住，倒退了两步。包不同和风波恶二人回身杀转。段延庆以一敌四，仍是游刃有余，大占上风。

慕容复抽出腰间长剑，冷森森幻起一团青光，向段延庆刺去。段延庆受五人围攻，慕容复更是一流高手，但他杖影飘飘，出招仍是凌厉之极。

当年王夫人和段正淳热恋之际，花前月下，除了山盟海誓之外，不免也谈及武功，段正淳曾将一阳指、段氏剑法等等武功一一试演。此刻王夫人见段延庆所使招数宛如段郎当年，怎不伤心？她想段郎为此人所擒，多半便在附近，何不乘机去将段郎救了出来？她正要向屋外山后寻去，陡然间听得风波恶一声大叫。

只见风波恶卧在地下，段延庆右手钢杖在他身外一尺处划来划去，却不击他要害。慕容复、邓百川等兵刃递向段延庆，均被他钢杖拨开。这情势甚是明显，段延庆如要取风波恶性命，自是易如反掌，只是暂且手下留情而已。

慕容复倏地向后跳开，叫道："且住！"邓百川、公冶乾、包不同三人同时跃开。慕容复道："段先生，多谢你手下容情。你我本来并无仇怨，自今而后，姑苏慕容氏对你甘拜下风。"

风波恶叫道："姓风的学艺不精，一条性命打什么紧？公子爷，你千万不可为了姓风的而认输。"段延庆喉间咕咕一笑，说道："姓风的倒是条好汉子！"撤开钢杖。

风波恶一个"鲤鱼打挺"，呼的一声跃起，单刀向段延庆头顶猛劈下来，叫道："吃我一刀！"段延庆钢杖上举，往他单刀上一黏。风波恶只觉一股极大的力道震向手掌，单刀登时脱手，跟着腰间一痛，已被对方拦腰一杖，挑出十余丈外。段延庆右手微斜，内力自钢杖传上单刀，只听得叮叮当当一阵响声过去，单刀已被震成十余截，相互撞击，四散飞开。慕容复、王夫人等分别纵高伏低闪避，心下均各骇然。

慕容复拱手道："段先生神功盖世，佩服，佩服。咱们就此化敌为友如何？"

段延庆道："适才你说要布置醉人蜂来害我，此刻比拼不敌，却又要出什么主意了？"

慕容复道："你我二人倘能携手共谋，实有大大的好处。延庆太子，你是大理国嫡系储君，皇帝的宝座给人家夺了去，怎地不想法子去抢回来？"段延庆怪目斜睨，阴恻恻的道："这跟你有什么干系？"慕容复道："你要做大理国皇帝，非得我相助不可。"段延庆一声冷笑，说道："我不信你肯助我。只怕你恨不得一剑将我杀了。"

慕容复道："我要助你做大理国皇帝，乃是为自己打算。第一，我恨死段誉那小子。他在少室山逼得我险些自刎，令慕容氏在武林中几无立足之地。我定要制段誉这小子的死命，助你夺得皇位，以泄我恶气。第二，你做了大理国皇帝后，我另行有事盼你相助。”

段延庆明知慕容复机警多智，对己不怀好意，但听他如此说，倒也信了七八分。当日段誉在少室山上以六脉神剑逼得慕容复狼狈不堪，段延庆亲眼目睹。他忆及此事，登时心下极是不安。他虽将段正淳擒住，但自忖决非段誉六脉神剑的对手，倘若狭路相逢，动起手来，非丧命于段誉的无形剑气之下不可，唯一对付之策，只是以段正淳夫妇的性命作为要胁，再设法制服段誉，可是也无多大把握，于是问道：“阁下并非段誉对手，却以何法制他？”

慕容复脸上微微一红，说道：“不能力敌，便当智取。总而言之，段誉那小子由在下擒到，交给阁下处置便是。”

段延庆大喜，他一直最放心不下的，便是段誉武功太强，自己敌他不过，慕容复能将之擒获，自是去了自己最大的祸患，但想只怕慕容复大言欺骗，别轻易上了他当，说道：“你说能擒到段誉，岂不知空想无益、空言无凭？”

慕容复微微一笑，说道：“这位王夫人，是在下的舅母，段誉这小子已为我舅母所擒。她正想用这小子来和阁下换一个人，咱们所以要引阁下到来，其意便在于此。”

这时王夫人游目四顾，正在寻找段正淳的所在，听到慕容复的说话，便即回过身来。

段延庆喉腹之间叽叽咕咕的说道：“不知夫人要换哪一个人？”

王夫人脸上微微一红，她心中日思夜想、念兹在兹的便是段正淳一人，可是她以孀居之身，公然向旁人吐露心意，究属不便，一时甚觉难以对答。

慕容复道：“段誉这小子的父亲段正淳，当年得罪了我舅母，委实仇深似海。我舅母要阁下答允一句话，待阁下受禅大理国皇位之后，须将段正淳交与我舅母，那时是杀是剐、油煎火焚，一凭我舅母处置。”

段延庆哈哈一笑，心道：“他禅位之后，我原要将他处死，你代我动手，那是再好也没有了。”但觉此事来得太过容易，只恐其中有诈，又问：“慕容公子，你说待我登基之后，有事求我相助，却不知是否在下力所能及，请你言明在先，以免在下日后无法办到，成为无信的小人。”

慕容复道：“段殿下既出此言，在下便一万个信得过你了。咱们既要做成这件大交易，在下心中之事，自也不必瞒你。姑苏慕容氏乃当年大燕皇裔，我慕容氏列祖列宗遗训，务以兴复大燕为业。在下力量单薄，难成大事。等殿下正位为大理国君之后，慕容复要向大理国主借兵一万、粮饷称足，以为兴复大燕之用。”

慕容复是大燕皇裔一事，当慕容博在少室山上阻止慕容复自刎之时，段延庆冷眼旁观，已猜中了十之七八，再听慕容复居然将这么一个大秘密向自己吐露，足见其意甚诚，寻思：“他要兴复燕国，势必同时与大宋、大辽为敌。我大理小国寡民，自保尚嫌不足，如何可向大国启衅？何况我初为国君，人心未定，更不可擅兴战祸。也罢，此刻我假意答允，到那时将他除去便是，岂不知量小非君子，无毒不丈夫？”便道：“大理国小民贫，一万兵员仓猝难以毕集，五千之数，自当供足下驱使。但愿大功告成。大燕、大理永为兄弟婚姻之国。”

慕容复深深下拜，垂涕说道：“慕容复若得恢复祖宗基业，世世代代为大理屏藩，决不敢忘了陛下的大恩大德。”

段延庆听他居然改口称自己为“陛下”，不禁大喜，又听他说到后来，语带呜咽，实是感极而泣，忙伸手扶起，说道：“公子不须多礼。不知段誉那小子却在何处？”

慕容复尚未回答，王夫人抢上两步，问道：“段正淳那厮，却又在何处？”慕容复道：“陛下，请你带同随从，到我舅母寓所暂歇。段誉已然缚定，当即奉上。”

段延庆喜道：“如此甚好。”突然之间，一阵尖啸声从他腹中发出。

王夫人一惊，只听得远处蹄声隐隐，车声隆隆，几辆骡车向这边驰来。过不多时，便见四人乘着马，押着三辆大车自大道上奔至。王夫人身形一晃，便即抢了上去，心中只道段正淳必在车中，再也忍耐不住，掠过两匹马，伸手去揭第一辆大车的车帷。

突然之间，眼前多了一个阔嘴细眼、大耳秃顶的人头。那人头嘶声喝道：“干什么？”王夫人大吃一惊，纵身跃开，这才看清，这丑脸人手拿鞭子，却是赶车的车夫。

段延庆道：“三弟，这位是王夫人，咱们同到她庄上歇歇。车中那些客人，也都带了进去罢！”那车夫正是南海鳄神。

大车的车帷揭开，颤巍巍的走下一人。

王夫人见这人容色憔悴，穿着一件满是皱纹的绸袍，正是她无日不思的段郎。她胸口一酸，眼泪夺眶而出，抢上前去，叫道：“段……段……你……你好！”

段正淳听到声音，心下已是大惊，回过头来见到王夫人，更是脸色大变。他在各处欠下不少风流债，众债主之中，以王夫人最是难缠。秦红棉、阮星竹等人不过要他陪伴在侧，便已心满意足，这王夫人却死皮赖活、出拳动刀，定要逼他去杀了元配刀白凤，再娶她为妻。这件事段正淳如何能允？闹得不可开交之时，只好来个不告而别，溜之大吉，万没想到自己正当处境最是窘迫之际，偏偏又遇上了她。

段正淳虽然用情不专，但对每一个情人却也都真诚相待，一凛之下，立时便为王夫人着想，叫道：“阿萝，快走！这青袍老者是个大恶人，别落在他手中。”身子微侧，挡在王夫人与段延庆之间，连声催促：“快走！快走！”其实他早被段延庆点了重穴，举步也已艰难之极，哪里还有什么力量来保护王夫人？

这声“阿萝”一叫，而关怀爱护之情确又出于至诚，王夫人满腔怨愤，霎时之间化为万缕柔情，只是在段延庆与甥儿跟前，无论如何不能流露，当下冷哼一声，说道：“泥菩萨过江，自身难保。他是大恶人，难道你是大好人么？”转面向段延庆道：“殿下，请！”

段延庆素知段正淳的性子，此刻见到他的举动神色，显是对王夫人有爱无恨，而王夫人对他即使有所怨怼，也多半是情多于仇，寻思：“这二人之间关系大非寻常，可别上了他们的当。”他艺高人胆大，却也丝毫不惧，凛然走进了屋中。

那是王夫人特地为了擒拿段正淳而购置的一座庄子，建构着实不小，进庄门后便是一座大院子，种满了茶花，月光下花影婆娑，甚为雅洁。

段正淳见了茶花布置的情状，宛然便是当年和王夫人在姑苏双宿双飞的花园一模一样，胸口一酸，低声道：“原来……原来是你的住所。”王夫人冷笑道：“你认出来了么？”段正淳低声道：“认出来了。我恨不得当年便和你双双终老于姑苏曼陀山庄……”

南海鳄神和云中鹤将后面二辆大车中的俘虏也都引了进来。一辆车中是刀白凤、锺夫人甘宝宝、秦红棉、阮星竹四个女子，另一辆中是范骅等三个大理臣工和崔百泉、过彦之两个客卿。九人也均被段延庆点了重穴。

原来段正淳派遣巴天石和朱丹臣护送段誉赴西夏求亲，不久便接到保定帝御使送来的谕旨，命他克日回归大理，登基接位，保定帝自己要赴天龙寺出家。大理国皇室崇信佛法，历代君主到晚年避位为僧者甚众，是以段正淳奉到谕旨之时虽心中伤感，却不以为奇，当即携同秦红棉、阮星竹缓缓南归，想将二女在大理城中秘为安置，不令王妃刀白凤知晓。岂知刀白凤和甘宝宝竟先后赶到。跟着得到灵鹫宫诸女传警，说道有厉害对头沿路布置陷阱，请段正淳加意提防。段正淳和范骅等人一商议，均想所谓“厉害对头”，必是段延庆无疑，此人当真难斗，避之则吉，当即改道向东。他哪知这讯息是阿碧自王夫人的使婢处得来，阿碧只知其一，不知其二，陷阱确然是有的，王夫人却并无加害段正淳之意。

段正淳这一改道，王夫人所预伏的种种布置，便都应在段誉身上，而段正淳反撞在段延庆手中。凤凰驿边红沙滩一战，段正淳全军覆没，古笃诚被南海鳄神打入江中，尸骨无存，其余各人都给段延庆点了穴道，擒之南来。

慕容复命邓百川等四人在屋外守望，自己俨然以主人自居，呼婢喝仆，款待客人。

王夫人目不转瞬的凝视刀白凤、甘宝宝、秦红棉、阮星竹等四个女子，只觉每人各有各的妩媚，各有各的俏丽，虽不自惭形秽，但若以“骚狐狸”、“贱女人”相称，心中也觉不妥，一股“我见犹怜，何况老奴”之意，不禁油然而生。

段誉在隔室听到父亲和母亲同时到来，却又俱落在大对头之手，不由得又是喜欢，又是担忧。只听段延庆道：“王夫人，待我大事一了，这段正淳自当交于你手，任凭处置便是。段誉那小子却又在何处？”

王夫人击掌三下，两名侍婢走到门口，躬身候命。王夫人道：“带那段小子来！”

段延庆坐在椅上，左手搭在段正淳右肩。他对段誉的六脉神剑大是忌惮，既怕王夫人和慕容复使诡，要段誉出来对付他，又怕就算王夫人和慕容复确具诚意，但段誉如此武功，只须脱困而出，那就不可复制，是以他手按段正淳之肩，叫段誉为了顾念父亲，不敢猖獗。

只听得脚步声响，四名侍婢横抬着段誉身子，走进堂来。他双手双脚都以牛筋捆绑，口中塞了麻核，眼睛以黑布蒙住，旁人瞧来，也不知他是死是活。

镇南王妃刀白凤失声叫道："誉儿！"便要扑将过去抢夺。王夫人伸手在她肩头一推，喝道："给我好好坐着！"刀白凤被点重穴后，力气全失，给她一推之下，立即跌回椅中，再也无法动弹。

王夫人道："这小子是给我使蒙药蒙住的，他没死，知觉却没恢复。延庆太子，你不妨验明正身，可没拿错人罢？"段延庆点了点头，道："没错。"王夫人只知她这群醉人蜂毒刺上的药力厉害，却不知段誉服食莽牯朱蛤后，一时昏迷，不多时便即回复知觉，只是身处缧绁之下，和神智昏迷的情状亦无多大分别而已。

段正淳苦笑道："阿萝，你拿了我誉儿干什么？他又没得罪你。"

王夫人哼了一声不答，她不愿在人前流露对段正淳的依恋之情，却也不忍恶言相报。

慕容复生怕王夫人旧情重炽，坏了他大事，便道："怎么没得罪我舅母？他……他勾引我表妹语嫣，玷污了她的清白，舅母，这小子死有余辜，也不用等他醒转……"一番话未说完，段正淳和王夫人同声惊呼："什么？他……他和……"

段正淳脸色惨白，转向王夫人，低声问道："是个女孩，叫做语嫣？"

王夫人的脾气本来暴躁已极，此番忍耐了这么久，已是生平从所未有之事，这时实在无法再忍，哇的一声哭了出来，叫道："都是你这没良心的薄幸汉子，害了我不算，还害了你的亲生女儿。语嫣，语嫣……她……她可是你的亲骨肉。"转过身来，伸足便向段誉身上乱踢，骂道："你这禽兽不如的色鬼，丧尽天良的浪子，连自己亲妹子也放不过，我……我恨不得将你这禽兽千刀万剐，斩成肉酱。”

她这么又踢又叫，堂上众人无不骇异。刀白凤、秦红棉、甘宝宝、阮星竹四个女子深知段正淳的性子，立时了然，知道他和王夫人结下私情，生了个女儿叫做什么“语嫣”的，哪知段誉却和她有了私情。秦红棉立时想到自己女儿木婉清，甘宝宝想到了自己女儿锺灵，都是又感尴尬，又觉羞惭。其余段延庆、慕容复等稍一思索，也都心下雪亮。

秦红棉叫道：“你这贱婢！那日我和我女儿到姑苏来杀你，却给你这狐狸精躲过了，尽派些虾兵蟹将来跟我们纠缠。只恨当日没杀了你，你又来踢人干什么？”

王夫人全不理睬，只是乱踢段誉。

南海鳄神眼见地下躺着的正是师父，当下伸手在王夫人肩头一推，喝道：“喂，他是我的师父。你踢我师父，等如是踢我。你骂我师父是禽兽，岂不是我也成了禽兽？你这泼妇，我喀喇一声，扭断了你雪白粉嫩的脖子。”

段延庆道：“岳老三，不得对王夫人无礼！这个姓段的小子是个无耻之徒，花言巧语，骗得你叫他师父，今日正好将之除去，免得你在江湖上没面目见人。”

南海鳄神道：“他是我师父，那是货真价实之事，又不是骗我的，怎么可以伤他？”说着便伸手去解段誉的捆缚。段延庆道：“老三，你听我说，快取鳄嘴剪出来，将这小子的头剪去了。”南海鳄神连连摇头，说道：“不成！老大，今日岳老三可不听你的话了，我非救师父不可。”说着用力一扯，登时将绑缚段誉的牛筋扯断了一根。

段延庆大吃一惊，心想段誉倘若脱缚，他这六脉神剑使将出来，又有谁能够抵挡得住，别说大事不成，自己且有性命之忧，情急之下，呼的一杖刺出，直指南海鳄神的后背，内力到处，钢杖贯胸而出。

南海鳄神只觉后背和前胸一阵剧痛，一根钢杖已从胸口突了出来。他一时愕然难明，回过头来瞧着段延庆，眼光中满是疑问之色，不懂何以段老大竟会向自己忽施杀手。段延庆一来生性凶悍，既是“四大恶人”之首，自然出手毒辣；二来对段誉的六脉神剑忌惮异常，深恐南海鳄神解脱了他的束缚，是以虽无杀南海鳄神之心，还是一杖刺中了他的要害。段延庆见到他的眼色，心头霎时间闪过一阵悔意，一阵歉仄，但这自咎之情一晃即泯，右手一抖，将钢杖从他身中抽出，喝道：“老四，将他去葬了。这是不听老大之言的榜样。”

南海鳄神大叫一声，倒在地下，胸背两处伤口中鲜血泉涌，一双眼珠睁得圆圆地，当真是死不瞑目。云中鹤抓住他尸身，拖了出去。他与南海鳄神虽然同列“四大恶人”，但两人素来不睦，南海鳄神曾几次三番阻他好事，只因武功不及，被迫忍让，这时见南海鳄神为老大所杀，心下大快。

众人均知南海鳄神是段延庆的死党，但一言不合，便即取了他性命，凶残狠辣，当真是世所罕见，眼看到这般情状，无不惴惴。

段誉觉到南海鳄神伤口中的热血流在自己脸上、颈中，想起做了他这么多时的师父，从来没给过他什么好处，他却数次来相救自己，今日更为己丧命，心下甚是伤痛。

段延庆冷笑道：“顺我者昌，逆我者亡！”提起钢杖，便向段誉胸口戳了下去。

忽听得一个女子的声音说道：“天龙寺外，菩提树下，化子邋遢，观音长发！”

段延庆听到“天龙寺外”四字时，钢杖凝在半空不动，待听完这四句话，那钢杖竟不住颤动，慢慢缩了回来。他一回头，与刀白凤的目光相对，只见她眼色中似有千言万语欲待吐露。段延庆心头大震，颤声道：“观……观世音菩萨……”

刀白凤点了点头，低声道：“你……你可知这孩子是谁？”

段延庆脑子中一阵晕眩，瞧出来一片模糊，似乎是回到了二十多年前的一个月圆之夜。

那一天他终于从东海赶回大理，来到天龙寺外。

段延庆在湖广道上遇到强仇围攻，虽然尽歼诸敌，自己却也身受重伤，双腿折断，面目毁损，喉头被敌人横砍一刀，声音也发不出了。他简直已不像一个人，全身污秽恶臭，伤口中都是蛆虫，几十只苍蝇围着他嗡嗡乱飞。

但他是大理国的皇太子。当年父皇为奸臣所弑，他在混乱中逃出大理，终于学成了武功回来。现在大理国的国君段正明是他堂兄，可是真正的皇帝应当是他而不是段正明。他知道段正明宽仁爱民，很得人心，所有文武百官，士卒百姓，个个拥戴当今皇帝，谁也不会再来记得前朝这个皇太子。如果他贸然在大理现身，势必有性命之忧，谁都会讨好当今皇帝，立时便会将他杀了。他本来武艺高强，足为万人之敌，可是这时候身受重伤，连一个寻常的兵士也敌不过。

他挣扎着一路行来，来到天龙寺外，唯一的指望，是要请枯荣大师主持公道。

枯荣大师是他父亲的亲兄弟，是他亲叔父，是保定帝段正明的堂叔父。枯荣大师是有道高僧，天龙寺是大理国段氏皇朝的屏障，历代皇帝避位为僧时的退隐之所。他不敢在大理城现身，便先去求见枯荣大师。可是天龙寺的知客僧说，枯荣大师正在坐枯禅，已入定五天，再隔十天半月，也不知是否出定，就算出定之后，也决计不见外人。他问段延庆有什么事，可以留言下来，或者由他去禀明方丈。对待这样一个人不像人、鬼不像鬼的臭叫化，知客僧这么说话，已可算得十分客气了。

但段延庆怎敢吐露自己的身份？他用手肘撑地，爬到寺旁的一株菩提树下，等候枯荣大师出定，但心中只想："这和尚说枯荣大师就算出定之后，也决计不见外人。我在大理多逗留一刻，便多一分危险，只要有人认出了我……我是不是该当立刻逃走？"他全身高烧，各处创伤又是疼痛，又是麻痒，实是难忍难熬，心想："我受此折磨苦楚，这日子又怎过得下去？我不如就此死了，就此自尽了罢。"

他只想站起身来，在菩提树上一头撞死了，但全身乏力，又饥又渴，躺在地下说什么也不愿动，没了活下去的勇气，也没求死的勇气。

当月亮升到中天的时候，他忽然看见一个白衣女子从迷雾中冉冉走近……

林间草丛，白雾弥漫，这白衣女子长发披肩，好像足不沾地般行来。她的脸背着月光，五官朦朦胧胧的瞧不清楚，但段延庆于她的清丽秀美仍是惊诧无已。他只觉得这女子像观音菩萨一般的端正美丽，心想："一定是菩萨下凡，来搭救我这落难的皇帝。圣天子有百灵呵护。观世音菩萨救苦救难，你保佑我重登皇位，我一定给你塑像立庙，世世供奉不绝。"

那女人缓缓走近，转过身去。段延庆见到了她的侧面，脸上白得没半分血色。忽然听得她轻轻的、喃喃的说起话来："我这么全心全意的待你，你……却全不把我放在心上。你有了一个女人，又有一个女人，把我们跪在菩萨面前立下的盟誓全都抛到了脑后。我原谅了你一次又一次，我可不能再原谅你了。你对我不起，我也要对你不起。你背着我去找别人，我也要去找别人。你们汉人男子不将我们摆夷女子当人，欺负我，待我如猫如狗、如猪如牛，我……

我一定要报复，我们摆夷女子也不将你们汉人男子当人。”

她的话说得很轻，全是自言自语，但语气之中，却是充满了深深的怒意。

段延庆心中登时凉了下来：“她不是观世音菩萨。原来只是个摆夷女子，受了汉人的欺负。”摆夷是大理国的一大种族，族中女子大都颇为美貌，皮肤白嫩，远过汉人，只是男子文弱，人数又少，常受汉人的欺凌。眼见那女子渐渐走远，段延庆突然又想：“不对，摆夷女子虽是出名的美貌，终究不会如这般神仙似的体态，何况她身上白衣有如冰绡，摆夷女子哪里有这等精雅的服饰，这定然是菩萨化身，我……我可千万不能错过。”

他此刻身处生死边缘，只有菩萨现身打救，才能解脱他的困境，走投无路之际，不自禁的便往这条路上想去，眼见菩萨渐渐走远，他拼命爬动，想要叫唤：“菩萨救我！”可是咽喉间只能发出几下嘶哑的声音。

那白衣女子听到菩提树下有响声发出，回过身来，只见尘土中有一团人不像人、兽不像兽的东西在爬动，仔细看时，发觉是一个遍身血污、肮脏不堪的化子。她走近几步，凝目瞧去，但见这化子脸上、身上、手上，到处都是伤口，每处伤口中都在流血，都有蛆虫爬动，都在发出恶臭。

那女子这时心下恼恨已达到极点，既决意报复丈夫的负心薄幸，又自暴自弃的要极力作贱自己。她见到这化子的形状如此可怖，初时吃了一惊，转身便要逃开，但随即心想：“我要找一个天下最丑陋、最污秽、最卑贱的男人来和他相好。你是王爷，是大将军，我偏偏去和一个臭叫化相好。”

她一言不发，慢慢解去了身上的罗衫，走到段延庆身前，投身在他怀里，伸出像白山茶花花瓣般的手臂，搂住他的脖子……

淡淡的微云飘过来，掩住了月亮，似乎是月亮招手叫微云过来遮住它的眼睛，它不愿见到这样诧异的情景：这样高贵的一位夫人，竟会将她像白山茶花花瓣那样雪白娇艳的身子，去交给这样一个满身脓血的乞丐。

那白衣女子离去之后良久，段延庆兀自如在梦中，这是真的还是假的？是自己神智胡涂了，还是真的菩萨下凡？鼻中还能闻到她身上那淡淡的香气，一侧头，见到了自己适才用指头在泥地上划的七个字："你是观世音菩萨"？

他写了这七个字问她。那位女菩萨点了点头。突然间，几粒水珠落在字旁的尘土之中，是她的眼泪，还是观音菩萨杨枝洒的甘露？段延庆听人说过，观世音菩萨曾化为女身，普渡沉溺在欲海中的众生，那是最慈悲的菩萨。"一定是观世音菩萨的化身。观音菩萨是来点化我，叫我不可灰心气馁。我不是凡夫俗子，我是真命天子。否则的话，那怎么会？"

段延庆在求生不能、求死不得之际，突然得到这位长发白衣观音舍身相就，登时精神大振，深信天命攸归，日后必登大宝，那么眼前的危难自不致成为大患。他信念一坚，只觉眼前一片光明。次日清晨，也不再问枯荣大师已否出定，跪在菩提树下深深叩谢观音菩萨的恩德，折下两根菩提树枝以作拐杖，挟在胁下，飘然而去。

他不敢在大理境内逗留，远至南部蛮荒穷乡僻壤之处，养好伤后，苦练家传武功。最初五年习练以杖代足，再将"一阳指"功夫化在钢杖之上；又练五年后，前赴两湖，将所有仇敌一家家杀得鸡犬不留，手段之凶狠毒辣，实是骇人听闻，因而博得了"天下第一大恶人"的名头，其后又将叶二娘、南海鳄神、云中鹤三人收罗以为羽翼。他曾数次潜回大理，图谋复位，但每次都发觉段正明的根基牢不可拔，只得废然而退。最近这一次与黄眉僧下棋比拼内力，眼见已操胜算，不料段誉这小子半途里杀将出来，令他功败垂成。

此刻他正欲伸杖将段誉戳死，以绝段正明、段正淳的后嗣，突然间段夫人吟了那四句话出来：“天龙寺外，菩提树下，化子邋遢，观音长发。”

这十六个字说来甚轻，但在段延庆听来，直如晴天霹雳一般。他更看到了段夫人脸上的神色，心中只是说：“难道……难道……她就是那位观音菩萨……”

只见段夫人缓缓举起手来，解开了发髻，万缕青丝披将下来，垂在肩头，挂在脸前，正便是那晚天龙寺外、菩提树下那位观音菩萨的形相。段延庆更无怀疑：“我只当是菩萨，却原来是镇南王妃。”

其实当年他过得数日，伤势略痊，发烧消退，神智清醒下来，便知那晚舍身相就的白衣女人是人，决不是菩萨，只不过他实不愿这个幻想化为泡影，不住的对自己说：“那是白衣观音，那是白衣观音！”

这时候他明白了真相，心中却立时生出一个绝大的疑窦：“为什么她要这样？为什么她看中了我这么一个满身脓血的邋遢化子？”他低头寻思，忽然间，几滴水珠落在地下尘土之中，就像那天晚上一样，是泪水？还是杨枝甘露？

他抬起头来，遇到了段夫人泪水盈盈的眼波，蓦地里他刚硬的心肠软了，嘶哑着问道：“你要我饶了你儿子的性命？”段夫人摇了摇头，低声道：“他……他颈中有一块小金牌，刻着他的生辰八字。”段延庆大奇：“你不要我饶你儿子的性命，却叫我去看他什么劳什子的金牌，那是什么意思？”

自从他明白了当年“天龙寺外、菩提树下”这回事的真相之后，对段夫人自然而然的生出一股敬畏感激之情，伸过杖去，先解开了她身上被封的重穴，然后俯身去看段誉的头颈，见他颈中有条极细的金链，拉出金链，果见链端悬着一块长方的小金牌，一面刻着“长命百岁”四字，翻将过来，只见刻着一行小字：“大理保定二年癸亥十一月廿三日生”。

段延庆看到“保定二年”这几个字，心中一凛：“保定二年？我就在这一年的二月间被人围攻，身受重伤，来到天龙寺外。啊哟，他……他是十一月的生日，刚刚相距十个月，难道十月怀胎，他……他……他竟然便是我的儿子？”

他脸上受过几处沉重刀伤，筋络已断，种种惊骇诧异之情，均无所现，但一瞬之间竟变得没半分血色，心中说不出的激动，回头去瞧段夫人时，只见她缓缓点了点头，低声说道：“冤孽，冤孽！”

段延庆一生从未有过男女之情、室家之乐，蓦地里竟知道世上有一个自己的亲生儿子，喜悦满怀，实是难以形容，只觉世上什么名利尊荣，帝王基业，都万万不及有一个儿子的可贵，当真是惊喜交集，只想大叫大跳一番，当的一声，手中钢杖掉在地下。

跟着脑海中觉得一阵晕眩，左手无力，又是当的一响，左手钢杖也掉在地下，胸中有一个极响亮的声音要叫了出来：“我有一个儿子！”一瞥眼见到段正淳，只见他脸现迷惘之色，显然对他夫人这几句话全然不解。

段延庆瞧瞧段正淳，又瞧瞧段誉，但见一个脸方，一个脸尖，相貌全然不像，而段誉俊秀的形貌，和自己年轻之时倒有七八分相似，心下更无半分怀疑，只觉说不出的骄傲：“你就算做了大理国皇帝而我做不成，那又有什么希罕？我有儿子，你却没有。”这时候脑海中又是一晕，眼前微微一黑，心道：“我实是欢喜得过了份。”

忽听得咕咚一声，一个人倒在门边，正是云中鹤。段延庆吃了一惊，暗叫：“不好！”左掌凌空一抓，欲运虚劲将钢杖拿回手中，不料一抓之下，内力运发不出，地下的钢杖丝毫不动。段延庆吃惊更甚，当下不动声色，右掌又是运劲一抓，那钢杖仍是不动，一提气时，内息也已提不上来，知道在不知不觉之中，已着了旁人的道儿。

只听得慕容复说道："段殿下，那边室中，还有一个你急欲一见之人，便请移驾过去一观。"段延庆道："却是谁人？慕容公子不妨带他出来。"慕容复道："他无法行走，还得请殿下劳步。"

听了这几句话后，段延庆心下已然雪亮，暗中使了迷药的自是慕容复无疑，他忌惮自己武功厉害，生怕药力不足，不敢贸然破脸，要自己走动一下，且看劲力是否尚存，自忖进屋后时刻留神，既没吃过他一口茶水，亦未闻到任何特异气息，怎会中他毒计？寻思："定是我听了段夫人的话后，喜极忘形，没再提防周遭的异动，以至被他做下了手脚。"淡淡的道："慕容公子，我大理段氏不善用毒，你该当以'一阳指'对付我才是。"

慕容复微笑道："段殿下一代英杰，岂同泛泛之辈？在下这'悲酥清风'，当年乃是取之西夏，只是略加添补，使之少了一种刺目流泪的气息。段殿下曾隶籍西夏一品堂麾下，在下以'悲酥清风'相飨，却也不失姑苏慕容氏'以彼之道，还施彼身'的家风。"

段延庆暗暗吃惊，那一年西夏一品堂高手以"悲酥清风"迷倒丐帮帮众无数，尽数将之擒去，后来西夏众武士连同赫连铁树将军、南海鳄神、云中鹤等反中此毒，为丐帮所擒，幸得自己夺到解药，救出众人。当时墙壁之上，确然题有"以彼之道，还施彼身"的字样，书明施毒者是姑苏慕容，慕容复手中自然有此毒药，事隔多时，早已不放在心上。他心下自责忒也粗心大意，当下闭目不语，暗暗运息，想将毒气逼出体外。

慕容复笑道："要解这'悲酥清风'之毒，运功凝气都是无用……"一句话未说完，王夫人喝道："你怎么把舅母也毒倒了，快取解药来。"慕容复道："舅妈，甥儿得罪，少停自当首先给舅妈解毒。"王夫人怒道："什么少停不少停的？快，快拿解药来。”慕容复道：“真是对不住舅妈了，解药不在甥儿身边。”

段夫人刀白凤被点中的重穴原已解开，但不旋踵间又给“悲酥清风”迷倒。厅堂上诸人之中，只有慕容复事先闻了解药，段誉百毒不侵，这才没有中毒。

但段誉却也正在大受煎熬，心中说不出的痛苦难当。他听王夫人说道：“都是你这没良心的薄幸汉子，害了我不算，还害了你的亲生女儿。语嫣……语嫣……她……她……可是你的亲生骨肉。”那时他胸口气息一塞，险些便晕了过去。当他在邻室听到王夫人和慕容复说话，提到她和他父亲之间的私情时，他内心便已隐隐不安，极怕王语嫣又和木婉清一般，竟然又是自己的妹子。待得王夫人亲口当众说出，哪里还容他有怀疑的余地？刹那间只觉得天旋地转，若不是手足被缚，口中塞物，便要乱冲乱撞，大叫大嚷。他心中悲苦，只觉一团气塞在胸间，已无法运转，手足冰冷，渐渐僵硬，心下大惊：“啊哟，这多半便是伯父所说的走火入魔，内功越是深厚，来势越凶险。我……我怎会走火入魔？”

只觉冰冷之气，片刻间便及于手肘膝弯，段誉先是心中害怕，但随即转念：“语嫣既是我同父妹子，我这场相思，到头来终究归于泡影，我活在世上又有什么滋味？还不如走火入魔，随即化身为尘为灰，无知无识，也免了终身的无尽烦恼。”

段延庆连运三次内息，非但全无效应，反而胸口更增烦恶，当即不言不动，闭目而坐。

慕容复道：“段殿下，在下虽将你迷倒，却绝无害你之意，只须殿下答允我一件事，在下不但双手奉上解药，还向殿下磕头陪罪。”说得甚是谦恭。

段延庆冷冷一笑，说道：“姓段的活了这么一大把的年纪，大风大浪经过无数，岂能在人家挟制要胁之下，答允什么事。”

慕容复道：“在下如何敢对殿下挟制要胁？这里众人在此都可

作为见证，在下先向殿下陪罪，再恭恭敬敬的向殿下求恳一事。”说着双膝一曲，便即跪倒，咚咚咚咚，磕了四个响头，意态甚是恭顺。

众人见慕容复突然行此大礼，无不大为诧异。他此刻控纵全局，人人的生死都操于他一人之手，就算他讲江湖义气，对段延庆这位前辈高手不肯失了礼数，那么深深一揖，也已足够，却又何以卑躬屈膝的向他磕头。

段延庆也是大惑不解，但见他对自己这般恭敬，心中的气恼也不由得消了几分，说道：“常言道：礼下于人，必有所求。公子行此大礼，在下甚不敢当，却不知公子有何吩咐。”言语之中，也客气起来。

慕容复道：“在下的心愿，殿下早已知晓。但想兴复大燕，绝非一朝一夕之功。今日我先扶保殿下登了大理国的皇位。殿下并无子息，恳请殿下收我为义子。我二人同心共济，以成大事，岂不两全其美？”

段延庆听他说到“殿下并无子息”这六个字时，情不自禁的向段夫人瞧去，四目交投，刹那间交谈了千言万语。段延庆嘿嘿一笑，并不置答，心想：“这句话若在片刻之前说来，确是两全其美。可是此刻我已知自己有子，怎能再将皇位传之于你？”

只听慕容复又道：“大宋江山，得自后周柴氏。当年周太祖郭威无后，以柴荣为子。柴世宗雄才大略，整军经武，为后周大树声威。郭氏血食，多延年月，后世传为美谈。事例不远，愿殿下垂鉴。”段延庆道：“你当真要我将你收为义子？”慕容复道：“正是。”

段延庆心道：“此刻我身中毒药，唯有勉强答允，毒性一解，立时便将他杀了。”便淡淡的道：“如此你却须改姓为段了？你做了大理国的皇帝，兴复燕国的念头更须收起。慕容氏从此无后。

你可都做得到么？”他明知慕容复定然另有打算，只要他做了大理国君，数年间以亲信遍布要津，大诛异己和段氏忠臣后，便会复姓“慕容”，甚至将大理国的国号改为“大燕”，亦不足为奇。此刻所以要连问他三件为难之事，那是以进为退，令他深信不疑，如答允得太过爽快，便显得其意不诚、存心不良了。

慕容复沉吟片刻，踌躇道：“这个……”其实他早已想到日后做了大理皇帝的种种措施，与段延庆的猜测不远，他也想到倘若答允得太过爽快，便显得其意不诚、存心不良，是以沉吟半晌，才道：“在下虽非忘本不孝之人，但成大事者不顾小节，既拜殿下为父，自当忠于段氏，一心不二。”

段延庆哈哈大笑，说道：“妙极，妙极！老夫浪荡江湖，无妻无子，不料竟于晚年得一佳儿，大慰平生。你这孩儿年少英俊，我当真老怀大畅。我一生最喜欢之事，无过于此。观世音菩萨在上，弟子感激涕零，纵然粉身碎骨，亦不足以报答你白衣观世音菩萨的恩德于万一。”心中激动，两行泪水从颊上流下，低下头来，双手合什，正好对着段夫人。

段夫人极缓极缓的点头，目光始终瞧着躺在地下的儿子。

段延庆这几句话，说的乃是他真正的儿子段誉，除了段夫人之外，谁也不明他的言外之意，都道他已答允慕容复，收他为义子，将来传位于他，而他言辞中的真挚诚恳，确是无人能有丝毫怀疑，“天下第一大恶人”居然能当众流泪，那更是从所未闻之事。

慕容复喜道：“殿下是武林中的前辈英侠，自必一言九鼎，决无反悔。义父在上，孩儿磕头。”双膝一屈，又跪了下去。

忽听得门外有人大声说道：“非也，非也！此举万万不可！”门帷一掀，一人大踏步走进屋来，正是包不同。

慕容复当即站起，脸色微变，转过头来，说道：“包三哥有何话说？”

包不同道：“公子爷是大燕国慕容氏堂堂皇裔，岂可改姓段氏？兴复燕国的大业虽然艰难万分，但咱们鞠躬尽瘁，竭力以赴。能成大事固然最好，若不成功，终究是世上堂堂正正的好汉子。公子爷要是拜这个人不像人、鬼不像鬼的家伙做义父，就算将来做得成皇帝，也不光采，何况一个姓慕容的要去当大理皇帝，当真是难上加难。”

慕容复听他言语无礼，心下大怒，但包不同是他亲信心腹，用人之际，不愿直言斥责，淡淡的道：“包三哥，有许多事情，你一时未能明白，以后我自当慢慢分说。”

包不同摇头道：“非也，非也！公子爷，包不同虽蠢，你的用意却能猜到一二。你只不过想学韩信，暂忍一时胯下之辱，以备他日的飞黄腾达。你是想今日改姓段氏，日后掌到大权，再复姓慕容，甚至于将大理国的国号改为大燕；又或是发兵征宋伐辽，恢复大燕的旧疆故土。公子爷，你用心虽善，可是这么一来，却成了不忠、不孝、不仁、不义之徒，不免于心有愧，为举世所不齿。我说这皇帝嘛，不做也罢。”

慕容复心下怒极，大声道：“包三哥言重了，我又如何不忠、不孝、不仁、不义了？”

包不同道：“你投靠大理，日后再行反叛，那是不忠；你拜段延庆为父，孝于段氏，于慕容氏为不孝，孝于慕容，于段氏为不孝；你日后残杀大理群臣，是为不仁，你……”

一句话尚未说完，突然间波的一声响，他背心正中已重重的中了一掌，只听得慕容复冷冷的道：“我卖友求荣，是为不义。”他这一掌使足阴柔内劲，打在包不同灵台、至阳两处大穴之上，正是致命的掌力。包不同万没料到这个自己从小扶持长大的公子爷竟会忽施毒手，哇的一口鲜血喷出，倒地而死。

当包不同挺撞慕容复之时，邓百川、公冶乾、风波恶三人站在门口倾听，均觉包不同的言语虽略嫌过份，道理却是甚正，忽见慕容复掌击包不同，三人大吃一惊，一齐冲进。

风波恶抱住包不同身子，叫道：“三哥，三哥，你怎么了？”只见包不同两行清泪，从颊边流将下来，一探他的鼻息，却已停了呼吸，知他临死之时，伤心已达到极点。风波恶大声道：“三哥，你虽没有了气息，想必仍要问一问公子爷：‘为什么下毒手杀我？’”说着转过头来，凝视慕容复，眼光中充满了敌意。

邓百川朗声道：“公子爷，包三弟说话向喜顶撞别人，你从小便知。纵是他对公子爷言语无礼，失了上下之份，公子略加责备，也就是了，何以竟致取他性命？”

其实慕容复所恼恨者，倒不是包不同对他言语无礼，而是恨他直言无忌，竟然将自己心中的图谋说了出来。这么一来，段延庆多半便不肯收自己为义子，不肯传位，就算立了自己为皇太子，也必布置部署，令自己兴复大燕的图谋难以得逞，情急之下，不得不下毒手，否则那顶唾手可得的皇冠，又要随风飞去了。他听了风邓二人的说话，心想：“今日之事，势在两难，只能得罪风邓二人，不能令延庆太子心头起疑。”便道：“包不同对我言语无礼，那有什么干系？他跟随我多年，岂能为了几句顶撞我的言语，便即伤他性命？可是我一片至诚，拜段殿下为父，他却来挑拨离间我父子的情谊，这如何容得？”

风波恶大声道：“在公子爷心中，十余年来跟着你出死入生的包不同，便万万及不上一个段延庆了？”慕容复道：“风四哥不必生气。我改投大理段氏，却是全心全意，决无半分他念。包三哥以小人之心，度君子之腹，我这才不得不下重手。”公冶乾冷冷的道：“公子爷心意已决，再难挽回了？”慕容复道：“不错。”

邓百川、公冶乾、风波恶三人你瞧瞧我，我瞧瞧你，心念相通，一齐点了点头。

邓百川朗声道：“公子爷，我兄弟四人虽非结义兄弟，却是誓同生死，情若骨肉，公子爷是素来知道的。”慕容复长眉一挑，森然道：“邓大哥是要为包三哥报仇么？三位便是齐上，慕容复何惧？”邓百川长叹一声，说道：“我们向来是慕容氏的家臣，如何敢冒犯公子爷？古人言道：合则留，不合则去。我们三人是不能再侍候公子了。君子绝交，不出恶声，但愿公子爷好自为之。”

慕容复眼见三人便要离己而去，心想此后得到大理，再无一名心腹，行事大大不方便，非挽留不可，便道：“邓大哥，公冶二哥，风四哥，你们深知我的为人，并不疑我将来会背叛段氏，我对你们三人实无丝毫芥蒂，却又何必分手？当年家父待三位不错，三位亦曾答允家父，尽心竭力的辅我，这么撒手一去，岂不是违背了三位昔日的诺言么？”

邓百川面色铁青，说道：“公子不提老先生的名字，倒也罢了；提起老先生来，这等认他人为父、改姓叛国的行径，又如何对得起老先生？我们确曾向老先生立誓，此生决意尽心竭力，辅佐公子兴复大燕，光大慕容氏之名，却决不是辅佐公子去兴旺大理，光大段氏的名头。”这番话只说得慕容复脸上青一阵、白一阵，无言可答。

邓百川、公冶乾、风波恶三人同时一揖到地，说道：“拜别公子！”风波恶将包不同的尸身抗在肩上。三人出门大步而去，再不回头。

慕容复干笑数声，向段延庆道：“义父明鉴，这四人是孩儿的家臣，随我多年，但孩儿为了忠于大理段氏，不惜亲手杀其一人，逐其三人。孩儿孤身而入大理，足见忠心不贰，绝无异志。”

段延庆点头道：“好，好！甚妙。”

慕容复道："孩儿这就替义父解毒。"伸手入怀，取了个小瓷瓶出来，正要递将过去，心中一动："我将他身上'悲酥清风'之毒一解，从此再也不能要胁于他了。今后只有多向他讨好，不能跟他勾心斗角。他最恨的是段誉那小子，我便将这小子先行杀了。"当下刷的一声，长剑出鞘，说道："义父，孩儿第一件功劳，便是将段誉这小子先行杀了，以绝段正淳的后嗣，教他非将皇位传于义父不可。"

段誉心想："语嫣又变成了我的妹子，我早就不想活了，你一剑将我杀死，那是再好也没有。"一来只求速死，二来内息岔了，便欲抗拒，也是无力，只有引颈就戮。

段正淳等见慕容复提剑转向段誉，尽皆失色。段夫人"啊"的一声惨呼。

段延庆道："孩儿，你孝心殊为可嘉。但这小子太过可恶，多次得罪为父。他伯父、父亲夺我皇位，害得我全身残废，形体不完，为父定要亲手杀了这小贼，方泄我心头之恨。"

慕容复道："是。"转身要将长剑递给段延庆，说道："啊哟，孩儿胡涂了，该当先替义父解毒才是。"当即还剑入鞘，又取出那个小瓷瓶来，一瞥之下，却见段延庆眼中微孕得意之色，似在向旁边一人使眼色。慕容复顺着他眼光瞧去，只见段夫人微微点头，脸上流露出感激和喜悦的神情。

慕容复一见之下，疑心登起，但他做梦也想不到段誉乃段延庆与段夫人所生，段延庆宁可舍却自己性命，也决不肯让旁人伤及他这个宝贝儿子，至于皇位什么的，更是身外之物。慕容复首先想到的是："莫非段延庆和段正淳暗中有什么勾结？他们究竟是大理段氏一家，又是堂兄弟，常言道疏不间亲，段家兄弟怎能将我这素无瓜葛的外人放在心上？"跟着又想："为今之计，唯有替段延庆立下几件大功，以坚其信。"当下转头向段正淳道："镇南王，你回到大理之后，有多久可接任皇位，做了皇帝之后，又隔多久再传位于我义父？”

段正淳十分鄙薄其为人，冷冷的道：“我皇兄内功深湛，精力充沛，少说也要再做三十年皇帝。他传位给我之后，我总得好好的干一下，为民造福，少说也得做他三十年。六十年之后，我儿段誉也八十岁了，就算他只做二十年皇帝，那是在八十年之后……”

慕容复斥道：“胡说八道，哪能等得这么久？限你一个月内登基为君，再过一个月，便禅位于延庆太子。”

段正淳于眼前情势早已十分明白，段延庆与慕容复想把自己当作踏上大理皇位的梯阶，只有自己将皇位传了给段延庆之后，他们才会杀害自己，此刻却碰也不敢碰，若有敌人前来加害自己，他们还会极力保护，但段誉却危险之极。他哈哈一笑，说道：“我的皇位只能传给我儿段誉，要我提早传位，倒是不妨，但要传给旁人，却是万万不能。”

慕容复怒道：“好罢，我先将段誉这小子一剑杀了，你传位给他的鬼魂罢！”说着刷的一声，又将长剑抽了出来。

段正淳哈哈大笑，说道：“你当我段正淳是什么人？你杀了我儿子，难道我还甘心受你摆布？你要杀尽管杀，不妨将我们一伙人一起都杀了。”

慕容复一时踌躇难决，此刻要杀段誉，原只一举手之劳，但怕段正淳为了杀子之恨，当真豁出了性命不要，那时连段延庆的皇帝也做不成了。段延庆做不成皇帝，自己当然更与大理国的皇位沾不上半点边。他手提长剑，剑锋上青光幽幽，只映得他雪白的脸庞泛出一片惨绿之色，侧头向段延庆望去，要听他示下。

段延庆道：“这人性子倔强，倘若他就此自尽，咱们的大计便归泡影。好罢，段誉这小子暂且不杀，既在咱们父子的掌中，便不怕他飞上天去。你将解药给我再说。”

慕容复道："是！"但随即寻思："延庆太子适才向段夫人使这眼色，到底是什么用意？这个疑团不解，便不该贸然给他解药。可是若再拖延，定然惹他大大生气，那便如何是好？"

恰好这时王夫人叫了起来："慕容复，你说第一个给舅妈解毒，怎么新拜了个爹爹，便一心一意的去讨好这丑八怪？可莫怪我把好听的话骂出来，他人不像人……"

慕容复一听，正中下怀，向段延庆陪笑道："义父，我舅母性子刚强，要是言语中得罪了你老人家，还请担代一二。免得她又再出言不逊，孩儿这就先给舅母解毒，然后立即给义父化解。"说着便将瓷瓶递到王夫人鼻端。

王夫人只闻到一股恶臭，冲鼻欲呕，正欲喝骂，却觉四肢劲力渐复，当下眼光不住在段正淳、段夫人，以及秦阮甘三女脸上转来转去，突然间醋意不可抑制，大声道："复儿，快把这四个贱女人都给我杀了。"

慕容复心念一动："舅母曾说，段正淳性子刚强，决不屈服于人威胁之下，但对他的妻子情妇，却瞧得比自己性命还重。我何不便以此要胁？"当即提剑走到阮星竹身前，转头向段正淳道："镇南王，我舅母叫我杀了她，你意下如何？"

段正淳心中万分焦急，却实是无计可施，只得向王夫人道："阿萝，以后你要我如何，我便即如何，一切听你吩咐便了。难道你我之间，定要结下终身不解的仇怨？你叫人杀了我的女人，难道我以后还有好心对你？"

王夫人虽然醋心甚重，但想段正淳的话倒也不错，过去十多年来于他的负心薄幸，恨之入骨，以致见到了大理人或是姓段之人都要杀之而后快，但此刻一见到了他面，重修旧好之心便与时俱增，说道："好甥儿，且慢动手，待我想一想再说。"

慕容复道："镇南王，只须你答允传位于延庆太子，你所有的正妃侧妃，我一概替你保全，决不让人伤害她们一根寒毛。”段正淳嘿嘿冷笑，不予理睬。

慕容复寻思：“此人风流之名，天下知闻，显然是个不爱江山爱美人之徒。要他答允传位，也只有从他的女人身上着手。”提起长剑，剑尖指着阮星竹的胸口，说道：“镇南王，咱们男子汉大丈夫，行事一言而决。只消你点头答允，我立时替大伙儿解开迷药，在下设宴陪罪，化敌为友，岂非大大的美事？倘若你真的不允，我这一剑只好刺下去了。”

段正淳向阮星竹望去，只见她那双本来妩媚灵动的妙目中流露出恐惧之色，心下甚是怜惜，但想：“我答允一句本来也不打紧，大理皇位，又怎及得上竹妹？但这奸贼为了讨好延庆太子，立时便会将我誉儿杀了。”他不忍再看，侧过头去。

慕容复叫道：“我数一、二、三，你再不点头，莫怪慕容复手下无情。”拖长了声音叫道：“一——二——”段正淳回过头来，向阮星竹望去，脸上万般柔情，却实是无可奈何。慕容复叫道：“三——，镇南王，你当真不答允？”段正淳心中，只是想着当年和阮星竹初会时的旖旎情景，突听“啊”的一声惨呼，慕容复的长剑已刺入了她胸中。

王夫人见段正淳脸上肌肉扭动，似是身受剧痛，显然这一剑比刺入他自己的身体还更难过，叫道：“快，快救活她，我又没叫你真的杀她，只不过要吓吓这没良心的家伙而已。”

慕容复摇摇头，心想：“反正已结下深仇，多杀一人，少杀一人，又有什么分别？”剑尖指住秦红棉胸口，喝道：“镇南王，枉为江湖上说你多情多义，你却不肯说一句话来救你情人的性命！一、二、三！”这“三”字一出口，嗤的一声，又将秦红棉杀了。

这时甘宝宝已吓得面无人色，但强自镇定，朗声道：“你要杀便杀，可不能要胁镇南王什么。我是锺万仇的妻子，跟镇南王又有什么干系？没的玷辱了我万劫谷锺家的声名。”

慕容复冷笑一声，说道：“谁不知段正淳兼收并蓄，是闺女也好，孀妇也好，有夫之妇也好，一般的来者不拒。”几声喝问，又将甘宝宝杀了。

王夫人心中暗暗叫苦，她平素虽然杀人不眨眼，但见慕容复在顷刻之间，连杀段正淳的三个情人，不由得一颗心突突乱跳，哪里还敢和段正淳的目光相触，实想像不出此刻他脸色已是何等模样。

却听得段正淳柔声道：“阿萝，你跟我相好一场，毕竟还是不明白我的心思。天下这许多女人之中，我便只爱你一个，我虽拈花惹草，都只逢场作戏而已，那些女子又怎真的放在我心上？你外甥杀了我三个相好，那有什么打紧，只须他不来伤你，我便放心了。”他这几句话说得十分温柔，但王夫人听在耳里，却是害怕无比，知道段正淳恨极了她，要挑拨慕容复来杀她，叫道：“好甥儿，你可莫信他的话。”

慕容复将信将疑，长剑剑尖却自然而然的指向王夫人胸口，剑尖上鲜血一滴滴的落上她衣襟下摆。

王夫人素知这外甥心狠手辣，为了遂其登基为君的大愿，哪里顾得什么舅母不舅母？只要段正淳继续故意显得对自己十分爱惜，那么慕容复定然会以自己的性命相胁，不禁颤声道：“段郎，段郎！难道你真的恨我入骨，想害死我吗？”

段正淳见到她目中惧色、脸上戚容，想到昔年和她的一番恩情，登时心肠软了，破口骂道：“你这贼虔婆，猪油蒙了心，却去喝那陈年旧醋，害得我三个心爱的女人都死于非命，我手足若得了自由，非将你千刀万剐不可。慕容复，快一剑刺过去啊，为什么不将这臭婆娘杀了？”他知道骂得越厉害，慕容复越是不会杀他舅母。

王夫人心中明白，段正淳先前假意对自己倾心相爱，是要引慕容复来杀了自己，为阮星竹、秦红棉、甘宝宝三人报仇，现下改口斥骂，已是原恕了自己。可是她十余年来对段正淳朝思暮想，突然与情郎重会，心神早已大乱，眼见三个女子尸横就地，一柄血淋淋的长剑对着自己胸口，突然间脑中一片茫然。但听得段正淳破口斥骂，什么“贼虔婆”、“臭婆娘”都骂了出来，比之往日的山盟海誓，轻怜密爱，实是霄壤之别，忍不住珠泪滚滚而下，说道：“段郎，你从前对我说过什么话，莫非都忘记了？你怎么半点也不将我放在心上了？段郎，我可仍是一片痴心对你。咱俩分别了这许多年，好容易盼得重见，你……你怎么一句好话也不对我说？我给你生的女儿语嫣，你见过她没有？你喜欢不喜欢她？”

段正淳暗暗心惊：“阿萝这可有点神智不清啦，我倘若吐露了半句重念旧情的言语，你还有性命么？”当即厉声喝道：“你害死了我三个心爱的女子，我恨你入骨。十几年前，咱们早就已一刀两段，情断义绝，现下我更恨不得重重踢你几脚，方消心头之气。”

王夫人泣道：“段郎，段郎！”突然向前一扑，往身前的剑尖撞了过去。

慕容复一时拿不定主意，想将长剑撤回，又不想撤，微一迟疑间，长剑已刺入王夫人胸膛。慕容复缩手拔剑，鲜血从王夫人胸口直喷出来。

王夫人颤声道：“段郎，你真的这般恨我么？”

段正淳眼见这剑深中要害，她再难活命，忍不住两道眼泪流下面颊，哽咽道：“阿萝，我这般骂你，是为了想救你性命。今日重会，我真是说不出的欢喜。我怎会恨你？我对你的心意，永如当年送你一朵曼陀花之日。”

王夫人嘴角边露出微笑，低声道：“那就好了，我原……原知在你心中，永远有我这个人，永远撇不下我。我也是一样，永远撇不下你……你曾答允我，咱俩将来要到大理无量山中，我小时候跟妈妈一起住过的石洞里去，你和我从此在洞里双宿双飞，再也不出来。你还记得吗？”段正淳道：“阿萝，我自然记得，咱们明儿就去，去瞧瞧你妈妈的玉像。”王夫人满脸喜色，低声道：“那……那真好……那块石壁上，有一把宝剑的影子，红红绿绿的，真好看，你瞧，你瞧，你见到了吗……”声音渐说渐低，头一侧，就此死去。

慕容复冷冷的道：“镇南王，你心爱的女子，一个个都为你而死，难道最后连你的原配王妃，你也要害死么？”说着将剑尖慢慢指向段夫人胸口。

段誉躺在地下，耳听阮星竹、秦红棉、甘宝宝、王夫人一个个命丧慕容复剑底，王夫人说到无量山石洞、玉像、石壁剑影什么的，虽然听在耳里，全没余暇去细想，只听慕容复又以母亲的性命威胁父亲，教他如何不心急如焚？忍不住大叫：“不可伤我妈妈！不可伤我妈妈！”但他口中塞了麻核，半点声音也发不出来，只有出力挣扎，但全身内息壅塞，连分毫位置也无法移动。

只听得慕容复厉声道：“镇南王，我再数一、二、三，你如仍然不允将皇位传给延庆太子，你的王妃可就给你害死了。”段誉大叫：“休得伤我妈妈！”隐隐又听得段延庆道：“且慢动手，此事须得从长计议。”慕容复道：“义父，此事干系重大，镇南王如不允传位于你，咱们全盘大计，尽数落空。一——”

段正淳道：“你要我答允，须得依我一件事。”慕容复道：“答允便答允，不答允便不答允，我可不中你缓兵之计，二——，怎么样？”段正淳长叹一声，说道：“我一生作孽多端，大伙儿死在一起，倒也是死得其所。”慕容复道：“那你是不答允了？三——”

慕容复这“三”字一出口，只见段正淳转过了头，不加理睬，正要挺剑向段夫人胸口刺去，只听得段延庆喝道：“且慢！”

慕容复微一迟疑，转头向段延庆瞧去，突然见段誉从地下弹了起来，举头向自己小腹撞来。慕容复侧身避开，惊诧交集：“这小子既受‘醉人蜂’之刺，又受‘悲酥清风’之毒，双重迷毒之下，怎地会跳将起来？”

原来段誉初时想到王语嫣又是自己的妹子，心中愁苦，内息岔了经脉，待得听到慕容复要杀他母亲，登时将王语嫣之事抛在一旁，也不去念及自己是否走火入魔，内息便自然而然的归入正道。凡人修习内功，乃是心中存想，令内息循着经脉巡行，走火入魔之后，拼命想将入了歧路的内息拉回，心念所注，自不免始终是岔路上的经脉，越是焦急，内息在歧路中走得越远。待得他心中所关注的只是母亲的安危，内息不受意念干扰，立时便循着人身原来的途径运行。他听到慕容复呼出“三”字，早忘了自身是在捆缚之中，急跃而起，循声向慕容复撞去，居然身子得能活动。段誉一撞不中，肩头重重撞上桌缘，双手使力一挣，捆缚在手上的牛筋立时崩断。

他双手脱缚，只听慕容复骂道：“好小子！”当即一指点出，使出六脉神剑中的“商阳剑”，向慕容复刺去。慕容复侧身避开，还剑刺去。段誉眼上盖了黑布，口中塞了麻核，说不出话倒也罢了，却瞧不见慕容复身在何处，忙乱之中，也想不起伸手撕去眼上黑布，双手乱挥乱舞，生恐慕容复迫近去危害母亲。

慕容复心想：“此人脱缚，非同小可，须得乘他双眼未能见物之前杀了他。”当即一招“大江东去”，长剑平平向段誉胸口刺去。

段誉双手正自乱刺乱指，待听得金刃破风之声，急忙闪避，噗的一声，长剑剑尖已刺入他肩头。段誉吃痛，纵身跃起，他在枯井中又吸取了鸠摩智的深厚内力，轻轻一纵，便高达丈许，砰的一声，脑袋重重在屋梁一撞。他身在半空，寻思：“我眼睛不能见物，只有他能杀我，我却不能杀他，那便如何是好？他杀了我不打紧，我可不能相救妈妈和爹爹了。”双脚用力一挣，拍的一声响，捆在足踝上的牛筋也即寸断。

段誉心中一喜："妙极！那日在磨坊之中，他假扮西夏国的什么李将军，我用'凌波微步'闪避，他就没能杀到我。"左足一着地，便即斜跨半步，身子微侧，已避过慕容复刺来的一剑，其间相去只是数寸。段延庆、段正淳、段王妃三人但见青光闪闪的长剑剑锋在他肚子外平平掠过，凶险无比，尽皆吓得呆了，又见他这一避身法的巧妙实是难以形容。这也真是凑巧，况若他眼能见物，不使"凌波微步"，以他一窍不通的武功，绝难避过慕容复如此凌厉毒辣的一剑。

慕容复一剑快似一剑，却始终刺不到段誉身上，他既感焦躁，复又羞惭，见段誉始终不将眼上所蒙的黑布取下，不知段誉情急之下心中胡涂，还道他是有意卖弄，不将自己放在眼内，心想："我连一个包住了眼睛的瞎子也打不过，还有什么颜面偷生于人世之间？"他双眼如要冒将出火来，青光闪闪，一柄长剑使得犹似一个大青球，在厅堂上滚来滚去，霎时间将段誉裹在剑圈之中，每一招都是致命的杀着。

段延庆、段正淳、段夫人、范骅、华赫艮、崔百泉等人为剑光所逼，只觉寒气袭人，头上脸上毛发簌簌而落，衣袖衣襟也纷纷化为碎片。

段誉在剑圈中左上右落，东歪西斜，却如庭院闲步一般，慕容复锋利的长剑竟连衣带也没削下他一片。可是段誉步履虽舒，心中却是十分焦急："我只守不攻，眼睛又瞧不见，倘若他一剑向我妈妈爹爹刺去，那便如何是好？"

慕容复情知只有段誉才是真正的心腹大患，倒不在乎是否能杀得了段夫人，眼见百余剑刺出，始终无法伤到对方，心想："这小子善于'暗器听风'之术，听声闪避，我改使'柳絮剑法'，轻飘飘的没有声响，谅来这小子便避不了。"陡地剑法一变，一剑缓缓刺出。殊不知段誉这"凌波微步"乃是自己走自己的，浑不理会敌手如何出招，对方剑招声带隆隆风雷也好，悄没声息也好，于他全不相干。

以段延庆这般高明的见识，本可看破其中诀窍，但关心则乱，见慕容复剑招拖缓，隐去了兵刃上的刺风之声，心下吃了一惊，嘶哑着嗓子道："孩儿，你快快将段誉这小子杀了。若是他将眼上的黑布拉去，只怕你我都要死在他的手下。"

慕容复一怔，心道："你好胡涂，这不是提醒他么？"

果然是一言惊醒梦中人，段誉一呆之下，随即伸手扯开眼上黑布，突然间眼前一亮，耀眼生花，一柄冷森森的长剑刺向自己面门。他既不会武功，更乏应变之能，一惊之下，登时乱了脚步，嗤的一声响，左腿中剑，摔倒在地。

慕容复大喜，挺剑刺落。段誉侧卧于地，还了一剑"少泽剑"。慕容复忙后跃避开。段誉腿上虽鲜血泉涌，六脉神剑却使得气势纵横，顷刻间慕容复左支右绌，狼狈万状。

当日在少室山上，慕容复便已不是段誉敌手，此时段誉得了鸠摩智的深厚内功，六脉神剑使将出来更加威力难当。数招之间，便听得铮的一声轻响，慕容复长剑脱手，那剑直飞上去，插入屋梁。跟着波的一声，慕容复肩头为剑气所伤。他知道再逗留片刻，立将为段誉所杀，大叫一声，从窗子中跳了出去，飞奔而逃。

段誉扶着椅子站了起来，叫道："妈，爹爹，没受伤罢？"段夫人道："快撕下衣襟，裹住伤口。"段誉道："不要紧。"从王夫人尸体的手中取过小瓷瓶，先给父亲与母亲闻了，解开迷毒。又依父亲指点，以内力解开父母身上被封的重穴。段夫人当即替段誉包扎伤口。

段正淳纵起身来，拔下了梁上的长剑。这剑锋上沾染着阮星竹、秦红棉、甘宝宝、王夫人四个女子的鲜血，每一个都曾和他有过白头之约，肌肤之亲。段正淳虽然秉性风流，用情不专，但当和每一个女子热恋之际，却也是一片至诚，恨不得将自己的心掏出来，将肉割下来给了对方。眼看四个女子尸横就地，王夫人的头搁在秦红棉的腿上，甘宝宝的身子横架在阮星竹的小腹，四个女子生前个个曾为自己尝尽相思之苦，心伤肠断，欢少忧多，到头来又为自己而死于非命。当阮星竹为慕容复所杀之时，段正淳已决心殉情，此刻更无他念，心想誉儿已长大成人，文武双全，大理国不愁无英主明君，我更有什么放不下心的？回头向段夫人道："夫人，我对你不起。在我心中，这些女子和你一样，个个是我心肝宝贝，我爱她们是真，爱你也是一样的真诚！"

段夫人叫道："淳哥，你……你不可……"和身向他扑将过去。

段誉适才为了救母，一鼓作气的和慕容复相斗，待得慕容复跳窗逃走，他惊魂略定，突然想起："我刚刚走火入魔，怎么忽然好了？"一凛之下，全身瘫软，慢慢的缩成一团，一时间再也站不起来。

但听得段夫人一声惨呼，段正淳已将剑尖插入自己胸膛。段夫人忙伸手拔出长剑，左手按住他的伤口，哭道："淳哥，淳哥，你便有一千个、一万个女人，我也是一般爱你。我有时心中想不开，生你的气，可是……那是从前的事了……那也正是为了爱你……"但段正淳这一剑对准了自己心脏刺入，剑到气绝，已听不见她的话了。

段夫人回过长剑，待要刺入自己胸膛，只听得段誉叫道："妈，妈！"一来剑刃太长，二来分了心，剑尖略偏，竟然刺入了小腹。

段誉见父亲母亲同时挺剑自尽，只吓得魂飞天外，两条腿犹似灌满了醋，又酸又麻，再也无力行走，双手着地，爬将过去，叫道："妈妈，爹爹，你……你们……"段夫人道："孩儿，爹和妈都去了，你……你好好照料自己……”段誉哭道：“妈，妈，你不能死，不能死，爹爹呢？他……他怎么了？”伸手搂住了母亲的头颈，想要替她拔出长剑，深恐一拔之下反而害她死得快些，却又不敢。段夫人道：“你要学你伯父，做一个好皇帝……”

忽听得段延庆说道：“快拿解药给我闻，我来救你母亲。”段誉大怒，喝道：“都是你这奸贼，捉了我爹爹来，害得他死于非命。我跟你有不共戴天之仇！”霍的站起，抢起地下一根钢杖，便要向段延庆头上劈落。段夫人尖声叫道：“不可！”

段誉一怔，回头道：“妈，这人是咱们大对头，孩儿要为你和爹爹报仇。”段夫人仍是尖声叫道：“不可！你……你不能犯这大罪！”段誉满腹疑团，问道：“我……我不能……犯这大罪？”他咬一咬牙，喝道：“非杀了这奸贼不可。”又举起了钢杖。段夫人道：“你俯下头来，我跟你说。”

段誉低头将耳凑到她的唇边，只听得母亲轻轻说道：“孩儿，这个段延庆，才是你真正的父亲。你爹爹对不起我，我在恼怒之下，也做了一件对不起他的事。后来便生了你。你爹爹不知道，一直以为你是他的儿子，其实不是的。你爹爹并不是你真的爹爹，这个人才是，你千万不能伤害他，否则……否则便是犯了杀父的大罪。我从来没喜欢过这个人，但是……但是不能累你犯罪，害你将来死了之后，堕入阿鼻地狱，到不得西方极乐世界。我……我本来不想跟你说，以免坏了你爹爹的名头，可是没有法子，不得不说……”

在短短不到一个时辰之间，大出意料之外的事纷至沓来，正如霹雳般一个接着一个，只将段誉惊得目瞪口呆。他抱着母亲的身子，叫道：“妈，妈，这不是真的，不是真的！”

段延庆道：“快给解药我，好救你妈。”段誉眼见母亲吐气越来越是微弱，当下更无余暇多想，拾起地下的小瓷瓶，去给段延庆解毒。

段延庆劲力一复，立即拾起钢杖，嗤嗤嗤嗤数响，点了段夫人伤口处四周的穴道。段夫人摇了摇头，道："你不能再碰一碰我的身子。"对段誉道："孩儿，我还有话跟你说。"段誉又俯身过去。

段夫人轻声道："这个人和你爹爹虽是同姓同辈，却算不得是什么兄弟。你爹爹的那些女儿，什么木姑娘哪、王姑娘哪、锺姑娘哪，你爱哪一个，便可娶哪个……他们大宋或许不行，什么同姓不婚。咱们大理可不管这么一套，只要不是亲兄妹便是了。这许多姑娘，你便一起都娶了，那也好得很。你……你喜欢不喜欢？"

段誉泪水滚滚而下，哪里还想得喜欢或是不喜欢。

段夫人叹了口气，说道："乖孩子，可惜我没能亲眼见到你身穿龙袍，坐在皇帝的宝座上，做一个乖乖的……乖乖的小皇帝，不过我知道，你一定会很乖的……"突然伸手在剑柄上一按，剑刃透体而过。

段誉大叫："妈妈！"扑在她身上，但见母亲缓缓闭上了眼睛，嘴角边兀自带着微笑。

段誉叫道："妈妈……"突觉背上微微一麻，跟着腰间、腿上、肩膀几处大穴都给人点中了。一个细细的声音传入耳中："我是你的父亲段延庆，为了顾全镇南王的颜面，我此刻是以'传音入密'之术与你说话。你母亲的话，你都听见了？"段夫人向儿子所说的最后两段话，声音虽轻，但其时段延庆身上迷毒已解，内劲恢复，已一一听在耳中，知道段夫人已向儿子泄露了他出身的秘密。

段誉叫道："我没听见，我没听见！我只要我自己的爹爹、妈妈。"他说我只要自己的"爹爹、妈妈"，其实便是承认已听到了母亲的话。

段延庆大怒，说道："难道你不认我？"段誉叫道："不认，不认！我不相信，我不相信！"段延庆低声道："此刻你性命在我手中，要杀你易如反掌。何况你确是我的儿子，你不认生身之父，岂非大大的不孝？”

段誉无言可答，明知母亲的说话不假，但二十余年来叫段正淳为爹爹，他对自己一直慈爱有加，怎忍去认一个毫不相干的人为父？何况父母之死，可说是为段延庆所害，要自己认仇为父，更是万万不可。他咬牙道：“你要杀便杀，我可永远不会认你。”

段延庆又是气恼，又是失望，心想：“我虽有儿子，但儿子不认我为父，等如是没有儿子。”霎时间凶性大发，提起钢杖，便向段誉背上戳将下去，杖端刚要碰到他背心衣衫，不由得心中一软，一声长叹，心道：“我吃了一辈子苦，在这世上更无亲人，好容易有了个儿子，怎么又忍心亲手将他杀了？他认我也罢，不认我也罢，终究是我的儿子。”转念又想：“段正淳已死，我也已无法跟段正明再争了。可是大理国的皇位，却终于又回入我儿子的手中。我虽不做皇帝，却也如做皇帝一般，一番心愿总算是得偿了。”

段誉叫道：“你要杀我，为什么不快快下手？”

段延庆拍开了他被封的穴道，仍以“传音入密”之术说道：“我不杀我自己的儿子！你既不认我，大可用六脉神剑来杀我，为段正淳和你母亲报仇。”说着挺起了胸膛，静候段誉下手。这时他心中又满是自伤自怜之情，自从当年身受重伤，这心情便充满胸臆，一直以多为恶行来加以发泄，此刻但觉自己一生一无所成，索性死在自己儿子手下，倒也一了百了。

段誉伸左手拭了拭眼泪，心下一片茫然，想要以六脉神剑杀了眼前这个元凶巨恶，为父母报仇，但母亲言之凿凿，说这个人竟是自己的生身父亲，却又如何能够下手？

段延庆等了半晌，见段誉举起了手又放下，放下了又举起，始终打不定主意，森然道：“男子汉大丈夫，要出手便出手，又有何惧？”

段誉一咬牙，缩回了手，说道："妈妈不会骗我，我不杀你。"

段延庆大喜，哈哈大笑，知道儿子终于是认了自己为父，不由得心花怒放，双杖点地，飘然而去，对晕倒在地的云中鹤竟不加一瞥。

段誉心中存着万一之念，又去搭父亲和母亲的脉搏，探他二人的鼻息，终于知道确已没有回生之望，扑倒在地，痛哭起来。

哭了良久，忽听得身后一个女子的声音说道："段公子节哀。我们救应来迟，当真是罪该万死。"段誉转过身来，只见门口站了七八个女子，为首两个一般的相貌，认得是虚竹手下灵鹫四女中的两个，却不知她们是梅兰竹菊中的哪两姝。他脸上泪水纵横，兀自呜咽，哭道："我爹爹、妈妈，都给人害死啦！"

灵鹫四女中到来的是竹剑、菊剑。竹剑说道："段公子，我主人得悉公子的尊大人途中将有危难，命婢子率领人手，赶来赴援，不幸还是慢了一步。"菊剑道："王语嫣姑娘等人被囚在地牢之中，已然救出，安好无恙，请公子放心。"

忽听得远远传来一阵嘘嘘的哨子之声，竹剑道："梅姊和兰姊也都来啦！"过不多时，马蹄声响，十余人骑马奔到屋前，当先二人正是梅剑、兰剑。二女快步冲进屋来，见满地都是尸骸，不住顿足，连叫："啊哟！啊哟！"

梅剑向段誉行下礼去，说道："我家主人多多拜上段公子，说道有一件事，当真是万分对不起公子，却也是无可奈何。我主人食言而肥，愧见公子，只有请公子原谅。"

段誉也不知她说的是什么事，哽咽道："咱们是金兰兄弟，那还分什么彼此？我爹爹、妈妈都死了，我还去管什么闲事？"

这时范骅、华赫艮、傅思归、崔百泉、过彦之五人已闻了解药，身上被点的穴道也已解开。华赫艮见云中鹤兀自躺在地下，怒从心起，一刀砍下，“穷凶极恶”云中鹤登时身首分离。范、华等五人向段正淳夫妇的遗体下拜，大放悲声。

次日清晨，范骅等分别出外采购棺木。到得午间，灵鹫宫朱天部诸女陪同王语嫣、巴天石、朱丹臣、木婉清、锺灵等到来。他们中了醉人蜂的毒刺之后，昏昏沉沉，迄未苏醒。

当下段誉、范骅等将死者分别入殓。该处已是大理国国境，范骅向邻近州县传下号令。州官、县官听得皇太弟镇南王夫妇居然在自己辖境中“暴病身亡”，只吓得目瞪口呆，险些晕去，心想至少“荒怠政务，侍奉不周”的罪名是逃不去的了，幸好范司马倒也没如何斥责，当下手忙脚乱的纠集人伕，运送镇南王夫妇等人的灵柩。灵鹫诸女唯恐途中再有变卦，直将段誉送到大理国京城。王语嫣、巴天石等在途中方始醒转。

镇南王薨于道路、世子扶灵归国的讯息，早已传入大理京城。镇南王有功于国，甚得民心，众官百姓迎出十余里外，城内城外，悲声不绝。段誉、范骅、华赫艮、巴天石等当即入宫，向皇上禀报镇南王的死因。王语嫣、梅剑等一行人，由朱丹臣招待在宾馆居住。

段誉来到宫中，只见段正明两眼已哭得红肿，正待拜倒，段正明叫道：“孩子，怎……怎会如此？”张臂抱住了他。伯侄二人，搂在一起。

段誉毫不隐瞒，将途中经历一一禀明，连段夫人的言语也无半句遗漏，说罢又拜，泣道：“倘若爹爹真不是孩儿的生身之父，孩儿便是孽种，再也不能……不能在大理住了。”

段正明心惊之余，连叹：“冤孽，冤孽！”伸手扶起段誉，说道：“孩儿，此中缘由，世上唯你和段延庆二人得知，你原本不须向我禀明。但你竟然直言无隐，足见坦诚。我和你爹爹均无子嗣，别说你本就姓段，就算不是姓段，我也决意立你为嗣。我这皇位，本来是延庆太子的，我窃居其位数十年，心中常自惭愧，上天如此安排，当真再好也没有。”说着伸手除下头上黄缎便帽，头上已剃光了头发，顶门上烧着十二点香疤。

段誉吃了一惊，叫道：“伯父，你……”段正明道：“那日在天龙寺抵御鸠摩智，师父便已为我剃度传戒，此事你所亲见。”段誉道：“是。”段正明说道：“我身入佛门，便当传位于你父。只因其时你父身在中原，国不可一日无君，我才不得不秉承师父之命，暂摄帝位。你父不幸身亡于道路之间，今日我便传位于你。”

段誉惊讶更甚，说道：“孩儿年轻识浅，如何能当大位？何况孩儿身世难明，孩儿……我……还是遁迹山林……”

段正明喝道：“身世之事，从今再也休提。你父、你母待你如何？”

段誉呜咽道：“亲恩深重，如海如山。”

段正明道：“这就是了，你若想报答亲恩，便当保全他们的令名。做皇帝吗，你只须牢记两件事，第一是爱民，第二是纳谏。你天性仁厚，对百姓是不会暴虐的。只是将来年纪渐老之时，千万不可自恃聪明，于国事妄作更张，更不可对邻国擅动刀兵。”

耶律洪基连珠箭发，嗤嗤嗤嗤几声过去，射倒了六名南人，羽箭贯胸，钉在地下。

四十九

敝屣荣华　浮云生死　此身何惧

大理皇宫之中，段正明将帝位传给侄儿段誉，诫以爱民、纳谏二事，叮嘱于国事不可妄作更张，不可擅动刀兵。就在这时候，数千里外北方大宋京城汴梁皇宫之中，崇庆殿后阁，太皇太后高氏病势转剧，正在叮嘱孙子赵煦（按：后来历史上称为哲宗）：“孩儿，祖宗创业艰难，天幸祖泽深厚，得有今日太平。但你爹爹秉政时举国鼎沸，险些酿成巨变，至今百姓想来犹有余怖，你道是什么缘故？”

赵煦道：“孩儿常听奶奶说，父皇听信王安石的话，更改旧法，以致害得民不聊生。”

太皇太后干枯的脸微微一动，叹道：“王安石有学问，有才干，原本不是坏人，用心自然也是为国为民，可是……唉……可是你爹爹，一来性子急躁，只盼快快成功，殊不知天下事情往往欲速则不达，手忙脚乱，反而弄糟了。”她说到这里，喘息半晌，接下去道：“二来……二来他听不得一句逆耳之言，旁人只有歌功颂德，说他是圣明天子，他才喜欢，倘若说他举措不当，劝谏几句，他便要大发脾气，罢官的罢官，放逐的放逐，这样一来，还有谁敢向他直言进谏呢？”

赵煦道：“奶奶，只可惜父皇的遗志没能完成，他的良法美意，都让小人给败坏了。”

太皇太后吃了一惊，颤声问道："什……什么良法美意？什……什么小人？"

赵煦道："父皇手创的青苗法、保马法、保甲法等等，岂不都是富国强兵的良法？只恨司马光、吕公著、苏轼这些腐儒坏了大事。"

太皇太后脸上变色，撑持着要坐起身来，可是衰弱已极，要将身子抬起一二寸，也是难能，只不住的咳嗽。赵煦道："奶奶，你别气恼，多歇着点儿，身子要紧。"他虽是劝慰，语调中却殊无亲厚关切之情。

太皇太后咳嗽了一阵，渐渐平静下来，说道："孩儿，你算是做了九年皇帝，可是这九年……这九年之中，真正的皇帝却是你奶奶，你什么事都要听奶奶吩咐着办，你……你心中一定十分气恼，十分恨你奶奶，是不是？"

赵煦道："奶奶替我做皇帝，那是疼我啊，生怕我累坏了。用人是奶奶用的，圣旨是奶奶下的，孩儿清闲得紧，那有什么不好？怎么敢怪奶奶了？"

太皇太后叹了口气，轻轻的道："你十足像你爹爹，自以为聪明能干，总想做一番大事业出来，你心中一直在恨我，我……我难道不知道吗？"

赵煦微微一笑，说道："奶奶自然知道的了。宫中御林军指挥是奶奶的亲信，内侍太监头儿是奶奶的心腹，朝中文武大臣都是奶奶委派的。孩儿除了乖乖的听奶奶吩咐之外，还敢随便干一件事、随口说一句话吗？"

太皇太后双眼直视帐顶，道："你天天在指望今日，只盼我一旦病重死去，你……你便可以大显身手了。"赵煦道："孩儿一切都是奶奶所赐，当年若不是奶奶一力主持，父皇崩驾之时，朝中大臣不立雍王，也立曹王了。奶奶的深恩，孩儿又如何敢忘记？只不过……只不过……"太皇太后道："只不过怎样？你想说什么，尽管说出来，又何必吞吞吐吐？”

赵煦道：“孩儿曾听人说，奶奶所以要立孩儿，只不过贪图孩儿年幼，奶奶自己可以亲理朝政。”他大胆说了这几句话，心中怦怦而跳，向殿门望了几眼，见把守在门口的太监仍都是自己那些心腹，守卫严密，这才稍觉放心。

太皇太后缓缓点了点头，道：“你的话不错。我确是要自己来治理国家。这九年来，我管得怎样？”

赵煦从怀中取出一卷纸来，说道：“奶奶，朝野文士歌功颂德的话，这九年中已不知说了多少，只怕奶奶也听得腻烦了。今日北面有人来，说道辽国宰相有一封奏章进呈辽帝，提到奶奶的施政。这是敌国大臣之论，奶奶可要听听？”

太皇太后叹道：“德被天下也好，谤满天下也好，老……老身是活不过今晚了。我……我不知是不是还能看到明天早晨的日头？辽国宰相……他……他怎么说我？”

赵煦展开纸卷，说道：“那宰相在奏章中说太皇太后：‘自垂帘以来，召用名臣，罢废新法苛政，临政九年，朝廷清明，华夏绥安。杜绝内降侥幸，裁抑外家私恩，文思院奉上之物，无问巨细，终身不取其一……’”他读到这里，顿了一顿，见太皇太后本已没半点光采的眸子之中，又射出了几丝兴奋的光芒，接下去读道：“……‘人以为女中尧舜！’”

太皇太后喃喃的道：“人以为女中尧舜，人以为女中尧舜！就算真是尧舜罢，终于也是难免一死。”突然之间，她那正在越来越模糊迟钝的脑中闪过一丝灵光，问道：“辽国的宰相为什么提到我？孩儿，你……你可得小心在意，他们知道我快死了，想欺侮你。”

赵煦年青的脸上登时露出了骄傲的神色，说道：“想欺侮我，哼，话是不错，可也没这么容易。契丹人有细作在东京，知道奶奶病重，可是难道咱们就没细作在上京？他们宰相的奏章，咱们还不是都抄了来？契丹君臣商量，说道等奶奶……奶奶千秋万岁之后，倘若文武大臣一无更改，不行新法，保境安民，那就罢了。要是孩儿有什么……哼哼，有什么轻举妄动……轻举妄动，他们便也来轻举妄动一番。”

太皇太后失声道：“果真如此，他们便要出兵南下？”

赵煦道：“不错！”他转过身来走到窗边，只见北斗七星闪耀天空，他眼光顺着斗杓，凝视北极星，喃喃说道：“我大宋兵精粮足，人丁众多，何惧契丹？他便不南下，我倒要北上去和他较量一番呢！”

太皇太后耳音不灵，问道：“你说什么？什么较量一番？”赵煦走到病榻之前，说道：“奶奶，咱们大宋人丁比辽国多上十倍，粮草多上三十倍，是不是？以十敌一，难道还打他们不过？”太皇太后颤声道：“你说要和辽国开战？当年真宗皇帝如此英武，御驾亲征，才结成澶渊之盟，你……你如何敢擅动刀兵？”

赵煦气忿忿的道：“奶奶总是瞧不起孩儿，只当孩儿仍是乳臭未干、什么事情也不懂的婴儿。孩儿就算及不上太祖、太宗，却未必及不上真宗皇帝。”太皇太后低声说道：“便是太宗皇帝，当年也是兵败北国，重伤而归，伤疮难愈，终于因此崩驾。”赵煦道：“天下之事，岂能一概而论。当年咱们打不过契丹人，未必永远打不过。”

太皇太后有满腔言语要说，但觉精力一点一滴的离身而去，眼前一团团白雾晃来晃去，脑中茫茫然的一片，说话也是艰难之极，然而在她心底深处，有一个坚强而清晰的声音在不断响着：“兵凶战危，生灵涂炭，可千万不能轻举妄动。”

过了一会，她深深吸口气，缓缓的道：“孩儿，这九年来我大权一把抓，没好好跟你分说剖析，那是奶奶错了。我总以为自己还有许多年好活，等你年纪大些，再来开导你，你更容易领会明白，哪知道……哪知道……”她干咳了几声，又道：“咱们人多粮足，那是不错的，但大宋人文弱，不及契丹人勇悍。何况一打上仗，军民肝脑涂地，不知要死多少人，要烧毁多少房屋，天下不知有多少人家要家破人亡，妻离子散。为君者胸中时时刻刻要存着一个‘仁’字，别说胜败之数难料，就算真有必胜把握，这仗嘛，也还是不打的好。”

赵煦道：“咱们燕云十六州给辽人占了去，每年还要向他进贡金帛，既像藩属，又似臣邦，孩儿身为大宋天子，这口气如何咽得下去？难道咱们永远受辽人欺压不成？”他声音越说越响：“当年王安石变法，创行保甲、保马之法，还不是为了要国家富强，洗雪历年祖宗之耻。为子孙者，能为祖宗雪恨，方为大孝。父皇一生励精图治，还不是为此？孩儿定当继承爹爹遗志。此志不遂，有如此椅。”突然从腰间拔出佩剑，将身旁一张椅子劈为两截。

皇帝除了大操阅兵，素来不佩刀带剑，太皇太后见这个小孩子突然拔剑斩椅，不由得吃了一惊，模模糊糊的想道：“他为什么要带剑？是要来杀我么？是不许我垂帘听政么？这孩子胆大妄为，我废了他。”她虽秉性慈爱，但掌权既久，一遇到大权受胁，立时便想到排除敌人，纵然是至亲骨肉，亦毫不宽贷，刹那之间，她忘了自己已然油尽灯枯，转眼间便要永离人世。

赵煦满心想的却是如何破阵杀敌、收复燕云十六州，幻想自己坐上高头大马，统率百万雄兵，攻破上京，辽主耶律洪基肉袒出降。他高举佩剑，昂然说道：“国家大事，都误在一般胆小怕事的腐儒手中。他们自称君子，其实都是贪生怕死、自私自利的小人，我……我非将他们重重惩办不可。”

太皇太后蓦地清醒过来，心道：“这孩子是当今皇帝，他有他自己的主意，我再也不能叫他听我话了。我是个快要死的老太婆，他是年富力壮的皇帝，他是皇帝，他是皇帝。”她尽力提高声音，说道：“孩儿，你有这番志气，奶奶很是高兴。”赵煦一喜，还剑入鞘，说道："奶奶，我说的很对，是不是？"太皇太后道："你可知什么是万全之策，必胜之算？"赵煦皱起眉头，说道："选将练兵，秣马贮粮，与辽人在疆场上一决雌雄，有可胜之道，却无必胜之理。"太皇太后道："你也知道角斗疆场，并无必胜之理。但咱们大宋却能不战而屈人之兵。"赵煦道："与民休息，颁行仁政，即能不战而屈人之兵，是不是？奶奶，这是司马光他们的书生迂腐之见，济得什么大事？"

太皇太后叹了口气，缓缓的道："司马相公识见卓越，你怎么说是书生迂腐之见？你是一国之主，须当时时披读司马相公所著的《资治通鉴》。千余年来，每一朝之所以兴、所以衰、所以败、所以亡，那部书中都记得明明白白。咱们大宋土地富庶，人丁众多，远胜辽国十倍，只要没有征战，再过十年、二十年，咱们更加富足。辽人悍勇好斗，只须咱们严守边境，他部落之内必定会自相残杀，一次又一次的打下来，自能元气大伤。前年楚王之乱，辽国精兵锐卒，死伤不少……"

赵煦一拍大腿，说道："是啊！其时孩儿就想该当挥军北上，给他一个内外夹攻，辽人方有内忧，定然难以应付。唉，只可惜错过了千载一时的良机。"

太皇太后厉声道："你念念不忘与辽国开仗，你……你……你……"突然坐起身来，右手食指伸出，指着赵煦。

在太皇太后积威之下，赵煦只吓得连退三步，脚步踉跄，险些摔倒，手按剑柄，心中突突乱跳，叫道："快，你们快来。"

众太监听得皇上呼召，当即抢进殿来。赵煦颤声道："她……她……你们瞧瞧她，却是怎么了？"他适才满口雄心壮志，要和契丹人决一死战，但一个病骨支离的老太婆一发威，他登时便骇得魂不附体，手足无措。一名太监走上几步，向太皇太后凝视片刻，大着胆子，伸出手去一搭脉息，说道："启奏皇上，太皇太后龙驭宾天了。”

赵煦大喜，哈哈大笑，叫道：“好极，好极！我是皇帝了，我是皇帝了！”

他其实已做了九年皇帝，只不过九年来这皇帝有名无实，大权全在太皇太后之手，直到此刻，他才是真正的皇帝。

赵煦亲理政务，第一件事便是将礼部尚书苏轼贬去做定州知府。苏轼文名满天下，负当时重望。他是王安石的死对头，向来反对新法。元祐年间太皇太后垂帘听政，重用司马光和苏轼、苏辙兄弟。现下太皇太后一死，皇帝便贬逐苏轼，自朝廷以至民间，人人心头都罩上一层暗影：“皇帝又要行新政了，又要苦害百姓了！”当然，也有人暗中窃喜，皇帝再行新政，他们便有了升官发财的机会。

这时朝中执政，都是太皇太后任用的旧臣。翰林学士范祖禹上奏，说道：“先太皇太后以大公至正为心，罢王安石、吕惠卿新法而行祖宗旧政，故社稷危而复安，人心离而复合。乃至辽主亦与宰相议曰：‘南朝遵行仁宗政事，可敕燕京留守，使边吏约束，无生事。’陛下观敌国之情如此，则中国人心可知。今陛下亲万机，小人必欲有所动摇，而怀利者亦皆观望。臣愿陛下念祖宗之艰难，先太皇太后之勤劳，痛心疾首，以听用小人为刻骨之戒，守元祐之政，当坚如金石，重如山岳，使中外一心，归于至正，则天下幸甚！”

赵煦越看越怒，把奏章往案上一抛，说道：“‘痛心疾首，以听用小人为刻骨之戒’，这两句话说得不错。但不知谁是君子，谁是小人？”说着双目炯炯，凝视范祖禹。

范祖禹磕头道：“陛下明察。太皇太后听政之初，中外臣民上书者以万数，都说政令不便，苦害百姓。太皇太后顺依天下民心，遂改其法，作法之人既有罪当逐，陛下与太皇太后亦顺民心而逐之。这些被逐的臣子，便是小人了。”

赵煦冷笑一声，大声道：“那是太皇太后斥逐的，跟我又有什么干系？”拂袖退朝。

赵煦厌见群臣，但亲政之初，又不便将一群大臣尽数斥逐，当即亲下敕书，升内侍乐士宣、刘惟简、梁从政等人的官，奖赏他们亲附自己之功，连日托病不朝。

太监送进一封奏章，字迹肥腴挺拔，署名苏轼。赵煦道：“苏大胡子倒写得一手好字，却不知胡说些什么。”见疏上写道：“臣日侍帷幄，方当戍边，顾不得一见而行；况疏远小臣，欲求自通，难矣。”赵煦道：“我就不爱瞧你这大胡子，永世都不要再见你。”接着瞧下去：“然臣不敢以不得对之故不效愚忠。古之圣人将有为也，必先处晦而观明，处静而观动，则万物之物毕陈于前。陛下圣智绝人，春秋鼎盛……”赵煦微微一笑，心道：“这大胡子挺滑头，倒会拍马屁，说我‘圣智绝人’。不过他又说我‘春秋鼎盛’，那是说我年轻，年轻就不懂事。”接下去又看：“臣愿虚心循理，一切未有所为，默观庶事之利害与群臣之邪正，以三年为期，俟得其实，然后应而作，使既作之后，天下无恨，陛下亦无悔。由是观之，陛下之有为，惟忧太早，不患稍迟，亦已明矣。臣恐急进好利之臣，辄劝陛下轻有改变，故进此说，敢望陛下留神，社稷宗庙之福，天下幸甚。”

赵煦阅罢奏章，寻思：“人人都说苏大胡子是个聪明绝顶的才子，果然名不虚传。他情知我决意绍述先帝，复行新法，便不来阻梗，只是劝我延缓三年。哼，什么‘使既作之后，天下无恨，陛下亦无悔’。他话是说得婉转，意思还不是一样？说我倘若急功近利，躁进大干，不但天下有恨，我自己亦当有悔。”一怒之下，登时将奏章撕得粉碎。

数日后视朝，范祖禹又上奏章：“熙宁之初，王安石、吕惠卿造立三新法，悉变祖宗之政，多引小人以误国。勋旧之臣屏弃不用，忠正之士相继远引。又用兵开边，结怨外夷，天下愁苦，百姓流徙。”赵煦看到这里，怒气渐盛，心道：“你骂的是王安石、吕惠卿，其实还不是在骂我父皇？”又看下去：“蔡确连起大狱，王韶创取熙河，章惇开五溪，沈起扰交管，沈括等兴造西事，兵民死伤者不下二十万。先帝临朝悼悔，谓朝廷不得不任其咎……”赵煦越看越怒，跳过了几行，见下面是：“……民皆愁痛，比屋思乱，赖陛下与太皇太后起而救之，天下之民，如解倒悬……”赵煦看到此处，再也难以忍耐，一拍龙案，站起身来。

赵煦那时年方一十八岁，以帝皇之尊再加一股少年的锐气，在朝廷上突然大发脾气，群臣无不失色，只听他厉声说道：“范祖禹，你这奏章如此说，那不是恶言诽谤先帝么？”范祖禹连连磕头，说道：“陛下明鉴，微臣万万不敢。”

赵煦初操大权，见群臣骇怖，心下甚是得意，怒气便消，脸上却仍是装着一副凶相，大声道：“先帝以天纵之才，行大有为之志，正要削平蛮夷，混一天下，不幸盛年崩驾，朕绍述先帝遗志，有何不妥？你们却唠唠叨叨的聒噪不休，反来说先帝变法的不是！”

群臣班中闪出一名大臣，貌相清癯，凛然有威，正是宰相苏辙。赵煦心下不喜，心道：“这人是苏大胡子的弟弟，两兄弟狼狈为奸，狗嘴里定然长不出象牙。”只听苏辙说道：“陛下明察，先帝有众多设施，远超前人。例如先帝在位十二年，终身不受尊号。臣下上章歌颂功德，先帝总是谦而不受。至于政事有所失当，却是哪一朝没有错失？父作之于前，子救之于后，此前人之孝也。”

赵煦哼了一声，冷冷的道：“什么叫做‘父作之于前，子救之于后’？”苏辙道：“比方说汉武帝罢。汉武帝外事四夷，内兴宫室，财用匮竭，于是修盐铁、榷酤、均输之政。抢夺百姓的利源财物，民不堪命，几至大乱。武帝崩驾后，昭帝接位，委任霍光，罢去烦苛，汉室乃定。”赵煦又哼了一声，心道：“你以汉武帝来比我父皇！”

苏辙眼见皇帝脸色不善，事情甚是凶险，寻思："我若再说下去，皇上一怒之下，说不定我有性命之忧，但我若顺从其意，天下又复扰攘，千千万万生灵啼饥号寒，流离失所，我为当国大臣，心有何忍？今日正是我以一条微命报答太皇太后深恩之时。"又道："后汉时明帝察察为明，以谶决事，相信妄诞不经的邪理怪说，查察臣僚言行，无微不至，当时上下恐惧，人怀不安。章帝接位，深鉴其失，代之以宽厚恺悌之政，人心喜悦，天下大治，这都是子匡父失，圣人的大孝。"苏辙猜知赵煦于十岁即位，九年来事事听命于太皇太后，心中必定暗自恼恨，决意要毁太皇太后的政治而回复神宗时的变法，以示对父亲的孝心，因而特意举出"圣人之大孝"的话来向皇帝规劝。

赵煦大声道："汉明帝尊崇儒术，也没有什么不好。你以汉武帝来比拟先帝，那是什么用心？这不是公然讪谤么？汉武帝穷兵黩武，末年下哀痛之诏，深自诘责，他行为荒谬，为天下后世所笑，怎能与先帝相比？"越说越响，声色俱厉。

苏辙连连磕头，下殿来到庭中，跪下待罪，不敢再多说一句。

许多大臣心中都道："先帝变法，害得天下百姓朝不保夕，汉武帝可比他好得多了。"但哪一个敢说这些话？又有谁敢为苏辙辩解？

一个白须飘然的大臣越众而出，却是范纯仁，从容说道："陛下休怒。苏辙言语或有失当，却是一片忠君爱国的美意。陛下亲政之初，对待大臣当有礼貌，不可如诃斥奴仆。何况汉武帝末年痛悔前失，知过能改，也不是坏皇帝。"赵煦道："人人都说'秦皇、汉武'，汉武帝和暴虐害民的秦始皇并称，那还不是无道之极么？"范纯仁道："苏辙所论，是时势与事情，也不是论人。"

赵煦听范纯仁反覆辩解，怒气方息，喝道："苏辙回来！"苏辙自庭中回到殿上，不敢再站原班，跪在群臣之末，道："微臣得罪陛下，乞赐屏逐。"

次日诏书下来，降苏辙为端明殿学士，为汝州知州，派宰相去做一个小小的州官。

南朝君臣动静，早有细作报到上京。辽主耶律洪基得悉南朝太皇太后崩驾，少年皇帝赵煦斥逐持重大臣，显是要再行新政，不禁大喜，说道："摆驾即赴南京，与萧大王议事。"

耶律洪基又道："南朝在上京派有不少细作，若知我前去南京，便会戒备。咱们轻骑简从，迅速前往，却也不须知会南院大王。"当下率领三千甲兵，径向南行，鉴于上次楚王作乱之失，留守上京的官兵由萧后亲自统领。另有十万护驾兵马，随后分批南来。

不一日，御驾来到南京城外。这日萧峰正带了二十余卫兵在北郊射猎，听说辽主突然到来，飞马向北迎驾，远远望见白旄黄盖，当即下马，抢步上前，拜伏在地。

耶律洪基哈哈大笑，纵下马来，说道："兄弟，你我名为君臣，实乃骨肉，何必行此大礼？"当即扶起，笑问："野兽可多么？"萧峰道："连日严寒，野兽都避到南边去了，打了半日，也只打到些青狼、獐子，没什么大的。"耶律洪基也极喜射猎，道："咱们到南郊去找找。"萧峰道："南郊与南朝接壤，臣怕失了两国和气，严禁下属出猎。"耶律洪基眉头微微一皱，问道："那么也不打草谷了么？"萧峰道："臣已禁绝了。"耶律洪基道："今日咱兄弟聚会，破一破例，又有何妨？"萧峰道："是！"

号角声响，耶律洪基与萧峰双骑并驰，绕过南京城墙，直向南去。三千甲兵随后跟来。驰出二十余里后，众甲兵齐声吆喝，分从东西散开，像扇子般远远围了开去，但听得马嘶犬吠，响成一团，四下里慢慢合围，草丛中赶起一些狐兔之属。

耶律洪基不愿射杀这些小兽，等了半天，始终不见有熊虎等巨兽出现，正自扫兴，忽听得叫声响起，东南角上十余名汉子飞奔过来，瞧装束是南朝的樵夫猎户之类。辽兵赶不到野兽，知道皇上不喜，恰好围中围上了这十几名南人，当即吆喝驱赶，逼到皇帝马前。

耶律洪基笑道："来得好！"拉开镶金嵌玉的铁胎弓，搭上雕翎狼牙箭，连珠箭发，嗤嗤嗤嗤几声过去，箭无虚发，霎时间射倒了六名南人。其余的南人吓得魂飞天外，转身便逃，却又给众辽兵用长矛攒刺，逐了回来。

萧峰看得甚是不忍，叫道："陛下！"耶律洪基笑道："余下的留给你，我来看兄弟神箭！"萧峰摇摇头，道："这些人并无罪过，饶了他们罢！"耶律洪基笑道："南人太多，总得杀光了，天下方得太平。他们投错胎去做南人，便是罪过。"说着连珠箭发，又是一箭一个，一壶箭射不了一半，十余名汉人无一幸免，有的立时毙命，有的射中肚腹，一时未能气绝，倒在地下呻吟。众辽兵大声喝采，齐呼："万岁！"

萧峰当时若要出手阻止，自能打落辽帝的羽箭，但在众军眼前公然削了皇帝的面子，可说大逆不道，但脸上一股不以为然的神色，已不由自主的流露了出来。

耶律洪基笑道："怎样？"正要收弓，忽见一骑马突过猎围，疾驰而至。耶律洪基见马上之人作汉人装束，更不多问，弯弓搭箭，飕的一箭，便向那人射了过去。那人一伸手，竖起两根手指，便将羽箭夹住。此时耶律洪基第二箭又到，那人左手伸起，又将第二箭夹住，胯下坐骑丝毫不停，径向辽主冲来。耶律洪基箭发连珠，后箭接前箭，几乎是首尾相连。但他发得快，对方也接得快，顷刻之间，一个发了七枝箭，一个接了七枝箭。

辽兵亲卫大声吆喝，各挺长矛，挡在辽主之前，生怕来人惊驾。

其时两人相距已不甚远，萧峰看清楚来人面目，大吃一惊，叫道："阿紫，是你？不得对皇上无礼。"

马上乘者格格一笑，将接住的七枝狼牙箭掷给卫兵，跳下马来，向耶律洪基跪下行礼，说道：“皇上，我接你的箭，可别见怪。”耶律洪基笑道：“好身手，好本事！”

阿紫站起身来，叫道：“姊夫，你是来迎接我么？”双足一登，飞身跃到萧峰马前。

萧峰见她一双眼睛已变得炯炯有神，又惊又喜，叫道：“阿紫，怎地你的眼睛好了？”阿紫笑道：“是你二弟给我治的，你说好不好？”萧峰又向她瞧了一眼，突然之间，心头一凛，只觉她眼色之中似乎有一股难以形容的酸苦伤心，照说她双眼复明，又和自己重会，该当十分欢喜才是，何以眼色中所流露出来的心情竟如此凄楚？可是她的笑声之中，却又充满了愉悦之意。萧峰心道：“想必小阿紫在途中受了什么委屈。”

阿紫突然一声尖叫，向前跃出。萧峰同时也感到有人在自己身后突施暗算，立即转身，只见一柄三股猎叉当胸飞来。阿紫探出左手抓住，顺手一掷，那猎叉插入横卧在地一人的胸膛。那人是名汉人猎户，被耶律洪基射倒，一时未死，拼着全身之力，将手中猎叉向萧峰背心掷来。他见萧峰身穿辽国高官服色，只盼杀得了他，稍雪无辜被害之恨。

阿紫指着那气息已绝的猎户骂道：“你这不自量力的猪狗，居然想来暗算我姊夫！”

耶律洪基见阿紫一叉掷死那个猎户，心下甚喜，说道：“好姑娘，你身手矫捷，果然了得。刚才这一叉自然伤不了咱们的南院大王，但万一他因此而受了一点轻伤，不免误了朕的大事。好姑娘，该当如何赏你一下才是？”

阿紫道：“皇上，你封我姊夫做大官，我也要做个官儿玩玩。不用像姊夫那样大，可也不能太小，教人家瞧我不起。”耶律洪基笑道：“咱们大辽国只有女人管事，却没女人做官的。这样罢，你本来已是郡主了，我升你一级，封你做公主，叫做什么公主呢？

是了，叫做‘平南公主’！”阿紫嘟起了小嘴，道：“做公主可不干！”洪基奇道：“为什么不做？”阿紫道：“你跟我姊夫是结义兄弟，我若受封为公主，跟你女儿一样，岂不是矮了一辈？”

耶律洪基见阿紫对萧峰神情亲热，而萧峰虽居高位，却不近女色，照着辽人的常习，这样的大官，别说三妻四妾，连三十妻四十妾也娶了，想来对阿紫也颇具情意，多半为了她年纪尚小，不便成亲，当下笑道：“你这公主是长公主，和我妹子同辈，不是和我女儿同辈。我不但封你为‘平南公主’，连你的一件心愿，也一并替你完偿了如何？”

阿紫俏脸一红，道：“我有什么心愿？陛下怎么又知道了？你做皇帝的人，却也这么信口开河。”她向来天不怕、地不怕，对耶律洪基说话，也不拘什么君臣之礼。

辽国礼法本甚粗疏，萧峰又是耶律洪基极宠信的贵人，阿紫这么说，耶律洪基只是嘻嘻一笑，道：“这平南公主你若是不做，我便不封了。一、二、三，你做不做？”

阿紫盈盈下拜，低声道：“阿紫谢恩。”萧峰也躬身行礼，道：“谢陛下恩典。”他待阿紫犹如自己亲妹，她既受辽帝恩封，萧峰自也道谢。

耶律洪基却道自己所料不错，心道：“我让他风风光光的完婚，然后命他征宋，他自是更效死力。”萧峰心中却在盘算：“皇上此番南来，有什么用意？他为什么将阿紫的公主封号称为‘平南’？平南，平南，难道他想向南朝用兵吗？”

耶律洪基握住萧峰的右手，说道：“兄弟，咱二人多日不见，过去说一会话儿。”

二人并骑南驰，骏足坦途，片刻间已驰出十余里外。平野上田畴荒芜，麦田中都长满了荆棘杂草。萧峰寻思：“宋人怕我们出来打草谷，以致将数十万亩良田都抛荒了。”

耶律洪基纵马上了一座小丘，立马丘顶，顾盼自豪。萧峰跟了上去，随着他目光向南望去，但见峰峦起伏，大地无有尽处。

耶律洪基以鞭梢指着南方，说道：“兄弟，记得三十余年之前，父皇曾携我来此，向南指点大宋的锦绣山河。”萧峰道：“是。”

耶律洪基道：“你自幼长于南蛮之地，多识南方的山川人物，到底在南方住，是不是比咱们北国苦寒之地舒适得多？”萧峰道：“地方到处都是一般。说到‘舒适’二字，只要过得舒齐安适，心中便快活了。北人不惯在南方住，南人也不惯在北方住。老天爷既作了这般安排，倘若强要调换，不免自寻烦恼。”耶律洪基道：“你以北人而去住在南方，等到住惯了，却又移来北地，岂不心下烦恼？”萧峰道：“臣是浪荡江湖之人，四海为家，不比寻常的农夫牧人。臣得蒙陛下赐以栖身之所，高官厚禄，深感恩德，更有什么烦恼？”

耶律洪基回过头来，向他脸上凝视。萧峰不便和他四目相视，微笑着将目光移了开去。

耶律洪基缓缓说道：“兄弟，你我虽有君臣之分，却是结义兄弟，多日不见，却如何生分了？”萧峰道：“当年微臣不知陛下是我大辽国天子，以致多有冒渎，妄自高攀，既知之后，岂敢仍以结义兄弟自居？”耶律洪基叹道：“做皇帝的人，反而不能结交几个推心置腹、义气深重的汉子。兄弟，我若随你行走江湖，无拘无束，只怕反而更为快活。”

萧峰喜道：“陛下喜爱朋友，那也不难。臣在中原有两个结义兄弟，一是灵鹫宫的虚竹子，一是大理段誉，都是肝胆照人的热血汉子。陛下如果愿见，臣可请他们来辽国一游。”他自回南京后，每日但与辽国的臣僚将士为伍，言语性子，格格不入，对虚竹、段誉二人好生想念，甚盼邀他们来辽国聚会盘桓。

耶律洪基喜道：“既是兄弟的结义兄弟，那也是我的兄弟了。

你可遣急足分送书信，邀请他们到辽国来，朕自可各封他们二人大大的官职。”萧峰微笑道：“请他们来玩玩倒是不妨，这两位兄弟，做官是做不来的。”

耶律洪基沉默片刻，说道：“兄弟，我观你神情言语，心中常有郁郁不足之意。我富有天下，君临四海，何事不能为你办到？却何以不对做哥哥的说？”

萧峰心下感动，说道：“不瞒陛下说，此事是我平生恨事，铸成大错，再难挽回。”当下将如何误杀阿朱之事大略说了。

耶律洪基左手一拍大腿，大声道：“难怪兄弟三十多岁年纪，却不娶妻，原来是难忘旧人。兄弟，你所以铸成这个大错，推寻罪魁祸首，都是那些汉人南蛮不好，尤其是丐帮一干叫化子，更是忘恩负义。你也休得烦恼，我克日兴兵，讨伐南蛮，把中原武林、丐帮众人，一古脑儿的都杀了，以泄你雁门关外杀母之仇，聚贤庄中受困之恨。你既喜欢南蛮的美貌女子，我挑一千个、二千个来服侍你，却又何难？”

萧峰脸上露出一丝苦笑，心道：“我既误杀阿朱，此生终不再娶。阿朱就是阿朱，四海列国，千秋万载，就只一个阿朱。岂是一千个、一万个汉人美女所能代替得了的？皇上看惯了后宫千百名宫娥妃子，哪懂得‘情’之一字？”说道：“多谢陛下厚恩，只是臣与中原武人之间的仇怨，已然一笔勾销。微臣手底已杀了不少中原武人，怨怨相报，实是无穷无尽。战衅一启，兵连祸结，更是非同小可。”

耶律洪基哈哈大笑，说道：“宋人文弱，只会大言炎炎，战阵之上，实是不堪一击。兄弟英雄无敌，统兵南征，南蛮指日可定，哪有什么兵连祸结？兄弟，哥哥此次南来，你可知为的是什么事？”萧峰道：“正要陛下示知。”

耶律洪基笑道：“第一件事，是要与贤弟畅聚别来之情。贤弟此番西行，西夏国的形势险易，兵马强弱，想必都已了然于胸。以贤弟之见，西夏是否可取？”

萧峰吃了一惊，寻思：“皇上的图谋着实不小，既要南占大宋，又想西取西夏。”便道：“臣子此番西去，只想瞧瞧西夏公主招亲的热闹，全没想到战阵攻伐之事。陛下明鉴，臣子历险江湖，近战搏击，差有一日之长，但行军布阵，臣子实在一窍不通。”耶律洪基笑道：“贤弟不必过谦。西夏国王这番大张旗鼓的招驸马，却闹了个虎头蛇尾，无疾而终，当真好笑。其实当日贤弟带得十万兵去，将西夏公主娶回南京，倒也甚好。”萧峰微微一笑，心想：“皇上只道有强兵在手，要什么便有什么。”

耶律洪基说道：“做哥哥的此番南来，第二件事为的是替兄弟增爵升官。贤弟听封。”萧峰道：“微臣受恩已深，不敢再望……”耶律洪基朗声道：“南院大王萧峰听封！”萧峰只得翻身下鞍，拜伏在地。

耶律洪基说道：“南院大王萧峰公忠体国，为朕股肱，兹进爵为宋王，以平南大元帅统率三军，钦此！”

萧峰心下迟疑，不知如何是好，说道：“微臣无功，实不敢受此重恩。”耶律洪基森然道：“怎么？你拒不受命么？”萧峰听他口气严峻，知道无可推辞，只得叩头道：“臣萧峰谢恩。”洪基哈哈大笑，道：“这样才是我的好兄弟呢。”双手扶起，说道：“兄弟，我这次南来，却不是以南京为止，御驾要到汴梁。”

萧峰又是一惊，颤声道：“陛下要到汴梁，那……那怎么……”耶律洪基笑道：“兄弟以平南大元帅统率三军，为我先行，咱们直驱汴梁。日后兄弟的宋王府，便设在汴梁赵煦小子的皇宫之中。”萧峰道：“陛下是说咱们要和南朝开仗？”

洪基道：“不是我要和南朝开仗，而是南蛮要和我较量。南朝太皇太后这老婆子主政之时，一切总算井井有条，我虽有心南征，却也没十足把握。现下老太婆死了，赵煦这小子乳臭未干，居然派人整饬北防、训练三军，又要募兵养马，筹办粮秣，嘿嘿，这小子不是为了对付我，却又对付谁？”

萧峰道：“南朝训练士卒，那也不必去理他。这几年来宋辽互不交兵，两国都很太平。赵煦若来侵犯，咱们自是打他个落花流水。他若畏惧陛下声威，不敢轻举妄动，咱们也不必去跟这小子一般见识。”

耶律洪基道：“兄弟有所不知，南朝地广人稠，物产殷富，如果出了个英主，真要和大辽为敌，咱们是斗他们不过的。天幸赵煦这小子胡作非为，斥逐忠臣，连苏大胡子也给他贬斥了。此刻君臣不协，人心不附，当真是千载难逢的良机。此时不举，更待何时？”

萧峰举目向南望去，眼前似是出现一片幻景：成千成万辽兵向南冲去，房舍起火，烈焰冲天，无数男女老幼在马蹄下辗转呻吟，羽箭蔽空，宋兵辽兵互相斫杀，纷纷堕于马下，鲜血与河水一般奔流，骸骨遍野……

耶律洪基大声道：“我契丹列祖列宗均想将南朝收列版图，好几次都是功败垂成。今日天命攸归，大功要成于我手。好兄弟，他日我和你君臣名垂青史，那是何等的美事？”

萧峰双膝跪下，连连磕头，道：“陛下，微臣有一事求恳。”耶律洪基微微一惊，道：“你要什么？做哥哥的只须力之所及，无有不允。”萧峰道：“请陛下为宋辽两国千万生灵着想，收回南征的圣意。咱们契丹人向来游牧为生，纵得南朝土地，亦是无用。何况兵凶战危，难期必胜，假如小有挫折，反而损了陛下的威名。”

耶律洪基听萧峰的言语，自始至终不愿南征，心想自来契丹的王公贵人、将帅大臣，一听到“南征”二字，无不鼓舞踊跃，何以萧峰却一再劝阻？斜睨萧峰，只见他双眉紧蹙，若有重忧，寻思：“我封他为宋王、平南大元帅，那是我大辽一人之下、万人之上的高官，他为什么反而不喜？是了，他虽是辽人，但自幼为南蛮抚养长大，可说一大半是南蛮子。大宋于他乃是父母之邦，听我说要发兵去伐南蛮，他便竭力劝阻。以此看来，纵然我勉强他统兵南行，只怕他也不肯尽力。”便道：“我南征之意已决，兄弟不必多言。”

萧峰道：“征战乃国家大事，务请三思。倘若陛下一意南征，还是请陛下另委贤能的为是。以臣统兵，只怕误了陛下大事。”

耶律洪基此番兴兴头头的南来，封赏萧峰重爵，命他统率雄兵南征，原是顾念结义兄弟的情义，给他一个大大的恩典，料想他定然喜出望外，哪知他先是当头大泼冷水，又不肯就任平南大元帅之职，不由大为不快，冷冷的道：“在你心目中，南朝是比辽国更为要紧了？你是宁可忠于南朝，不肯忠于我大辽？”

萧峰拜伏于地，说道：“陛下明鉴。萧峰是契丹人，自是忠于大辽。大辽若有危难，萧峰赴汤蹈火，尽忠报国，万死不辞。”

耶律洪基道：“赵煦这小子已萌觊觎我大辽国土之意。常言道得好：先下手为强，后下手遭殃。咱们如不先发制人，说不定便有亡国灭种的大祸。你说什么尽忠报国，万死不辞，可是我要你为国统兵，你却不奉命？”

萧峰道：“臣平生杀人多了，实不愿双手再沾血腥，求陛下许臣辞官，隐居山林。”

耶律洪基听他说要辞官，更是愤怒，心中立时生出杀意，手按刀柄，便要拔刀向他颈中斫将下去，但随即转念：“此人武功厉害，我一刀斫他不死，势必为他所害。何况昔日他于我有平乱大功，又和我有结义之情，今日一言不合，便杀功臣，究竟于恩义有亏。”当下长叹一声，手离刀柄，说道：“你我所见不同，一时也难以勉强，你回去好好的想想，望你能回心转意，拜命南征。”

萧峰虽拜伏于地，但身侧之人便扬一扬眉毛、举一举指头，他也能立时警觉，何况耶律洪基手按刀柄、心起杀人之念？他知若再和耶律洪基多说下去，越说越僵，难免翻脸，当即说道：“遵旨！”站起身来，牵过耶律洪基的坐骑。

耶律洪基一言不发，一跃上马，疾驰而去。先前君臣并骑南行，北归时却是一先一后，相距里许。萧峰知道耶律洪基对己已生疑忌，倘若跟随太近，既令他心中不安，而他提及南征之事，又不能不答，索性远远堕后。

回到南京城中，萧峰请辽帝驻跸南院大王王府。耶律洪基笑道：“我不来打扰你啦，你清静下来，细想这中间的祸福利害。我自回御营下榻。”当下萧峰恭送耶律洪基回御营。

耶律洪基从上京携来大批宝刀利剑、骏马美女，赏赐于他。萧峰谢恩，领回王府。

萧峰甚少亲理政务，文物书籍，更是不喜，因此王府中也没什么书房，平时便在大厅中和诸将坐地，传酒而饮，割肉而食，不失当年与群丐纵饮的豪习。契丹诸将在大漠毡帐中本来也是这般，见大王随和豪迈，遇下亲厚，尽皆欢喜。

此刻萧峰从御营归来，天时已晚，踏进大厅，只见牛油大烛火光摇曳之下，虎皮上伏着一个紫衫少女，正是阿紫。

她听得脚步声响，一跃而起，扑过去搂着萧峰的脖子，瞧着他眼睛，问道：“我来了，你不高兴么？为什么一脸都是不开心的样子？”萧峰摇了摇头，道：“我是为了别的事。阿紫，你来了，我很高兴。在这世界上，我就只挂念你一个人，怕你遭到什么危难。你回到了我身边，眼睛又治好了，我就什么也没牵挂了。”

阿紫笑道：“姊夫，我不但眼睛好了，皇帝还封了我做公主，你很开心么？”萧峰道：“封不封公主，小阿紫还是小阿紫。皇上刚才又升我的官，唉！”说着一声长叹，提过一只牛皮袋子，拔去塞子，喝了两大口酒。大厅四周放满了盛酒的皮袋，萧峰兴到即喝，也不须人侍候。阿紫笑道：“恭喜姊夫，你又升了官啦！”

萧峰摇了摇头，说道："皇上封我为宋王、平南大元帅，要我统兵去攻打南朝。你想，这征战一起，要杀多少官兵百姓？我不肯拜命，皇上为此着恼。"

阿紫道："姊夫，你又来古怪啦。我听人说，你在聚贤庄上曾杀了无数中原武林中的豪杰，也不见你叹一口气。中原武林那些蛮子欺侮得你这等厉害，今日好容易皇上让你吐气扬眉，叫你率领大军，将这些家伙尽数杀了，你怎么反而不喜欢啦？"

萧峰举起皮袋喝了一大口酒，又是一声长叹，说道："当日我和你姊姊二人受人围攻，若不奋战，便被人乱刀分尸，那是出于无奈。当日给我杀死的人中，有不少是我的好朋友，事后想来，心中难过得很。"

阿紫道："啊，我知道啦，当年你是为了阿朱，这才杀人。那么现下我请你为我去杀那些南朝蛮子，好不好呢？"

萧峰瞪了她一眼，怫然道："人命大事，在你口中说来，却如是宰牛杀羊一般。你爹爹虽是大理国人，妈妈却是南朝宋人。"

阿紫嘟起了嘴，转过了身，道："我早知在你心中，一千个我也及不上一个她，一万个活着的阿紫，也及不上一个不在人世的阿朱。看来只有我快快死了，你才会念着我一点儿。早知如此……我……我也不用这么远路来探望你。你……你几时又把人家放在心上了？"

萧峰听她话中大有幽怨之意，不由得怦然心惊，想起她当年发射毒针暗算自己，便是为要自己长陪在她身边，说道："阿紫，你年纪小，就只顽皮淘气，不懂大人的事……"阿紫抢着道："什么大人小孩的，我早就不是小孩啦。你答应姊姊照顾我，你……你只照顾我有饭吃，有衣穿，可是……可是你几时照顾到我的心事了？你从来就不理会我心中想什么。"萧峰越听越惊，不敢接口。

阿紫转背了身子，续道："那时候我眼睛瞎了，知道你决不会喜欢我，我也不来跟你亲近。现下我眼睛好了，你仍不来睬我。

我……我什么地方不及阿朱了？相貌没她好看么？人没她聪明么？只不过她已经死了，你就时时刻刻惦念着她。我……我恨不得那日就给你一掌打死了，你也就会像想念阿朱一般的念着我……”

她说到伤心处，突然一转身，扑在萧峰怀里，大哭起来。萧峰一时手足无措，不知说什么才好。

阿紫呜咽一阵，又道：“我怎么是小孩子？在那小桥边的大雷雨之夜，我见到你打死我姊姊，哭得这么伤心，我心中就非常非常喜欢你。我心中说：‘你不用这么难受。你没了阿朱，我也会像阿朱这样，真心真意的待你好。’我打定了主意，我一辈子要跟着你。可是你又偏偏不许，于是我心中说：‘好罢，你不许我跟着你，那么我便将你弄得残废了，由我摆布，叫你一辈子跟着我。’”

萧峰摇了摇头，说道：“这些旧事，那也不用提了。”

阿紫叫道：“怎么是旧事？在我心里，就永远和今天的事一样新鲜。我又不是没跟你说过，你就从来不把我放在心上。”

萧峰轻轻抚摩阿紫的秀发，低声道：“阿紫，我年纪大了你一倍有余，只能像叔叔、哥哥这般的照顾你。我这一生只喜欢过一个女子，那就是你的姊姊。永远不会有第二个女子能代替阿朱，我也决计不会再去喜欢哪一个女子。皇上赐给我一百多名美女，我从来正眼也不去瞧上一眼。我关怀你，全是为了阿朱。”

阿紫又气又恼，突然伸起手来，拍的一声，重重打了他一记巴掌。萧峰若要闪避，这一掌如何能击到他脸上？只是见阿紫气得脸色惨白，全身发颤，目光中流露出凄苦之色，看了好生难受，终于不忍避开她这一掌。

阿紫一掌打过，好生后悔，叫道：“姊夫，是我不好，你……你打还我，打还我！”

萧峰道：“这不是孩子气么？阿紫，世上没什么大不了的事，用不着这么伤心！你的眼色为什么这样悲伤？姊夫是个粗鲁汉子，你老是陪伴着我，叫你心里不痛快！”

阿紫道：“我眼光中老是现出悲伤难过的神气，是不是？唉，都是那丑八怪累了我。”萧峰问道：“什么那丑八怪累了你？”阿紫道：“我这对眼睛，是那个丑八怪、铁头人给我的。”萧峰一时未能明白，问道：“丑八怪？铁头人？”阿紫道：“那个丐帮帮主庄聚贤，你道是谁？说出来当真教人笑破了肚皮，竟然便是那个给我套了一个铁面具的游坦之。就是那聚贤庄二庄主游驹的儿子，曾用石灰撒过你眼睛的。也不知他从什么地方学来了一些古怪武功，一直跟在我身旁，拼命讨我欢心。我可给他骗得苦了。那时我眼睛瞎了，又没旁人依靠，只好庄公子长、庄公子短的叫他。现下想来，真是羞愧得要命。”

萧峰奇道：“原来那丐帮的庄帮主，便是受你作弄的铁丑，难怪他脸上伤痕累累，想是揭去铁套时弄伤了脸皮。这铁丑便是游坦之吗？唉，你可真也太胡闹了，欺侮得人家这个样子。这人不念旧恶，好好待你，也算难得。”

阿紫冷笑道：“哼，什么难得？他哪里安好心了？只想哄得我嫁了给他。”

萧峰想起当日在少室山上的情景，游坦之凝视阿紫的目光之中，依稀是孕育深情，只是当时没加留心，便道：“你得知真相，一怒之下便将他杀了？挖了他的眼睛？”阿紫摇头道：“不是，我没杀他，这对眼睛是他自愿给我的。”萧峰更加不懂了，问道：“他为什么肯将自己的眼珠挖出来给你？”

阿紫道：“这人傻里傻气的。我和他到了缥缈峰灵鹫宫里，寻到了你的把弟虚竹子，请他给我治眼。虚竹子找了医书来看了半天，说道必须用新鲜的活人眼睛换上才成。灵鹫宫中个个是虚竹子的下属，我既求他换眼，便不能挖那些女人的眼睛。我叫游坦之到山下去掳一个人来。这家伙却哭了起来，说道我治好眼睛，看到了他真面目，便不会再理他了。我说不会不理他，他总是不信。哪知道他竟拿了尖刀，去找虚竹子，愿意把自己的眼睛换给我。虚竹子说什么也不肯答允。那铁头人便用刀子在他自己身上、脸上划了几刀，说道虚竹子倘若不肯，他立即自杀。虚竹子无奈，只好将他的眼睛给我换上。”

她这般轻描淡写的说来，似是一件稀松寻常之事，但萧峰听入耳中，只觉其中的可畏可怖，较之生平种种惊心动魄的凶杀斗殴，实尤有过之。他双手发颤，拍的一声，掷去了手中酒袋，说道：“阿紫，是游坦之甘心情愿的将眼睛换了给你？”阿紫道：“是啊。”萧峰道：“你……你这人当真是铁石心肠，人家将眼睛给你，你便受了？”

阿紫听他语气严峻，双眼一眨一眨的，又要哭了出来，突然说道：“姊夫，你的眼睛倘若盲了，我也甘心情愿将我的好眼睛换给你。”

萧峰听她这两句话说得情辞恳挚，确非虚言，不由得心中感动，柔声道：“阿紫，这位游君对你如此情深一往，你在福中不知福，除他之外，世上哪里再去找第二位有情郎君去？他现下是在何处？”

阿紫道：“多半还是在灵鹫宫。他没了眼睛，这险峻之极的缥缈峰如何下来？”

萧峰道：“啊，说不定二弟又能找到哪一个死囚的眼睛再给他换上。”阿紫道：“不成的，那小和尚……不，虚竹子说道，我的眼睛只是给丁春秋那老贼毒坏了眼膜，筋脉未断，因此能换。铁丑的眼睛挖出时，筋脉都断，却不能再换了。”萧峰道：“你快去陪他，从此永远不再离开他。”阿紫摇头道：“我不去，我只跟着你，那个丑得像妖怪的人，我多瞧一眼便要作呕了，怎能陪着他一辈子？”萧峰怒道：“人家面貌虽丑，心地可比你美上百倍！我不要你陪，不要再见你！”阿紫顿足哭道：“我……我……”

只听得门外脚步声响，两名卫士齐声说道：“圣旨到！”跟着厅门打开。萧峰和阿紫一齐转身，只见一名皇帝的使者走进厅来。

辽国朝廷礼仪，远不如宋朝的繁复，臣子见到皇帝使者，只是肃立听旨便是，用不着什么换朝服，摆香案，跪下接旨。那使者朗声说道：“皇上宣平南公主见驾。”

阿紫道：“是！”拭了眼泪，跟着那使者去了。

萧峰瞧着阿紫的背影，心想：“这游坦之对她钟情之深，当真古今少有。只因阿紫情窦初开之时，恰和我朝夕相处，她重伤之际，我又不避男女之嫌，尽心照料，以致惹得她对我生出一片满是孩子气的痴心。我务须叫她回到游君身边。人家如此对她，她如背弃这双眼已盲之人，老天爷也是不容。”耳听得那使者和阿紫的脚步声渐渐远去，终于不再听闻，又想到耶律洪基命他伐宋的旨意。

“皇上叫阿紫去干什么？定是要她劝我听命伐宋。我如坚不奉诏，国法何存？适才在南郊争执，皇上手按刀柄，已启杀机，想是他顾念君臣之情，兄弟之义，这才强自克制。我如奉命伐宋，带兵去屠杀千千万万宋人，于心却又何忍？何况爹爹此刻在少林寺出家，若听到我率军南下，定然大大不喜。唉，我抗拒君命乃是不忠，不顾金兰之情乃是不义，但若南下攻战，残杀百姓是为不仁，违父之志是为不孝。忠孝难全，仁义无法兼顾，却又如何是好？罢，罢，罢！这南院大王是不能做了，我挂印封库，给皇上来个不别而行。却又到哪里去？莽莽乾坤，竟无我萧峰的容身之所。”

他提起牛皮酒袋，又喝了两口酒，寻思：“且等阿紫回来，和她同上缥缈峰去，一来送她和游君相聚，二来我在二弟处盘桓些时，再作计较。”

阿紫随着使者来到御营，见到耶律洪基，冲口便道：“皇上，这平南公主还给你，我不做啦！”

耶律洪基宣阿紫来，不出萧峰所料，原是要她去劝萧峰奉旨南征，听她劈头便这么说，不禁皱起了眉头，佛然道：“朝廷封赏，是国家大事，又不是小孩儿的玩意，岂能任你要便要，不要便不要？”他一向因萧峰之故，爱屋及乌，对阿紫总是和颜悦色，此刻言语却说得重了。阿紫哇的一声，放声哭了出来。耶律洪基一顿足，说道：“乱七八糟，乱七八糟，真不成话！”

忽听得帐后一个娇媚的女子声音说道：“皇上，为什么着恼？怎么把人家小姑娘吓唬哭了？”说着环珮玎珰，一个贵妇人走了出来。

这妇人眼波如流，掠发浅笑，阿紫认得她是皇帝最宠幸的穆贵妃，便抽抽噎噎的说道：“穆贵妃，你倒来说句公道话，我说不做平南公主，皇上便骂我呢。”

穆贵妃见她哭得楚楚可怜，多时不见，阿紫身材已高了些，容色也更见秀丽，向耶律洪基横了一眼，抿嘴笑道：“皇上，她不做平南公主，你便封她为平南贵妃罢。”

耶律洪基一拍大腿，道：“胡闹，胡闹！我封这孩子，是为了萧峰兄弟，一个平南大元帅，一个平南公主，好让他们风风光光的成婚。哪知萧峰不肯做平南大元帅，这姑娘也不肯做平南公主。是了，你是南蛮子，不愿意我们去平南，是不是？”语气中已隐含威胁之意。

阿紫道：“我才不理你们平不平南呢！你平东也好，平西也好，我全不放在心上。可是我姊夫……姊夫却要我嫁给一个瞎了双眼的丑八怪。”洪基和穆贵妃听了大奇，齐问：“为什么？”阿紫不愿详说其中根由，只道：“我姊夫不喜欢我，逼我去嫁给旁人。”

便在这时，帐外有人轻叫：“皇上！”耶律洪基走到帐外，见是派给萧峰去当卫士的亲信。那人低声道：“启禀皇上：萧大王在库门上贴了封条，把金印用黄布包了，挂在梁上，瞧这模样，他……他……他是要不别而行。”

耶律洪基一听，不由得勃然大怒，叫道："反了，反了！他还当我是皇帝么？"略一思索，道："唤御营都指挥来！"片刻间御营都指挥来到身前。耶律洪基道："你率领兵马，将南院大王府四下围住了。"又下旨："传令紧闭城门，任谁也不许出入。"他生恐萧峰要率部反叛，不住口的颁发号令，将南院大王部下的大将一个个传来。

穆贵妃在御帐中听得外面号角之声不绝，马蹄杂沓，显是起了变故。契丹人于男女之间的界限看得甚轻，她便走到帐外，轻声问耶律洪基道："陛下，出了什么事？干么这等怒气冲天的？"耶律洪基怒道："萧峰这厮不识好歹，居然想叛我而去。这厮心向南朝，定是要向南蛮报讯。他多知我大辽的军国秘密，到了宋朝，便成我的心腹大患。"穆贵妃沉吟道："常听陛下说道，这厮武功好生了得，倘若拿他不住，给他冲出重围，倒是一个祸胎。"耶律洪基道："是啊！"吩咐卫士："传令飞龙营、飞虎营、飞豹营，火速往南院大王府外增援。"御营卫士应命，传令下去。

穆贵妃道："陛下，我有个计较。"在他耳边低声说了一阵。耶律洪基点头道："却也使得。此事若成，朕重重有赏。"穆贵妃微笑道："但教讨得陛下欢心，便是重赏了。陛下这般待我，我还贪图什么？"

御营外调动兵马，阿紫坐在帐中，却毫不理会。契丹人大呼小叫的奔驰来去，她昔日见得多了，往往出去打一场猎，也是这么乱上一阵，浑没想到耶律洪基调动兵马，竟然是要去捉拿萧峰。她坐在一只骆驼鞍子上，心乱如麻："我对姊夫的心事，他又不是不知道，可是他……他竟半点也没将我放在心上，要我去陪伴那个丑八怪。我……我宁死也不去，不去，不去，偏偏不去！"心中这般想着，右足尖不住踢着地毡上织的老虎头。

忽然间一只手轻轻按上了她肩头，阿紫微微一惊，抬起头来，遇到的是穆贵妃温柔和蔼的眼光，只听她笑问："小妹妹，你在出什么神？在想你姊夫，是不是？"

阿紫听她说到自己心底的私情，不禁晕红了双颊，低头不语。穆贵妃和她并排而坐，拉过她一只手，轻轻抚摸，柔声道："小妹妹，男人家都是粗鲁暴躁的脾气，尤其像咱们皇上哪，南院大王哪，那是当世的英雄好汉，要想收服他们的心，可着实不容易。"阿紫点了点头，觉得她这几句话甚是有理。穆贵妃又道："我们宫里女人成百成千，比我长得美丽的，比我更会讨皇上欢心的，可也不知有多少。皇上却最宠爱我，一半虽是缘份，一半也是上京圣德寺那位老和尚的眷顾。小妹子，你姊夫现下的心不在你身上，你也不用发愁。待我跟皇上回上京之时，你同我们一起去，到圣德寺去求求那位高僧，他会有法子的。"

阿紫奇道："那老和尚有什么法子？"穆贵妃道："此事我便跟你说了，你可千万不能跟第二个人说。你得发个誓，决不能泄漏秘密。"阿紫便道："我若将穆贵妃跟我说的秘密泄漏出去，乱刀分尸，不得好死。"穆贵妃沉吟道："不是我信不过你，只是这件事牵涉太也重大，你再发一个重些的誓。"阿紫道："好！我要是泄漏了你告知我的秘密，叫我……叫我给我姊夫亲手一掌打死。"说到这里，心中有些凄苦，也有些甜蜜。

穆贵妃点头道："给自己心爱的男人一掌打死，那确是比给人乱刀分尸还惨上百倍。这我就信你了。好妹子，那位高僧佛法无边，神通广大，我向他跪求之后，他便给我两小瓶圣水，叫我通诚暗祝，悄悄给我心爱的男人喝下一瓶。那男人便永远只爱我一人，到死也不变心。我已给皇上喝了一瓶，这还剩下一瓶。"说着从怀中取出一个醉红色的小瓷瓶来，紧紧握在手中，唯恐跌落。其实地下铺着厚厚的地毡，便掉在地下，也不打紧。

阿紫既惊且喜，求道："好姊姊，给我瞧瞧。"她自幼便在星宿派门下，对这类蛊惑人心的法门向来信之不疑。穆贵妃道："瞧瞧是可以，却不能打翻了。"双手捧了瓷瓶，郑而重之的递过去。阿紫接了过来，拔去瓶塞，在鼻边一嗅，觉有一股淡淡的香气。穆贵妃伸手将瓷瓶取过，塞上木塞，用力揿了几下，只怕药气走失，说道："本来嘛，我分一些给你也是不妨。可是我怕万一皇上日后变心，这圣水还用得着。"

阿紫道："你说皇上喝了一瓶之后，便对你永不变心了？"穆贵妃微笑道："话是这么说，可不知圣水的效果是不是真有这么久。否则那圣僧干么要给我两瓶？我更担心这圣水落入了别的嫔妃手中，她们也去悄悄给皇上喝了，皇上就算对我不变心，却也要分心……"

正说到这里，只听得耶律洪基在帐外叫道："阿穆，你出来，我有话对你说。"穆贵妃笑道："来啦！"匆匆奔去。嗒的一声轻响，那小瓷瓶从怀中落了出来，竟然没有察觉。

阿紫又惊又喜，待她一踏出帐外，立即纵身而前，拾起瓷瓶，揣入怀中，心道："我快拿去给姊夫喝了，另外灌些清水进去，再还给穆贵妃，反正皇上已对她万分宠幸，这圣水于她也无甚用处。"当即揭开后帐，轻轻爬了出去，一溜烟的奔向南院大王王府。

但见王府外兵卒众多，似是南院大王在调动兵马。阿紫走进大厅，只见萧峰背负双手，正在滴水檐前走来走去，似是老大的不耐烦。

他一见阿紫，登时大喜，道："阿紫，你回来就好，我只怕你给皇上扣住了，不得脱身呢。咱们这就动身，迟了可来不及啦。"阿紫奇道："到哪里去？为什么迟了就来不及？皇上又为什么要扣住我？"

萧峰道："你听听！"两人静了下来，只听王府四周马蹄之声不绝，夹杂着铁甲锵锵，兵刃交鸣，东南西北都是如此。阿紫道：

“干什么？你要带兵去打仗么？”

萧峰苦笑道：“这些兵都不归我带了。皇上起了疑我之意，要来拿我。”阿紫道：“好啊，咱们好久没打架了，我和你便冲杀出去。”萧峰摇头道：“皇上待我恩德不小，封我为南院大王，此番又亲自前来，给我加官晋爵。此时所以疑我，不过因我决意不肯南征之故。我若伤他部属，有亏兄弟之义，不免惹得天下英雄耻笑，说我萧峰忘恩负义，对不起人。阿紫，咱们这就走罢，悄悄的不别而行，让他拿我不到，也就是了。”

阿紫道：“嗯，咱们便走。姊夫，却到哪里去？”萧峰道：“去缥缈峰灵鹫宫。”阿紫的脸色登时沉了下来，道：“我不去见那丑八怪。”萧峰道：“事在紧急，去不去缥缈峰，待离了险地之后再说。”

阿紫心道：“你要送我去缥缈峰，显是全没将我放在心上，还是乘早将圣水给你喝了，只要你对我倾心，自会听我的话。若有迁延，只怕穆贵妃赶来夺还。”当下说道：“也好！我去拿几件替换衣服。”

匆匆走到后堂，取过一只碗来，将瓷瓶中圣水倒入碗内，又倒入大半碗酒，心中默祷：“菩萨有灵，保佑萧峰饮此圣水之后，全心全意的爱我阿紫，娶我为妻，永不再想念阿朱姊姊！”回到厅上，说道：“姊夫，你喝了这碗酒提提神。这一去，咱们再也不回来了。”

萧峰接过酒碗，烛光下见阿紫双手发颤，目光中现出异样的神采，脸色又是兴奋，又是温柔，不由得心中一动：“当年阿朱对我十分倾心之时，脸上也是这般的神气！唉，看来阿紫果真对我也是一片痴心！”当即将大半碗酒喝了，问道：“你取了衣服没有？”

阿紫见他喝了圣水，心中大喜，道：“不用拿衣服了，咱们走罢！”

萧峰将一个包裹负在背上，包中装着几件衣服，几块金银，低声道："他们定是防我南奔，我偏偏便向北行。"携着阿紫的手，轻轻开了边门，张眼往外一探，只见两名卫士并肩巡视过来。萧峰藏身门后，一声咳嗽，两名卫士一齐过来查看。萧峰伸指点出，早将二人点倒，拖入树荫之下，低声道："快换上这两人的盔甲。"阿紫喜道："妙极！"两人剥下卫士盔甲，穿戴在自己的身上，手中各持一柄长矛，并肩巡查过去。阿紫将头盔戴得低低的压住了眉毛，偷眼看萧峰时，见他缩身弯腰而行，不禁心下暗笑。两人走得二十几步，便见一名御营亲兵的十夫长带着十名亲兵，巡查过来。萧峰和阿紫站立一旁，举矛致敬。

那十夫长点了点头，便即行过，火把照耀之下，见阿紫一身衣甲直拖到地，不大称身，不由得向她多瞧一眼，又见她腰刀的刀鞘也拖在地下，心中有气，挥拳便向她肩头打去，喝道："你穿的什么衣服？"阿紫只道事泄，反手一勾，勾住他手腕，左足向他腰眼里踢去。那十夫长叫声"啊哟"，直跌了出去。

萧峰道："快走！"拉着她手腕，即前抢出。那十名亲兵大声叫了起来："有奸细！有刺客！"还不知这二人乃是萧峰和阿紫。两人冲得一程，只见迎面十余骑驰来，萧峰举起长矛，横扫过去，将马上乘者纷纷打落，右手一提，将阿紫送上马背，自己飞身上了一匹马，拉转马头，直向北门冲去。

这时南院大王王府四周的将卒已得到讯息，四面八方围将上来。萧峰纵马疾驰，果然不出他所料，辽兵十分之八布于南路，防他逃向南朝，北门一带稀稀落落的没多少人。这些将士一见萧峰，心下先自怯了，虽是迫于军令，上前拦阻，但给萧峰一喝一冲，不由得纷纷让路，远远的在后呐喊追赶。待御营都指挥增调人马赶来，萧峰和阿紫已自去得远了。

萧峰纵马来到北门，见城门已然紧闭，城门前密密麻麻的排着一百余人，各挺长矛，挡住去路。萧峰倘若冲杀过去，这百余名辽兵须拦他不住，但他只求脱身，实不愿多伤本国军士，左手一伸，将阿紫从马背上抱了过来，右足在镫上一点，双足已站上了马背，跟着提了一口气，飞身便往城头扑去。这一扑原不能跃上城头，但他早已有备，待身子向下沉落，右手长矛已向城墙插去，一借力间，飞身上了城头。

向城外一望，只见黑黝黝地并无灯火，显是无人料他会逾城向北，竟无一兵一卒把守。萧峰一声长啸，向城内朗声叫道："你们去禀告皇上，说道萧峰得罪了皇上，不敢面辞。皇上大恩大德，萧峰永不敢忘。"

他揽住阿紫的腰，转过身来，只要一跳下城头，那就海阔从鱼跃，天空任鸟飞，再也无拘无束了。

心下微微一喜，正要纵身下跃，突然之间，小腹中感到一阵剧痛，跟着双臂酸麻，揽在阿紫腰间的左臂不由自主的松开，接着双膝一软，坐倒在地，肚中犹似数千把小刀乱剜乱刺般剧痛，忍不住"哼"了一声。阿紫大惊，叫道："姊夫，你怎么了？"萧峰全身痉挛，牙关相击，说道："我……我……中了……中了剧……剧毒……等一等……我运气……运气逼毒……"当即气运丹田，要将腹中的毒物逼将出来。哪知不运气倒也罢了，一提气间，登时四肢百骸到处剧痛，丹田中内息只提起数寸，又沉了下去。萧峰耳听得马蹄声奔腾，数千骑自南向北驰来，又提一口气，却觉四肢已全无知觉，知道所中之毒厉害无比，不能以内力逼出，便道："阿紫，你快快去罢，我……我不能陪你走了。"

阿紫一转念间，已恍然大悟，自己是中了穆贵妃的诡计，她骗得自己拿圣水去给萧峰服下，这哪里是圣水，其实是毒药。她又惊又悔，搂住萧峰的头颈，哭道："姊夫……是我害了你，这毒药是我给你喝的。"萧峰心头一凛，不明所以，问道："你为什么要害死我？”阿紫哭道：“不，不！穆贵妃给了我一瓶水，她骗我说，如给你喝了，你就永远永远的喜欢我，会……会娶我为妻。我实在傻得厉害，姊夫，我跟你一起死，咱们再也不会分开。”说着抽出腰刀，便要往自己颈中抹去。

萧峰道：“且……且慢！”他全身如受烈火烤炙，又如钢刀削割，身内身外同时剧痛，难以思索，过了好一会，才明白阿紫言中之意，说道：“我不会死，你不用寻死。”

只听得两扇厚重的城门轧轧的开了。数百名骑兵冲出北门，呐喊布阵。一队队兵马自南而来，络绎出城。萧峰坐在城头，向北望去，见火把照耀数里，几条火龙还在蜿蜒北延，回头南望，小半个城中都是火把，心想：“皇上将御营的兵马尽数调了出来，来拿我一人。”只听得城内城外的将卒齐声大叫：“反贼萧峰，速速投降。”

萧峰腹中又是一阵剧痛，低声道：“阿紫，你快快设法逃命去罢。”阿紫道：“我亲手下毒害死了你，我怎能独活？我……我……我跟你死在一起。”萧峰苦笑道：“这不是杀人的毒药，只是令我身受重伤，无法动手而已。”

阿紫喜道：“当真？”转身将萧峰拉着伏到自己背上。可是她身形纤小，萧峰却是特别魁伟，阿紫负着他站起身来，萧峰仍是双足着地。便在这时，十余名契丹武士已爬上城来，一手执刀，一手高举火把，却都畏惧萧峰，不敢迫近。

萧峰道：“抗拒无益，让他们来拿罢！”阿紫哭道：“不，不！谁敢动你一根寒毛，我便将他杀了。”萧峰道：“不可为我杀人。假如我肯杀人，奉旨领兵南征便是，又何必闹到这个田地？”提高嗓子道：“如此畏畏缩缩，算得什么契丹男儿？同我一起去见皇上。”

众武士一怔，一齐躬身，恭恭敬敬的道：“是！咱们奉旨差遣，对大王无礼，尚请大王莫怪！”萧峰为南院大王虽时日无多，但厚待部属，威望著于北地，契丹将士十分敬服。在人群之中，大家随声附和，大叫“反贼萧峰”，一到和他面面相对，自然生出敬畏之心，不敢稍有无礼了。

萧峰扶着阿紫的肩头，挣扎着站起身来，五脏六腑，却痛得犹如互相在扭打咬啮一般，众兵士站在丈许之外，还刀入鞘，眼看他一步步从石级走下城头。众将士一见萧峰下来，不由自主的都翻身下马，城内城外将士逾万，霎时间鸦雀无声。

萧峰在火光下见到这些诚朴而恭谨的脸色，胸口蓦地感到一丝温暖：“我若南征，这里万余将士，只怕未必有半数能回归北国。倘若我真能救得这许许多多生灵，皇上纵然将我处死，那也是死而无恨。就只怕皇上杀了我后，又另派别人领军南征。”想到这里，胸口又是一阵剧痛，身子摇摇欲坠。

一名将军牵过自己的坐骑，扶着萧峰上马。阿紫也乘了匹马，跟随在后。一行人前呼后拥，南归王府。众将士虽然拿到萧峰，算是立了大功，却殊无欢忭之意。但听得铁甲锵锵，数万只铁蹄击在石板街上，响成一片，却无半句欢呼之声。

一行人行经北门大街，来到白马桥边，萧峰纵马上桥。阿紫突然飞身而起，双足在鞍上一登，嗤的一声轻响，没入了河中。萧峰见此意外，不由得一惊，但随即心下喜欢，想起最初与这顽皮姑娘相见之时，她沉在小镜湖底诈死，水性之佳，实是少见，连她父母都被瞒过了，这时她从水中遁走，那再好也没有了，只是从此只怕再无相见之日，心头却又怅怅，大声道：“阿紫，你何苦自寻短见？皇上又不会难为你，何必投河自尽？”

众将士听萧峰如此说，又见阿紫沉入河中之后不再冒起，只道她真是寻了短见。皇帝下旨只拿萧峰一人，阿紫是寻死也好，逃走也好，大家也不放在心上，在桥头稍立片刻，见河中全无动静，又都随着萧峰前行。

耶律洪基从箭壶中抽出一枝雕翎狼牙箭，双手一弯，折为两段，投在地下，说道："答允你了。"

五十

教单于折箭　六军辟易　奋英雄怒

到得王府，耶律洪基不和萧峰相见，下令御营都指挥使扣押。那都指挥使心想萧大王天生神力，寻常监牢如何监他得住？当下心生一计，命人取过最大最重的铁链铁铐，锁了他手脚，再将他囚在一只大铁笼中。这只大铁笼，便是当年阿紫玩狮时囚禁猛狮之用，笼子的每根钢条都是粗如儿臂。

铁笼之外，又派一百名御营亲兵，各执长矛，一层层的围了四圈，萧峰在铁笼中如有异动，众亲兵便能将长矛刺入笼中，任他气力再大，也无法在刹那之间崩脱铁锁铁铐，破笼而出。王府之外，更有一队亲兵严密守卫。耶律洪基将原来驻守南京的将士都调出了南京城，以防他们忠于萧峰，作乱图救。

萧峰靠在铁笼的栏干上，咬牙忍受腹中剧痛，也无余暇多想。直过了十二个时辰，到第二日晚间，毒药的药性慢慢消失，剧痛才减。萧峰力气渐复，但处此情境，却又如何能够脱困？他心想烦恼也是无益，这一生再凶险的危难也经历过不少，难道我萧峰一世豪杰，就真会困死于这铁笼之中？好在众亲兵敬他英雄，看守虽绝不松懈，但好酒好饭管待，礼数不缺。萧峰放怀痛饮，数日后铁笼旁酒坛堆积。

耶律洪基始终不来瞧他，却派了几名能言善辩之士来好言相劝，说道皇上宽洪大度，顾念昔日的情义，不忍加刑，要萧峰悔罪求饶。萧峰对这些说客正眼也不瞧上一眼，自管自的斟酒而饮。

如此过了月余，那四名说客竟毫不厌烦，每日里只是搬弄陈腔滥调，翻来覆去的说个不停，说什么“皇上待萧大王恩德如山，你只有听皇上的话，才有生路”，什么“皇上神武，明见万里之外，远瞩百代之后，圣天子宸断是万万不会错的，你务须遵照皇上所指的路走”等等，等等。这些说客显然明知决计劝不转萧峰，却仍是无穷无尽的喋喋不休。

一日萧峰猛地起疑：“皇上又不是胡涂人，怎会如此婆婆妈妈的派人前来劝我？其中定有蹊跷！”沉思半晌，突然想起：“是了，皇上早已调兵遣将，大举南征，却派了些不相干的人将我稳住在这里。我明明已无反抗之力，他随时可以杀我，又何必费这般心思？”

萧峰再一思索，已明其理：“皇上自逞英雄，定要我口服心服，他亲自提兵南下，取了大宋的江山，然后到我面前来夸耀一番。他生恐我性子刚强，一怒之下，绝食自尽，是以派了这些猥琐小人来对我胡说八道。”

他早将一己的生死安危置之度外，既困于笼中，无计可以脱身，也就没放在心上。他虽不愿督军南征，却也不是以天下之忧为忧的仁人志士，想到耶律洪基既已发兵，大劫无可挽回，除了长叹一声、痛饮十碗之外，也就不去多想了。

只听那四名说客兀自絮絮不已，萧峰突然问道：“咱们契丹大军，已渡过黄河了罢？”四名说客愕然相顾，默然半晌。一名说客道：“萧大王此言甚是，咱们大军克日便发，黄河虽未渡过，却也是指顾间的事。”萧峰点头道：“原来大军尚未出发，不知哪一天是黄道吉日？”四名说客互使眼色。一个道：“咱们是小吏下僚，不得与闻军情。”另一个道：“只须萧大王回心转意，皇上便会亲自来与大王商议军国大事。”

萧峰哼了一声，便不再问，心想：“皇上倘若势如破竹，取了大宋，便会解我去汴梁相见。但如败军而归，没面目见我，第一个要杀的人便是我。到底我盼他取了大宋呢，还是盼他败阵？嘿嘿，萧峰啊萧峰，只怕你自己也是不易回答罢！”

次日黄昏时分，四名说客又摇摇摆摆的进来。看守萧峰的众亲兵老是听着他们的陈腔滥调，早就腻了，一见四人来到，不禁皱了眉头，走开几步。一个多月来萧峰全无挣扎脱逃之意，监视他的官兵已远不如先前那般戒慎提防。

第一名说客咳嗽一声，说道：“萧大王，皇上有旨，要你接旨，你若拒不奉命，那便罪大恶极。”这些话萧峰也不知听过几百遍了，可是这一次听得这人说话的声音有些古怪，似是害了喉病，不禁向他瞧了一眼，一看之下，登时大奇。

只见这说客挤眉弄眼，脸上作出种种怪样，萧峰定睛一看，见此人相貌与先前不同，再凝神瞧时，不由得又惊又喜，只见这人稀稀落落的胡子都是黏上去的，脸上搽了一片淡墨，黑黝黝的甚是难看，但焦黄胡子下透出来的，却是樱口端鼻的俏丽之态，正是阿紫。只听她压低嗓子，含含糊糊的道：“皇上的话，那是永远不会错的，你只须遵照皇上的话做，定有你的好处。喏，这是咱们大辽皇帝的圣谕，你恭恭敬敬的读上几遍罢。”说着从大袖中取出一张纸来，对着萧峰。

其时天色已渐昏暗，几名亲兵正在点亮大厅四周的灯笼烛光。萧峰借着烛光，向那纸上瞧去，只见上面写着八个细字：“大援已到，今晚脱险。”萧峰哼的一声，摇了摇头。阿紫说道：“咱们这次发兵，军马可真不少，士强马壮，自然是旗开得胜，马到成功，你休得担忧。”萧峰道：“我就是为了不愿多伤生灵，皇上才将我囚禁。”阿紫道：“要打胜仗，靠的是神机妙算，岂在多所杀伤。”

萧峰向另外三名说客瞧去时，见那三人或摇折扇，或举大袖，遮遮掩掩的，不以面目示人，自然是阿紫约来的帮手了。萧峰叹了口气，道："你们一番好意，我也甚是感激，不过敌人防守严密，攻城掠地，殊无把握……"

话犹未了，忽听得几名亲兵叫了起来："毒蛇！毒蛇！哪里来的这许多蛇！"只见厅门、窗格之中，无数毒蛇涌了进来，昂首吐舌，蜿蜒而进，厅中登时大乱。萧峰心中一动："瞧这些毒蛇的阵势，倒似是我丐帮兄弟亲在指挥一般！"

众亲兵提起长矛、腰刀，纷纷拍打。亲兵的管带叫道："伺候萧大王的众亲兵不得移动一步，违令者斩！"这管带极是机警，见群蛇来得怪异，只怕一乱之下，萧峰乘机脱逃。围在铁笼外的众亲兵果然屹立不动，以长矛矛尖对准了笼内的萧峰，但各人的目光却不免斜过去瞧那些毒蛇，蛇儿游得近了，自是提起长矛拍打。

正乱间，忽听得王府后面一阵喧哗："走水啦，快救火啊，快来救火！"那管带喝道："凯虎儿，去禀报指挥使大人，是否将萧大王移走！"凯虎儿是名百夫长，应声转身，正要奔出，忽听有人在厅口厉声喝道："莫中了奸细的调虎离山之计，若有人劫狱，先将萧峰一矛刺死。"正是御营都指挥使。他手提长刀，威风凛凛的站在厅口。

突然间青影一闪，有人将一条青色小蛇掷向他的面门。那指挥使举刀去格，却听得嗤嗤之声不绝，有人射出暗器，大厅中烛火全灭，登时漆黑一团。那指挥使"啊"的一声大叫，身中暗器，向后便倒。

阿紫从袖中取出宝刀，伸进铁笼，喀喀喀几声，砍断了萧峰铁镣上的铁链。萧峰心想："这兽笼的钢栏极粗极坚，只怕再锋利的宝刀一时也是难以砍斩。"便在此时，忽觉脚下的土地突然陷了下去。阿紫在铁笼外低声道："从地道逃走！"跟着萧峰双足被地底下伸上来的一双手握住，向下一拉，身子已被扯了下去，却原来大理国的钻地能手华赫艮到了。他以十余日的功夫，打了一条地道，通到萧峰的铁笼之下。

华赫艮拉着萧峰，从地道内倒爬出去，爬行之速，真如在地面行走一般，顷刻间爬出百余丈，扶着萧峰站起身来，从洞中钻了出去。只见洞口三个人满脸喜色的迎将上来，竟是段誉、范骅和巴天石。段誉叫道："大哥！"扑上抱住萧峰。

萧峰哈哈一笑，道："久闻华司徒神技，今日亲试，佩服佩服。"

华赫艮喜道："得蒙萧大王金口一赞，实是小人生平第一荣华！"

此处离南院大王府未远，四下里都是辽兵喧哗叫喊之声。但听得有人吹着号角，骑马从屋外驰过，大声叫道："敌人攻打东门，御营亲兵驻守原地，不得擅离！"范骅道："萧大王，咱们从西门冲出去！"萧峰点头道："好！阿紫她们脱险没有？"

范骅尚未回答，阿紫的声音从地洞口传了过来："姊夫，你居然还惦记着我。"声音中充满了喜悦之情。喀喇一响，便从地洞中钻了上来，颏下兀自黏着胡子，满头满脸都是泥土灰尘，污秽之极。但在萧峰眼中瞧来，自从识得她以来，实以此刻最美。她拔出宝刀，要替萧峰削去铐镣。但那铐镣贴肉锁住，刀锋稍歪，便会伤到皮肉，甚是不易切削，她将宝刀交给段誉，道："哥哥，你来削。"段誉接过宝刀，内力到处，切铁铐如切败木。

这时地洞中又钻上来三人，一是锺灵，一是木婉清，第三个是丐帮的一名八袋弟子，乃是弄蛇的能手，适才大厅上群蛇乱窜，便是他闹的玄虚。这人见萧峰安然无恙，喜极流涕，道："帮主，你老人家……"

萧峰久已没听到有人称他为"帮主"，见到这丐帮弟子的神情，心下也自伤感，说道："这可难为你了。"他一言嘉奖，那八袋弟子又是感激，又觉荣耀，泪水直落下来。

范骅道："大理国人马已在东门动手，咱们乘乱走罢！萧大王最好别出手，以免被人认了出来。"萧峰道："甚是！"九人从大门中冲出去。萧峰回头一望，原来那是一座残败的瓦屋，外观半点也不起眼。阿紫以契丹话大叫："走水啦！走水啦！"范骅、华赫艮等学着她的声音，跟着大叫。范骅、巴天石等眼见街道上没有辽兵，便到处纵火，霎时间烧起了七八个火头。

九人径向西奔。段誉等早已换上契丹人的装束，这时城中已乱成一团，倒也无人加以注目，有时听到大队契丹骑兵追来，九人便在阴暗的屋角一躲。奔出十余条街，只听得北方号角响起，人声喧哗，大叫："不好了，敌兵攻破北门，皇上给敌人掳了去啦！"

萧峰吃了一惊，停步道："辽帝被擒么？三弟，辽帝是我结义兄长，他虽对我不仁，我却不能对他不义，万万不可伤他……"阿紫笑道："姊夫放心，这是灵鹫宫属下三十六洞洞主、七十二岛岛主，我教了他们这几句契丹话，叫他们背得熟了，这时候来大叫大嚷，大放谣言，扰乱人心。南京城中驻有重兵，皇帝又有万余亲兵保护，怎生擒得了他？"萧峰又惊又喜，道："二弟的属下也都来了么？"

阿紫道："岂但小和尚的属下而已，小和尚自己来了，连小和尚的老婆也来了。"萧峰问道："什么小和尚的老婆？"阿紫笑道："姊夫你不知道，虚竹子的老婆，便是西夏国公主，只不过她的脸始终用面幕遮着，除了小和尚一人之外，谁也不给瞧。我问小和尚：'你老婆美不美？'小和尚总是笑而不言。"

萧峰在外奔逃之际，忽然闻此奇事，不禁颇为虚竹庆幸，向段誉瞧了一眼。段誉笑道："大哥不须多虑，小弟毫不介怀，二哥也不算失信。这件事说来话长，咱们慢慢再谈。"

说话之间，众人又奔了一段路，只见前面广场上一座高台大火烧得甚旺，台前旗杆上两面大旗也都着火焚烧。萧峰知道这广场是南京城中的大校场，乃辽兵操练之用，不知何时搭了这座高台，自己却是不知。

巴天石对段誉道："陛下，烧了辽帝的点将台、帅字旗，于辽军大大不吉，耶律洪基伐宋之行，只怕要另打主意了。"段誉点头道："正是。"

萧峰听他口称"陛下"，而段誉点了点头，心中又是一奇，道："三弟，你……你做了皇帝吗？"段誉黯然道："先父不幸中道崩殂，皇伯父避位为僧，在天龙寺出家，命小弟接位。小弟无德无能，居此大位，实在惭愧得紧。"

萧峰惊道："啊哟，伯父去世了？三弟！你是大理国一国之主，如何可以身入险地，为了我而干冒奇险？若有丝毫损伤，我……我……如何对得起大理全国军民？"

段誉嘻嘻一笑，说道："大理乃僻处南疆的一个小国，这'皇帝'二字，更是僭号。小弟胡里胡涂，望之不似人君，哪里有半点皇帝的味道？给人叫一声'陛下'，实在是惭愧得紧。咱俩情逾骨肉，岂有大哥遭厄，小弟不来与大哥同处患难之理？"

范骅道："萧大王这次苦谏辽帝，劝止伐宋。敝国上下，无不同感大德。辽帝倘若取得大宋，第二步自然来取大理。敝国兵微将弱，如何挡得住契丹的精兵？萧大王救大宋便是救大理，大理纵然以倾国之力为大王效力，也是理所当然。"

萧峰道："我是个一勇之夫，不忍两国攻战，多伤人命，岂敢自居什么功劳？"

正说之间，忽见南城火光冲天而起，一群群百姓拖男带女，夹在兵马间涌了过来，都道："南朝少林寺的和尚连同无数好汉，攻破南门。"又有人道："南院大王萧峰作乱，降了宋朝，已将大辽的皇帝杀了。”更有几名契丹人咬牙切齿的道：“这萧峰叛国投敌，咱们恨不得咬他的肉来吞入肚里。”一人慌慌张张的问道：“万岁爷真给萧峰这奸贼害死了么？”另一人道：“怎么不真？我亲眼见到萧峰骑了匹白马，冲到万岁爷身前，一枪便在万岁爷胸口刺了个窟窿。”另一个老者道：“萧峰这狗贼为什么恁地没良心？他到底是咱们契丹人，还是汉人？”一个汉子道：“听说他是假扮契丹人的南朝蛮子，这狗贼奸恶得紧，真连禽兽也不如！”

阿紫听得这些人辱骂萧峰，怒从心起，举起马鞭，便向身旁那契丹人抽去。萧峰举手一挡，格开鞭子，摇了摇头，低声道：“且由得他们说去。”又问：“真的有少林寺众高僧到来么？”

那八袋弟子道：“好教帮主得知：段姑娘从南京出来，便遇到本帮吴长老，说起帮主为了大宋江山与千万百姓，力谏辽帝侵宋，以致为辽帝所囚。吴长老不信，说帮主既是辽人，岂有心向大宋之理？当下潜入南京，亲自打听，才知段姑娘所言果然不虚。吴长老当即传出本帮‘青竹令’，将帮主的大仁大义，遍告中原各路英雄。中原武林为帮主的仁义所感，由少林众高僧带头，一起援救帮主来了。”

萧峰想起当日在聚贤庄上与中原群雄为敌，杀了不少英雄好汉，今日中原群雄却来相救自己，心下又是难过，又是感激。

阿紫道：“丐帮众化子四下送信，消息传得还不快吗？啊哟，不好，可惜，可惜！”段誉问道：“可惜什么？”阿紫道：“我那座神木王鼎，在大厅中点了香引蛇，匆匆忙忙的忘了带出来。”段誉笑道：“这种旁门左道的东西，忘了就忘了，带在身边干么？”阿紫道：“哼，什么旁门左道？没有这件宝贝，那许多毒蛇便不会进来得这么快，我姊夫也没这么容易脱身啦。”

说话间，只听得乒乒乓乓，兵刃相交之声不绝，火光中见无数辽兵正在互相格斗。萧峰奇道：“咦，怎么自己人……”段誉道：

“大哥，头颈中缚了块白巾的是咱们的人。”阿紫取过一块白布，递给萧峰，道：“你系上罢！”

萧峰一瞥间，见众辽兵难分敌我，不知去杀谁好。乱砍乱杀之际，往往成了真辽兵自相残杀的局面。那些颈缚白巾的假辽兵，却是一刀一枪都招呼在辽国的兵将身上。萧峰眼见辽人一个个血肉横飞，尸横就地，拿着白布，不禁双手发颤，心中有个声音在大嚷：“我是契丹人，不是汉人！我是契丹人，不是汉人！”这块白布说什么也系不到自己颈中。

便在此时，轧轧声响，两扇厚重的城门缓缓开了。段誉和范骅拥着萧峰，一冲而出。

城门外火把照耀，无数丐帮帮众牵了马匹等候，眼见萧峰冲出，登时欢声如雷：“乔帮主！乔帮主！”火光烛天，呼声动地。

只见两条火龙分向左右移动，一乘马在其间直驰而前。马上一个老丐双手高举头顶，端着那根丐帮帮主的信物打狗棒，正是吴长老。他驰到萧峰身前，滚鞍下马，跪在地下，说道：“吴长风受众兄弟之托，将本帮打狗棒归还帮主。我们实在胡涂该死，猪油蒙了心，冤枉好人，累得帮主吃了无穷的苦。大伙儿猪狗不如，只盼帮主大人不记小人过，念着我们是一群没爹没娘的孤儿，重来做本帮之主。大伙儿受了奸人煽惑，说帮主是契丹胡狗，真是该死之极。大伙儿已将那奸徒全冠清乱刀分尸，为帮主出气。”说着将打狗棒递向萧峰。

萧峰心中一酸，说道：“吴长老，在下确是契丹人。多承各位重义，在下感激不尽，帮主之位，却是万万不能当的。”说着伸手扶起吴长风。

吴长风脸色迷惘，抓头搔耳，说道：“你……你又说是契丹人？你……你定是不肯做帮主？乔帮主，你瞧开些罢，别再见怪了！”

但听得城内鼓声响起，有大队辽兵便要冲出。段誉叫道：“吴长老，咱们快走！辽兵势大，一结成了阵势，那可抵挡不住。”

萧峰也知丐帮和中原群雄所以一时占得上风，只不过攻了对方个措手不及，倘若真和辽兵硬斗，千百名江湖汉子，如何能是数万辽国精锐之师的敌手？何况这一仗打起来，双方死伤均重，大违自己本愿，便道：“吴长老，帮主之事，慢慢再说不迟。你快传令，命众兄弟向西退走。”

吴长风道：“是！”传下号令，丐帮帮众后队作前队，向西疾驰。不久虚竹子率领着灵鹫宫属下诸女，以及三十六洞、七十二岛的异士，杀将过来与众人会合。奔出数里后，大理国的众武士在傅思归、朱丹臣等人率领之下也赶到了。但少林群僧和中原群豪却始终未到。隐隐听得南京城中杀声大起。

萧峰道：“少林派和中原豪杰在城中给截住了，咱们稍待片刻。”过了半晌，城中喊杀声越来越响。段誉道：“大哥在此稍待，我去接应他们出来。”领着大理众武士，回向南京城去。

其时天色渐明，萧峰心下忧虑，不知中原群豪能否脱险，但听得杀声大振，大理国众武士回冲，过了良久，始终不见群豪脱险来聚。

丐帮一名探子飞马来报：“数千名铁甲辽兵堵住了西门，大理国武士冲不进去，中原群豪也冲不出来。”虚竹右手一招，叫道：“咱们灵鹫宫去打个接应。”领着二千余名三山五岳的好汉、灵鹫九部诸女，冲回来路。

萧峰骑在马上，遥向东望，但见南京城中浓烟处处，东一个火头，西一个火头，不知已乱成怎么一副样子。等了半个时辰，又有一名探子来报：“大理段皇爷、灵鹫宫虚竹子先生杀开一条血路，已冲入城中去了。”

以往遇有战斗，萧峰总是身先士卒，这一次他却远离战阵，空自焦急关心，甚为不耐，说道："我去瞧瞧！"阿紫、木婉清、锺灵三女齐劝："辽人只欲得你而甘心，千万不可去冒险。"萧峰道："不妨！"纵马而前，丐帮帮众随后跟来。

到得南京城西门外，只见城墙下、城墙头、护城河两岸伏着数百名死尸，有些是辽国兵将，也有不少是段誉和虚竹二人的下属。城门将闭未闭，两名岛主手挥大刀，守在城门边，正在猛砍冲过来的辽兵，不许关闭城门。

忽听得南首、北首蹄声大作，萧峰惊道："不好，大队辽兵分从南北包抄，咱们可别困在这里。"抢过一柄铁枪折断了，飞身跃起，枪头在城墙上一戳，借力再跃，枪头又在城墙上一戳，几下纵跃，上了城头，向城内望去时，只见西城方圆数里之间，东一堆、西一堆，中原豪杰被无数辽兵分开了围攻，几乎已成各自为战之局。群豪武功虽强，但每一人要抵敌七八人至十余人，斗得久了，总不免寡不敌众。

萧峰站在城头，望望城内，又望望城外，如何抉择，实是为难万分：群豪为搭救自己而来，总不能眼睁睁瞧着他们一个个死于辽兵刀下，但若跃下去相救，那便公然和辽国为敌，成了叛国助敌的辽奸，不但对不起自己祖宗，那也是千秋万世永为本国同胞所唾骂。逃出南京，那是去国避难，旁人不过说一声"萧峰不忠"，可是反戈攻辽，却变成极大的罪人了。

萧峰行事向来干脆爽净，决断极快，这时却当真进退维谷，一瞥眼间，只见城墙边七八名契丹武士围住了两名少林老僧狠斗。一名少林僧手舞戒刀，口中喷血，显是身受重伤，萧峰凝神看去，认得他是玄鸣；另一名少林僧挥动禅杖拼命掩护，却是玄石。两名辽兵挥动长刀，砍向玄鸣。玄鸣重伤之下，无力挡架。玄石倒持禅杖，杖尾反弹上来，将两柄长刀撞了回去。猛听得玄鸣"啊"的一声大叫，左肩中刀。玄石横杖过去，将那辽兵打得筋折骨裂，但这一来胸口门户大开，一名契丹武士举矛直进，刺入玄石小腹。玄石禅杖压将下来，那契丹武士登时头骨粉碎，竟还比他先死片刻。玄鸣戒刀乱舞，已是不成招数，眼泪直流，大叫：“师弟，师弟！”

萧峰只瞧得热血沸腾，再也无法忍耐，大叫一声：“萧峰在此，要杀便来杀我，休得滥伤无辜！”从城头一跃而下，双腿起处，人未着地，已将两名契丹武士踢飞，左足一着地，随即拉过玄鸣，右手接过玄石的禅杖，叫道：“在下援救来迟，实是罪孽深重。”挥禅杖将两名契丹武士震开数丈。

玄石苦笑道：“我们诬指居士是契丹人，罪孽更大，善哉，善哉！如今水落石……”下面这“出”字没吐出口，头一侧，气绝而死。

萧峰护着玄鸣，向左侧受人围攻的几个大理武士冲去。辽国兵将见南院大王突然神威凛凛的现身，都不由得胆怯。萧峰舞动禅杖，远挑近打，虽不杀人性命，但遇上者无不受伤。众辽兵纷纷退开。萧峰左冲右突，顷刻间已将二百余人聚在一起。他朗声叫道：“众位千万不可分开！”率领了这二百余人四下游走，一见有人被围，便即迎上，将被围者接出，犹似滚雪球一般，越滚越大，到得千人以上时，辽兵已无法阻拦。当下萧峰和虚竹、段誉，以及少林寺玄渡大师所率的中原群豪聚在一起，冲向城门。

萧峰手持禅杖，站在城门边上，让大理国、灵鹫宫、中原群豪三路人马一一出城。辽国兵将远远站着呐喊，竟无人胆敢上前冲杀。

萧峰直待众人退尽，这才最后出城，出城门时回头一望，但见尸骸重叠，这一战不知已杀伤了多少性命，眼见两名灵鹫宫的女将倒在血泊中呻吟滚动，萧峰回进城门，抓着二女的背心，提将出来。

猛听得鼓声如雷，两队骑兵从南北杀将过来。萧峰一颗心登时沉了下去，这两队骑兵每一队都在万人以上，己方久战之后，不是受伤，便已疲累，如何抵敌？叫道：“丐帮众兄弟断后！将坐骑让给受了伤的朋友们先退！”丐帮帮众大声应诺，纷纷下马。萧峰又叫：“结成打狗大阵！”群丐口唱“莲花落”，排成一列列人墙。萧峰叫道：“玄渡大师、二弟、三弟，快率领大部朋友向西退却，让丐帮断后！”

日光初升，只照得辽兵的矛尖刀锋，闪闪生辉，数万只铁蹄践在地上，直是地摇山动。

虚竹和段誉见了辽兵的兵势，情知丐帮的“打狗大阵”无论如何阻拦不住，二人分站萧峰左右，说道：“大哥，咱们结义兄弟，有难同当，生死与共！”萧峰道：“那你快叫本部人马退去！”

虚竹、段誉分别传令。岂知灵鹫宫的部属固不肯舍主人而去，大理国的将士也决不肯让皇帝身居险地，自行退却。眼见辽兵越冲越近，射来弩箭已落在萧峰等人十余丈外，玄渡本已率领中原群豪先行退开，这时群豪见情势凶险，竟有数十人奔了回来助战。

萧峰暗暗叫苦，心想：“这些人一个个武功虽高，聚在一起，却是一群乌合之众，不谙兵法部署，如何与辽兵相抗？我一死不打紧，大伙儿都被辽兵聚歼于南京城外，那可……那可……”

正没做理会处，突然间辽军阵中锣声急响，竟然鸣金退兵，正自疾冲而来的辽兵一听到锣声，当即带转马头，后队变前队，分向南北退了下去。萧峰大奇，不明所以，却听得辽军阵后喊声大振，又见尘沙飞扬，竟是另有军马袭击辽军背后，萧峰更是奇怪：“怎么辽军后又有军马，难道有什么人作乱？皇上腹背受敌，只怕情势不妙。”他一见辽军遭困，不由自主的又关心起耶律洪基来。

萧峰跃上马背，向辽军阵后瞧去，只见一面面白旗飘扬，箭如骤雨，辽兵纷纷落马。萧峰恍然大悟：“啊，是我的女真部族朋友到了，不知他们如何竟会得知讯息？”

女真猎人箭法了得，勇悍之极，每一百人为一小队，跨上劣马，荷荷呼喊，狂奔急冲，霎时间便冲乱了辽兵阵势。女真部族人数不多，但骁勇善战，更攻了个辽兵出其不意。辽军统帅眼见情势不利，又恐萧峰统率人马上前夹攻，急忙收兵入城。

范骅是大理国司马，精通兵法，眼见有机可乘，忙向萧峰道："萧大王，咱们快冲杀过去，这时正是破敌的良机。"萧峰摇了摇头。范骅道："此处离雁门关甚远，若不乘机击破辽兵，大有后患。敌众我寡，咱们未必能全身而退。"萧峰又摇了摇头。范骅大惑不解，心想："萧大王不肯赶尽杀绝，莫非还想留下他日与辽帝修好的余地？"

烟尘之中，一群群女真人或赤裸上身、或身披兽皮，乘马冲杀而来，弩箭嗤嗤射出，当者披靡。辽军后队千余人未及退入城中，都被女真人射死在城墙之下。女真蛮人剃光了前边头皮，脑后拖着一条辫子，个个面目狰狞，满身溅满鲜血，射死敌人之后，随即挥刀割下首级，挂在腰间，有些人腰间累累的竟挂了十余个首级。群豪在江湖上见过的凶杀着实不少，但如此凶悍残忍的蛮人却是第一次见到，无不骇然。

一名高大的猎人站在马背之上，大声呼叫："萧大哥，萧大哥，完颜阿骨打帮你打架来了！"

萧峰纵骑而出，两人四手相握。阿骨打喜道："萧大哥，那日你不别而行，兄弟每日记挂，后来听探子说你在辽国做了大官，倒也罢了，但想辽人奸猾，你这官只怕做不长久。果然日前探子报道：你被那狗娘养的皇帝关在牢里，兄弟急忙带人来救，幸好哥哥没死没伤，兄弟甚是喜欢。"萧峰道："多谢兄弟搭救！"一言未毕，城头上弩箭纷纷射将下来，两人距离城墙尚远，弩箭射他们不着。

阿骨打怒喝："契丹狗子！我自和哥哥说话，却来打扰！"拉开长弓，嗤嗤嗤三箭，自城下射了上去，只听得三声惨呼，三名辽兵中箭，自城头翻将下来。辽兵射他不到，他的强弓硬弩却能及远，三发三中。城头上众辽兵齐声发喊，纷纷收弦，竖起盾牌。但听得城中鼓声冬冬，辽军又在聚兵点将。

阿骨打大声道："众儿郎听者，契丹狗子又要钻出狗洞来啦，咱们再来杀一个痛快。"女真人大声鼓噪，有若万兽齐吼。

萧峰心想这一仗若是打上了，双方死伤必重，忙道："兄弟，你前来救我，此刻我已脱险，何必再和人厮打？你我多时不见，且到个安静所在，兄弟们饮个大醉。"完颜阿骨打道："也说得是，咱们走罢！"

却见城门大开，一队铁甲辽兵骑马急冲出来。阿骨打骂道："杀不完的契丹狗子！"弯弓搭箭，一箭飕的射出，正中当先那人脸孔，登时倒撞下马。其余女真人也纷纷放箭，都是射向辽兵脸面，这些人箭法既精，箭头上又喂了剧毒，中者哼也没哼一声，立时便即毙命。片刻间城门口倒毙了数百人。人马甲胄，堆成个小丘，将城门堵塞住了。其余辽兵只吓得心胆俱裂，紧闭城门，再也不敢出来。

完颜阿骨打率领族人，在城下耀武扬威，高声叫骂。萧峰道："兄弟，咱们去罢！"阿骨打道："是！"戟指城头，高声说道："契丹狗子听了，幸好你们没伤到我萧大哥的一根寒毛，今日便饶了你们性命。否则我把城墙拆了，将你们契丹狗子一个个都射死了！"

当下与萧峰并骑向西，驰出十余里，到了一个山丘之上。阿骨打跳下了马，从马旁取下皮袋，递给萧峰，道："哥哥，喝酒。"萧峰接了过来，骨嘟嘟的喝了半袋，还给阿骨打。阿骨打将余下的半袋都喝了，说道："哥哥，不如便和兄弟共去长白山边，打猎喝酒，逍遥快活。"

萧峰深知耶律洪基的性情，他今日在南京城下被完颜阿骨打打败，又给他狠狠的辱骂了一番，大失颜面，定然不肯就此罢休，非提兵再来相斗不可。女真人虽然勇悍，究竟人少，胜败实未可料，终究以避战为上，须得帮他们出些主意，又想起在长白山下的那些日子，除了替阿紫治伤外，再无他虑，更没争名争利之事，此后在女真部中安身，倒也免却了无数烦恼，便道："兄弟，这些中原来的英雄豪杰，都是为救我而来，我将他们送到雁门关后，再来和兄弟相聚。"

阿骨打大喜，说道："中原蛮子啰里啰唆，多半不是好人，我也不愿和他们相见。"说着率领着族人，向北而去。

中原群豪见这群番人来去如风，剽悍绝伦，均想："这群番人比辽狗还要厉害，幸亏他们是乔帮主的朋友，否则可真不好惹！"

各路人马渐渐聚在一起，七张八嘴，纷纷谈论适才南京城下的这场恶战。

萧峰躬身到地，说道："多谢各位大仁大义，不念萧某的旧恶，千里迢迢的赶来相救，此恩此德，萧某永难相报。"

玄渡道："乔帮主说哪里话来？以前种种，皆因误会而生，武林同道，患难相助，理所当然。何况乔帮主为了中原的百万生灵，不顾生死安危，舍却荣华富贵，仁德泽被天下，大家都要感谢乔帮主才是。"

范骅朗声道："众位英雄，在下观看辽兵之势，恐怕输得不甘，还会前来追击。不知众位有何高见？"群雄大声叫了起来："这便跟辽兵决一死战，难道还怕了他们不成！"范骅道："敌众我寡，平阳交锋，于咱们不利。依在下之见，还是向西退却，一来和宋兵距得近了，好歹有个接应；二来敌兵追得越远，人数越少，咱们便可乘机反击。"

群豪齐声称是。当下虚竹率领灵鹫宫下属为第一路，段誉率领大理国兵马为第二路，玄渡率领中原群豪为第三路，萧峰率领丐帮帮众断后。四路人马，每一路之间相隔不过数里，探子骑着快马来回传递消息，若有敌警，便可互相应援。迤逦行了一日。当晚在山间野宿，整晚并无辽兵来攻，众人渐感放心。

次晨一早又行，萧峰问阿紫道："那位游君还在灵鹫宫中么？"阿紫小嘴一撇，说道："谁知道呢？多半是罢，他瞎着双眼，又怎能下山？"语意中对他没半分关怀之情。

这一日行到小五台山下的白乐堡埋锅造饭。范骅沿途伏下一批批豪士，扼守险要的所在，断桥阻路，以延缓辽兵的追击。

到第三日上，忽见东边狼烟冲天而起，那正是辽兵追来的讯号。群雄都是心头一凛，有些少年豪杰便欲回头，相助留下伏击的小队，却为玄渡、范骅等喝住。

这日晚间，群豪在一座山坡上歇宿。睡到午夜，忽然有人大声惊呼。群豪一惊而醒，只见北方烧红了半边天。萧峰和范骅对瞧一眼，心下均隐隐感到不吉。范骅低声道："萧大王，你瞧是不是辽军绕道前来夹攻？"萧峰点了点头。范骅道："这一场大火，不知烧了多少民居，唉！"萧峰不愿说耶律洪基的坏话，却知他在女真人手下吃了个败仗，心下极是不忿，一口怒气，全发泄在无辜百姓身上，这一路领军西来，定是见人杀人，见屋烧屋。

大火直烧到天明，兀自未熄。到得下午，只见南边也烧起了火头。烈日下不见火焰，浓烟却直冲霄汉。

玄渡本来领人在前，见到南边烧起了大火，勒马候在道旁，等萧峰来到，问道："乔帮主，辽军分三路来攻，你说这雁门关是否守得住？我已派人不断向雁门关报讯，但关上统帅懦弱，兵威不振，只怕难抗契丹的铁骑。"萧峰无言以对。玄渡又道："看来女真人倒能对付得了辽兵，将来大宋如和女真人联手，南北夹攻，或许能令契丹铁骑不敢南下。"

萧峰知他之意，是要自己设法和女真人的首领完颜阿骨打联系，但想自己实是契丹人，如何能勾结外敌来攻打本国，突然问道：“玄渡大师，我爹爹在宝刹可好？”玄渡一怔，道：“令尊皈依三宝，在少林后院清修，咱们这次来到南京，也没知会令尊，以免引动他的尘心。”萧峰道：“我真想见见爹爹，问他一句话。”玄渡嗯了一声。

萧峰道：“我想请问他老人家：倘若辽兵前来攻打少林寺，他却怎生处置？”玄渡道：“那自是奋起杀敌，护寺护法，更有何疑？”萧峰道：“然而我爹爹是契丹人，如何要他为了汉人，去杀契丹人？”玄渡沉吟道：“原来帮主果然是契丹人。弃暗投明，可敬可佩！”

萧峰道：“大师是汉人，只道汉为明，契丹为暗。我契丹人却说大辽为明，大宋为暗。想我契丹祖先为羯人所残杀，为鲜卑人所胁迫，东逃西窜，苦不堪言。大唐之时，你们汉人武功极盛，不知杀了我契丹多少勇士，掳了我契丹多少妇女。现今你们汉人武功不行了，我契丹反过来攻杀你们。如此杀来杀去，不知何日方了？”

玄渡默然，隔了半晌，念道：“阿弥陀佛，阿弥陀佛。”

段誉策马走近，听到二人下半截的说话，喟然吟道：“烽火燃不息，征战无已时。野战格斗死，败马号鸣向天悲。乌鸢啄人肠，衔飞上挂枯树枝。士卒涂草莽，将军空尔为。乃知兵者是凶器，圣人不得已而用之。”萧峰赞道：“‘乃知兵者是凶器，圣人不得已而用之。’贤弟，你作得好诗。”段誉道：“这不是我作的，是唐朝大诗人李白的诗篇。”

萧峰道：“我在此地之时，常听族人唱一首歌。”当即高声而唱：“亡我祁连山，使我六畜不蕃息。失我焉支山，使我妇女无颜色。”他中气充沛，歌声远远传了出去，但歌中充满了哀伤凄凉之意。

段誉点头道：“这是匈奴人的歌。当年汉武帝大伐匈奴，抢夺了大片地方，匈奴人惨伤困苦，想不到这歌直传到今日。”萧峰道：“我契丹祖先，和当时匈奴人一般苦楚。”

玄渡叹了口气，说道：“只有普天下的帝王将军们都信奉佛法，以慈悲为怀，那时才不会再有征战杀伐的惨事。”萧峰道：“可不知何年何月，才有这等太平世界。”

一行人续向西行，眼见东南北三方都有火光，昼夜不息，辽军一路烧杀而来。群雄心下均感愤怒，不住叫骂，要和辽军决一死战。

范骅道：“辽军越追越近，咱们终于将退无可退，依兄弟之见，咱们不如四下分散，教辽军不知向哪里去追才是。”

吴长风大声道：“那不是认输了吗？范司马，你别长他人志气，灭自己威风，胜也好，败也好，咱们总得与辽狗拼个你死我活。”

正说之间，突然飕的一声，一枝羽箭从东南角上射将过来，一名丐帮弟子中箭倒地。跟着山后一队辽兵大声呐喊，扑了出来。原来这队辽兵马不停蹄的从间道来攻，越过了断后的群豪。这一支突袭的辽军约有五百余人。吴长风大叫：“杀啊！”当先冲了过去。群雄蓄愤已久，无不奋勇争先。群雄人数既较这小队辽军为多，武艺又远为高强，大呼酣战声中，砍瓜切菜般围杀辽兵，只小半个时辰，将五百余名辽兵杀得干干净净。有十余名契丹武士攀山越岭逃走，也都被中原群豪中轻功高明之士，追上去一一杀死。

群豪打了一个胜仗，欢呼呐喊，人心大振。范骅却悄悄对玄渡、虚竹、段誉等人说道：“咱们所歼的只是辽军一小队，这一仗既接上了，第二批辽军跟着便来。咱们快向西退！”

话声未了，只听得东边轰隆隆、轰隆隆之声大作。群豪一齐转头向东望去，但见尘土飞起，如乌云般遮住了半边天。霎时之间，群豪面面相觑，默不作声，但听得轰隆隆、轰隆隆闷雷般的声音远远响着。显是大队辽军奔驰而来，从这声音中听来，不知有多少万人马。江湖上的凶杀斗殴，群豪见得多了，但如此大军驰驱，却是闻所未闻，比之南京城外的接战，这一次辽军的规模又不知强大了多少倍。各人虽然都是胆气豪壮之辈，陡然间遇到这般天地为之变色的军威，却也忍不住心惊肉跳，满手冷汗。

范骅叫道："众位兄弟，敌人势大，枉死无益。留得青山在，不怕没柴烧，咱们今日暂且避让，乘机再行反击。"当下群豪纷纷上马，向西急驰，但听得那轰隆隆的声音，在身后老是响个不停。

这一晚各人不再歇宿，眼见离雁门关渐渐近了。群豪催骑而行，知道只要一进雁门关，扼险而守，敌军虽众，破关便极不容易。一路上马匹纷纷倒毙，有的展开轻功步行，有的便两人一骑。行到天明，离雁门关已不过十余里地，众人都放下了心，下马牵缰，缓缓而行，好让牲口回力。但身后轰隆隆、轰隆隆的万马奔腾之声，却也更加响了。

萧峰走下岭来，来到山侧，猛然间看到一块大岩，心中一凛："当年玄慈方丈、汪帮主等率领中原豪杰，伏击我爹爹，杀死了我母亲和不少契丹武士，便是在此。"一侧头，只见一片山壁上斧凿的印痕宛然可见，正是玄慈将萧远山所留字迹削去之处。

萧峰缓缓回头，见到石壁旁一株花树，耳中似乎听到了阿朱当年躲在树后的声音："乔大爷，你再打下去，这座山峰也要给你击倒了。"

他一呆，阿朱情致殷殷的几句话，清清楚楚的在他脑海中响起："我在这里已等了你五日五夜，我只怕你不能来。你……你果然来了，谢谢老天爷保佑，你终于安好无恙。"

萧峰热泪盈眶，走到树旁，伸手摩挲树干，见那树比之当日与阿朱相会时已高了不少。一时间伤心欲绝，浑忘了身外之事。

忽听得一个尖锐的声音叫道："姊夫，快退！快退！"阿紫奔近身来，拉住萧峰衣袖。

萧峰一抬头，远远望出去，只见东面、北面、南面三方，辽军长矛的矛头犹如树林般刺向天空，竟然已经合围。萧峰点了点头，道："好，咱们退入雁门关再说。"

这时群豪都已聚在雁门关前。萧峰和阿紫并骑来到关口，关门却兀自紧闭。关门上一名宋军军官站在城头，朗声说道："奉镇守雁门关指挥使张将军将令：尔等既是中原百姓，原可入关，但不知是否勾结辽军的奸细，因此各人抛下军器，待我军一一搜检。身上如不藏军器者，张将军开恩，放尔等进关。"

此言一出，群豪登时大哗。有的说："我等千里奔驰，奋力抵抗辽兵，怎可怀疑我等是奸细？"有的道："我们携带军器，是为了相助将军抗辽。倘若失去了趁手兵器，如何和辽军打仗？"更有性子粗暴之人叫骂起来："他妈的，不放我们进关么？大伙儿攻进去！"

玄渡急忙制止，向那军官道："相烦禀报张将军知道：我们都是忠义为国的大宋百姓。敌军转眼即至，再要搜检什么的，耽误了时刻，那时再开关，便危险了。"

那军官已听了人丛中的叫骂之声，又见许多人穿着奇形怪状的衣饰，不类中土人士，说道："老和尚，你说你们都是中土良民，我瞧有许多不是中国人罢？好！我就网开一面，大宋良民可以进关，不是大宋子民，可不得进关。"

群豪面面相觑，无不愤怒。段誉的部属是大理国臣民，虚竹的部属更是各族人氏都有，或西域、或西夏、或吐蕃、或高丽，倘若只有大宋臣民方得进关，那么大理国、灵鹫宫两路人马，大部份都不能进去了。

玄渡说道："将军明鉴：我们这里有许多同伴，有的是大理人，有的是西夏人，都跟我们联手，和辽兵为敌，都是朋友，何分是宋人不宋人？"这次段誉率部北上，严守秘密，决不泄漏是一国之主的身份，以防宋朝大臣起心加害，或掳之作为人质，兼之大理与辽国相隔虽远，却也不愿公然与之为敌，是以玄渡并不提及关下有大理国极重要的人物。

那军官怫然道：“雁门关乃大宋北门锁钥，是何等要紧的所在？辽兵大队人马转眼就即攻到，我若随便开关，给辽兵乘机冲了进来，这天大的祸事，有谁能够担当？”

吴长风再也忍耐不住，大声喝道：“你少啰唆几句，早些开了关，岂不是什么事也没有了？”那军官怒道：“你这老叫化，本官面前，哪有你说话的余地？”他右手一扬，城垛上登时出现了千余名弓箭手，弯弓搭箭，对准了城下。那军官喝道：“快快退开，若再在这里妖言惑众，扰乱军心，我可要放箭了。”玄渡长叹一声，不知如何是好。

雁门关两侧双峰夹峙，高耸入云，这关所以名为“雁门”，意思说鸿雁南飞之时，也须从双峰之间通过，以喻地势之险。群豪中虽不乏轻功高强之士，尽可翻山越岭逃走，但其余人众难逾天险，不免要被辽军聚歼于关下了。

只见辽军限于山势，东西两路渐渐收缩，都从正面压境而来。但除了马蹄声、铁甲声、大风吹旗声外，却无半点人声喧哗，的是军纪严整的精锐之师。一队队辽军逼关为阵，驰到弩箭将及之处，便即停住。一眼望去，东西北三方旌旗招展，实不知有多少人马。

萧峰朗声道：“众位请各在原地稍候，不可移动，待在下与辽帝分说。”不等段誉、阿紫等劝止，已单骑纵马而出。他双手高举过顶，示意手中并无兵刃弓箭，大声叫道：“大辽国皇帝陛下，萧峰有几句话跟你说，请你出来。”说这几句话时，鼓足了内力，声音远远传了出去。辽军十余万将士没一个不听得清清楚楚，不由得人人变色。

过得半晌，猛听得辽军阵中鼓角声大作，千军万马如波浪般向两侧分开，八面金黄色大旗迎风招展，八名骑士执着驰出阵来。八面黄旗之后，一队队长矛手、刀斧手、弓箭手、盾牌手疾奔而前，分列两旁，接着是十名锦袍铁甲的大将簇拥着耶律洪基出阵。

辽军大呼："万岁，万岁，万万岁！"声震四野，山谷鸣响。

关上宋军见到敌人如此军威，无不栗然。

耶律洪基右手宝刀高高举起，辽军立时肃静，除了偶有战马嘶鸣之外，更无半点声息。耶律洪基放下宝刀，大声笑道："萧大王，你说要引辽军入关，怎么关门还不大开？"

此言一出，关上通译便传给镇守雁门关指挥使张将军听了。关上宋军立时大噪，指着萧峰指手划脚的大骂。

萧峰知道耶律洪基这话是行使反间计，要使宋兵不敢开关放自己入内，心中微微一酸，当即跳下马来，走上几步，说道："陛下，萧峰有负厚恩，重劳御驾亲临，死罪，死罪。"

刚说了这几句话，突然两个人影从旁掠过，当真如闪电一般，猛向耶律洪基欺了过去，正是虚竹和段誉。他二人眼见情势不对，知道今日之事，唯有擒住辽帝作为要胁，才能保得大伙周全，一打手势，便分从左右抢去。

耶律洪基出阵之时，原已防到萧峰重施当年在阵上擒杀楚王父子的故技，早有戒备。亲军指挥使一声吆喝，三百名盾牌手立时聚拢，三百面盾牌犹如一堵城墙，挡在辽帝面前。长矛手、刀斧手又密密层层的排在盾牌之前。

这时虚竹既得天山童姥的真传，又尽窥灵鹫宫石壁上武学的秘奥，武功之高，实已到了随心所欲、无往而不利的地步；而段誉在得到鸠摩智的毕生修为后，内力之强，亦是震古铄今，他那"凌波微步"施展开来，辽军将士如何阻拦得住？

段誉东一晃、西一斜，便如游鱼一般，从长矛手、刀斧手间相距不逾一尺的缝隙之中硬生生的挤将过去。众辽兵挺长矛攒刺，非但伤不到段誉，反因相互挤得太近，兵刃多半招呼在自己人身上。

虚竹双手连伸，抓住辽兵的胸口背心，不住掷出阵来，一面向耶律洪基靠近。两员大将纵马冲上，双枪齐至，向虚竹胸腹刺来。虚竹突然跃起，双足分落二将枪头。两员辽将齐声大喝，抖动枪杆，要将虚竹身子震落。虚竹乘着双枪抖动之势，飞身跃起，半空中便向洪基头顶扑落。

一如游鱼之滑，一如飞鸟之捷，两人双双攻到。耶律洪基大惊，提起宝刀，疾向身在半空的虚竹砍去。

虚竹左手手掌一探，已搭住他宝刀刀背，乘势滑落，手掌翻处，抓住了他右腕。便在此时，段誉也从人丛中钻将出来，抓住了耶律洪基左肩。两人齐声喝道："走罢！"将耶律洪基魁伟的身子从马背上提落，转身急奔。

四下里辽将辽兵眼见皇帝落入敌手，大惊狂呼，一时都没了主意。几十名亲兵奋不顾身的扑上来想救皇帝，都被虚竹、段誉飞足踢开。

二人擒住辽帝，心中大喜，突见萧峰飞身赶来，齐声叫道："大哥！"哪知萧峰双掌骤发，呼呼两声，分袭二人。二人都是大吃一惊，眼见掌力袭来，犹如排山倒海一般，只得举掌挡架，砰砰两声，四掌相撞，掌风激荡，萧峰向前一冲，已乘势将耶律洪基拉了过去。

这时辽军和中土群豪分从南北涌上，一边想抢回皇帝，一边要作萧峰、虚竹、段誉三人的接应。

萧峰大声叫道："谁都别动，我自有话向大辽皇帝说。"辽军和群豪登时停了脚步，双方都怕伤到自己人，只远远呐喊，不敢冲杀上前，更不敢放箭。

虚竹和段誉也退开三步，分站耶律洪基身后，防他逃回阵中，并阻契丹高手前来相救。

这时耶律洪基脸上已无半点血色，心想："这萧峰的性子甚是刚烈，我将他囚于狮笼之中，折辱得他好生厉害。此刻既落在他手中，他定要尽情报复，再也不肯饶我性命了。"却听萧峰道："陛下，这两位是我的结义兄弟，不会伤害于你，你可放心。"耶律洪基哼了一声，回头向虚竹看了一眼，又向段誉看了一眼。

萧峰道："我这个二弟虚竹子，乃灵鹫宫主人，三弟是大理段公子。臣也曾向陛下说起过。"耶律洪基点了点头，说道："果然了得。"

萧峰道："我们立时便放陛下回阵，只是想求陛下赏赐。"

耶律洪基几乎不相信自己的耳朵，心想："天下哪有这样的便宜事？啊，是了，萧峰已然回心转意，求我封他三人为官。"登时满面笑容，说道："你们有何求恳，我自是无有不允。"他本来语音发颤，这两句话中却又有了皇帝的尊严。

萧峰道："陛下已是我两个兄弟的俘虏，照咱们契丹人的规矩，陛下须得以彩物自赎才是。"耶律洪基眉头微皱，问道："要什么？"萧峰道："微臣斗胆代两个兄弟开口，只是要陛下金口一诺。"洪基哈哈一笑，说道："普天之下，我当真拿不出的物事却也不多，你尽管狮子大开口便了。"

萧峰道："是要陛下答允立即退兵，终陛下一生，不许辽军一兵一卒越过宋辽疆界。"

段誉一听，登时大喜，心想："辽军不逾宋辽边界，便不能插翅来犯我大理了。"忙道："正是，你答应了这句话，我们立即放你回去。"转念一想："擒到辽帝，二哥出力比我更多，却不知他有何求？"向虚竹道："二哥，你要契丹皇帝什么东西赎身？"虚竹摇了摇头，道："我也只要这一句话。"

耶律洪基脸色甚是阴森，沉声道："你们胆敢胁迫于我？我若不允呢？”

萧峰朗声道：“那么臣便和陛下同归于尽，玉石俱焚。咱二人当年结义，也曾有过但愿同年同月同日死的誓言。”

耶律洪基一凛，寻思：“这萧峰是个天不怕、地不怕的亡命之徒，向来说话一是一，二是二，我若不答允，只怕要真的出手向我冒犯。死于这莽夫之手，那可大大的不值得。”当下哈哈一笑，朗声道：“以我耶律洪基一命，换得宋辽两国数十年平安。好兄弟，你可把我的性命瞧得挺重哪！”

萧峰道：“陛下乃大辽之主。普天之下，岂有比陛下更贵重的？”

耶律洪基又是一笑，道：“如此说来，当年女真人向我要黄金三十车、白银三百车、骏马三千匹，眼界忒也浅了？”萧峰略一躬身，不再答话。

耶律洪基回过头来，只见手下将士最近的也在百步之外，无论如何不能救自己脱险，权衡轻重，世上更无比性命更贵重的事物，当即从箭壶中抽出一枝雕翎狼牙箭，双手一弯，拍的一声，折为两段，投在地下，说道：“答允你了。”

萧峰躬身道：“多谢陛下。”

耶律洪基转过身来，举步欲行，却见虚竹和段誉四目炯炯的瞧着自己，并无让路之意，回头再向萧峰瞧去，见他也默不作声，登时会意，知他三人是怕自己食言，当即拔出宝刀，高举过顶，大声说道：“大辽三军听令。”

辽军中鼓声擂起，一通鼓罢，立时止歇。

耶律洪基说道：“大军北归，南征之举作罢。”他顿了一顿，又道：“于我一生之中，不许我大辽国一兵一卒，侵犯大宋边界。”说罢，宝刀一落，辽军中又擂起鼓来。

萧峰躬身道：“恭送陛下回阵。”

虚竹和段誉往两旁一让，绕到萧峰身后。

耶律洪基又惊又喜，又是羞惭，虽急欲身离险地，却不愿在萧峰和辽军之前示弱，当下强自镇静，缓步走回阵去。

辽军中数十名亲兵飞骑驰出，抢来迎接。耶律洪基初时脚步尚缓，但禁不住越走越快，只觉双腿无力，几欲跌倒，双手发颤，额头汗水更是涔涔而下。待得侍卫驰到身前，滚鞍下马而将坐骑牵到他身前，耶律洪基已是全身发软，左脚踏入脚镫，却翻不上鞍去。两名侍卫扶住他后腰，用力一托，耶律洪基这才上马。

众辽军见皇帝无恙归来，大声欢呼："万岁，万岁，万万岁！"

这时雁门关上的宋军、关下的群豪听到辽帝下令退兵，并说终他一生不许辽军一兵一卒犯界，也是欢声雷动。众人均知契丹人虽然凶残好杀，但向来极是守信，与大宋之间有何交往，极少背约食言，何况辽帝在两军阵前亲口颁令，倘若日后反悔，大辽举国上下都要瞧他不起，他这皇帝之位都怕坐不安稳。

耶律洪基脸色阴郁，心想我这次为萧峰这厮所胁，许下如此重大诺言，方得脱身以归，实是丢尽了颜面，大损大辽国威。可是从辽军将士欢呼万岁之声中听来，众军拥戴之情却又似乎出自至诚。他眼光从众士卒脸上缓缓掠过，只见一个个容光焕发，欣悦之情见于颜色。

众士卒想到即刻便可班师，回家与父母妻儿团聚，既无万里征战之苦，又无葬身异域之险，自是大喜过望。契丹人虽然骁勇善战，但兵凶战危，谁都难保一定不死，今日得能免去这场战祸，除了少数想在征战中升官发财的悍将之外，尽皆欢喜。

耶律洪基心中一凛："原来我这些士卒也不想去攻打南朝，我若挥军南征，却也未必便能一战而克。"转念又想："那些女真蛮子大是可恶，留在契丹背后，实是心腹大患，我派兵去将这些蛮子扫荡了再说。"当即举起宝刀，高声说道："北院大王传令下去，后队变前队，班师南京！”

军中皮鼓号角响起，传下御旨，但听得欢呼之声，从近处越传越远。

耶律洪基回过头来，只见萧峰仍是一动不动的站在当地。耶律洪基冷笑一声，朗声道：“萧大王，你为大宋立下如此大功，高官厚禄，指日可待。”

萧峰大声道：“陛下，萧峰是契丹人，今日威迫陛下，成为契丹的大罪人，此后有何面目立于天地之间？”拾起地下的两截断箭，内功运处，双臂一回，噗的一声，插入了自己的心口。

耶律洪基“啊”的一声惊呼，纵马上前几步，但随即又勒马停步。

虚竹和段誉只吓得魂飞魄散，双双抢近，齐叫：“大哥，大哥！”却见两截断箭插正了心脏，萧峰双目紧闭，已然气绝。

虚竹忙撕开他胸口的衣衫，欲待施救，但箭中心脏，再难挽救，只见他胸口肌肤上刺着一个青郁郁的狼头，张口露齿，神情极是狰狞。虚竹和段誉放声大哭，拜倒于地。

丐帮中群丐一齐拥上来，团团拜伏。吴长风捶胸叫道：“乔帮主，你虽是契丹人，却比我们这些不成器的汉人英雄万倍！”

中原群豪一个个围拢，许多人低声议论：“乔帮主果真是契丹人吗？那么他为什么反而来帮助大宋？看来契丹人中也有英雄豪杰。”

“他自幼在咱们汉人中间长大，学到了汉人大仁大义。”

“两国罢兵，他成了排难解纷的大功臣，却用不着自寻短见啊。”

“他虽于大宋有功，在辽国却成了叛国助敌的卖国贼。他这是畏罪自杀。”

“什么畏不畏的？乔帮主这样的大英雄，天下还有什么事要畏惧？”

耶律洪基见萧峰自尽，心下一片茫然，寻思：“他到底于我大辽是有功还是有过？他苦苦劝我不可伐宋，到底是为了宋人还是为了契丹？他和我结义为兄弟，始终对我忠心耿耿，今日自尽于雁门关前，自然决不是贪图南朝的功名富贵，那……那却又为了什么？”他摇了摇头，微微苦笑，拉转马头，从辽军阵中穿了过去。

蹄声响处，辽军千乘万骑又向北行。众将士不住回头，望向地下萧峰的尸体。

只听得鸣声哇哇，一群鸿雁越过众军的头顶，从雁门关上飞了过去。

辽军渐去渐远，蹄声隐隐，又化作了山后的闷雷。

虚竹、段誉等一干人站在萧峰的遗体之旁，有的放声号哭，有的默默垂泪。

忽听得一个少女的声音尖声叫道：“走开，走开！大家都走开。你们害死了我姊夫，在这里假惺惺的洒几点眼泪，又有什么用？”她一面说，一面伸手猛力推开众人，正是阿紫。虚竹等自不和她一般见识，被她一推，都让了开去。

阿紫凝视着萧峰的尸体，怔怔的瞧了半晌，柔声说道：“姊夫，这些都是坏人，你别理睬他们，只有阿紫，才真正的待你好。”说着俯身下去，将萧峰的尸体抱了起来。萧峰身子长大，上半身被她抱着，两脚仍是垂在地下。阿紫又道：“姊夫，你现下才真的乖了，我抱着你，你也不推开我。是啊，要这样才好。”

虚竹和段誉对望了一眼，均想：“她伤心过度，有些神智失常了。”段誉垂泪道：“小妹，萧大哥慷慨就义，人死不能复生，你……你……”走上几步，想去抱萧峰的尸体。

阿紫厉声道：“你别来抢我姊夫，他是我的，谁也不能动他。”

段誉回过头来，向木婉清使了个眼色。木婉清会意，走到阿紫身畔，轻轻说道："小妹子，萧大哥逝世，咱们商量怎地给他安葬……"

突然阿紫尖声大叫，木婉清吓了一跳，退开两步。阿紫叫道："走开，走开！你再走近一步，我一剑先杀了你。"

木婉清皱了眉头，向段誉摇了摇头。

忽听得关门左侧的群山中有人长声叫道："阿紫，阿紫，我听到你声音了，你在哪里？你在哪里？"叫声甚是凄厉，许多人认得是做过丐帮帮主、化名为庄聚贤的游坦之。

各人转过头向叫声来处望去，只见游坦之双手各持一根竹杖，左杖探路，右杖搭在一个中年汉子的肩头上，从山坳里转了出来。那中年汉子却是留守灵鹫宫的乌老大。但见他脸容憔悴，衣衫褴褛，一副无可奈何的神情，虚竹等登时明白，游坦之是逼着他领路来寻阿紫，一路之上，想必乌老大吃了不少苦头。

阿紫怒道："你来干什么？我不要见你，我不要见你。"

游坦之喜道："啊，你果然在这里，我听见你声音了，终于找到你了！"右杖上运劲一推，乌老大身不由主的向前飞奔。两人来得好快，顷刻之间，便已到了阿紫身边。

虚竹和段誉等正在无法可施之际，见游坦之到来，心想此人甘愿以双目送给阿紫，和她渊源极深，或可劝得她明白，当下又退开了几步，不欲打扰他二人说话。

游坦之道："阿紫姑娘，你很好罢？没人欺侮姑娘罢？"一张丑脸之上，现出了又是喜悦、又是关切的神色。

阿紫道："有人欺侮我了，你怎么办？"游坦之忙道："是谁得罪了姑娘？姑娘快跟我说，我去跟他拼命。"阿紫冷笑一声，指着身边众人，说道："他们个个都欺侮了我，你一古脑儿将他们都杀了罢！"

游坦之道："是。"问乌老大道："老乌，是些什么人得罪了姑娘？"乌老大道："人多得很，你杀不了的。"游坦之道："杀不了也要杀，谁教他们得罪了阿紫姑娘。"

阿紫怒道："我现下和姊夫在一起，此后永远不会分离了。你给我走得远远的，我再也不要见你。"

游坦之伤心欲绝，道："你……你再也不要见我……"

阿紫高声道："啊，是了，我的眼睛是你给我的。姊夫说我欠了你的恩情，要我好好待你。我可偏不喜欢。"蓦地里右手伸出，往自己眼中一插，竟然将两颗眼珠子挖了出来，用力向游坦之掷去，叫道："还你！还你！从今以后，我再也不欠你什么了。免得我姊夫老是逼我，要我跟你在一起。"

游坦之虽不能视物，但听到身周众人齐声惊呼，声音中带着惶惧，也知是发生了惨祸奇变，嘶声叫道："阿紫姑娘，阿紫姑娘！"

阿紫抱着萧峰的尸身，柔声说道："姊夫，咱们再也不欠别人什么了。以前我用毒针射你，便是要你永远和我在一起，今日总算如了我的心愿。"说着抱着萧峰，迈步便行。

群豪见她眼眶中鲜血流出，掠过她雪白的脸庞，人人心下惊怖，见她走来，便都让开了几步。只见她笔直向前走去，渐渐走近山边的深谷。众人都叫了起来："停步，停步！前面是深谷！"

段誉飞步追来，叫道："小妹，你……"

但阿紫向前直奔，突然间足下踏一个空，竟向万丈深谷中摔了下去。

段誉伸手抓时，嗤的一声，只抓到她衣袖的一角，突然身旁风声劲急，有人抢过，段誉向左一让，只见游坦之也向谷中摔落。段誉叫声："啊哟！"向谷中望去，但见云封雾锁，不知下面究有多深。

群豪站在山谷边上，尽皆唏嘘叹息。武功较差者见到山谷旁尖石嶙峋，有如锐刀利剑，无不心惊。玄渡等年长之人，知道当年玄慈、汪帮主等在雁门关外伏击契丹武士的故事，知道萧峰之母的尸身便葬在这深谷之中。

忽听关上鼓声响起，那传令的军官大声说道："奉镇守雁门关都指挥使张将军将令：尔等既非辽国奸细，特准尔等入关，唯须安份守己，毋得喧哗，是为切切。"

关下群豪破口大骂："咱们宁死也不进你这狗官把守的关口！""若不是狗官昏懦，萧大侠也不致送了性命！""大家进关去，杀了狗官！"众人戟指关头，拍手顿足的叫骂。

虚竹、段誉等跪下向谷口拜了几拜，翻山越岭而去。

那镇守雁门关指挥使见群豪声势汹汹，急忙改传号令，又不许众人进关，待见群豪骂了一阵，渐渐散去，上山绕道南归，这才宽心。即当修下捷表，快马送到汴梁，说道亲率部下将士，血战数日，力敌辽军十余万，幸陛下洪福齐天，朝中大臣指示机宜，众将士用命，格毙辽国大将南院大王萧峰，杀伤辽军数千，辽主耶律洪基不逞而退。

宋帝赵煦得表大喜，传旨关边，犒赏三军，指挥使以下，各各加官进爵。赵煦自觉英明武勇，远迈太祖太宗，连日赐宴朝臣，宫中与后妃欢庆。歌功颂德之声，洋洋盈耳，庆祝大捷之表，源源而来。

段誉与虚竹、玄渡、吴长风等群豪分手，自与木婉清、锺灵、华赫艮、范骅、巴天石、朱丹臣等人回归大理。

进入大理国境，王语嫣已和大理国的侍卫武士候在边界迎接。段誉说起萧峰和阿紫的情事，众人无不黯然神伤。一行人径向南行，段誉不欲惊动百姓，命众人不换百官服色，仍作原来的行商打扮。

这一日将到京城，段誉要去天龙寺拜见枯荣大师和皇伯父段正明，眼见天色渐黑，离天龙寺尚有六十余里，要找个地方歇脚。忽听得树林中有个孩子的声音叫道："陛下，陛下，我已拜了你，怎么还不给我吃糖？"

众人一听，都感奇怪："怎地有人认得陛下？"走向树林去看时，只听得林中有人说道："你们要说：'愿吾皇万岁，万岁，万万岁！'才有糖吃。"

这语音十分熟悉，正是慕容复。

段誉和王语嫣吃了一惊，两人手挽着手，隐身树后，向声音来处看去，只见慕容复坐在一座土坟之上，头戴高高的纸冠，神色俨然。

七八名乡下小儿跪在坟前，乱七八糟的嚷道："愿吾皇万岁，万岁，万万岁！"一面乱叫，一面跪拜，有的则伸出手来，叫道："给我糖，给我糕饼！"

慕容复道："众爱卿平身，朕既兴复大燕，身登大宝，人人皆有封赏。"

坟边垂首站着一个女子，却是阿碧。她身穿浅绿衣衫，明艳的脸上颇有凄楚憔悴之色，只见她从一只篮中取出糖果糕饼，分给众小儿，说道："大家好乖，明天再来玩，又有糖果糕饼吃！"语音呜咽，一滴滴泪水落入了竹篮之中。

众小儿拍手欢呼而去，都道："明天又来！"

王语嫣知道表哥神智已乱，富贵梦越做越深，不禁凄然。

段誉见到阿碧的神情，怜惜之念大起，只盼招呼她和慕容复同去大理，妥为安顿，却见她瞧着慕容复的眼色中柔情无限，而慕容复也是一副志得意满之态，心中登时一凛："各有各的缘法，慕容兄与阿碧如此，我觉得他们可怜，其实他们心中，焉知不是心满意足？我又何必多事？”轻轻拉了拉王语嫣的衣袖，做个手势。

众人都悄悄退了开去。但见慕容复在土坟上南面而坐，口中兀自喃喃不休。

（全书完）

后　记

在改写修订《天龙八部》时，心中时时浮起陈世骧先生亲切而雍容的面貌，记着他手持烟斗侃侃而谈学问的神态。中国人写作书籍，并没有将一本书献给某位师友的习惯，但我热切的要在“后记”中加上一句：“此书献给我所敬爱的一位朋友——陈世骧先生。”只可惜他已不在世上。但愿他在天之灵知道我这番小小心意。

我和陈先生只见过两次面，够不上说有深厚交情。他曾写过两封信给我，对《天龙八部》写了很多令我真正感到惭愧的话。以他的学问修养和学术地位，这样的称誉实在是太过份了。或许是出于他对中国传统形式小说的偏爱，或许由于我们对人世的看法有某种共同之处，但他所作的评价，无论如何是超过了我所应得的。我的感激和喜悦，除了得到这样一位著名文学批评家的认可、因之增加了信心之外，更因为他指出，武侠小说并不纯粹是娱乐性的无聊作品，其中也可以抒写世间的悲欢，能表达较深的人生境界。

当时我曾想，将来《天龙八部》出单行本，一定要请陈先生写一篇序。现在却只能将陈先生的两封信附在书后，以纪念这位朋友。当然，读者们都会了解，那同时是在展示一位名家的好评。任何写作的人，都期望他的作品能得到好评。如果读者看了不感到欣赏，作者的工作变成毫无意义。有人读我的小说而欢喜，在我当然是十分高兴的事。

陈先生的信中有一句话："犹在觅四大恶人之圣诞片，未见。"那是有个小故事的。陈先生告诉我，夏济安先生也喜欢我的武侠小说。有一次他在书铺中见到一张圣诞卡，上面绘着四个人，夏先生觉得神情相貌很像《天龙八部》中所写的"四大恶人"，就买了来，写上我的名字，写了几句赞赏的话，想寄给我。但我们从未见过面，他托陈先生转寄。陈先生随手放在杂物之中，后来就找不到了。夏济安先生曾在文章中几次提到我的武侠小说，颇有溢美之辞。我和他的缘份更浅，始终没能见到他一面，连这张圣诞卡也没收到。我阅读《夏济安日记》等作品之时，常常惋惜，这样一位至性至情的才士，终究是缘悭一面。

《天龙八部》于一九六三年开始在《明报》及新加坡《南洋商报》同时连载，前后写了四年。中间在离港外游期间，曾请倪匡兄代写了四万多字。倪匡兄代写那一段是一个独立的故事，和全书并无必要连系，这次改写修订，征得倪匡兄的同意而删去了。所以要请他代写，是为了报上连载不便长期断稿。但出版单行本，没有理由将别人的作品长期据为己有。在这里附带说明，并对倪匡兄当年代笔的盛情表示谢意。

曾学柏梁台体而写了四十句古体诗，作为《倚天屠龙记》的回目，在本书则学填了五首词作回目。作诗填词我是完全不会的，但中国传统小说而没有诗词，终究不像样。这些回目的诗词只是装饰而已，艺术价值相等于封面上的题签——初学者全无功力的习作。

一九七八·十

附录

陈世骧先生书函

一九六六·四·廿二

金庸吾兄：去夏欣获瞻仰，并蒙锡尊址，珍存，返美后时欲书候，辄冗忙仓促未果。《天龙八部》必乘闲断续读之，同人知交，欣嗜各大著奇文者自多，杨莲生、陈省身诸兄常相聚谈，辄喜道钦悦。惟夏济安兄已逝，深得其意者，今弱一个耳。青年朋友诸生中，无论文理工科，读者亦众，且有栩然蒙“金庸专家”之目者，每来必谈及，必欢。间有以《天龙八部》稍松散，而人物个性及情节太离奇为词者，然亦为喜笑之批评，少酸腐蹙眉者。弟亦笑语之曰，“然实一悲天悯人之作也……盖读武侠小说者亦易养成一种泛泛的习惯，可说读流了，如听京戏者之听流了，此习惯一成，所求者狭而有限，则所得者亦狭而有限，此为读一般的书听一般的戏则可，但金庸小说非一般者也。读《天龙八部》必须不流读，牢记住楔子一章，就可见‘冤孽与超度’都发挥尽致。书中的人物情节，可谓无人不冤，有情皆孽，要写到尽致非把常人常情都写成离奇不可；书中的世界是朗朗世界到处藏着魍魉与鬼蜮，随时予以惊奇的揭发与讽刺，要供出这样一个可怜芸芸众生的世界，如何能不教结构松散？这样的人物情节和世界，背后笼罩着佛法的无边大超脱，时而透露出来。而在每逢动人处，我们会感到希腊悲剧理论中所谓恐怖与怜悯，再说句更陈腐的话，所谓‘离奇与松散’，大概可叫做'形式与内容的统一'罢。"话说到此，还是职业病难免，终于掉了两句文学批评的书袋。但因是喜乐中谈说可喜的话题，结果未至夫子煞风景。青年朋友（这是个物理系高材生）也聪明，居然回答我说，"对的，是如您所说，《天龙八部》不能随买随看随忘，要从头全部再看才行。"这样客厅中茶酒间谈话，又一阵像是讲堂的问答结论，教书匠命运难逃，但这比讲堂快乐多了。本有时想把类似的意见正式写篇文章，总是未果。此番离加州之前，史诚之兄以新出《明报月刊》相示，说到写文章，如上所述，登在《明报月刊》上，虽言出于诚，终怕显得"阿谀"，至少像在自家场地锣鼓上吹擂。只好先通讯告兄此一段趣事也。

弟四月初抵此日本京都，被约来在京大讲课"诗与批评"三个月后返美。曾绕台北稍停。前在中研院集刊拙作，又得多份。本披砂析发之学院文章，惟念兄才如海，无书不读，或亦将不细遗。此文雕钻之作，宜以覆瓮堆尘，聊以见兄之一读者，尚会读书耳。

又有一不情之请：《天龙八部》，弟曾读至合订本第三十二册，然中间常与朋友互借零散，一度向青年说法，今亦自觉该从头再看一遍。今抵是邦，竟不易买到，可否求兄赐寄一套。尤是自第三十二册合订本以后，每次续出小本上市较快者，更请连续随时不断寄下。又有《神雕侠侣》一书，曾稍读而初未获全睹，亦祈赐寄一套。并赐知书价为盼。原靠书坊，而今求经求到佛家自己也。赐示："京都市左京区吉田上阿达町37洛水ハイツ"以上舍址，寄书较便。如平常信，厌日本地名之长，以"京都市京都大学中国文学系转"亦可。

匆颂

著安

弟陈世骧拜上

一九七〇·十一·二十

良镛吾兄有道：港游备承隆渥，感激何可言宣。当夕在府渴欲倾聆，求教处甚多。方急不择言，而在座有嘉宾故识，攀谈不绝，瞬而午夜更传，乃有入宝山空手而回之叹。此意后常与友人谈为扼腕，希必复有剪烛之乐，稍释憾而补过也。当夜只略及弟为同学竟夕讲论金庸小说事，弟尝以为其精英之出，可与元剧之异军突起相比。既表天才，亦关世运。所不同者今世犹只见此一人而已。此意亟与同学析言之，使深为考索，不徒以消闲为事。谈及鉴赏，亦借先贤论元剧之名言立意，即王静安先生所谓“一言以蔽之曰，有意境而已”。于意境王先生复定其义曰，“写情则沁人心脾，景则在人耳目，述事则如出其口。”此语非泛泛，宜与其他任何小说比而验之，即传统名作亦非常见，而见于武侠中为尤难。盖武侠中情、景、述事必以离奇为本，能不使之滥易，而复能沁心在目，如出其口，非才远识博而意高超者不办矣。艺术天才，在不断克服文类与材料之困难，金庸小说之大成，此予所以折服也。意境有而复能深且高大，则惟须读者自身才学修养，始能随而见之。细至博弈医术，上而恻隐佛理，破孽化痴，俱纳入性格描写与故事结构，必亦宜于此处见其技巧之玲珑，及景界之深，胸怀之大，而不可轻易看过。至其终属离奇而不失本真之感，则可与现代诗甚至造形美术之佳者互证，真赝之别甚大，识者宜可辨之。此当时讲述大意，并稍引例证，然言未尽于万一，今稍撮述。犹在觅四大恶人之圣诞片，未见。先作此函道候。另有拙文由中大学报印出，托宋淇兄转上，聊志念耳，兹颂

年禧

嫂夫人同此问候

弟世骧上十一月廿日

内子附笔问好

舍址：48 Highgate Rd. Berkley

Calif. 94707 U. S. A.

金庸吾兄：去夏欣获瞻仰，并蒙锡尊址，珍存，适差役赴村欲奉候，辄先忙仓促未果。大著小部，必乘间断续读之。同人知交，欲嗜武大著古今文者自多。杨莲生、陈省身诸兄常相聚谈，辄喜道钦悦。此夏济安先生逝，渠往友志者，今十余年。青年朋友诸生中（无论文理工科），读者亦众，且有相然议金庸小说之目者，每来必谈及，必欢。尚有以去讲小说相扣数，而人物个性与情节结构剧本，为问者，然亦为喜笑之批评，如强后废者留者。尚亦笑谈之曰：「然实一悲天悯人之作也……」盖谈武侠小说者亦易养成一种泛泛的习惯，可说读流了，如聊家戏者之聊流了，习惯一般，所求者狭而有限，则所得者亦狭而有限，此为读一般的书，听一般的戏则可，但金庸小说非一般者也。读大武小说必须不流读，牢记住楔子一章，就可见「冤孽与超度」都发挥尽致。书中的人物情节，可谓无人不冤，有情皆孽，要写到尽致非把常人常情都寫成新奇不凡了，書中的世界是朗朗世界，到處藏着魍魎與鬼蜮，隨時可以警奇的揭發與諷刺，要供出這樣一個可憐芸芸眾生的世界，的確不教作精彩描敘。這樣的人物性格和世界，背後一襲罩着佛陀的寬大慈服，將兩邊和好起來。而在每逢動人處，我們會感到希臘悲劇理論中所謂恐怖與憐憫，再從而更深廣的說，所謂「新奇與精彩描敘」，大概可叫做「形式與內容的統一」。話說到此，還是職業病難免，終扯了兩句文學批評的書袋。但這是專業，談說可喜的話題，結果未至太大煞風景。這是個物理系高材生青年朋友，聽明後笑着對我說：「對的，是好的小說，天龍八部不時隨身帶着，隨時隨意，要從頭全部一再看才行。」這樣在客廳中，茶後飯後談話，又一陣傾是滿堂的開答討論，教書匠命運新兆，但這比講堂上快樂多了。本來有時想把幾個的意見正式寫篇文章，……後是結果。此番新加坡之游，

史識之足以副出，明報月刊之指示，說到寫文章，如上所述，並在咱們月刊擬
上，然言出於誠，終怕難得「阿諛」，至少像在自家場地鑼鼓上吹擂。只好
先通訊告兄此一段說過了。

弟四月初抵達日本京都，被約來在京大講課「詩與批評」三個月，後返美。
曾讀公以北相傳。前在中研院院後集刊拙作，又得兄信。十年披研析髮之
學院文章，惟念兄才如海，無書不讀，故亦材不偶遺。此文
雕鑽之作，宜以覆醬瓿塵，聊以見兄之讀者，書會讀書耳。

又有一不情之請：天龍八部，弟曾讀至合訂本第三十二冊，然中間
常為朋友互借零散，一度向青年說法，今亦自覺該從頭再看一遍。今擬
足部，然竟不易買到，而不得不求兄賜寄一套。尤是自第三十二冊合訂本以
後，每次讀出小本上市較快者，更請隨時不斷速陸續寄下。又有神鵰俠侶
一書，曾構讀而初未獲全觀，亦祈賜寄一套（并賜知書價為盼）。香港書坊，而今要求經求到
俾知自己也。賜示：「京都市左京區吉田上阿達町37洛水八十八」以上全址，
寄書較便。如平常郵信，只日本地名之后，以「京都市，京都大學中國文學系轉」亦可。

弟 陳世驤拜上
身健
著如意

良鏞吾兄有道：從遊備承隆渥，感激何可言宣。當年在漏欲傾聆，求教處甚多。方急不擇言，而主屋有嘉賓故識，攀談不絕，聯而午夜更傳，席有入寶山空手而回之嘆。此意次常与友人談及扼腕，希必復有剪燭之樂，稍釋懷而補過之。當夜只畧及爲同

明子

貴子清論金庸小說事，弟嘗以為其精英之出，可與元劇之異軍突起相比。既表天才，亦關世運。所不同者今世猶只見此一人而已。此意當與同學析言之，使深為考索，不徒以消閑為事。談及鑒賞，亦借先賢論元劇之名言立意，即王靜安先生所謂「一言以蔽之曰，有意境而已。」於意境，王先生復定其定義曰：「寫情則沁人心脾，景則在人耳目，述事則如出其口。」此語誠然，宜與乎化任何小說比而驗之，即傳統名作，亦非常見，而見於武俠中為尤難。蓋武俠中情、景、述事必以離奇為本，能不使之流易，而復能沁心在目，如出其口，非才遠識博而意高超者不辦矣。藝術天才，在不斷克服文類與材料之困難，金庸小說之大成，此予所以折服也。意境有而後能深且高大，則推須讀者自身才學修養，始能隨而見之。細至博矣，鑿而衍上而惻隱佛理，破孽化癡，俱納入性格描寫與敘事結構，必亦直於此處見其技巧之玲瓏，及境界之深，胸懷之大，而不可輕易看過。至其終了處亦新奇而不失本真之感，則可與現代詩甚至造形美術之佳者互證，真贗之別甚大，識者宜可辨之。此當時論述大意，并稍引例證，然言未盡於萬一，今稍撮述。猶在覓四大惡人之聖誕卡，未見。先作此函道候。另有拙文由中大學報印出，托宋淇兄轉上，聊供念耳。並頌

年禧

嫂夫人同此問候

弟 世驤 十二月廿日

內子 梁美同拜

舍址
48 Highgate Rd.
Berkeley, Calif. 94707
U.S.A.